大野
Vast Wilderness

李凤群

 著

北京出版集团公司
北京十月文艺出版社

目 录
Contents

❋

1 世界之间

383 遇见

◆

397 附录一
暗自欢喜胜过锣鼓喧天

405 附录二
成长的路径——评李凤群《大野》

411 附录三
人民文学·长篇小说奖获奖感言

世界之间

世界之间

我从一种生活走向另一种生活
轻轻地抚摩
门口那只睡眠之狮的
鬃毛,
它早已习惯于我,
习惯于我每个清早离去,
习惯于我每个黄昏
归来。
有时,遭受挫折后
我无法抵达它,
那时,
它就会起来,
温柔地衔着我的头,
慢慢地拖我、拽我。
另一些时候,
我不再知道怎样从梦中归来。
那时它便会动身
来到迷宫找我,
向我发出信号,
高喊着
它会来救我,
让我一动不动地
在记忆中等待,
等待它将我找到,
等待它把我带向
它的王国。
哦,它那美妙的王国,
一片透明的土地,
时间
脆弱的边界
在两个不停地
互相撕扯、互相吞噬的
世界之间。

安娜·布兰迪亚娜

1

沿街的门前有个老年人坐在板凳上吃饭。他端着一只粗糙蓝花碗,碗很大,碗头堆着两块红烧肉块和青色菜叶。老人咀嚼得缓慢深长,他的腮瘪进去,嘴里的牙也不全了,可是他的慢看上去与有没有牙完全无关,他的慢纯粹就是在享受。他扒拉饭的时候,眼光移到饭上,夹菜叶的时候,眼光移到菜叶上。如此聚精会神的吃相,使那只碗里的饭菜显现出一种特别的吸引力。今宝渐渐喉咙发紧,老人有节奏的吧唧嘴的声音,以及虔诚和享受的神情,使她原本并不很饿的胃部,升腾起一种微妙的渴望,这种渴望随着碗里的饭越来越少而越来越强烈,直到碗底朝天。老人原本老态龙钟的脸上,渐渐有些血色,有点肿胀,围绕在他脸部的那种严肃和绝望渐渐消散,他的额头和太阳穴青筋怒张,他的周围都显得暖和起来。这是食物神奇的功能,一碗饭,它不仅仅是营养和活下去的动力,它是生活中的美妙之一,它像太阳照在后背上一样让周身舒畅,它使人忘掉忧愁和不幸。一声尖厉的叽叽声打破沉闷,小鸟从树梢飞起。

今宝穷。关于贫穷的记忆,就是从那个闻到肉香的下午开始。

老年人是今宝的爷爷。今宝是长孙女,但,那碗堆着肉的饭,爷爷独自吃着。要说对于父亲去世之前的生活,就算这个时刻最清晰。那时,爷爷已经知道他的儿子将不久于人世。今宝的奶奶、姨奶奶、舅婶和表嫂,已经开始无声哭泣,厨房里经常会闻不到菜香和烟味。"无心吃喝"不仅是一种事实,更是一种姿态,表达亲人即将离世的态度。说穿了,死亡即将来临,悲伤于某些人、某些时候是不可承受的,于另外一些人和另外一些时候却又带有一定的表演性质。但是,没有想到,今宝的父亲拖得太久,一直拖到大家都开始认为他不会死了。这个念头使人重燃生活的热情,可能因为这个缘故,奶奶买了一斤五花肉,这是今宝所能回忆和推测的真相——这不一定是真相,因为她从来没有与其他人讨论过这个细节,对悲伤往事的讨论也是不符合规矩的,也可能由于长期悲伤,爷爷已经体力不支,油腻的东西可以增加人的抵抗力。

今宝的家在县东三条巷里,走四五家出去是主街,说是主街也就是条两辆车勉强错得开的水泥路。

父亲病危到死,中间有几个月的时间。这几个月里,她好几次看到奶奶叔叔以及其他的堂房亲戚从乡下赶来。他们站在巷子里,低着头压低声音说话。在空荡荡的巷口,一向喜欢呼喊的乡下人,压低声音的行为格外不合常理,它引起的恐惧正是低语者的原意:

做好准备,不幸的事情就要发生!

　　但在父亲死前一个月,她尚可照常去上学。在无数个乏味的课堂上,那天不知何故,老师心情很好,讲课内容从书本上漫开,从四字成语说到俗语、俚语,又说到迷信和鬼神。最后插了一个本地发生的梨和柿子的故事。大致的情节今宝还记得:有一天,一位孕妇在家里生孩子,已经生了一天一夜,所有人都焦躁不安地等待婴儿的出世,乐观的人在准备喜庆的鞭炮,而悲观的人已经在想着钉棺材的板,就在那时候,一个卖货郎挑着两只筐一路叫卖而来。正当正午,家家户户炊烟冉冉,卖梨的货郎口干舌燥,却不舍得尝一个他自己筐子里的梨,见到某户人家门口站满了人,他意识到有机会做成一笔生意,加快步伐而来:

　　梨,梨?

　　见无人应答,他加大力气叫唤:柿子呢,柿子要吧?

　　门廊上站着的都是产妇的娘家兄弟,他们一个个神情惶惑。就在卖梨子的人失望地拐过屋角的时候,屋内传来产妇母亲撕心裂肺的哭喊声,原来,大人小孩都不行了!

　　两个兄弟你看看我,我看看你,没有附和屋里发出的哭声,甚至没有奔进去看一看究竟,反而行动一致、双双快速冲到卖梨子的货郎跟前,以一股爆发出来的蛮力把梨子和柿子连同两只篾筐全掀翻到地上。货郎带着十分纳闷的表情,不解远多过愤怒,他本能地想上来护,趁这个机会,兄弟联手,把货郎也揍了个鼻青脸肿,货郎疼得连连求饶,他们还不解气,把滚了一地的梨和柿子统统踩了个稀巴烂。

时近中午,孩子们都饿了,管它吉利不吉利,听到梨啊柿啊,开始吞口水,教室里先是一两声,后来一片夸张的吞咽声响起。老师忍不住也笑了,老师说,梨和柿成了"离"和"死"的代名词,一旦有什么不测,梨和柿这些东西滚得越远越好,还有的地方,"钟"和"伞""杯子"也都是不吉的与死亡有瓜葛的名词和物品。

面面相觑,这些十来岁的小家伙们,平时听课很难专心致志,总是心不在焉,这会儿倒是津津有味。那天的气氛良好,笑声荡漾。

唯有今宝,老师戏谑的故事,唤醒了她对死亡的恐惧。她想到了病床上奄奄一息的父亲。遏制不住的眼泪就要掉下来了。她赶紧咬住嘴唇,转移自己的注意力。

在黑板的上方,挂着伟人的画像。在黑板的左侧,是学校奖给班级的一张集体奖状,奖励这个班积极参加劳动。黑板的右侧,则是一张中国地图。是一张从某本书里撕下来的纸张,在图的下方,有一行密密麻麻的小字,她前几天看到过,现在,她努力回忆,把它们从记忆里打捞出来。

"中国位于亚洲东部、太平洋西岸。国土面积约960万平方公里,仅次于俄罗斯和加拿大,位居世界第三位。其中陆地面积为世界第二,仅次于俄罗斯。"

那些神秘的、似懂非懂的地名和数字组合在一起,小小年纪的她竟然牢牢记住。现在,她竭力想象这些地方,让这些抽象而广袤的地方在她脑子里扎根,以对抗那随时将至的悲伤。

不久,她被要求不要上学,但也没有派什么特别的任务给她。现在想来,是想让孩子们不至于错过与父亲的最后一面。父亲过世前大半年,一直有背着方正的木头药箱的赤脚医生过来,每一次,家人都给予他们应有的、超常的热情,那些高大、严肃的大人也曾经让她很安心。但是渐渐地,他们的真面目露出来,表现出跟其他邻居一样无知的一面,他们扎针时也会流血,特别是关于病人的病情,对家属每天同样的问话,他们前一天和后一天的回答都是矛盾的。他们让人觉察出心虚,使家人感到无望和受骗,虽然医生行走的姿态和说话的腔调没有变,病人的状况却越来越差,到末了,对医生的信任变成了恼怒,一种不敢说出的绝望罩过来,同时把医生也覆盖在内。有时,医生只是坐在病人对面发呆,没有对症状的问询,病人也不哼哼,只有一种令人不安的寂静,偶尔,还会走一些过场,量体温、把脉,打葡萄糖,空的玻璃瓶依然发出清脆的碰撞声,可是,谁都知道一切都没有指望了。到后来,大家心照不宣地等待最后时刻的到来,那掩饰不住的、绝望的哭声从茅房、从巷子尽头的坝下水塘、从厨房的灶台下面,时不时地传来,简直可以说,眼泪洒在家里的每一个角落。

今宝当然也哭,她把头蒙在被子里,枕巾湿透了,脸碰上去潮乎乎的,不得不挪个位置,到后来四处都湿乎乎的。她把手背垫在枕巾上,黑暗里的恐惧瞄准她,向她罩过来。没有人管她。她的奶奶已经瘦得没有人形,而她的母亲,似乎从她父亲卧床的时候,提前被击倒了。她三十来岁,头发枯黄、凌乱地顶在头上,双眼透着苍白的光,身体单薄,肩膀下垂,走起路来毫无声响,她的身体内仿佛被什么东西把水分抽干了,瘪塌塌的感觉,那就是无声地接受挫折的样式。这些都令她感到没有指望。一点不敢发出声响。

今宝爷爷吃肉的那一天,奶奶从一个老师家要来几张旧报纸剪鞋样。报纸上有一些字,今宝一字一句地念出来了:"据从公安部获悉,全国给最后一批共计约7.9万名'地、富、反、坏'分子摘帽子的工作已经顺利结束。至此,自新中国成立以来对2000多万名'四类分子'进行教育改造的历史任务已经完成。"再一看报纸上的日期,都快四年了。难怪那些报纸黄得发黑,散发着霉味,即便如此,奶奶还是小心地抹平,放在篮子里,收起来。肉香伴随着霉味,混合成一种不祥和古怪的记忆,以至于她忘记了自己究竟只是闻了闻还是也跟爷爷一样吃了。后来她努力回想,但是吃了几块,怎么吃的,比爷爷先还是后,她统统毫无印象。

最后时刻来了。早上今宝出门的时候,父亲还好好的,他还说了一些话。大意是后门口的坡下有根树要锯,锯不动的话要带把斧子,斧子也要磨了。接下来就是斧子把的事,没完没了,这些事让她厌烦,所以她抓起书包出了门,没来得及吃早饭。稀饭刚刚烧开,太烫,要是等到适当的温度,至少还要听砍刀和捆绳之类的词。她那个年纪,本能地厌恶一切跟劳动有关的词。她厌恶这毫不动弹、死气沉沉的屋前屋后。她悄悄走开了,再回来的时候,是下午。她本来和弟弟们一起站在门前,他们瞧见躺在床上的父亲,像是突然变了一个人，他的头发完全没有形状，乱糟糟地立在头上。那只青筋暴突的手，上面因为扎针而一块块青紫和肿胀，旁边有人把她的手递到父亲身边。他的眼睛微微睁着，眼球并不动。

时间过得很慢，空气在微微颤抖。大弟弟跃文终于失去了好奇心，走开了。不知哪里来的一股力量，把她摁到父亲的床边。她看到父亲的嘴巴一张一翕，他想说话，像正在说话，她竖起耳朵，但是没听到声音。

快答应！奶奶带着哭腔的声音指点她。

答应什么？她一时反应不过来。

快说你一定做到。

做到什么？她还在想着，后背被人一推。那真是充满力量的扎扎实实的一掌，像是来自家里力气最大的小叔叔，她胸口一震，却更加茫然了，肩膀不由自主缩起来，胳膊有点僵，嘴唇也死死地抿住，呼吸也暂停了一小会儿。

父亲咽气的时候，嘴还是微张的，他身上套着一件青灰色的圆领衫，皱塌塌的，他就那么躺着，与其说衣服穿在他身上，不如说衣服把他捆住了。他身上有一种酸臭的气味，就像什么东西在热天捂得过长，他的确有话说，所以她在等着，结果他却死了。

她也不知道他已经死了，她转脸看母亲，母亲先愣在那里，随后慢慢就地蹲了下来，意识到自己要晕过去，弓身前倾扶住餐桌的一角，顺手紧紧抓住桌脚，今宝看到她的指背上的青筋暴突出来。

她的脸贴在桌腿上,等她再抬起来的时候,脸上一条深深的红色凹形,从额头一直到鼻尖。

今宝豁然就明白了死这个东西。

他最后到底在想什么,他疼吗?有没有想到梨子和柿子,这些东西她甚至尝都没有尝过。柿子和梨子都是奢侈的。她一个劲在想梨子和柿子到底是什么滋味,以至于忘记和大家一起哭。

父亲的尸身平躺在门板上,脚朝着门口,身上穿着刚刚缝好的崭新的衣服,扣子一直扣到下巴,手和脚瘫在两侧,真的一动也不动。她跪在父亲尸首一侧,眼泪一滴滴往心里去,脸麻麻的,手和膝盖都麻麻的。死亡这个东西,它把活着的人身上的力气全部抽走。

似乎有一种无法言说的茫然,从麻木到近乎无知觉的身体内侧滋生出来,像一团迷雾,压盖了伤心。这种感觉是奇怪而陌生的,它抵挡住了对死亡的伤感,这种伤感是她白天还如此难以承受的,但现在,这种奇怪的茫然占领了她的意识。她跪在那里,看到风把棺材旁边的油灯一阵阵扑倒,差不多快要熄灭的时候,风却戛然止住,等微弱的灯光开始明亮时,风再次扑来。

有一次她微微偏过头,向门的方向张望了一下,卸掉了门板之后的家不像是在自己的家里。吊唁者从各处赶来,鞋底带来各地的尘垢,混合在街面上。从巷子里走个四五家就能到主街,主街上有裁缝店和旅馆,风大,旅馆的招牌掀到杆子上,再回到原位,发出"咻咻"的声音,像呜咽。

天已经黑了,吊唁的人越来越少,只有母亲、奶奶和姑姑们围在门板边上，间或号啕，间或低泣，每个人都被劝起来喝口水或者商量第二天的出殡细节。只有她，从中午跪到晚上，竟然没有人来招呼。一开始，她因为周身麻木而忘记挪动，后来，是麻木而不能挪动，再后来，疑惑使她不敢动弹，至少七个钟头过后，她意识到自己快虚脱了。为了转移注意力，她开始胡思乱想。前天翻过的地理书，她努力回想能记住的内容："中国毗邻阿富汗、印度、尼泊尔、巴基斯坦、缅甸、越南、朝鲜、韩国、蒙古、苏联等许多国家……"

就连奶奶都哭累了，歪在椅子上不动了，仍然没有人过来喊今宝起来。她的耳边渐渐清静下来，现在，她确定自己将永远这样下跪的时候，意志变得更加薄弱，她觉得自己像一片纸片做的壁虎，贴在刀背上，随时要被剁一刀，又像随时会倒地不起。已经深夜，巷子里所有人家的灯都熄灭了，只留下守灵的人家堂屋里三十五瓦灯泡微弱的光，远处不时传来猫和狗的低吼，抑或只有强风纠缠树梢的声音。

证据确凿，所有人都在故意忽视这个跪地的少女。让她跪地不起，摆明了就是一种惩罚，一种温和而决绝的惩罚。正是理解了这种惩罚，她把面部埋在自己胸前，极力搜索这惩罚的缘由，血液不循环带来的迟钝使她的身体发麻，胳膊腿之间似乎没了边界，糊在一起了。她苦苦支撑，但仍然感觉自己将要石化在父亲的尸身前。一分钟一分钟，它在她内心引起的变化，肉眼无法探之，但是，只有经过了时光之后回味，会发现就是那个时刻，人好似置于飞轮之上，旋转、旋转，短短几个钟头，造成破除不灭的痕迹，也形成了一种强而有韧劲的力量，把她从人群中分离出来，独自承受这陌生的、非凡的、很难驱离的感受，这感受滋生于空气之中，盘旋在心头，悄无声息，久久不散。

她的身上感觉很冷，手心和脸却烫得厉害，这孩子像爬了一整座山头，她呼吸急促，胸口起伏。她抬眼向上看：门板上平躺着穿戴一新的父亲，脸上蒙上了纸，新衣裳的折痕清晰，惨白的手放在身侧，她听到自己的心在抽搐，但她一点哭的欲望都没有。

哭都不哭一声，这个小孩心狠。

她的意识稍稍清醒一些的时候，听到了这样的议论，恍然明白过来，哭是可以弥补过失的，那些人其实并没有真的忘记她，他们在给她机会，等她表现。

可惜，这会儿又已经太迟了。

没有哭，这成了她身上的污点。一旦认识到这一点，在此后的日子里，她越来越感知到这一点。

然而失去了亲人的家庭更善待家人，到处是不忍责备。像旗杆一样举得高高的，任何人可见。头七、二七、清明，每一个需要失去独子的寡母和年轻的寡妇痛哭的时日，这种不忍责备就会冒头，欲说还休、欲言又止，强忍住对她的指责。只要有人提到她那天的表现，甚至还不带有任何批评的意味，立刻有另外的人出来制止。

到后来"不忍责备"变成一种隐性惩罚，在日常生活中弥漫。父亲过世之前，她是一个孩子，无非是吃喝上学、帮手做家务，责令穿衣、走路不要跑,现在,他们看她的眼神,是看一个犯了错的,但是正在被原谅,或已经被原谅的小罪人的眼神。

活着的人对死者通常闭口不谈,但其实每天都会谈到与死者有关的一切,凡事都与死者相关:他生活过的地方,他的母亲、他的妻子,他的儿子,自然还有他的女儿,他留下的债务。每当谈到与他有关的事,双眉紧锁,一脸悲伤,双唇朝下撇,随时会哭出声音来,胳膊有时会抱在一块,好像大热天也冷得不行似的。

今宝酷似父亲,尤其是外表。除了皮肤白得异乎寻常外,她简直是父亲的翻版,她喜欢微眯双眼,即使没有出太阳,看什么东西也把眼睛眯起来,她还有一个特点,紧张的时候整个人就会定格,就是所谓"反应迟钝",用好点的词,就是不怎么活络。

终于,她明白自己错误犯在哪里了。

他们听懂了父亲临终前的全套话语,并且帮她翻译过来了:

父亲的左手动的那一下,意思是,今宝,家里就数你最大,你要照顾好弟弟们!

一开始是这样轻微的叮嘱,可能是今宝那样抗拒,父亲伤了心,他的嘴巴想张开,没有发出声音,是表达这样的疑问:

怎么,你不愿意?

再后来,他的脑袋耷拉到一旁,他显然是太伤心了:

今宝,你不答应我死不瞑目呀!

今宝,你的心好狠啊!

这些无声的遗言、这种祈求,带着一种绝对的魔力,其他人全懂,只有她一句也没听明白,她的错误其实并不绵长,只是在那最后的时刻缺少一个动作或一个"是"字。不管父亲能不能看到听到;更不要管将来是否可以做到,只管表个态。这个态没表,是对父亲的不敬,是对家族的背叛,是死者的最后不幸。

但是,她还是认识不到这个错误的严重性,不明白自己为何要被这样地责罚,或者说,因免于被责罚而惶惶不安。她带着迷茫和悔恨的表情出现在家里家外,但这迷茫和悔恨并不是他们以为的迷茫和悔恨,她延迟的迷茫和悔恨既显得过头又显得远远不足,让人不知道如何评论为好。

2

亲爱的今宝：

我不认识爱，但我认识不爱。

我从我妈那里认识了它。

我是"文化大革命"结束第二年春天出生的，我妈生下我两个月就走了。我第一次见到她已经七岁了。我妈来找我之前，我特别能打架。有一回，我打完架蹲在地上玩石子，我爸回来了，我一抬头，我爸就大叫了一声，咧着嘴，好像什么东西从天上掉下来砸到他身上了呢。他看着我的脸一副想哭出来的样子问：

在桃，你的脸怎么啦？

没怎么，就打了一架。

谁打的？

王德伍家的儿子。

打不过你跑啊！

谁说我打不过，你还没看到他的样子呢。

我就不肯再交谈了。每回打败了，吃了几拳我爸就那几个字，打不过你跑啊！问题是我根本不想跑啊。

我妈来的那天，我也照常跟人干了一架，眼睛有点肿，腿上也挨了几脚，我一瘸一拐地回到家。那时我们还不住在农场，住在粮站的大单间里。她来找我爸，她第二段婚姻又快玩完了，大约表示想回来跟我爸过。前面的谈话我还在外头跟人打架错过了。到我进门的时候，他们的话题已经落到我身上了。我一跨进门槛，就看到一个怒气冲冲的女人抬着头盯我，先是我的脸，再是我的腿。她长得有点奇怪，个子很高，脸却特别的瘦削，而且眼睛里全是怒气，使人感觉她的脸出了什么意外，我吓了一跳，心怦怦乱跳。本来我爸这个人就是不爱讲话，这个时候，面对一个陌生的怒气冲冲的女人，更一副不知所措的样子。我也没太当回事，还以为是他单位哪个同事为个什么事来上门吵架呢。吵架打架在我们这里可真是平常不过的事。后来他们的声音又小起来，嘀嘀咕咕地商量着什么。她要走的时候，我爸突然把我的罩袿塞到我怀里，让我跟着她走。我一下明白这个女人是谁了，高高兴兴地跟上了她。后来我听说她是想回来复婚的，我爸爸的意思好像是你要能跟女儿培养好感情，相处看看好不好，我们再考虑复婚。这个决定说不上英明也说不上愚蠢，反正就那么一说。我妈妈的新家（对我是新家，对她可不是，听人家说，我出生不到两个月，她就从我家跑到这里，已经住了七年）离我们有二十里路，她走得快，我走得慢，一则我腿短，二则因为我喜欢看路边的花。牵牛花在路边开放，山茶花、马蹄莲和蔷薇也从碎石里长出来，还有碎玻璃碴儿散在路边，发出亮闪闪的光。我觉着蔷薇好看，以为那就是玫瑰，摘了几朵想送给我妈，她瞥了一眼说，这些东西看着好看闻着香，可有什么屁用？她不肯伸手，只是走一段就回过头来催促我快点。我那时身上还没有讨好人的秉性，她不要，我觉得扫兴，边走边扯花瓣。那些花很快被我揉烂了，撒在屁股后头。

虽然她当时还是一副怒气冲冲的样子，可我还是挺高兴的。她穿着一件小碎花的夹袄。我之所以认定她喜欢花，就是因为她身上的那件单夹袄吧。跟我手上拿的花比起来，那件衣裳太黯淡了。

从头到尾，我们没有并排走路，我追不上她，她又不吭声，也不给我鼓劲。但我还是拼命加快速度。望着她的背影，我真想碰一碰她的胳膊，我真想摸摸她的衣裳，反正就是想靠她近一点，直到踩到了她的脚后跟。她回头看了我一眼，很快就转过身去。我只看到她眼角上细细的皱纹和鼻梁上的晒斑。

她见我不走，停下来朝我吼了一句：

好心肯定没好报。

我没懂这话是什么意思，反正从第一眼见到她的时候她就气势汹汹，也可能在生别人的气，我想。整个下午，我没有见到其他人，下了大路，顺着一条河沟岔到了她的村子。村口坐着一个老头，穿着一件旧的军大衣，整个人都缩在军大衣里，他的脸瘦骨嶙峋，嘴巴像一个黑洞一样张着，没有牙，看到我妈，他客气地打招呼，还说以为她不回来了之类的话。我妈一听,好像更生气了,她加快步子,走到一幢两间土房前,推开门,先进去,然后拽住我胳膊往里拉。我抬眼一瞧,她的家,里头黑乎乎的,只有一扇巴掌大的小窗,桌子板凳水缸都看得不太清,房间里有一种潮湿发霉的味道,可能这只是我的错觉。这实在叫人泄气,我甚至都不想把另一条腿伸进门槛里。我妈瞧见了,使劲一拉,把门用力一关,眉毛一挑,就那样瞪着我说:

日你妈,儿不嫌母丑,狗不嫌家贫,你倒嫌上了。

我心想坏了,惹她不高兴了。

她说,你跟你老子一个样!

家里没其他人。她煮了两碗稀饭,我俩就着一盘萝卜干,呼哧呼哧吃完,就让我上床睡觉。晚上我睡在她脚头。可能缺钙,也可能是从小没人管,总之,我睡觉很不老实。迷迷瞪瞪的时候,我妈把我推醒,她说我睡着了用脚踹她。我睡得正香呢,嘴里哼哼承诺不会了。才过了一会儿,她又把我摇醒,我醒了之后她拎着我的耳朵把我提起来,我站在床上,听到她的声音在我耳朵炸开,日你妈,你要把我踢死呀。

睡着了还会踢人,我自己也是头一回知道。她比较严肃,嗓门很大,并且威胁我说,要是再这样,就让我睡到地上。我在陌生地方,惊醒后脑子特别清楚。她没有开灯,但是有月光,我看着她,她比白天更老一些,月亮的阴影打在她脸上,使她的脸看起来更阴森和凶恶。除了看我，她还不停地抬头朝屋顶看。我不知道她看什么，屋梁上什么都没有，除了几根发黑的木柱子和一些灰尘。那些结了块的灰尘吊在那里，从白天到晚上，一副随时想要掉下来的样子。我虽然年纪不大，但是有些东西是有理解本能的，一个妈妈，尤其是失踪了七年的妈妈，怎么可以这样对女儿呢，这样子对我跟以前见到的任何女的有什么区别呢？这个念头，使我的睡意消失了。

到今天我还记得妈妈当时的长相，挺好看。可是说话实在太冲，而且整个脸都尖瘦尖瘦。说真的，她一点不像过去几年我听到的传说中的她。传说中的她可是个邪恶的坏蛋，无孔不入的骗子，到处乱搞男人。我爸爸不是她头一个男人，她撇下她第一个丈夫跟我爸跑到我们镇，就因为我爸在粮站做会计。我爸是我们粮站少有的几个有知识的人之一。依我看，我爸也就是个书呆子，不然怎么从上面下放到粮站来工作呢。听说他在上面的时候混得不好，窝窝囊囊的，到了粮站，倒成了受欢迎的人。他会算账，还管粮票，很多人看上他，却被我妈捷足先登。我听人说，我妈在娘家名声也不好，二十多了再嫁不出去，她看到我爸是单身汉，天天晚上来敲门。等达到目的，过了几年吃饱饭的日子，她眼界又高了，把我爸踹了。这些话都是人家趁我不备说的。有时像是在回忆美好生活，有时就是那么随随便便说着玩。总之，说一个不在场的人，怎么痛快怎么来。到我见到她的时候，她的身上已经贴了许多标签："心狠手毒""胆大妄为""水性杨花"，但大家好像都忘掉替我讨公道，好像她不亏欠我似的。我自己也忘记了这些，屁颠颠跟在她屁股后面，一直走到她家。

她的床板上本来就没垫什么东西，硬得跟砧板一样，她也硬，我也来气了，跟她杠上了，一骨碌爬起来站在床上。在这个有稻草、杂木床板和怒气冲冲的妈妈的房间里，我就那么恶狠狠地盯着黑里。黑夜里鼻子最灵，我闻到了陈年灰尘的味道、老木头的味道，我闻到农药1605的味道，闻到血的腥味，闻到了一些过去，男人的拳头和女人的眼泪的味道，还有一种像是水没有烧开的味道，再使劲一闻又像是老树根沤到腐烂的味道。我还闻到了妈妈的味道。妈妈的味道对我来说带着一种大白天一张报纸遮住窗玻璃的感觉，就是那种黑黑的、闪烁着一种神秘的光泽。"妈妈、妈妈"，我在心里默念过这个词，就像刀片刮过手指尖的钻心感觉。

我使劲地吸着鼻子，又嗅到了一种无情无义的味道。她是一个无情无义的人。对我不好，没有爱。虽然我当时不知道用"爱"这个词来表达，但知道那不对头。我就那么直愣愣地瞪着眼睛到了天亮。

等天亮是因为我惦记自己的罩衫，我的眼睛扫过整个屋子都没有看到我的罩衫。天发白的时候，我看到我的罩衫在她家屋檐的晾衣绳上。她头天晚上洗了把它晾在外面。我心里一阵温暖，很快又一阵气恼，万一被偷了呢？我扯下我的罩衫，太阳还没有出来，衣裳还潮乎乎的。我把罩衫夹到胳膊底下，像她一样，怒气冲冲地回了家。她没有追我，甚至都没有喊我一声。她可能以为我走到村口就会停下来，她以为我找不到回家的路，她甚至也可能以为她还能再见到我，但是她永远都没有这个机会了。

指引我回家的是岔路口一堵围墙上写着的红色标语。除了"大"和"一",我还不认识其他的字,认识的字也跟我毫不相干,但这是我来的路,我跟随这些字拐了弯,拐到了回家的路上。

我和妈妈在一起度过的那一夜,那是我人生中最清晰的一夜,任何时间想起,都像刚刚发生。和我妈妈一起度过的那个夜晚,使我进入到了两个不同的境界:有时候,我觉得从那天起,我是一个真正的孩子,可是另外的时候,我觉得从那天起,我长大成人,理解了一切。我妈妈对我的态度,在短短几个小时里,把人生的一切秘密都传递给了我。无论我经历了什么难以理解的事,我都会想起这一个夜晚,我会把一切不能理解的事理解成这个夜晚的结果。在此之前,我将就地长,到处让人同情,东邻西舍,谁家的饭我都吃过,谁的旧衣裳我都穿过,哪儿有吃的,我往哪一站,就能尝到那么一点,比如我到小店买包"傻子"瓜子,我手上只有五分钱,可瓜子要一毛一包,我会拿出看家本领:眨巴眨巴眼睛,像是在对老板说——

我可是没妈的孩子。

我的样子既惹人笑也惹人同情。这样的甜头尝多了,缺钱的时候你就自然使出来,缺任何东西的时候也会自然使出来。有时候效果好,有时候相反。我以为我就是这么一个人:到处横冲直撞,偶尔用"可怜"来装点一下,占点小便宜就心满意足。

自从见到我妈之后,另外的东西露出来了。就是一种比较刚硬的、火暴的东西,我之前甚至不知道自己有这个东西。这个东西一下子让我和昨天区别开来。

听说我自己跑回来，好像事情的性质突然发生了变化，现在，我妈不再是抛夫弃子的刽子手，我则要被四邻批判了：

这孩子，你这么一跑，你爸要打一辈子光棍了，真是不晓得轻重啊！

似乎我没有一个人跑回来，我爸妈复合有望，从此之后，我就能告别悲惨童年、阖家欢乐。所有人都是这个腔调，没一个例外。

我记得那之后不久，我和爸爸照过一张相。我坐在他腿上，他一本正经地看着镜头，而我，脸上脏兮兮的，翻起白眼，嘴巴噘起，可能是怕快门摁下去之前我溜掉，我记得他的胳膊太用力了，箍得太紧，使我怒不可遏，那张照片早就不见了，可是那张照片上的情绪保留住了。

去我妈妈家待了一晚，成了我人生的分水岭。"妈妈"那个词产生的温度从我这里丢掉了，到后来"妈妈"就像是一块铁，哪怕是最好的时候，我想象她弯下腰帮我洗罩裙时的情景，稍微有了热度，可也只是一块烧热了的铁，根本碰不得。我妈妈丧失了做妈妈的光荣，以前没有妈妈是一个遗憾，走了一趟，什么也没有捞到……有些东西却完全不一样了，越想越困惑……遗憾变成了愤怒，我变了，变成了一个怒气冲冲的人。

我刚回来的那天，有个邻居一把捉住我，想打探一下我妈妈的情况，我气急败坏，一把甩开他的手，毫不客气地、粗野地大骂起来：

日你妈！

然后发足狂奔，直到绊到一个土块，"轰"一声倒在地里。

老实说，那一下摔得不轻，疼得我晕厥过去。等我醒来的时候，边上围着一圈人，个个神情紧张，特别是那个捉住我手的邻居，他简直吓傻了，直瞪瞪地看着我，我一醒，他大大地松了一口气，高兴得快要哭了。

那之后，我就确定了什么叫不爱，可是我还是一直在找爱，就像一堵墙，你站在墙的反面，你更想看到它的正面。

3

从父亲查出病的时候起，今宝觉得母亲就不光鲜了。纵然一般年过三十的妇女头上也没有红头绳和蝴蝶结，可是她们脸上有笑意，笑时露白牙，身上大大方方地穿红衣裳，可是母亲，头上现出白发，嘴唇了无血色，眼神十分黯淡。她被蒙上了一层灰，变成褐色的人。说一阵风改变一个人的命运有点夸张，一个人改变另一个人却是轻而易举的事实。

房子是父亲在世时砌的青砖房，后来，到了20世纪90年代中期，也就是父亲死后五六年，县东区开始分段重新规划，巷子里的许多房子推倒重建，在格式、楼层和色彩上，都有很大的改观。邻里的贫富差距慢慢变大，大多数的房子变成了红砖房。根据经济实力，房子大小不一，样式不同，可到底是新，一板车一板车拖进窄巷的砖，搬动的时候发出清脆的声音，调皮的小孩子拿出一只洗脚盆，放一盆水，放进去一块砖，水里咕噜咕噜往上冒泡，泡过的砖拿到手上湿沉沉的,一块块码在街边等着建成房子,太阳一晒,显出深沉湿润的光泽,这是新生活的光泽。可是今宝家的生活停滞不动,没有任何迹象表明这个房子的主人对这个房子有什么想法和打算。"寡妇家"成了这个房子的标签,这个房子从某个意义讲成了禁地,除了叔伯和舅舅,很少有男人进门。

左边一间房一分为二,后头小一些的是两个弟弟住,前面明亮的是今宝的房。除了一张木床和一张带抽屉的桌子,和一只杂书木箱,就几乎一无所有了。桌子的油灯经常挪地方,夏天会离床远一些,因为油灯没有灯罩,冬天则可以近一些。看书的时候,火苗不停摇曳,肉眼看不到的缝隙都能透进来风。风让她瑟瑟发抖。没有人吭声。没有父亲的孩子们冷不丁地学会了以沉默应对寒冷、饥饿和缺衣少物。

不过,那种担心被人摁在地上打,或者饿死病死的局面并没有到来,可能因为准备过于充分,所以对于一些小的偶发性的事故反而特别淡定。比如小弟弟清泉的手指曾经被菜刀切了一刀,小手指差点断掉,大家默不作声地把他扛到医院,手指保住了,留下一个疤。尽管往医院送的路上,包着手指的毛巾都染红了,后来还发了一次炎,手指肿了好几个礼拜,但没有人对这个疤表示惋惜,好像这个家庭的孩子有这么一道疤,根本不值一提。没人大惊小怪,甚至有些心不在焉,好像在专心等待更大的事故一样。

背着弟弟往回走的时候,今宝记得是冬天,城南的河堤在加高。每年冬天都是如此,大坝一年比一年高,全部是集体劳力的功劳。

每家每户都出一个，整整一个月全县的农民挤在河堤上忙碌，才能把大坝筑高一尺。从某种意义上讲，那个地方吸引着她，那里有热闹的气氛和使不完的力气。他们一直在说笑话。人们笑得那样欢畅，仰起下巴，露出牙床。汗珠映在补丁内衣上，裤腿上沾满泥巴，没有人羞愧。她看到汗流浃背的人群，心里涌动着羡慕。

到目前为止，痛苦尚在承受范围，她只是怏怏不乐。快到家的路上，她见到一只蜗牛在爬，这个季节蜗牛已经少见了，这只迷失在路上的小东西身上像蒙了一层灰，她小心地绕过，不过，很快，意识到后面有男孩子的打闹声，他们很快会赶上来，随便，对，随便在地上一碾，她仿佛听到蜗牛壳破碎的声音。在县城有许许多多的泥巴小道，在许许多多的泥巴小道上，到处开满了野花，地上经常有蚯蚓和小动物，一被逮到，就会逃无可逃。

她赶紧退回来，用脚尖轻轻把蜗牛一带，甩进了路边的草地。

一件令人特别意外的事发生在这个家，她居然考上了县重点高中，并且，也真的进去读了三年。

只要你还没有穷到出去讨饭，有些钱就省不下来，比如伯伯的两个女儿出嫁，小舅舅新房落成，外公七十大寿，这家人都像其他亲戚一样买了鞭炮，包了份子钱。想起来真是奇迹，妈妈怎么拿出来那笔钱，以及各样人情往来，维持一个家的门面，还有那么多人的口粮和过冬的衣裳。

即使承认自己没有按照别人的希望行事，今宝还是不确定自己真的错了，有时想到父亲临死时交代给自己的话，她突然大胆地想：

万一他想说的是，今宝，我最舍不得你。或者是，今宝，你一定要考上大学。

为什么不是呢，怎么就不能是呢？

同时，她意识到自己内心深处的真正态度：她不高兴。她怪父亲。她觉得，他的死，以及他死之前的种种气氛：家里到处是人，悲伤的亲戚，凝重的表情，压低的声音，放缓的脚步，冰凉的灶台，乃至爆发出来的响彻云霄的哭声，都是他造成的。他放弃了父亲这个角色，他使她的生活像一只四条腿的板凳，现在，缺了两条，根本站不住了。但板凳一直没有倒地，它摇摇晃晃——卯榫发出声音，那声音像是从时间和空间的缝隙里发出来的，这声音维系着消失的过去和还未曾出现的将来，这声音散发出一种气味，类似警钟，节奏悠长、不眠不休。

从这个意义上讲，那些决意惩罚她的人，并没有错。他们看穿了她，看穿了她隐藏在体内的怨恨，并将她的沉默理解成了报复。

但是，上了高中之后，她的想法变了。回忆父亲生命中最后几个月那些茫然的表情，她体察到他害怕，害怕死亡，却假装强硬，不，他没有假装，他苦于无法跟谁表达，他可能内心里在期盼谁来拯救自己。老奶奶在屋后跪拜，头磕在地上，再抬起来张嘴呼求，请求某个她信任的神让儿子活下来，病人应该也听到了，他也没有呵斥。他想活。但是最后时刻，他超脱了死亡的恐惧，他的眼睛里什么也没有，没有叮嘱，没有担忧，也没有疼痛，弥留之际，人是有可能达到完全空虚和超脱的，他只想走得轻松一些，更轻松一些。至此，今宝对父亲的理解才告一段落。遗憾的是，他们再也没有机会交流片刻，就算现在，她掌握了更多的词汇，也学会了表达情感，抓住对某个事情的理解，懂得精神呵护的重要性，但是，他们再也无法谈一谈——就真实的想法和意志，以及最重要的事情和临终遗言。

在父亲死前和死后，她隐隐约约听到过对于她们姐弟命运的预判，不外乎"缺少顶梁柱""受穷挨饿""遭人欺凌"，不错，就是这么明白地告诉寡妇和孩子们此后人生要时时忍受、要变得坚韧。一句话，明知失败的人生，还得过下去。说这话的人，毫无恶意，最多是对未来缺少想象力。不过，实在说来，没糟到那种程度，因为父亲生前做会计，也因此，家里比一般人更殷实，家里有电影明星的画报，丝质凉帽，一些像《故事会》《今古传奇》《骆驼祥子》一样的读物，塑料拖鞋，当初并不起眼，等到别人都有的时候，她才恍然明白自己曾经拥有过别人没有过的东西。

死去的人给活着的人留下了许多看不见的东西，比如"期许"，可能在活着的时候表达过希望女儿继续上学，虽然现在的条件并不允许，可是对死者的敬畏还是使事情得以如此发展。本族里的叔伯平常不多说话，关键时候他们就像八月十五的月亮，自然而然出现了。他们是信念坚定的人，他们站出来，不是逞英雄，也不是讲公义，他们相信已经被决定的事，他们为今宝说过许多好话，也拿过学费。

在今宝高中一年级的时候，遥远的似乎与她的生活不相干的地方发生了很大的变化，邓小平开始"南方谈话"，他的笑脸挂在百货商场的正面的墙上、公路两旁，收音机和电视里都是他那能勉强听得懂的方言。那一年，街上的人好像突然增加了许多。

巷尾的那一家，在沿街的墙上凿开双扇门大的空间，摆上三张桌子开起了麻将馆。一桌纸版，一桌扑克，一桌麻将。多出来的人围住牌桌，赌得不大，输赢也就三块五块。输的人可以摔牌、说脏话，赢的人根本不敢回击。那一年，今宝第一次看到会说话的鸟出现在菜市场的笼子里，服装夜市像龙一样见不到首尾，摊子上摆满了各种款式的比基尼。开台球室的是一个坐过牢的人，他们喊他小卫。小卫经常叼根烟站在门口，另一只手里捏着些零钱，随时找零；有时手上拿一只球杆，缺人的时候顶上。"坐过牢"这件事好像没影响到他的生意，他的门前人来人往，而且全是朝气蓬勃的年轻人。只是有一天，今宝听到街上喧哗声太大，以为失了火，她跑出去，原来昨天为了几块钱，小卫与一个人打了一架，对方破了头回家，他的爷爷奶奶拄着拐过来骂人。揭露小卫是"吃过牢饭的东西"，并预言他会"吃枪子"，小卫被身边几个熟人摁在地上，他们在耳边小声提醒他"冷静"，今宝听到其中一个几乎是苦苦哀求说：

到了派出所，人家也不会向着你。

为什么呀？今宝在心里问。

因为他坐过牢啊。她又在心里回答了自己。她看到小卫的眼泪大粒大粒往下掉，衬衫被人扯开，眼泪掉到裸露的胸膛上，一直往下滚啊滚。他只是假装想冲上去而已，他的委屈比天大。今宝不敢看，急急往远处走，听到老年人还在那里揭老底。她想，这么大年纪的人都这么狠,哪里疼刀子往哪里戳。后来又想起,坐过牢的人一定做过更狠的事,想到这里,又好像是非混淆了,无果,只好作罢。总之,似乎从那个时候起,她觉得把话放在心里,比说出来更让自己脑子清楚。

穿着拖鞋、口袋空空地在街上闲逛,到处都是外地来的新鲜东西,口红、丝袜、眉笔,街上的人都在谈遥远地方的新闻,又稀奇又炫耀,好像又跟自己的生活相干似的。有个周末她回家,一个人待在母亲卧室里,阳光泻进卧房,都能感觉到亮光的温度,阳光照亮了窗帘、草帽、父亲的竹质笔筒以及已经没有油的圆珠笔、墨水瓶、瓷罐。并且晒得空气里的微小灰尘摇摇欲坠,钉在墙上的一根挂衣裳的钉子也被晒得曲里拐弯,变了形。空气里有一种过了时的气味,同时又有一种清香的气味。但那不是今宝的气味,今宝完全闻不到自己的气味。

有天黄昏,今宝站在门口,看到一群人正经过。这些人有男有女,有的戴着草帽,有的没有,他们的皮肤都很黑,一眼就可以分辨出是附近的农民,但是,在这样的晴天,不逢集不过年的,他们这样进城,并且在巷子口有说有笑,一点都不拘谨。这情况并不多见,甚至可以说,显得有那么点唐突。今宝知道他们是棉纺厂的临时工。棉纺厂好像已经被私人承包了,所以不会像以前那样随便招人进厂,实在太忙,会找附近的农民充当一下临时帮手,这些农民的工钱是正式工人的一半还不到,而且旺季一过就会被辞退,即使这样,这些人仍然每天早上兴高采烈地来,到了晚上又空着肚子精疲力竭地往回赶。此刻,今宝尚能看清离得最近的人的脸,有一位年轻的姑娘,她的皮肤比其他人白一些,身上穿着一件红色的罩衫,罩衫敞开着,使她看上去不那么拘谨,不过,她的衬衫的花色却很土,甚至很旧,一看她就是很穷的人,可是她的脸上没有任何抱怨和不满,相反,带着惬意的神色。经过今宝门口,她看到敞开的门,飞快地朝里瞥了一眼,一秒钟后,她加快步子,追赶她的同伴,短促地说了一句什么。能说什么呢,也可能是对她刚才看到情景的评论。今宝有许多乡下穷亲戚,无非说你们住在镇上,房子小得要命,一分地都没有,青菜、鸡蛋和水都要钱买。这是事实,但同时,他们也羡慕这些住在街上的人,哪怕是巷子的最深处,有什么关系呢,鞋底干净,有路灯,有自来水,拿工资,所以,他们有好奇心十分正常。可是,这个女孩子,在什么也没有探到的情况下,说了一句什么之后居然还发出了一段粗粝的笑,那笑声空洞、轻巧而悠长,带着显而易见的恶作剧意味,虽然并没有什么恶意,跟她刚才的那单纯好奇的脸真是不相符。

人是多么奇怪啊。为什么这么奇怪啊?

今宝的英文很好,在所有发"r"的发音,她都能顺利地卷起舌头,而"th"这个发音,更多的同学是不好意思,而不是不会,她自然而然地渡过了这个难关之后,被认定是"班上英语说得最好的人"。这当然是可笑的,她最终没有上成大学。大弟弟跃文念初中也辍学了,表面上成绩不好,事实上是家里许多力气活需要人手。眼看着小弟弟清泉也无心念书,书本皱作一团蜷曲在书包里,不到天黑不见影子。妈妈经常晚上追着他打,可是越打,他越不肯回家,或者干脆负气把头蒙在被子里怄气,表现出不像他这个年纪该有的气性,更让人担心和心疼。今宝每天下完晚自习回来的时候,家里都生冷得很,就算是大热天,也没有热气。这种情况摆明着她需要回来。就在大家都以为她领悟到了自己的责任,她仍然保持着一个高中生的节奏。每天早上五点起床,第一件事把炉子生起来,第二件事是把米淘好洗净,然后,她不再旁顾,拿起厚厚的教材,在微明的晨曦中看书,至于弟弟们什么时候起床,脏衣服堆在角落里筐子里快满了,所有这一切都像在向她发出警示,好像灾难片里的无辜群众向英雄伸出求助的手,令人呼吸紧张。心肠稍软的人都已经顺从了,顺从从生活的四面八方传达过来的信息。

　　煤气的浊气满满弥漫,很快灌满厨房,开窗并不明智,风会吹走热气。尽管今宝对这些日常经验了然于心,但对于更昭然若揭的事实,那牺牲的精神,她装着没有领会到。今宝假装没有看见锅台上落下的灰尘,因为一俟她把抹布拿起再放下,她肯定就没有时候复习了。对于学习,她表现得很积极——更积极,争分夺秒,眼睛都快要近视了,唯有地理让她放松,她把指尖放在中国地图那寥寥几笔的绵延山脉上,小心地眯上眼睛,片刻,她仿佛感觉到陡峭的山崖就在鼻尖下面。喜马拉雅山脉、横断山脉、昆仑山脉、大兴安岭与小兴安岭、秦岭、太行山脉、祁连山脉……这些陌生的、深嵌在密密麻麻的线条和线条之间的线条,像一个个通向神秘未知世界的密码，让她充满期盼和向往。

高三最后一个学期，学校要求走读生也必须住校，今宝把自己的房间让给小弟弟，她连自己的箱子、旧书和一个台灯都送给了弟弟。这个家，像是她一定不会再回来似的，可是她的成绩莫名其妙地下滑，连着两次模考失利，她回到了家里。在这个亲眼目睹父亲去世的房子里，她后来又生活了五年，之后嫁到了离家十六公里外的县西。

4

亲爱的今宝：

这之后，我的生活里增加了一个内容：到处诋毁我妈。遇到人多的时候，我往那一站，情不自禁地开口说：

你们见过真正的疯子吗？

有的人见过，有的人没有。只要有一个人有兴趣，我就开始绘声绘色地讲述一个疯子、一个神经病，在半夜差点掐死亲生女儿的故事。这个故事只是开始，第一个回合，亲生女儿胜，她急中生智，逃了，第二个回合即将开始，疯子随时会从天而降，把亲生女儿再次掳走。保持悬念，下回分解。我既然本来就是破碎家庭的孩子，当然懂得察言观色，知道自己有权愤世嫉俗。像这样信口开河的片面之词，怎么痛快怎么来。编排故事和用言语攻击人能让我产生微妙的喜悦之情。我的脑子里好像有一块巨大的幕布，需要的时候，幕布徐徐拉开。

有一天，我突发奇想，决定给自己搞一个妈妈。我走到街上，那天逢集，附近的人都来买卖。我看到一个穿着一件白底蓝花的罩褂的女人，正笑嘻嘻地挑小青菜。她蹲在地上，腰部的线条十分好看，还有粗黑的辫子垂落在腰上，随着她臂膀的动作，辫子也摇来摇去，她吸引了我。

妈，我想吃一根冰棍。我碰碰她的肩膀，她的肩膀结实有力，一碰我就明白这是个干体力活的人。

嗯？她扭过头来看我，想等我说一句"我认错人了"之类的话。

冰棍。我摊开手心，等着她递钱过来。

你说什么呀，你是谁家的呀？她顿时有点茫然了，嘴角咧了一下，想表现得很和气。

就一根冰棍也不肯买。我尖着嗓子叫了起来，眼睛瞪圆了直直地看着她。

怎么回事，你是谁啊？

我是你家闺女呀！

我没有闺女啊！

妈，你早上还答应过给我买一根冰棍呢。

卖冰棍的听见了就站过来了，他的手放在冰棍箱上，等着我妈递过来一毛钱，他的手已经快伸到冰棍箱子里了。

可是我不认识你啊！她被我这个气势吓住了，嘴张得大大的，露出整齐细白的牙齿，她朝四周看了一圈，好像在找人站出来附和她。我伸手攀她的胳膊，妈，你不会不想要我了吧，我以后帮你洗衣服做饭，什么家务都干，不要丢下我。

真的，到这时，我真的入戏了，眼泪快下来了。哽咽声细细尖尖，像一个真的被虐待的小动物一样瑟瑟发抖。

你说你这个人，怎么要丢自己的孩子啊？不知道哪个角落扔过来一句话，立刻就把事情给定性了，马上把看热闹的人的正义感给调动起来了，人们纷纷转过脸。许多买席子的不买了，卖苹果的也不卖了，都在看她的笑话呢。她完全被这事搞糊涂了，放下手上的菜，脚步开始往后退，想离我远一点。人们慢慢聚拢，把我和她围在了一个圈里。

还有这种人啊，青天白日的想扔女儿。

刚刚还困惑不解的她，此时突然呼吸急促，脸色潮红，带着因为恐惧而导致的颤抖的声音大声说：

不是的，不是的。

我虽然年纪小，但一下子识别出这是一张受过惊吓的脸，这脸上有一种真正的恐惧。一瞬间，我的心肠软了下来。

幸好围观的人群中有我的邻居也在买菜，她走到我跟前，看了看我，又看了看"我妈"，她说：

在桃，你妈不长这样啊！

认错人了啊！

一场大戏戛然而止。人们悻悻向四周散开。这个陌生人惊魂未定地趁乱挣脱我跑开了。

可是我的哭声停不下来。戳穿我的人越来越多，我还是停不下来。人们都失去兴趣,各忙各的了,我还是停不下来。我就那么闭着眼睛,两手捏成拳头,把声音向空中递。递了一丈好像还可以再加一丈。那一天我哭得十分过瘾,我觉得脚下的地都在微微颤抖。好像我真正失去妈妈不是出生两个月的时候,也不是我七岁的时候,反而是那一天。

世上还真有这样的小孩,被吵得不耐烦的行人给我贴上了一个标签:

这是个搞事鬼。

这些标签贴上之后,我就挂着它来来回回走动。我爸倒不表态,他一如既往地沉默寡言,进门出门都缩着肩膀,好像时时刻刻担心什么东西突然从天下掉下来砸到他似的。外人在他跟前说他女儿的是非,他也是面无表情地听着。说到我爸,不得不说,我爸糊涂到仅知道自己糊涂。他三十五岁的时候才有了我这个女儿,之前的事我一无所知。他瘦得像一根扁担,一个读过许多书的人,脸上却一副懵懵懂懂的表情,导致在我的整个人生里,只要遇到脸上懵懵懂懂的人,第一反应就是这人一定读过许多书。这就是我爸给我造成的巨大错觉。我爸这个表情,一直在帮他的忙,遇到大的事件发生的时候,没人怀疑是他在搞鬼,许多人倒霉的时候,他保住了工作,许多人调到更穷更远的地方时,他这副无辜的样子不知道打动了哪个领导,让他留在了粮站。

总之我七八岁时候,记住的我爸的那副面孔活像过年时街上卖的纸菩萨,黑笔红纸,画工粗糙、纸张单薄,有时是下巴破了一块,有时是帽子不在头上,每一张都眼神迷离,不喜不怒。

我爸帮不上我的忙,我心里的怒气无限升腾,有时坐在大门口,太阳照在房顶、石头和蚂蚁的身上,我突然就闻到大雨的味道,我知道晚上、最迟明天就要下雨。一闻到还没到眼面前的东西的味道,我就想到我妈,一想到我妈,我就特别愤怒,说话就特别冲,甚至脏话张口就出来。我的脾气坏透了。

有些时候,我觉察到,我的小伙伴们,这些人在我变成坏脾气之后还愿意带着我玩,无非是想听一听我与众不同的故事。就像他们带一个长着六指的男孩子玩,加入的条件就是先把长着六指的手伸出来摇两下,后来大家都见得多了,不稀罕了,可是他每次要是不摇一摇那六指,还是很难加入到正在玩的游戏中来。

没过几年,我爸认识了我后妈。说到我后妈,还是我爸那副懵懵懂懂的样子帮了他的忙。无论哪个女的看上他,他都影影绰绰的没个究竟,好像很被动,很好搞定。后来我想,要不是横空插来这一个女的,我妈也可能真回来了,但我不恨他,因为我当时一心一意恨着我妈。至于他自己怎么想,他之前和之后怎么想,我也一直没搞清。他的眼睛里藏着浮云和清风,可能还藏着天堂和远方,却唯独没有他女儿。看不出他对自己的生活比较满意还是比较不满意,他可没教过我什么,哪怕什么人生是艰难的、人要奋斗,这样的话也没说过。他基本也没说过狠话,对我、对其他人都一样。遇到我在外面惹了什么麻烦,让人找上门的时候,他会微微眯起眼睛,对着来人,或者是我,那样茫然的样子,好像那就是真理和责任。

我跟我妈见面不久,我爸被调到农场中学管财务,我俩也就搬到学校校工宿舍去住。校工宿舍跟牢房肯定是同一伙人搭建起来的。一进楼道大门,就是长长的过道,偏偏狭仄又阴暗,要是两个人在过道碰到,另一个人必须侧身贴墙,才能通过。每层楼只有一个简易厨房和公共厕所,厨房的窗台又高又窄,平常根本打不开,刮大风的时候玻璃碎了也没法换新的,楼道里有一间蹲坑的公用厕,每隔一个钟头冲一次水,常年恶臭难闻,顶部有一只光线暗淡的灯泡,根本什么也照不清。上厕所的时候要自己带手电,不然,就会找不到坑。我倒是有一个自己的小房间,可就算在自己的房间里,站在床上还要再垫一只板凳,才能够到窗户。窗外除了大片的棉花地、玉米地和花生地,什么也没有。不,偶然也有一棵小树,那棵树必须小到藏不住人,碗口大的话,就会被锯掉。远处,是一堵长长的,看不到边的高墙。不仅围住犯人,也围住自己人。这堵让我痛恨的高墙,许多年后还在那里,即使没有犯人之后,仍然顽固不化地耸立,再后来,某些破烂的地方被修补,变成了文化和历史。

外面是那么静寂那么孤独,一个说话的人都没有。更糟糕的是,我爸又买回了许多书在看。那些是什么书啊,《审计》《有机化学》《微积分》《考试大全》。我说看这些书做什么呢?

考证呢,我爸说,我还没证,政策变了工作就会丢。

证是什么呀?

一张这么大的纸,我爸比画了一下说,没有那张纸,我就什么也不是。有一个时期又不看书了,却还在那里写。我就问他,这回写什么呢?他说你不懂。我是不懂,所以又问。再怎么问他都是"你不懂"三个字。三个字打败我。

这话听了叫人生气。这就是看这种书的人说出来的话。我想了一想,这可能是实话。无论事实到底怎么样,话说出来对事情一点帮助都没有。他看的书越多,越不像我能接受的样子。我越长大,越不能忍受这样的人,看到他这个样子,再看看他满屋子乱七八糟的书,连着书都使我讨厌了。

我也不知道他到底考到证没有。我不关心这个事。

出人意料的是,我们农场的初中和高中都非常受欢迎。一则,农场考高中的分数比一般学校低不少分;二则,人家说我们农场卧虎藏龙,我们农场有许多以前教过大学的老师。许多家长拼命找关系把小孩送到这个学校。我上小学的时候,这学校确实是有好几个学生一前一后考上了清华和北大。但是我直白告诉你吧,有两个考上名校不假,其他的都是错觉,就算一个学校培养了一千头猪,只要一个上了清华,它就可以出名,至少在我们那里。我不说笑话,一个学校有多好的学生,就有多烂的学生,不走到里面根本看不清真相。

好在我爸对我一点要求都没有,我不生病就可以了。这个不生病包括不跟人动手。

就算人家打我?

你可以躲。

躲不掉呢？

小孩子的手有多重？不疼的话忍一忍就过去了。

我肯听他的话才怪。我还没上初中的时候，这个学校的风气已经很坏。尤其是我爸在学校做会计那几年，风气差到了极点。高年级学生动不动就约架，放了学一群人悄无声息地往围墙后的菜地跑，什么也不用说，一定是两拨人找僻静的地方干一架。周一到周六还好，一到周六晚上住校的老师回家，他们连僻静的地方都懒得找了，宿舍和食堂里就是战场。常常是一片野蛮的打杀声响彻云霄。我实在搞不明白他们为什么那么好打架，一言不合就干起来。下课的时候，要是看到有人被揪着头发往墙上撞，也是平常事。有一次，一个男的，一瓷缸滚烫的热粥倒进一个同学的脖子里，算他手下留情，没往人家脸上倒。热心人帮他脱衣裳，一大块肉粘在衣裳上被扯下来，后脖子露出红滋滋的肉。那家伙叫得也跟杀猪差不多，幸好是在脖子上，那个被烫的家伙好歹还能正常过日子，末了，你猜怎么着，记小过处分。因为在场的人没人肯出来做证。总的来说，我确定这是个阴森可怕的学校，不管你从哪个角度看它。我总希望这里有点欢声笑语，事实上大多数时候都是在吵吵闹闹、打打杀杀。同学都各有来路，真坏的和假坏的都想唬人，所以整天恶言恶语不断。校长恐吓老师，老师恐吓学生，高年级的恐吓低年级的。狠的恐吓尿的，男的恐吓女的。这些狠话堆在一起，能淹死一百头肥猪。

这些恐吓与被恐吓中的人们穿着各种各样的衣服，过着今天不知明天在哪里的生活。在那种乱糟糟的环境下，人人都百无聊赖，人人都向往着"北京""上海"这样的大城市，这些地名像远处田野上的花朵，散发出虚幻的香气，这香气想得越久，人就越烦躁。只有当他们将来回忆的时候，才能看清楚这是什么地方，而自己又是一副什么模样。

那个看上我爸的女人，住在学校附近，她原来的丈夫也坐过牢，出来后没有走，在农场附近造了一个房子，说要和她好好过。过着过着突然得了一大笔补偿，好事变成坏事，他说，"实在没法坚持了！"说完就回城了，留下了一个空房子和责任田给她。她为学校供应蔬菜，茄子、胡萝卜、黄瓜和大豆。其实她待人倒挺不坏。先前有一回我跟她一起从农场到镇上去赶集，坐在同一辆三轮车上。她好心地抓了一把熟花生递给我吃，吃着吃着就聊起天来。她是少数对我持续充满好奇心的人。换句话说，这农场里的人大多都见过世面，问问也就算了，只有她，一丁点大的小事都觉得新鲜，耐心地问我，专注地听我说在我妈那儿那天晚上的细节。后来我不肯说了，我主要是受不了她那夸张的样子："哦""哦""哦"，她一边塞一粒花生到嘴里去，一边就"哦哦哦"，嘴还半张着，露出嚼烂的花生碎。我听出来她是对我真心同情，那时我脾气已经变坏了，后来干脆把头扭到一边不理她。

她的样子不丑，可是脸皮很粗糙，手指甲因为剥了太多的玉米和花生，都没有指甲盖了，也不穿胸罩，奶子都垂到腰上了。我知道她虽然相貌丑和蠢，被体面老公嫌弃，但可以持家过日子，绝对不是个虚情假意、恶毒的后妈坏子。可是我们刚认识的时候,她就掌握了某种主动。她这么容易接近的样子,跟我妈完全不一样,我反而一下子想到我妈,一下子就闻到了一种我妈妈的味道。她还知道我缺什么,这可是我的软肋。似乎就凭这一点,我就不愿意接受她做我的后妈。也许她可以给我母爱,这样一来,对我妈妈的恨就有可能消失,我就是不太想让自己的痛苦消失,因为,关于妈妈的事根本不是这么简单,我如果接受她就等于接受她把事情搞简单了的事实。

我不接受她还有一个原因,就是她卖花生,卖了几毛钱就高兴得要命。她身上围着一个围兜,卖一斤花生就往里塞几毛钱。她对每一个顾客都特别客气,钱一接到手就乐得跟什么似的,哪怕就是几分钱,她也显得高高兴兴。她真穷,又丑,还那么乐,她让我觉得快乐不怎么值钱。她让我觉得没劲。我过得再不好,可是她这种日子我想都不愿意想,要和她一个屋檐下,这让我喘不上气。

反正我讲人坏话很擅长,自从发现苗头之后我就不停地在我爸跟前寒碜她,把她说得一分钱不值。

有一天晚上,我都睡着了,听到窗台有小声的叩击声,我一个激灵,立刻明白是那个女人,很快,嗦嗦的拨动门锁的声音传来。

恶从胆边生,我蹑手蹑脚从床上爬起来,走到房门后,不管三七二十一,拿起床尾的一个小板凳,对着黑咕隆咚的大门口砸过去。"哎哟"一声,她的哭声在黑暗里响起,那叫一个鬼哭狼嚎。我看都不看一眼,继续爬上床睡觉。

这样的事又发生了几次。还有一回，她来了，我出去了，从外面把门用麻绳绕到走廊的挂钩上，缠了一道又一道，我自己呢，远远站在走廊的厕所边，不到一个钟头，我家门把上的麻绳开始抖动，抖几下，停几下再抖。天放亮，走廊里有邻居来回走，麻绳就在那里无声地抖了半天。我打了死结，抖得开才怪。最后，我看到那扇门板被卸下来靠在墙上，我们就在没有门的房子里睡了好几晚，我爸才去买了新的铰链安上。换了铰链之后，我爸把我一个人扔在家里睡觉。每天天一黑，他打个手电筒开始往她的房子里跑。一开始还遮遮掩掩，到后来恨不得光明正大，没多久，就乐不思蜀，天亮直接从那边去单位上班。

渐渐地，他隔三岔五才回来一趟。他一回来，我就跟他怄气。我只认死理：我都没妈了，你还不管我！他也不吱声，就那么耐心地等着。等我气消了再动身。后来，这就成了一个模式。他回家—我怄气—我消气—他走—我又开始怄气。我渐渐长大，他回来的次数也越来越少。用现在流行的话说，我把我爸推到了别的女人的怀抱。关键我还不知道手段为何物，虽然我说了那女人的坏话，却并不懂得竞争，输得是简简单单，痛痛快快。

5

事实证明，小弟弟的异常表现的确是因为身世，今宝从学校回家之后，清泉得到了更多的耐心和呵护后，成绩明显有进步，个子也一个劲地往上蹿。很快，长成了清秀少年。

妈妈很开明，没有勒令弟弟从姐姐的房间里搬出去，也没有让女儿和自己挤一张床。她把自己的房间用木板隔了一个小开间，女儿睡里间，她自己睡外头。她把床和五斗橱往外移，差不多抵住了门框，一则是女儿的房间太小，二则是这样一来，无论谁第一次走进这个家，看到这个房间，头一眼还能看见几样值钱的东西。今宝的房间里没有窗，也没有家具，镜子梳子和其他的东西都只好全堆在床上，大白天进屋的时候，她需要先摸到电灯的开关，第二个动作是蹲在床边，床就变成了桌子。成天蹲在床边，这对于年轻的女孩子有一点点不相宜。妈妈说这是念书人的习惯，一层意思是肯定她到底跟一般人不同，另一层意思大概是嫌她有点迂腐。

说起"迂腐"这个东西，放在电影里，是一个戴着西瓜帽，穿着长衫的干瘦老头，出口"之乎者也"，用到今宝这里，无非是她经常会有些情绪和想法，诸如"目标、意图、希望、奇迹"等想法贯穿着她，包裹着她，更多的时候，她的情绪是负面的，无望、困惑、一筹莫展，这些都是自觉或不自觉出来的东西。诚然，对于小县城生活，作为学生和作为普通人果然有不一样的看法。以前，今宝怀着一种"这些与我不太相干"的心理，对谁都并不往心里去；如今在小街巷和弄堂里与人朝夕相处，那些大嗓门的女邻居、喝醉了酒到处滋事的本家叔叔，逢年过节都会一本正经地劝导她们姐弟，什么好好做人，替父母争光，这些摆一副前辈架子的人，到了自己两杯酒下肚就摇头晃脑、手脚不知往哪里摆，以及那些毫不讲理、一遇不爽就倒地放赖的小孩子，她在看他们的时候难免带着些嘲弄和蔑视的神色，似乎自己的所念所想与脚踏的土地之间有一道清晰可见的屏障。她尽可能地疏离他们。相由心生，心里不乐意，她的脸上自然而然就会稍许有些不耐烦的神色，遇到人跟她说话的时候，她的眼睛一直会看着别处，回答别人的问题尽可能地简短到微微张口，"是""不是""好"，到这样的分寸为止。加上她在屋子里待得久，皮肤又白，到底明显区别于那些俗里俗气的街坊。

　　她的骄傲——她努力地保持着这份骄傲，好提醒自己跟其他人略有不同，她也没有张狂到认为自己很特别、很了不得的程度，只是稍微特别一些。这单调重复的日子背后，可能隐藏，或者的确隐藏着什么线头，好使她拽住什么东西可以慢慢牵引着走向别处。

但这份骄傲对于实际的情形帮助不大，毕业好长时间，今宝还没有工作。县城一共有三个厂，一个棉纺厂、一个造纸厂和一个化肥厂，其他像粮食局、卫生局和防疫站以及医院和政府等单位，那是想也不敢想的，所以她以及她的伙伴们一向当没有这些地方。进这三个工厂还都需要两个条件：一个是厂里有招工通告，另一个是找到关系，特招进厂。这些厂多年来不温不火，也没有什么迹象表明它会突然大量招工，当然，每一年，甚至每个月都听说这个那个人因为这个那个原因进了工厂，这就是社会上的隐性规则，谁都了然于心，谁都知道自己有一天也能突出重围，杀进这个隐形圆圈。今宝的妈妈也抱此幻想。

高中毕业的那年夏天，家里又发生了一件不幸的事，她的表弟——大舅舅的小儿子吴波意外身亡了。当时今宝正在参加一个同学哥哥的婚礼，那晚她留宿在同学家，死讯是舅舅的邻居骑自行车来报的。舅舅住在西郊，离今宝家仅三十里路。就在前几年，靠近西郊的下城区，被政府圈了一个大大的圆，作为招商引资的开发区，正在大兴土木，平山填坑，修路造林。住在西郊成了一件幸运的事。没几年，渐渐有了名气，即使在省城的火车站，你只要说一句"下城区"，人家一定就知道你要去的是西郊的"下城区"。小表弟初中毕业，恰巧"下城区"一个电缆厂招工，他身材高大、性格外向，顺顺利利招进去当了保安。这几个月，可谓风光一时。

来人只说是被人打死的。妈妈先带着两个弟弟，雇了一辆三轮车先去，今宝第二天下午赶到舅舅家的时候，剧烈的悲伤和激烈的打斗已经结束。但是屋里屋外仍然像个火药库。天气热,死者已经送到了殡仪馆,杀人凶手(人人都这么称呼)一共三人,全部逃走了。今宝的舅舅和外公刚刚因为悲伤过度,正在送往县医院急救室,留下的亲戚则兵分两路,一路在镇政府门口,涕泪滂沱地高呼"杀人偿命",向政府讨说法;另一路守在"杀人凶手"家门口,对着残墙断壁诅咒恫吓。今宝错过了最癫狂的时刻:在过去的一天一夜,亲戚们几乎砸烂了这三户人家的全部家当。她到的时候,公安和政府已经出面调停,就在她陪在舅妈身边手足无措的时候,新的消息传来,三个小孩全部已经自首。一大批亲戚——血气方刚的年轻人居多,带着家伙就往公安局去,年纪大的紧跟在后,以防出更大的事。

等到的真相却令真相扑朔迷离。

三个投案的男孩子最大的才十七,最小的十五,他们给出了出奇一致的口供:是吴波约他们到下城区的开发区谈事情,约了几次他们才赴约,结果吴波也不谈什么事情,上来就动手,他们还手自卫。

骗子,骗子,这个出奇一致的口供使人的愤怒无形中往上攀升。

那个自称十五岁的为了高考改过年龄,其实已经十八了。这个信息更让听的人一阵惨叫,感到公道难讨。

对方有一个孩子的家长是个政府官员。我的天哪,这个世道,这个世道。绝望的亲戚们听一句尖叫一声,此起彼伏,泪流成河。

不久,尸检的结果出来了,说表弟有心脏病,所以一激动,拉扯过度,心脏病发作而死。

谎言,天大的谎言!看来法医也被买通了,且不说这孩子壮实如牛,他身上到处青紫,虽然没有出血,但胸口有明显伤痕。舅舅更加狂怒、发疯,一而再再而三地从床上爬起来要报仇、要自杀。

舅舅只有两个儿子,大儿子自小怯懦、乏善可陈,小儿子壮实、好斗、聪明,广交朋友,人又慷慨、喜欢许诺,样样比他哥哥强,是家里的骄傲。虽然只有十七岁,却已经在下城区一个大企业当上保安,开始挣工资了。几乎谁也不会怀疑——他在发迹的途中。是的,他乌黑浓密的头发,还有他无瑕可寻的皮肤,以及一米七八的身高,足以使他被宠爱一千次,被原谅一万次。外公曾经就说过:这小子将来能威震四方。

这个被寄予厚望的少年,志得意满。对表姐今宝,他前几天才夸下海口,允诺她:工作的事我来想办法。

今宝说不清当时的感受。说这话的时候,表弟吴波一边抽烟,一边伸手拽头顶上的树枝,作为一个躁动的少年,他有着超过这个年纪的成熟、从容和理智,一进这个单位,就经常受总经理直接指派,给老板跑东跑西。这份殊荣,使他带有一点别样的神秘气质。似乎还在不久之前,在今宝父亲的葬礼上哭可怜的姑父,他还穿着开裆裤;似乎就在昨日,他嘴上挂着"扩大经营""出口""企业前景"等时髦的词。他的外表虽然不免空洞单调,说起话来有点吹牛(他自己的理论是,不会吹牛在江湖上混不开,以此作为他说大话之后对知情人和自己人的解释),这莽撞、热情的性格,无损他的影响力,自成一种特别的魅力。他还有一个爱好就是捉弄人,尤其是捉弄比他小的孩子,在今宝家门口,他会指挥几个十来岁的孩子们在水泥街面上发动一场摔跤比赛，他是两个队的教练，又是唯一的裁判，他代表时间和规则，最后他决定能赢的那个孩子，并不一定像那个孩子自己以为的那样，是他摔倒的次数少，不，恰恰是他摔得太狠，他们的裁判心血来潮，觉得他有资格对受苦的人给予补偿。大人们对他的权威和新规视若无睹，只有今宝略有质疑，表示真正的赢家应该是坚持到最后而衣服最干净的人。表弟没有给她发言的机会，弟弟们也任由他掌控局面，好像司空见惯。他是跃文和清泉的榜样。这个春风得意的少年没读过什么书，出不了远门也活得这么自信，使生活在贫寒和孤独世界里的两兄弟，感到些许安慰。

最后一次留宿在姑妈家的时候，他可能就已经迷上哪个女孩了，看上去有点心不在焉，吃饭也漫不经心，拨弄着碗里的米粒，又担心姑妈不高兴，大口大口地把半碗饭干掉，米粒挤满口腔，他露出调皮的笑，是那样的善解人意。

可能正因为如此，这种联结着血缘、梦想和前途的关系的亲戚突然遭遇意外，悲伤和失望，对这个家族上百位亲戚（这只是推测的数字），尤其对今宝的两个弟弟，一个十五，一个十三，更加打击深重。在打砸毁的过程中，兄弟俩一马当先、下手无情，边砸边哭得两眼红肿，举着其他亲戚用毛笔写的"杀人偿命"的纸牌子不停地在"杀人凶手"的门前屋后走动。在对方亲戚到达之前，他们渴望一场真正的战斗，没什么东西没被砸烂了，为了吸引到对手，他们燃起火把，爬上门前的大树，试着往屋顶扔，一次是失手，另一次被更理智的亲戚用竹竿挑下来，在引发火灾之前，有些年长的亲戚已经冷静下来。

没有人应战。

法医的无德、对方家长的地位，法医的不可靠以及死者的沉默，把人带到神秘的地方，使真相越沉越深。

后来坊间传闻和官方通报，都只是谎言的延伸。有人说，原来死者与三个杀人凶手之前并不认识，死者在生前相中了那个十六岁男孩的女朋友，那女孩也是一个高中生，死者展开猛烈的追求，可能眼下已经成功了。三个凶手的身份也得到确认，他们全是高中生，只有死者是社会青年，这一点于死者更加不利。那个被抛弃的男孩子，他约了两个同学来找死者谈判。在谈判过程中，死者先动手，虽然没带刀具，可是身高力大，三个人都不是对手，出于正当防卫，他们才稍稍还击了几下，而死者，他是激动过度，猝死。

撒谎撒谎撒谎！一开始是强壮的多声部的急促的高呼，随着双抢季的来临，大多数亲戚各归来处，呼声逐渐减弱，最后变成了单音节，只有几个近亲陪着舅舅舅妈参与到谈判的过程中。

他们的申诉材料显示：三个人处心积虑地把吴波约到外滩，他们其中一人还递了一支香烟给吴波，因为吴波烟瘾很大，河滩上有几根烟头。随后他们谈得不愉快，其中一人从背后动手，准备好一个石块，猛击他的头部，吴波毫无防备，所以才仰面跌倒，以致任人踹其胸口，对方是预谋把其杀死，一直持续不停地猛踩，一直到他彻底死了方才罢休。

多么残忍、多么血腥。

更可恶的是，他们的父母出面，法医做了手脚，法院送了礼，派出所改了户口，所有这一切罪恶行径全是在短短数天完成，无一不表明对方有权有势，罪大恶极又能一手遮天。

他们想要对方偿命。说到天边也得偿命。

对方派来的谈判代表提出的要求简直让人想吐血：无论法院怎么判，只要死者家属不上诉，并且在宣判后就将殡仪馆里的尸体火化，三个家庭愿意赔偿五万元，但是如果选择上诉，他们将一分钱不赔偿，甚至，他们还会反诉——因为三个家庭的家当全部被砸光了。

舅舅，那个曾经想和儿子一起死去的人，不得不面对一个艰难的抉择：据可靠消息（他们在法院也有人），不仅不会判死刑——这判死刑根本是白日做梦，甚至他们可能一天牢都不用坐，在这无法无天的世道里，他将人财两空。基于对对手背景的判断，对打赢官司的悲观，渐渐改变了舅舅的计划，这笔钱是个天文数字，既然小儿子已死，这笔钱可以帮助大儿子造一幢像样的楼房。之所以之前大家没有留意长子，是因为小儿子太出色，现在，他成家立业的大事就得重视起来，仅凭他自己的能力，加上这桩不幸事件的发生，他很难找到像样的女朋友或好工作，眼下，这笔钱越发显得格外重要。

今宝没有参与谈判。这个时候，她还没有说话的机会。倒是母亲，作为嫁到县城的长姐，似乎更显得有见识和头脑，三天两头回娘家。事情的进展全是母亲告诉他们姐弟的。两个弟弟甚至还去山里躲了几天，因为他们举着火把的样子被政府的人带着相机拍了下来。

6

亲爱的今宝：

差不多十岁，我被父母两个都给抛弃了，剩下我没钱没计划，哪儿也去不成。农场是个长满庄稼的荒地，他们只留下我口无遮拦的权利。我就把自己形容成一只遭到囚禁的鸟，有时候猪也会被围在栅栏里养，所以也像猪。这么说的时候，自己会被最先打动，心里会升出一种渴望，渴望某天有人来解救我，把我解救到真正的生活里去，我们想要获得更多的东西，以前没有得到的，或者去捣毁某些东西。

那时最流行的一首歌是：《年轻的朋友来相会》。20世纪80年代的最后一年，我还在读小学呢，我手上没有钱，只有饭票。饭票是我爸算好了给我的，一天两顿，周末一顿。这样，除了学校我哪儿也没法去。

我们学校的学生，上回我跟人说过了，都很坏。但是别人从初中开始坏,我从小学就开始了。女生当中,如果我是第二坏,应该找不到第一。但是我跟男生的坏不一样。坏有两种,一种是嘴上坏,一种是手上坏。我当然是前者。

通常手上坏的人危害比嘴上坏的危害大,偏偏我嘴上能杀人。我爸算是过年结的婚,一过完年,学校来了一位女老师,跟我妈妈差不多大,据说她是从大城市下来的,上过大学。她头一天来上课,就把我们大家都惹恼了,她穿了件豌豆点的花褂子,皮肤黑得发亮,头发晒得枯黄,手心很白,手背却很黑,虽然穿得干干净净的,可一看就是刚刚从田里上来的。她说你们父亲辛辛苦苦赚钱送你们来上学,你们一定要好好学习啊!

这种屁话不光是她讲,每个老师都讲,天天讲,我们都听腻了,可是作为头一天才来,一副乳臭未干的样子还没有老师相也没有老师腔的人来讲,那就不一样了。

对,她就不应该提那几个字,她一提这几个字,所有人都扭头朝我看,好像我不给她点颜色就对不起这个时刻一样。我顺势就来了句:

日你妈!

她愣在那里。

所有同学都继续瞪着我,我只好加快语速、加大音量:日你妈!日你妈!

全班满意地笑了,有的笑得鼻涕出来;有的笑得直咳嗽;有的趴在桌子上颤抖;有的笑得太大声,屋檐上的麻雀都吓跑了。

然而我没有表演够，做出一个要跑的动作，被一只桌腿绊了一下，跌了个四仰八叉，剧烈的疼痛差点使我哭出来，我却把眼睛闭着，好像昏死过去一样。装死比哭叫更有力量。

老师惊叫着跑出去求助了。

校长、教导主任和其他老师纷纷被惊动了，扔下自己的学生就往我们班上跑。我被扶起掐人中、揉太阳穴，等我醒过来的时候，老师早就不见踪影了。

之后的事就都是道听途说了。听说她一边哭一边往回跑，跑急了摔了一个跟头，摔破了头，然后捂着头到卫生院去缝针，缝针之后又捂着头回家。好像那天风特别大，她的头破了，又受了气，就得了破伤风，这个病没治好，夏天还没到，她就死了。

学校里议论纷纷，我坚持认为这一定是个笑话，她不来不等于死了，她死了不等于我害的。说这些话的人，他们不了解之前的事，也不了解之后的事，他们单记得他们看见的事，可是看见的事是所有发生的事情中最没意思的事，但是他们现在对我说话，就是这句话：

"三个字干掉你！"

不久我听说我后妈生了一个女儿。我一个同学，在早上上学的时候，把消息带给我，她书包也不放下，就在那里等着，我一时有点不知所措，我听到这个事情的时候感到非常开心，我想象把面团一样大的小孩抱在怀里是怎样的体验，但我知道那些人都在等着我说点什么，好像我不说点什么，这个事情就没有结束。我那时还是很稚嫩，所作所为还没有什么目标，有时是一时兴起，有时纯粹是讨好他人，即使是一群像鸟一样聚焦在我身边，又会像鸟一样飞快地散开的人，我都在乎。在这个情况下，我没有闻到任何味道，但我的责任使我不得不象征性地说出了三个字。

日你妈！

这一回，我根本不跑，就那么直挺挺地一头栽到地上，就好像这几个字是一根大棍，直接把我自己撂倒了。

这个时候我既能使所有人目瞪口呆，又能免于被责罚。

我那个妹妹两个多月之后从床上掉下来，头上身上哪儿都没破，但是她死了。

先得到这个消息的不是我，是我们学校的老师。我爸爸那天缺勤，他小女儿摔死的消息在全校传开了。

我的同学兴奋得都喘不过气来了，他们盯着我，嘴里开始发出"嗷嗷"的叫声："三个字干掉你！"

这个口号铿锵有力，充满惊异和崇拜，没有任何恐惧的意味，好像我背着他们创造了奇迹，他们欢呼、验证，像一部电影的尾声，战斗已结束，胜利已来临，必须有人群欢呼时，那份尽心尽责的虔诚。如果那时，我让他们全部跪下来或者全部冲出去，我觉得他们会言听计从。

一个人说你是大侠，好比递了一根筷子到你手上；十个人宣布你是高手，那根筷子已变身长棍；一百个人说你杀了人，就好比手握一串飞刀，刀刀见血封喉。你身轻如燕，怕什么江湖凶险？少林寺算什么？霍元甲神什么神？

一开始，我们心里的愤懑超过我实际感到的痛苦，不过，得知自己的嘴可以杀人之后，我实际感到的快乐开始遥遥领先。

在我见到我妈之前，我还不能做任何选择。我妈来了，又走了。我爸找个女的，搬出去了。我被丢在学校食堂，有一顿没一顿，给什么吃什么，给什么穿什么。但在我用三个字消灭别人之后有了变化。我做的每一件事都出于我自己的选择，我确定哪一种味道让我不爽，哪种情况下吐出"日你妈"三个字。

我运用的程序是：所有人都以为我会说的时候，我不说；所有人都开始表示失望的时候，我也不说；所有人都以为事情过去的时候，我会突然说。我一说，事情就开始不一样。但是，吊诡的是，从第一个结果到最后一个结果，都不是我想要的。我想要什么样的结果，事实就一定会朝相反的方向去。

在我十一岁那年，唯一的朋友就是小诸葛，他也是我长那么大见识过的唯一的大人物。

小诸葛不属于农场。他来的时候，天气转暖，桃花开得旺盛，他骑着一辆老式的带挎斗三轮摩托，就像从天而降。在农场的各个角落遛圈。农场的大人小孩全都好奇地瞪着他，他也好奇地观望排队看他的人。这是个宏大的场面。在我羡慕他的挎斗摩托的威风时，他也对来自农场的女孩子发生了兴趣，正想方设法引起女孩子的注意呢，不过，这其中肯定不包括我。有一天，我独自走在街上，他的三轮摩托"突突突"在我身后响起，一阵烟雾弥漫，换了别人，早就跳到一边，让出通道。我才不是别人呢，我慢悠悠在路上摇晃，假装没听到这震耳欲聋的摩托声,说实话,这声音粗暴得很,刺啦刺啦的,像一个活了一千年的老狗不停地打喷嚏。我溜达了几分钟后,终于听到他跟我身后,扯开嗓子说,喂,丫头,你长大肯定会成为女痞子哟!

我把这句话当成了恭维,忍不住哈哈大笑,笑得捂住了肚子蹲在地上。我笑得太夸张了,实在没道理,又刹不住。我一边笑,一边心想完了,太土了。他等我笑停了,问我愿不愿意坐他的车。

我一坐上他的车,他就扯开嗓子问我问题。风把腮帮子吹得发痒,耳边一阵又一阵呼啸,人被灌得醉醺醺。他的衣服也鼓鼓的,头发在飞舞。我喜欢专心体会风的力度,可他的问题很多:小孩,你住哪里?你多大了?你想不想去外边看看?

月亮照白大地,没有什么比骑三轮摩托到"外边"看看更让人觉得好奇了。

我告诉他,我十四了,"外边"我早就看过了,没什么意思,就那么回事。说这话的时候,我想起自己跟在妈妈屁股后面小跑的情形。那对于我来说就是外面的世界,陌生的、带着希望奔赴的世界,到头来,揣了把刀回来。我一副见过世面、玩过也不怕被玩的样子。

他停住摩托,面对我,带着不相信的腔调,他说,你下来,看看你多高,喊,你都十四了?

骗你不得好死。

他哈哈大笑。露出一口又白又整齐的牙齿。

我还太小了,并不真正懂得什么是有效的,什么是无效的,什么是要紧的，什么是无关紧要的。

我坐在三轮摩托的挎斗里，这个位置可以看到急闪而过的街道。那时候街上几乎没有汽车，只有自行车三轮车和大货车。我很同情那些站在街边看热闹的女孩，她们目不转睛地看着我，她们一定想成为我，或者希望我下一秒倒个大霉，因为她们没有真正的自由，因为她们被看得太紧，又或者长得不怎么样，所以才落得只能看热闹的命。后来，我学会了从别人的角度来看事情，我明白了她们在想什么：如果她们的妈妈发现她们像这样坐在一辆来路不明的三轮挎斗摩托车上，会打死她们的。

一路上，他不停地侧过脸跟我说话。说他的理想是当兵，各种原因，没有如愿，他可是一个真正的军事迷。我们到山区看了一个革命遗址，碉堡一样的砖房里陈列着行军壶、机关枪、带血的军大衣和真正的子弹。这些藏在深山里的地方他竟然听闻而且能随随便便进出，令我大开眼界。他不仅知道中国最有名的将军，国际上的名将的拗口的名字也如数家珍。一个下午结束之后，我对他简直崇拜得不行了：谁说我们县城没有大人物，我觉得他就是。

我还引着他去了我家，因为他听说我家住的那幢楼原来就是监狱，他对监狱充满好奇，可惜，真正的监狱我还没见过。

我十一岁那个下午邂逅过的一个大人，令我心生向往。听着他信口开河，让我浮想联翩。我住在一个干燥的农场，当时不知怎的竟想起大江大湖来了，我很希望见一见老师曾经说过的大海，一望无垠，无忧无虑。但是我无法想象真正的无边无际无限制是什么样子。

我琢磨得越多，就越想摆脱眼前的生活，我希望这辆三轮摩托车一直开下去，开出去，开到外边去。速度和风使我很激动，我很开心这种不同的体验，情不自禁地跟他说起了我妈。说起我妈把我抛弃的事。我以为他会发出我后妈那样的惊叹声，至少是那种表面的同情，但是他没有。在呼啸的风声里，他告诉我说：

在农场，这不算什么。

你说什么？我大声地对着他的耳朵问。

艰难的生活永无止境，但因此，生长也无止境。

在我仍然一副懵懂无知的样子时，他加了一句：

不要老是觉得自己可怜，不管在农场还是外头，比你更惨的人有许多。

我看着他的手指，他的手指很长很细，但是手背上的青筋突出来，看得出握着把手需要很大的力气。他不仅不同情我，还一脸见多不怪的表情，加上他的话里透露出来一种难以抗拒的神秘，让我觉得十分意外，被深深地吸引，忘记了自己在寻找同情。也好，事情比我以为的要复杂，我的心稍微平静一些。

开快一点。我对他说。

这是我第一次对速度和方向有了向往，是和我妈妈家相反的方向。

说话算话，不要后悔。他侧过脸牢牢地盯住我的眼睛说。

一瞬间我开始感受到猛烈的颠簸和起伏。噪音加重了，不，是加快了。几秒钟之后，风的呼啸、轮胎刮擦地面的尖叫、发动机的狂吼混成一团。

摩托车越开越远。一直开到一条江边。紧接着来了一场雨。因为可怕的暴风雨来得很快,车里车外被水淋透了,我们躲来闪去,路面很差,烂泥很快卡住轮胎,我们不得不把车子丢在路中间,躲在路边一个草棚子里,雨越下越大,整个雨棚都在哆嗦,我们缩在那里,满头满身的泥,他那英雄模样几乎荡然无存,看上去比我还狼狈。

总的来说,我对有小诸葛的生活相当沉醉,整天跟在他身后。因为他的骑士风度和英勇气概,因为他带我进入到我无法进入无法理解的神秘区域,因为他所做的事,还因为他对我的态度,有种假大人的疼爱。比如,你吃过了吗?那个腔调就好像你说没吃,他就带你去下馆子似的。可你真要说没吃的时候,等着吧,他根本不知道接下来怎么办。我估计他也没什么钱。他还喜欢说大人说的话,出门要多加一件衣裳、好好说话、不要乱跑。纯粹就是在模仿大人。他越显出很稚气的一面,心思易猜,越表示他和我一样感到愉快。为了配合他,我也假装有爱好。我的爱好就是冒险和刺激,做旁人不敢做的事。

一坐上他的摩托,我就会催着他加速度。一直开,一直开,开到没有路的地方。车轮每颠簸一下,我就发出一声夸张的尖叫。路越难开,我叫得越兴奋。比我大一些的时髦女孩都在收集邮票、台湾小虎队画像,到城里的录像厅看香港录像,这些无聊的事引不起我的兴趣,我正在经历的事情超乎想象。

唯有一次,我们去往一个河边,我顺手从他敞开的外套口袋里摸出一副扑克牌。打开一看,每张牌上都有一个裸体女人。我臊得面色通红,又生气又忌妒,一张一张把牌撕得粉碎。那一次,他把车停在公路边上,气急败坏地发火,说了我许多坏话,说我头上有虱子,指甲缝里全是泥,他还说我连一条干净的裤子都没有。真的,这话真让我伤心,这也是事实。我对他怒目而视。要是我够得着的话,真会一拳捣上去。真的,我不想跟他散伙。现在整个农场都知道有一个大人在罩着我,说不定还以为我和他在搞对象。我特别乐意听到这样的传言,这意味着我不再是独自一人。我一声不吭地走到河边,把自己整个人都泡在水里,一点一点从头到脚洗了个干净明白。他到河边来看我在干什么的时候,我冷不丁拿起他的手放到我的胸口。要是你想拴住什么人,你得有根绳子,对吧,我很清楚这一点,我的胸就是我要的那根绳子。我觉得我要先发制人,掌握主动。他吓得直往后退,张着嘴巴,吃惊得不知所措,等他坐定在地上,看着我水淋淋的样子,他明白了。明白过来之后他拉起我就要走。我不依不饶地掰他手腕往我的胸口摁,终于,他的手在我胸口象征性地绕了一圈,缩了回去。我等在那里,希望他表示点什么,他说我太孩子气了。这话我也可能理解我太瘦小了。但也意味着我俩的关系算是有了进展,我重新高兴起来。五月份,他结交了另一帮人,我很不高兴,想把他留在身边。衣服很薄,家里又没人,可他不愿意,我觉得他现在不可琢磨了,分分钟要逃跑的感觉。

几次之后,他再来,只是示意我上车,然后风驰电掣地向前开,好不容易停下来,他只是一个劲地说话,无论我靠得多近,都懒得把手伸向我。我越来越紧张。是一种从下到上的紧张,这种紧张谁也看不见,只有我自己知道,而且越来越清楚。他说的那些我开始听不明白,他用的词高深难懂,什么要求对抗通货膨胀、处理失业问题、解决官员贪腐、政府问责、新闻自由等。这些词也不知道从谁那里贩来的,他结结巴巴从嘴里掏出来,还没有我重复的利索呢。这些词像水和肉一样有营养,他一下子又长高了许多。

"游行""官倒""通货膨胀""自由""和平",这些词从他嘴里不停地出来,他不厌其烦、津津乐道,情绪十分高涨。我开始还假装听得聚精会神,可是他每天来了也不骑车,就是翻来覆去说个不停。除了我之外,我们农场还有一个叫小赵的男孩,比我大三岁,也对小诸葛崇拜得五体投地。小诸葛让我俩坐在山坡上,自己站在我们对面,不停地讲讲讲,就像演杂耍的表演前先要说的一大段能急死人的话。但他的表演虽然夸张,却一点都没有喜感。要是我和小赵有想插句话的意思,他马上一个手势让我们看着他,不许我说话,好像我站在他面前,就两个耳朵有用似的。我越想越气,等他说累了,追着他问:你天天说这些是为了什么呀?

为了幸福,为了自由。

为了什么幸福,为了什么自由啊,谁有你幸福自由啊,有挎斗摩托车,想去哪里去哪里,又不缺钱。我还留意他脚上有一双漂亮的高帮球鞋,我又不是傻子。

傻瓜,为了其他人,为了更多人的幸福。

可是你自己还没挣工资呢,怎么能为其他人呢。

我一反驳他就瞪我，说我不懂。我是不懂，所以继续问。他答不了，就不耐烦了，干脆抱起胳膊，假装没听见。我很希望他喊这些口号是为了我，哪怕不是真的为了我，我也会真的高兴。就算后来我承认这不是表演，仍然只得到一个结论，我觉得他根本没搞清自己的立场，甚至也没搞清自己的敌人。我暗暗焦急，想把他的注意力引到我身上来。说到底，他说的什么一千人聚在一起的大场面又不在农场，再说又不是他亲身经历，他再怎么添油加醋，我也无法想象，无法体会。我觉得这些破事成了我俩之间的障碍，他说不是，我根本不信。我当时一个劲地想转移他的话题和兴趣，到末了，主动把他的手往我的两腿间引，我急吼吼地想达到目的，可是他一旦动了念起了性，我又赶紧跳到一旁，以免这些事真的发生。说实话，他的信念成全了我，他说：你还是个小孩，会坐牢的，为这种事坐牢，还算人吗？

所以说嘛我还不是女人，我只是个小孩子。对我不能理解的东西，讲一万遍也还是徒劳。反正几回之后，他懒得来带我玩，我只有傻傻地站在原地等。

我们在街上拍过几张照片，有一张是在他的三轮摩托上，他还搞了个茶色墨镜戴在脸上，墨镜遮掉了半张脸，但我记得他微微上翘的下巴。墨镜，也可能是他过于一本正经地挺起胸膛的样子，使他看上去有点好笑又有点凶。也可能那阵子他一直忙于和朋友们聚会，似乎身上积蓄着无穷的力量，谁这会儿靠上去，他立刻能把人撂倒。我站在他边上，显得有些害羞，可能很少对着镜头，看上去还有点蒙呢，我规规矩矩地并腿站着，像个傻瓜。不过，通过这张照片，我记住了十一岁时的自己，我比一般人高一些，虽然胸前一马平川，可是胳膊和腿已经圆乎乎，我的脸也圆乎乎的，眼睛也圆乎乎的，可能很少照相，我瞪着眼睛，生怕快门闪的时候眼睛是闭着的，瞪到眼睛快要夺眶而出了，拍照的人才说：好了。我的眉头已经皱起来，很不耐烦了，可是放到照片里，这使我看上去像受了惊吓，又像为了什么事迫不及待似的。小诸葛拿到照片时告诉我说，你的眼睛里能装得下整条江。要是面前是一座山，他可能会说我眼里能装得下一座山。他说得我晕晕乎乎。我追着让他解释，他的话我还是摸不着头脑。他说：

你身上有一股奇妙的力量，并且深藏着澎湃的激情。

他说我像个傻瓜，他说，你是个傻瓜，但也不全是你一个人的错。

我不得其解。

有天晚上，我做了一个梦，梦见他给了我一个心甘情愿的拥抱。这是他第一次拥抱我，他的胳膊结实又柔软，这是光一样的笼罩，让我忘记了一切遗憾。这个拥抱是个错误，紧接着我梦见他和他的车高高竖起，摇摇欲坠，不停在空中翻滚。这没有道理呀，摩托又不是树叶，不应该在空中翻滚，在我的强烈不解之下，摩托才徐徐落地，像电影里中了枪的敌人，轰然一倒，摔成一片废墟，他也变成了废墟中的一片。我紧张得不能呼吸，紧紧地贴着桥墩，忘记了伤心。

那个梦之后，我再也没有见他在农场出现过，这个梦没有来得及讲给他听，他就消失不见了。

7

法院的宣判一点也不出意料：过失致人死亡。三个人全部判处有期徒刑三年，缓期两年执行。这意味着，他们可以回家了——在杀死别人的儿子之后。

舅舅早就一夜之间白了头，虽然对此判决早有心理准备，也数月哭得天昏地暗，表示生无可恋，但是，判决下来的当天，他还是再度发了狂。电闪雷鸣。哀伤使他整个人变得湿乎乎的。今宝被喊到他面前，舅舅对今宝说，我的儿子，你表弟，要不是遇到那几个小杂种的话，本来会是一个有出息的大人物。他讲述冤死的小儿子的时候，眼珠子瞪得老大，五指张开，伸得笔直，带着一种难以描绘的苦痛的神情，好像手指一弯这些话就会掉到地上似的。他还讲了儿子活着时的趣事，小时候挨饿，没有得到足够的教导和培养；家里穷，才到工厂打工；要是再给他一次机会，"我好好补偿他"，可是一切都变了形——就像今宝如今看见的这样。

我要写一个状了，进京上访。

其余的大多数人都暴露了，只有今宝还可帮着完成任务。她的任务就是到三个杀人者的村庄去走访，收集杀人者们平常的恶行以及这些家庭官民勾结的证据。

今宝顺从地点头领命。

第一个需要重点调查的是刘根生。他就是被认为改了年龄、最先动手而且死不认罪的那个。

那户人家离舅舅家并不远，不难找，一靠近那幢房子，今宝就嗅到了灾难来过的不幸气息。

那天太阳明媚，今宝站在房屋投下的斜影里，看着这户人家的院子。所谓院子，其实就是一块用渔网围住的菜园。渔网破烂不堪，菜园里简直没有一棵菜，到处是踩踏的痕迹。

不一会儿，阴影挪移，把今宝的半个肩膀暴露在阳光下，她意识到肩部灼热，不由自主地向房子靠近了几步。

现在，她惊动了屋里的人。

一个中年妇女扶着腰坐在门槛上，头发枯黄，凌乱地团成一团扎在后脑上，周身一色的灰色，头发也是灰白，她肩膀是歪的，形容忧伤，满脸怒气，脸上是一种拒人于千里之外的漠然。等她跨出门槛站到门外的时候，今宝才发现她其实是腿瘸，肩膀并不歪。不知何故，她出门时弯了一下腰。她弯腰的时候，好像带动身上什么部位疼的样子，嘴角侧面的皮皱起来。可以想象她曾经是饱满的。屋角的树丛传来一声猫叫，她一哆嗦，面露凶光朝树丛吓了一声。

今宝已经完全暴露,她不得不走到她跟前,艰难地开口了,她说:

婶子,打扰,到王庄怎么走?

那个女人的反应——像她对那只猫一样,摆出不耐烦的姿态,对着今宝前面的方向,用勉强听得见的声音回答:

那边。

好像再大声一点就吃了大亏似的。

今宝就势继续往前走,顺便快速瞥了一眼敞开的门,那屋里空空如也,没有桌子没有板凳,没有扁担没有锄头,是真正的一无所有,毫无疑问,几个月前被今宝的其他亲戚悉数毁了。

现在,这个女人,这个杀人凶手的母亲(肯定是),这个早已被形容成无所不能的可上天入地的有权有势的女主人,她的模样跟她在今宝心目中的形象一点都不协调,这真是太怪了。今宝想起她曾经在一本外国名著上看到过一幅插图,一个衣衫褴褛的女人,她悲哀空洞的眼神使拿着书本的人也觉得沮丧起来。这本书之所以没记住,是因为她被这个女人的伤感击中了,在她的理解力之下,她已经可以预见到她将读到的是怎样的一个故事,开始之前,她已经没有勇气去看这本书,因为她确信那一定是真正的悲伤,真正的打击,或者真正的苦难。这个杀人凶手的母亲的声音扰乱了今宝,使今宝突然失去了某种执着。这个跛腿的女人,这个自带阴影的女人,她有一种奇怪的吸引力,这种吸引力从她违背自己的形象的时候起悄悄出现了,从她挂着那副生气而不是负罪或者盛气凌人的样子的时候起慢慢凸显。在她吐出仅有的两个字后,她的生活在今宝的脑子里成形了。透过她的声音,今宝好像看到了她这几个月所受到的折磨,听到她每个夜晚都会用这种声音打破空气中的沉默,表达她对居无定所以及家破人亡的恐惧。现在,今宝开始感到自己和这几个月来一直了解和建立的一切都有点扭曲变形。

那个女人愤怒而愁苦的脸倒成了一条线索,她大胆地想,可能有什么地方错了。

她对自己此刻的反应感到奇异,失去表弟的痛还在心口,对于"杀人凶手"应有的痛恨和厌恶却没有产生。

在第二个"杀人凶手"的家门前,院子显然更讲究一些——原来是用杂树枝扎了一圈围住的栅栏,防止家畜进入种了花和树的院子,院子还在,花已经荡然无存。有时间并且舍得把地拿出来养花的人家,一定如大家所言,不仅有钱,是体面人,而且有直系亲属在政府做事。今宝注意到刚刚的阳光也照到这里。有一棵香樟树幸存下来。深色的树叶上有一层轻亮的反光,仿佛为了轻抚被践踏过的灌木和花草。她认出了那个叫陈鹤立的"凶手",他是家里的独生子。他的父亲一定希望他鹤立鸡群。他手里拿着一根圆柱形的擀面杖一样的东西,不停地反复地搓着。听说他已经辍学了。他看上去很瘦小。官司打了几个月,除了舅舅,其余的人,包括那些上门打砸的人,其实都没人形容过这孩子的长相,他实在不像一个十六岁的高中生,更像个初中生,他的额头稍稍显得宽阔了一点,其余五官无甚特别,他的背,微微地驼着,仿佛被什么东西压着。

至少,她现在确信,发生过的事在他身上留下了痕迹,无论他到底干过什么,他算是完蛋了,这个人已经吓破了胆,他的腰好像直不起来了。逃脱责罚比责罚更深地折磨他。因为没有付出自由的代价,那些噩梦般的瞬间像压缩饼干,一经咀嚼,经回味,也许会消失,或更重。不过也难说,这只是一刹那的猜测。

她这辈子也不会跟他说任何一句话,但是不幸,她却跟他有种亲近感,她甚至能听到他体内的惊惶,以及,他随时会流下来的眼泪。

这种看法,再一次使今宝局促不安:这可是不共戴天的仇敌。为了保持住内心的仇恨,她愤愤地蹬着自行车。在堤坝上,她赶超一辆又一辆自行车,一棵又一棵树木和一根又一根电线杆持续被她甩到脑后。

那天她没有及时回去,自行车的链条断了,她没有担忧,相反,松了一口气——根本不需要撒谎了。她在就近的一个池塘边停下来。池塘边有一个树林,树林里落满了金黄的树叶,踩上去像踩在发糕上。夕阳透过快掉秃的树枝照进来,落在已经没有生命的落叶上,尚在的纹理被照得清清楚楚。今宝凝视着一片树叶,发现这片树叶是那么漂亮,树叶是黄褐色,表面上毫无破损,每一个线条都复杂细微,却又各自方向明晰,今宝情不自禁地伸手去拿,在触摸到树叶之前,她已经感觉到自己的手指在微微颤抖。

她回忆舅舅和母亲哭泣的脸庞,以及表弟活着的时候,笑着咧开的嘴……啊,满口白牙的少年,回忆拯救了她,把她从虚幻不实中打捞回来,但她仍然感觉到两个自己的重叠——一个以伤心愤怒为己任,而另一个却侧身站在陌生人的家里,对着满地狼藉心疼不已。

她完全不记得她这样独自发呆了多久，出来的时候，晚秋时节尖细的寒冷开始往她的后背刺，推着自行车往前的时候，她回头看，树木光秃秃，树条上尽是些疙瘩，还有那些动物的粪便什么的，就那么一会儿，她就想不明白自己怎么会踏进去还沉迷了这么久。她还从来没有以这种方式见识过自己，她对自己此刻的心境一筹莫展。

她骑着自行车回了家。第二天，为了显示她的失信来自链条作祟，她推着自行车步行了三十里，到达舅舅家的时候，她笨拙地指着自己的自行车，然而，正因为她把责任推给链条，反而使事情昭然若揭。舅舅果然抬起肿胀而犀利的眼睛打量她：

都在家放鞭炮庆祝了吧？

没。

庄上人都怎么说？

没说什么名堂。

有没有见到杀人凶手？

她对着舅舅那亟须某些消息来安抚的脸，那个苦楚的女人的脸却从内心升起来。她嘟哝一声，试图张开嘴巴，同样以"杀人凶手"这样的称呼来回应舅舅的时候，不自觉地停顿了一下。

你跑了一天，一点消息没探到，发生这么大的事，路上没人议论？

路上的确遇到过几个人，有一个在说棉花涨价，另一个说昨晚打麻将输了十几块，还有一个老人丢了一个钉耙，老人一直翻来覆去重复着这个离奇的丢失事件：难道钉耙自己长了腿，从屋里走出去的？

仇恨已经完全控制了舅舅的五官，他的眉毛，他的嘴角，甚至他的像刺一样竖在头上的头发，无一不是仇恨的落脚处。

政府的人到底收了他们多少好处？

"好处"，仿佛挂在树梢，人人都可以伸手来摘，又人人可以看见。

没有能力去打败你的敌人，却只会朝在意你的人撒气，除了更深的失败，什么也换不来。她什么都说不出口，一句话也没说就掉头回家。

果不其然，妈妈第二天出门了一趟，回来的时候，怏怏不乐，今宝能想象舅舅对她说了些什么。母亲与舅舅的关系也陷入僵局。

今宝并不感到愧疚，只是她思念着那个莽撞少年，那个许诺帮她找一份工作的少年。她那样深切地思念他，想跟他对话，想从他自己的嘴里知道事情的来龙去脉，知道他到底是怎样如此冒失地死于非命。甚至有一天，她想起他最后一次来她家走路时候的样子，他的脚后跟，因为踩到了地上的什么东西，轻轻地在地上蹭了一下，就那个动作，一种尖锐的疼痛，使隐藏在她心底的所有感觉都释放出来。大量的关于他的印象以及对他的感情涌出来。疼痛弥漫在她的身体里，在血管里游动。她甚至都被自己如此疼痛惊呆了。他笑得那样张扬，完全不知道死之将至，他没有尝过牛肉的味道，他从厂里的同事那里听说，外国人天天吃牛肉。他甚至可能没有与女孩真正接触过，他一定在没有灯光的夜里，有过漫无边际的遐想，他渴望这些如同渴望成为英雄，他喜欢表现慷慨大方有能力，"慷慨宽厚、心灵纯洁、英勇崇高"，他享受这些词，事实上他没有，这才是真正令人揪心的。他甚至都没有一件值钱的衣裳,他就是靠自己的性格和年轻旺盛的精力在积攒自己的人气。直到现在,他已经化为灰烬,他的窘迫才毫无遮挡,他以为自己刚刚开始,而事实上一切都已经了结了。

谁也没有发现,在亲人们的痛苦逐渐减少的时候,她凌乱的悲伤出现了,并没有罪恶感,并没有。她等待着,呼唤着罪恶感的到来。每每到来的是莽撞少年咧开的嘴角以及满口大白牙,随之而来的就是那驼背少年的额头,他们双双同时出现,几乎捆绑在一起,看不出是死敌,倒像是难兄难弟。

她恨不起来。这是她永远不敢开口说出来的感受,无论是强烈的爱还是顽强的困扰,这些不容否认、相互矛盾的事情裹住了她。他完全可以成为一个具有崇高的品质的人,他也可以成为偏狭、自私、虚荣、利己的人。而事实上,他被宠坏了,他是个脾气暴躁的大个子,他把自己的哥哥欺负得够呛,这是事实,他也爱生活和穷亲戚,这同样是事实。所有这些念头在今宝的头脑中上下跳动,像一群蚊子,各自飞动,但又都奇异地被控制在一张无形的、具有弹性的网中——在白天和夜晚的更替中跳动。她的脑海里仍旧悬着那张咧嘴大笑的形象,这是她对表弟最深切的挥之不去的印象,比任何其他印象都真切和坚固。一只小鸟从身旁不远处飞过,把她从臆想中拉回现实。她晃一晃头,下定决心似的准备恨一恨这些可恶的刽子手的家人,以便带着更多的力气出发,但是,心会带着她到另外的地方:充满着爱,充满着痛苦,也充满着矛盾,当然也包含着恨。这样一来就连门前靠着的那辆自行车都成了表弟的一部分,成了她悲伤和矛盾的见证者。

她的痛苦显然慢了一拍,她发了一次高烧,瘦了下去,急剧地瘦下去。她在镜子里看到自己的脸,尖削的下巴,因为突然瘦下去,她甚至对自己感到特别陌生,她的眼里是掩饰不住的茫然。也正是这双茫然的眼睛,她认出了自己:一个茫然的是非不分的自己,一个根本不知道自己要什么的自己,一个过去没有强烈的恨如今却有强烈的爱的自己,一个无法为爱做点什么的自己。哦,她第一次那么百感交集,情绪激烈,却无从言语。等她从房子里出来的时候,并没有任何的关怀的目光或者问候,如果有人问她为什么,就算她回答了,也不会有人真的信她——哦,你在想你的表弟,可是你连上访替他喊冤都不愿意!

8

亲爱的今宝：

一开始，我觉得小诸葛的消失跟我有关。但我绝对没有骂一句"日你妈"。我现在还记得摩托车的轰鸣骤然冲进我的耳膜。我笑。笑声停了之后，街上空荡荡的，到处都是被放大的脚步和喘气声。那些很快就过去了。归根到底，他去了什么地方，一去不归，我并没有真的很痛苦。

有一点可以确定，街上到处都是小诸葛占过我便宜的传闻。大家提到他的时候都喊他"流氓"。这不是真的，我懒得解释，我需要这个流氓为我壮胆。但是自从小诸葛离开之后，我想说，我后来遇到的所有自称好人的人才是真正的流氓，而这个打着流氓旗号的人，他是一个实实在在的假流氓。他消失的前几个月，我闹腾得很凶，近乎暴躁，一刻不停地去找小赵。小赵是唯一同时认识我俩的一个人。我纠缠着小赵带我去找小诸葛。我们到镇上找，湖边找，甚至旧房子的废墟里找,我俩的情绪都变得跟当初的小诸葛一样高涨。有一阵子,如果我没去找他,就是在找他的路上;他呢,不是在打探小诸葛消息的途中,就是在得到蛛丝马迹的信息向我传达的路上。小赵的消息来源并不可靠,难辨真假。有时候他说,小诸葛参加了一场运动,假冒成大学生,跟随一大批人上了火车;也有人说他偷东西被逮进去了。第一个消息大多数人根本不以为然,就凭他一个刚失学的高中生,一个准水泥厂的工人,他能成什么事呢,装作有理想,他只是夹在人群里混混罢了。第二个传闻我当个笑话,他不可能是贼。比起其他的事,我觉得他全部的心思是开着挎斗摩托车走在一条不会陷进去的路上,想开到哪里就开到哪里,这才是他真正的愿望。

渐渐地,事情有点不对劲了,一个大活人怎么突然就凭空消失了呢。他为什么走,去了哪里,被谁干掉了?

出于对答案的探究,我象征性地在小赵跟前骂出几组"日你妈"。但是,可能是我懒得倒地晕厥的缘故,这几个字那时已经完全失去了魔性,意外和真相都没有出现。小诸葛就这么突然消失了。有一次,我异想天开,承认小诸葛被关在某个监狱里,因为偷盗不属于他的挎斗摩托车以及不属于他的大学生头衔。我要求小赵带我去探监,小赵说监狱就在你家门口啊!一语惊醒梦中人。

习惯会传染。不久,可能也就两个多月,小诸葛喜欢跑的特点传染到我身上了。我带着小赵到处跑。走小诸葛去过的地方,说小诸葛说过的话,跟小赵玩小诸葛玩过的游戏,可是小赵跟小诸葛没法比，没有挎斗摩托，没有大话，没有那种莫名其妙的狂热和对陌生环境的好奇心，他什么都没有。相反，他对我的接近更像是从我嘴里对小诸葛的探询。我们后来明白了，我们往一起跑都是为了接近那个消失不见的人。

我在小诸葛走了两个多月，大家不再谈论全国到处可以自由乱跑的时候，却突然确信小诸葛已经死了。

那之后我突然开始发育。说是突然，因为之前，我比相同年龄的孩子矮小瘦弱，看上去营养不良，但是，小诸葛走了之后，突然之间，我开始发胖，还有就是来例假了，有血流出来，却丝毫不疼痛。像受伤了，快要死了，却整个人好端端的，可以走路可以跑，可以吃可以喝，只是血止不住。

我知道我妈肯定也经历过这个过程，我能想象她也一定感到生气，她一定也会来一句"日你妈"，但她不会感到羞耻，我想象不出她脸上露出"羞耻"这个东西，所以我也不应该感到羞耻。我若无其事地去买卫生纸垫在底下，就当什么也没有发生地走来走去。

这世上有许多奇怪的事，比如，我的家在普济圩劳改农场，但是我搬过来之后从来没有见过到一个犯人。我们既不知道犯人从哪里来，也不知道犯人去了哪里。顺着沿江堤坝，我们在各个农场之间畅行无阻，每个分场都有一定规模的店铺、小吃店和广场。初中毕业之后我成天在农场之间晃荡，到了后来，我认识了更多的人，胆子更大，我们就在农场和县城之间晃荡。

那个阶段，我常常看到一个人。

那个老女人，她的存在，简直像是个专门戏弄我的故事，就像大家都用"三个字消灭你"这六个字合伙来戏弄我一样。这么说吧，无论从哪个角度，她都不像女人，首先说她的头发吧，她的头发花白，从我认识她的那天就是板寸，到我告别她的那天还是那个发型，没变过；再说身高，就算背都驼了，她看上去至少还有一米七，一大堆人站一起，一定是她的头先露出来；还有她的穿着，黑色灰色和蓝色的对襟大褂，她的鞋也是那种黑布圆头鞋，我们农场的老头们也这样穿，我自然当她是男人。我头一回见到她，她拿个鱼竿在钓鱼，向来也只有男人会坐在池塘边钓鱼。所以我就一直喊她：老头，老头。我问这个老头到县里的班车几点来？

她竖了一只手，又弯起来，做了一个"9"，我等到九点，搭车去县里。她的双手关节粗大、青筋暴突，一看就是干着粗活的手。

我每次经过她那棚子，她十回有九回在钓鱼，有一天，我和一个朋友约好在她门口见，我问她有没有见着我朋友，她点点头，努了努嘴，朝远处的坝上指了指。

直到有一天，我和我的同学无意中谈起她，我同学告诉我，那不是个老头，是个老太婆，过去是个女特务，还是女杀手，因为吃过小孩，坐了许多年牢，后来被放出来了没有地方去，政府见她可怜，帮她造了一个房子。别看这个房子外面像一般农村的房子，里面什么都有，政府还给她装了电话，每月给她发钱。

我喊她老头差不多喊了七年，从我头一回遇着她，到我知道她不是个老头，一共有七年时间，她一次也没有开口解释过。

再后来我又听人说，她既不是女特务，也没吃过小孩，可是，我们农场每个人提到她都会提到这两件事，即使大家承认她与这两件事不相干，可是她到死都带着这两件事。在我这里，她还被当成男的，但是，她从来没有纠正过。

更为奇怪的是，她的脸上和眼里有一种宁静的光。她整天一动不动地钓鱼，可我也没看到她钓上来过一条鱼，从早到晚，她一点也不着急，一直保持着安详和满足。我知道她是个女人之后，再一次经过她的门口，我心血来潮，恶作剧地喊了她几声"老头"，她还是什么也没说。她的后背动也没动，只是伸出一个手指，告诉我公共汽车来的时间。彼时我对公共汽车来的时间早就了如指掌，我就喜欢那种假象，喜欢自己明明知道却还装着不知道的样子，喜欢看她以为我不知道的样子。那天，鱼塘在太阳底下闪闪发亮，树木的倒影在水里摇摆，水上一个可见的世界，水下一个更神秘的世界。我感觉到一种很特别的东西，像红色的一支烟花，"腾"一下升到天上，火花一闪，照亮星空。那一刻，地面和空气都变得光滑柔软，我就在那一瞬间喜欢上了那个不是我以为是老头的老女人，我也第一次感觉到世界变得很陌生有趣。

最后一次，我又看到了她。她坐在河边，举着鱼竿，草帽遮住她的眼睛，只露出下巴，身边放着一只塑料桶，她岿然不动的样子，像一尊佛。我呆呆地看了一会儿，觉得需要说点什么来表达我的心

情,于是高声地、不带任何恶意地喊出三个字:

日——你——妈。

我举头看着天空,我的心里眼里体验着控制世界的激情,那种无所顾忌的自由,期待自己飞离地面,站在云霄,与天空融为一体。

什么也没有发生。水还淌、风在吹,杨柳低垂、有蝈蝈在暗处叫。

从那时起,我没有再见过她。她的背影里隐藏着巨大的谜,这个谜让农场变得有了层次,也使我自己的悲惨显得有点无足轻重。

从我的内心来讲,我渐渐为一件事担心起来——我担心有人说我像我妈。

我觉得这是个糟糕的可能性,每当我在嘴里发出这三个字,每当这三个字使我想起我妈那张怒气冲冲的脸,我最担心的是我的长相、我的声音、我的任何方面,甚至我的命运——我当时还不知道我在担心命运这个东西,但是,担心一直在那里,甚至有时一念之间,我宁愿像这个钓鱼的女特务也不愿像我妈。

从七岁开始有十多年时间,甚至一直到现在,我发现我仍然保持着对我妈妈的模仿。一方面我以模仿她为耻,我以长成她为耻,但是我还是一直在模仿她,我以模仿她来警惕她对我真正的侵犯和威胁。表面上我只是在模仿她吐出那三个字时的样子,她说话时的声调,渐渐地,我在模仿我记住的她的一切,理解的一切。在我渐渐长大的过程中,通过对她的模仿和理解,我了解了她的过去和将来。有些人,特别是认识她的人,出于好意想告诉我关于她的生活,他们以为我是假装不想知道她的近况。其实不是,我不需要再听任何人说起她,我不需要任何细节,光凭自己的存在我就明白,她过去活得很失败、很糟糕,以后也一定活得很悲惨、很破落,不值得我再见一面,也不值得我再跟她说一句话。因为,关于她,我通过对自己一天一天又一天的相处和了解已经非常非常厌烦了。我觉得她跟我没什么两样。虽然镜子已经告诉我,在长相上我们没什么相似之处,我长得可能更像我爸,我的身材很壮实、眉毛很粗、方脸。外表上跟她不一样,使我踏实许多,但不能不说我也有一点沮丧:我承认她是个美人,她的坏处我都有了,但她唯一的长处我却没有。

我暗下决心,要跟她背道而驰。

我爸爸又走了一次运,他老婆又帮他生了一个儿子,在总场还分了一套房子。他和我后妈抱着我弟弟回来的时候看上去很精神,他的头发梳得那么顺滑,这在他身上真是难得一见。但我常常有一种错觉,就是我这个后妈也会出其不意地走掉,而且,我看到我妈那怒火万丈的样子,所以也以为所有的家庭都难免争吵、叫喊、训斥,出乎意料的是,我爸和我后妈平平静静地说话,细声细语地交谈,他们打乱了我对于婚姻和家庭的认识,我像看马戏一样好奇地盯着他们。

还有那个孩子,一动不动地盯着我看,无论我怎么做鬼脸,又是伸舌头又是假装要捶他,他都安安静静、眼睛一眨不眨,不害怕不躲避。

我爸给我带来一些钱和一些新衣服,帮我粉刷外墙,对我的态度也很客气。他想对我好一些,掩饰着对我的失望,那也糊弄不了我,他的每个毛孔都透露出他的失望。最主要的,他没有学会高兴,也不叫别人高兴,我都看出他走了运,他还要掩饰他的高兴,就在那假装着。我的后妈也是。他们商量好的,掩饰对小儿子的宠爱,他们防贼似的,可能对我的语言杀伤力早有耳闻,他们小心翼翼的样子让我难过。我很愤怒,但变得谨慎,我一个字都没说,那三个字中的任何一个字甚至都不单独拿出来说,生怕会误伤谁,但我很伤心,明白自己是多余的。七岁那年第一次觉得自己是多余的,现在是又一次有这种感觉。听人说,人不会因为死里逃生而变得大胆,相反,会变得更胆小。果然如此,我看见了自己的苍白,像白色的蝴蝶扇动翅膀,飞过一片花丛,就从这个世界消失,连一点痕迹都不留。我沉默下来,不再说脏话,不再骂人,觉得谁都不值得费口舌,我勾着背,决意用沉默来表示自己的愤怒,但是,我发现,沉默可以让我看得更多,明白得也更多。

不只我自己在变样,整个农场都在偷偷地大变样,许多人在偷偷摸摸地搞事。明明是一块公家庄稼地,有一天来了一批外地的戴着头盔的工人,一个个悄无声息地卸下整车的黄沙水泥和砖块,又悄无声息地把这些东西变成了一堵围墙。后来有人说这已经是私人地盘,不能随便进出了。事实上,你也不想进去,院墙门口是大铁门,又重又高,一开一关时摩擦水泥地面发出尖厉刺耳的声音,这才是像样的劳改农场,不要说进,逃还来不及呢。过段时间你再经过,里面冒出一幢幢楼房。

不光是这块地被圈起来,更多的地被挖出来,造路,造河,造公园,造出了街道和门面房,很快,摆上了许多从大城市来的衣服食品和电器。不久,又有了一个邮局的临时收发处,帮那些从外地来的建筑工人寄信和收信。更多的店开张:摩托车行、粮油店、药房和美容院。农场被切碎、分割、重整,谁都看出不只是河水和云朵,一切都在流动,渣土车、打桩机、各种颜色飘扬的条幅、一张张漂亮的面孔。更多的街牌被竖起来:农场街、园艺街、太阳广场、五星百货……到处生机勃勃、人声鼎沸,好运气充满整个农场,每个角落都藏着巨大的商机。一切都变得大有可为,就连一条沟渠都可能是通向天堂的路。

本地的人都知道这个农场街道是新造的,外边的人当然不知道。因为这个街道对外叫"新生市"。有领导带着许多人过来在一个山边指指点点,在一条河边蹲了抽了会儿烟,还到路边的饭馆里吃了一顿饭,之后,这里就成了"天堂古村落"旅游景点。我看着都着急,你都说了古村落,你至少留几套老宅子吧,可是新生市这方圆百里地,全部是农田。在农田里架了个十字桥,桥下有一条渠,原来就叫一个字"渠",现在改名叫"贞节渠",说有一个妇人,因为丈夫不在家,有人上门调戏,她不从,又无力反抗,只好从后门跳进了这条渠里,顺着这条渠游进了长江,顺着长江游进大海,成了美人鱼。这个故事刻在一个碑上,这块碑就竖在桥墩上。白纸黑字。清清楚楚。

我比谁都更乐意看到这个魔术，我当然愿意鬼地方变成大城市，这些大城市来的人，把那些电视和收音机里的概念变成了具体的房子、招牌和人来人往以及其他赚钱的工具。我听说有一些人不干，说国家的利益受到了损害，他们在说三道四，还有人觉得自己的平静受到了干扰，吵吵闹闹想上吊。真是白痴，平静是最不值钱的东西，有什么好不高兴的，我也看不出损失在哪里。生活太沉闷了，不搞些花样，还有什么乐趣。我恨不得来场大地震，把这些田地都震翻，这个想法没让我有一丝一毫的担忧，相反，使我生出一丝兴奋来。

十分自然地，我进了臭名昭著的农场初中，学校里教的那些狗屁知识过了十年我都没找到用处。我算是看清了，我们这些同学，表面上朝一个方向，其实是面对面的对手，就那几个名额，不是你干掉我，就是我干掉你。表面上大家和和气气，或者为别的事干上一架，其实命运早就注定我们要拔刀相向，只不过这刀，你根本看不清它的样子。我们的日子太寡淡，学校的伙食太差，我们一有机会就到校外玩，渐渐学会了抽烟。三五、良友、希尔顿、万宝路，这些烟便宜的一定是假的，但贵的未必都是真的，全凭运气。自由活动的时候，我嘴里叼一根烟，走到街上去。走几步吸一口，我并没有上瘾，我只是需要抽烟的样子。我抽烟的样子特别容易招来口哨，我当然知道这个样子不利于别人对我的评价，不会还有什么不好的言语，比"三个字打败你"更糟糕，更解释不清，但是，我也不知道自己具体想要什么效果。我打破了街上的某种平衡，农场的街道不大，什么人都有，但叼着烟在街上走的十几岁的女孩就我一个，我只是在试探，这样子我能得到什么或者失去什么，我喜欢引人瞩目。

我又把两根辫子铰了，剪成了波波头，也不知从哪里搞来一盒粉饼，就那么突兀地往脸上涂，涂得眉毛眼睛都白了。我还跟新闻联播学说普通话，发出来的音既不普通也不农场，这种口音我会在陌生人跟前使用，叫人摸不到我的来路，摸不到来路就代表着一种来路。农场本身就是大有来路的地方，冷不丁就会听说某某某从囚犯一夜之间变成领导，某某某从二流子变成艺术家，某某某从泥腿子变成将军的后代。我凭着听来的故事编织自己的人生。时而伤心时而尖刻时而高不可攀。

9

今宝有两个好友，杏红和梅园，都是小学同学。她俩住在同一条街，杏红开了家理发店，烫发染发。杏红个头小，书念得少，人反而显得更踏实，肯吃苦，她的理发店里挂满了各种明星照片，但坐在条凳上等候的全是附近的农民。这正是杏红的原意。她的手艺欠佳，而且性格急躁，城里人不好伺候，乡下人就好说话得多。她咋咋呼呼的样子很亲切，许多穿得不体面的人都敢进来理发。时间久了，杏红从这些不怎么体面的人身上找到自信：只要当时把他们的头发用洗发水洗干净，剪短一些，再用吹风机吹得蓬松干燥，他们就会满意而归，下次再来；那些穿着体面的，喊，光要求就要说五分钟，特难伺候。如此一来，她特意调低收费，为了把自以为讲究的人撇开。

开理发店不久，杏红有了自己的理论：钱是第一重要的，没有钱的时候，额头上的痘痘、单眼皮，腿长得短，都不算什么事，等有钱的时候，这些小事才会引起你的注意。

今宝的另外一个好友梅园在县棉纺厂上班。梅园长得好看，瘦高个，走到哪里都扎眼，人自然就有点清高，因为相貌出众，在棉纺厂上班，她是不乐意的。可这份不乐意的工作还不是正常的招工途径进去的，家里也并没什么强劲的关系，是人托人再托人，最后一个帮她的人她根本连姓名都没搞清。虽然有许多献殷勤的追求者，找工作的时候还要晚上偷偷摸摸到领导家去送礼，她不免受到打击。她跟今宝贴心，现在厂里只要有什么招工信息，她都会第一时间发布给今宝，可惜，这些消息假的多，真的少。许多指标都暗里消化了，高中毕业快一年了，今宝也没有找到工作。

逢到谁过生日，另外两个还会送些小礼物以示重视。这个小团体，其实也没有自己的空间，后来逐渐形成了惯例，在杏红的理发店打烊之后坐在那些顾客坐过的条凳上聊天。那时夜深人静，街上完全没有人走动，理发店大门关起来，只留下一个边门进出。店里留一只五瓦的灯泡，昏黄，但足可以照清她们的脸庞和脸上的表情。洗发店里有各种气味的集合，那些从广东进来的烫发药水，不仅刺鼻难闻，而且真的有毒。杏红的手每天都红肿，到了冬天还会破皮、结痂。水泥地每天要拖上十来次，仍然会积攒污垢，因为每天都会有人随地吐痰。她抱怨，抱怨完了抱着装零钱的箱子数。数钱的时候聊聊天，是她一天最开心的时光。

她们什么都聊，天气、风气和每天遇到的人和事。这几乎成了她们的唯一乐趣。

她们知道的并不多。梅园更多的是聊工厂里的男男女女，哪个技工看上了哪个女工，哪个领导什么脾性，哪个重要有油水的岗位是谁说了算。杏红的谈话领域集中在她的顾客身上：乡下人的小气和吝啬、脏和臭，他们特别爱占小便宜。今宝知道她并非恶意，只是需要发泄。

今宝没有谈资。她的中学时代、她的不幸的家庭、她的待业状态都不适合多谈。其他两位说得累了，轮到今宝不得不发言的时候，她会深吸一口气，做出如梦方醒的样子，可是，最终也还是默默无言。

她们相处的时间并不算充裕，杏红每天工作时间过长，而梅园站得太久，第二天都要上班，只有周六晚上，她们可以待到很晚。虽然见识不多，但许多事情一经谈论，会有更多的意味自动回来，引出更多的内容。比如，她们从各自的描述中感知到社会的变化。那天今宝特意提到经过她门口的附近的农民。他们每天都能到城里来挣工钱，而作为县城里出生的自己却一分钱也没有挣到过。

户口没什么用了。城镇户口曾经是一面旗帜，现在，却什么忙也帮不上今宝，也没有帮上杏红。唯一凭着户口进了工厂的梅园也已经意识到自己的弱势：她比不了人家能吃苦。一到收购棉花的旺季，那些从天而降的彪形大汉，扛着一百斤的麻袋，推车也不用就直接往仓库去，有人质疑他们表演的时候，他们会歪着脑袋一副听不懂的样子。

邻居们的家庭也在发生变化。坤生叔原先在一个小化工厂上班，工龄几十年了，天天骑着自行车，车上挂着铝质饭盒，每天早上六点半经过家门口,叮叮当当去上班,他比闹钟还准时,可是突然有一天,这声音消失了。他闲在街上,有时拎着菜篮子,有时站在麻将室看人家打牌。他的背影很驼,以前他骑自行车,没人留意,他其实驼得很凶。他的妻子,本来办了病退,安心为家人烧饭搞卫生,这会儿四处走动,做起了家庭看护,说穿了,给七老八十不能动的老人喂饭洗澡。再后来,坤生叔离开了,逢年过节才回来,头发全白了。下城区开了一家大型超市,说是下城区,其实又靠着县中心,坐公交车四十分钟能直达,听说鸡蛋便宜,米也便宜,老年人结伴去,回来直夸,店堂大而干净,人又礼貌,东西随便挑;他们的听众——年轻人早就不声不响逛过许多次了。街上的各个专营小店生意明显受到影响。今宝小时候,两层的就叫百货大楼,其实也就十分钟转到头,柜台上的玻璃被顾客的袖口蹭得锃亮,可现在,每天经过百货大楼,看到柜台上的玻璃越来越脏,再后来,百货大楼外面搭了架子,要拆。拆了之后没盖新的商场,盖了饮食楼,卖早餐中餐和晚餐,可以点食也可以外带,老板不是国家也不是本地人,是广东人。在这个小县城,外省人跟外国人有什么区别?

更令人不解的是,那些曾经最穷最倒霉、最不被看好,甚至身有残疾的人,几个月不见,轻轻巧巧发财了,改头换面了;而那些长得好、读书多、智商高、有教养,被认为有光明前途的人,却一天一天地停留在昨天,在老地方。

好像有一条隐形的发财之路就在这条街上,只是她们完全看不见似的。

今宝这个年纪的人，谈论更多的是从没有去过、只是听说过的世界。他们听说在千里之外的广州和深圳，工作机会多到难以计数，生活绝对不像现在这样单调乏味。那里的女孩子可以随心所欲地到处跑来跑去，想跳舞就跳舞，想看电影就看电影。

兴致高的时候，她们对着电视模仿主席台上领导人的讲话：台湾是中国不可分割的一部分，中国政府解决台湾问题的基本方针不会变。

今宝，你可以去大城市的。

有时候三人买些卤菜在理发店就着开水吃，却很少让今宝掏钱。杏红说，你多自由。你不会由着他们欺负你，想怎么着你就怎么着。而我俩要是出去了肯定会没有安身之所的。

人的娇贵不是她自己决定的，是由最高看你的那一个决定的。"他们"是谁？自由是什么？问到嘴边的话吞回去，三个人中，今宝的学历最高，那么多带问号的句子问出来，其实已经过多了。在人情世故方面，在对人的认识方面，今宝并无特别的洞见。而且今宝长得也不算好看，她个头只比杏红高一点，脸色一直苍白，亲戚朋友之间，有与她一样脸色发白的，会得到许多关心，可是今宝的脸色常常白得不正常，还瘦，可是几乎没人关照过她什么。说到底，知道她没有爸爸这个事实反而让她的脸色不好显得自然，就像一场暴雨之后，地面理应湿漉漉一样。这三个小巷里长大的姑娘凑在一起，看着就像一幅画。她们探讨各种未曾探索过的可能性、不确定性的未来。她们被自己的语言激活，憧憬和活力在姑娘们的眉目之间流动。

有一次，仿佛话题都说完了，今宝突然开始背起了地名：

"北京、上海、深圳、成都、南京、杭州、宁波、沈阳、大连、武汉、长沙、西安、昆明、贵阳、珠海……"杏红接着背："呼和浩特、乌鲁木齐、绍兴、台州、盐城……"梅园也来了兴致："墨尔本、爱琴海、阿拉斯加、威尼斯、楼兰、伊斯坦布尔、诺曼底、拉斯维加斯、托斯卡纳……"

直到背到脑子一片空白，她们面面相觑，好像道破了一个秘密，她们被自己亮出来的无限的空间镇住了。接下来，是长长的沉默和久久的伤感。

那晚之后，今宝好不容易在一家新开的录像厅找到了个卖票的工作，正打算长出一口气的时候，杏红的理发店却盘出去了。杏红准备去北京，和她的表姐合伙开理发店，而梅园则要去上海打工。这两个自称离开县城就没有"安身之所"的人，同时决定融入滚滚洪流。作为县城里比较早出去闯世界的人，她们兴奋、激动，举手投足带着某种超越昨天的神气。倒是今宝，在得到她们离去的消息时，忍受着强烈的无以言表的茫然和焦虑的折磨。

电视里正在播放新闻：澳门特别行政区行政长官何厚铧出访葡萄牙，并与葡萄牙外长伽玛共同签署了《中华人民共和国澳门特别行政区和葡萄牙共和国关于相互鼓励和保护投资的协定》；陈水扁和吕秀莲就任台湾地区领导人。

三个人最后一次坐在理发店里，板凳已经搬走了，裸露在墙边的电线，不知道被谁恶作剧地剥开了塑料皮，只剩下一摊一摊难看的水渍在洗头的水池边，当初并不觉得特别难看，如今却让三个人同时感到不能忍受。

怎么也是活，还不如活得紧张刺激一些。

虽然并不理解这加重语气发力的语言是替自己壮胆还是替自己辩解，今宝还是习惯性地点点头。

今宝，跟我们一起出去吧，我们有个照应。听起来像请求，但里面也夹杂着些许不满和责备，她们话音里的意思介于忠告和请求中间——不然你会后悔的。

她们明明盲目，却用胸有成竹的口气决定某件事，这使今宝羡慕不已。她自己就始终处于无法分清的状态：什么时候做什么，应该爱还是恨，什么时候是哭的最佳时机。就像现在，她的朋友们表现对最佳时机的把握，而且坚决果断，生活在同一条街，她却无法得到和她们一样的信息和判断。她也喜欢听邓丽君，但邓丽君的歌她感动也感动过，听听也就过去了，她的朋友们就不一样了。她们知道邓丽君是哪里人，得过哪些大奖，会讲几国语言，如今却又死在哪个国家，她们不仅了如指掌，甚至离开这个小城也有一部分是因为这位死去的歌星：谁知道会不会突然就死掉，为什么要耗在这鬼地方一辈子！好像这个死去的歌星给了她俩一声棒喝，也给了她们离开小城的理由。

一辈子有点夸张，但也是事实，一旦结了婚，有了孩子，按照前辈们的模式，大约也只能老死在这里。

她的两位好友离开不久，她渐渐意识到周围所投射过来的躁动的气息。大多数的人生轨迹变成了这样：成长，读书，考上大学，考不上的去南方。所有人喜欢谈论的话题，所有的焦点都集中在"出去闯世界"这样的主题中。关于邻里朋友闯世界的传奇故事开始慢慢传了回来，某某发了大财，某某成了高官，某某嫁了富豪，在这个到处盛开着富裕之花的地方，贫穷已经成了错误。

10

亲爱的今宝：

这个机会终于来了。

有一天晚上，我经过街道，听到里面的歌声，我还以为是又有什么店开张了。结果是农场的十字街来了一个乐队。有人打鼓、有人弹吉他、有人弹贝斯，中间有一个人拿麦克风在轻轻地唱：

爸爸妈妈

你们可曾原谅他

原谅他总是不爱多说话

也不说有什么想法

爸爸妈妈谁也不能离开他

噢乖听话乖

没有一个能感到温暖的家

从来都是担心和从来都是害怕

还要我去顺从你们还要乖乖听话

都说那是儿女对父母的报答

你们说不管出现什么情况

都会学会接受不要说什么废话

站在一旁默默说爸爸不要吧

胆战心惊默默说妈妈不要吧

噢乖你们应该知道

这样下去对我们谁都不好

忘掉过去一切你跟我走吧

我那无可奈何的爸爸

哦我可爱可怜的妈妈

后来又唱了一首《悲伤的梦》：

到底怎样才算好不算坏

到底怎样才能适应这个时代

我不明白太多疑问

太多无奈太多徘徊

难道真是从来就不应该

难道真是根本就不可爱

我不明白太多疑问

太多错误太多感慨

盼望接受爱的问候盼望有人能够把我拯救

快到来我在等待把我带到安全地带

这种时候伴我左右

让我去感受你的温柔

我远远站在人群外,看着昏暗的路灯下的四个陌生人,他们年纪差不多,二十岁出头的样子,个个神情严肃,好像身体里有一只流窜的老鼠,让他们不得不动来动去。弹吉他的长得胖乎乎的,他没有停止,不知疲倦地弹啊弹。而拿着麦克风的却特别瘦长,他的牛仔裤紧紧地裹住细长的腿,格外招眼。他唱歌的时候微微仰起下巴,有时会情不自禁地举起双手,到高音的时候,他的嗓音分分钟会撕裂的样子,让人不免担心上不去、下不来。音箱边上横七竖八地放着许多纸箱子、雨伞、茶杯以及歪歪倒倒的啤酒瓶。这种惊人的场景和声音,没有合理的解释,就那么凭空而来。这一切就像电影里的镜头。他们还弹唱了其他一些听不清歌词的歌,这些怪怪的、不同于以往的节奏的歌词和演唱,听了真让人震颤,好像吉他、鼓声和歌词的背后深藏着无穷的机关暗道,要比之前的一切事情都让人印象深刻,又无法破解。它把平时还举止正常的人全打回原形,变成了只会发呆和傻笑的农场乡巴佬。我产生了一种很特别的感觉,像是忘记了一切不愉快的事,好像灵魂随着旋律一起腾空又降落,降落之后有一种很膨胀很充实的感觉,仿佛很快能获得自由。我又闻到了一种特别的味道，这种味道不让人疼痛，却让人产生幻想，这个味道让人想起了远方，想起了爱，想起了忧伤，同时又想起了——家，我的眼泪快要掉下来了。奇怪四周的人为什么能那样无动于衷，与其说他们喜欢听歌，不如说他们喜欢听歌的这个环境。他们听着音乐，同时在大声说笑、擤鼻子、吐痰、抽烟，音乐像他们的保护网，他们又在与保护网试比高低。只有我，动也不动、目不转睛地凝视着这四个人，如果我的眼睛能长出钉子，我一定把他们钉在原地，一千年不准走。

演唱会结束之后，我没有跟随人潮散开，我看着他们边收架子鼓边开玩笑，其中一个还就着手上的香烟放起了烟花。一道橘色的火光，一冲上天，然后一声咆哮炸开。在我们农场，只有过年才会放一次烟花。我听到他们发出夸张的笑声，酒瓶子被脚绊倒，互相碰撞得清脆响亮。这些人、他们的形象带来了一种模糊又尖锐的动静，他们把农场的某些隐形的规矩打破了。我们天一黑是不出门的，虽然现在没有犯人，可是许多犯人的阴魂还在。出门意味着冒险，因为在对小孩子的警告中，黑夜有鬼怪狐狸和坏人。农场里长大的人至少深信，坏人可不只小偷和骗子，还有杀人犯和大恶魔。有的坏人可以死一千次了，他们就等着半夜挣脱镣铐吃小孩，所以农场的夜给人的感觉就是黑暗和恐惧。事实上，在这支四人乐队来之前，长大的小孩子已经明白过来：许多谎话都是用来对付爱哭的小孩的，对大人不灵。虽然有些交通要道已经有了几盏路灯，但绝大多数地方还是一片漆黑。在这个晚上，随着烟花升腾，这种黑暗被驱赶了，抬头向天，可以看到明亮的星星以及星星背后那广袤的天际，这让我兴奋，也让我很迷惑。我也会这么笑，我的同学也会，我的朋友也会，但是这些人的笑声里有完全不一样的东西，一时间使我忘记了自己在什么地方。他们有一辆小面包，里面堆满了杂物，听到汽车发动我突然觉得难过，排气管一冒烟我就觉得虚弱。

第二天，听说他们向南边去，我估计可能去了二分厂。那边也开始造房子，往新房子多的地方去准没错。天还没黑，我带了一支手电筒，骑上我爸留在家里那辆破破烂烂的自行车去了二分厂。一路上，自行车不停地掉链子，骑了两个多小时才赶到，在二分厂的邮局旁边的空地上，我找到了他们。乐队毕竟如此新鲜，围观的人不少，他们仍然唱昨晚的歌。路灯微弱，小虫在光亮处绕来绕去。那个举着话筒的仍然把头抬向天空，露出他瘦弱的脖子，当他停下来，鼓手就拼命地敲，好像要敲破天似的，观众们的脸上也仍然是无动于衷的，好像通过忍受这个乐队，他们能等到真正想要的东西来。到末了，只有稀稀拉拉的掌声，他们毫不在意，向天空放了一支瞬间即逝的烟花，喝完剩下的啤酒，收拾行李。那天晚上没有月亮，等我骑着自行车回家的时候天已经亮了。我睡了一觉，喝了几碗冷水，下午又动身了。这回我向三分厂出发。

找到他们的舞台的时候，我已经精疲力竭了，瘫坐在地上，但是，一听到吉他声响起，我就全然忘记了自己又累又饿。

我不知道一个晚上他们能挣几块钱，可能根本就挣不着钱，因为从头到尾他们就没像玩杂耍或玩魔术的一样支棚子、搞栅栏。现在我几乎全部记住了歌词和旋律。一首歌唱完，仍然是口哨声多于掌声，大家聚在一起似乎就足够了，就连年纪和我差不多大的人，他们的脸上看上去也不为所动。我照样闻到一种气味，明知是汗水、啤酒、烟花混在一起的，却是一种类似生铁甚至是生鱼气味，那么特别，有未凿和未卜的命运感。

我继续跟着他们，一则，我已经摸准了他们的线路，二则我对他们唱的歌完全着了迷。我甚至明白了那是摇滚乐，他们唱的是红遍全国的当红歌曲。我真为自己感到悲哀，这世上有如此好的东西，我居然一无所知；世界上居然有一种东西可以和你心心相印。我想与他们在一起。我想把自己奉献给他们，我想献上自己的热血、力气和爱。

无地自容

人潮人海中有你有我

相遇相识相互琢磨

人潮人海中是你是我

装作正派面带笑容

不必过分多说自己清楚

你我到底想要做些什么

不必在乎许多更不必难过

终究有一天你会明白我

人潮人海中又看到你

一样迷人一样美丽

慢慢地放松慢慢地抛弃

同样仍是并不在意

…………

不再相信相信什么道理

人们已是如此冷漠

不再回忆回忆什么过去

现在不是从前的我

曾感到过寂寞也曾被人冷落

却从未有感觉我无地自容

不巧的是,那天半夜下起了雨,时为初夏,天气不冷不热,本来还有月亮挂在天上,突然之间,乌云像一张黑布盖住了一切光,那些人也几乎被黑暗吞没了。紧接着暴风雨来临。人群瞬间四处散开,人人抱头逃窜,但我却不想动。就好像在狂风和猛烈的雷鸣中,有什么东西打破了某种秩序,好像我一离开,就失去了什么特别重要的东西,我愣愣地盯着那些手忙脚乱的人。

就在这时,那个主唱朝我这边走来,他向我招了招手——

你去我们那里躲雨吧,这么晚,路上全是泥,你回不去了。

我还在发愣,他接着说:

我都看见了,你跟我们四天了,走吧,我邀请你。

我想说谢谢我得回家了,可是我开不了口,我的脚比我的嘴先出卖了我的心。

他们的旅馆，事实上就是一户人家把院子砌起来，里面加张床，每晚二十块钱。这样的家庭旅馆，也是这几年才有的，因为农场的孩子上大学有政策照顾，许多外地的家长把孩子送到农场高中，高中没有那么多宿舍，许多孩子就寄居在这样的旅馆里。可以说，这样从大屋边上接出来的小房就是为那些十几岁的外地来的孩子量身定做，并不适合这些唱歌打鼓的人。他们只能这样将就。

旅馆主人给他们端来一碟花生米、一碟腌萝卜、几双筷子之后，就去睡觉了，临走前很警惕地让这些人"小心点"。他们也含糊地应了一句，只有我没搞懂小心点什么。只有三把椅子，他们看上去心情不错，很振奋，也不讲究，没椅子的人索性把腿盘在床上，拿牙咬开瓶盖，开始一口啤酒一粒花生米地喝起来。他们不谈演出时的情况，甚至连我的名字都没问。只有那个瘦瘦的歌手，他们喊他"猴子"，用眼睛示意我也拿一瓶啤酒。他们喝得差不多后开始跟我搭话，而这时我捧着的啤酒还一口没动。他们说话的时候，我扭扭捏捏，拿不准应该用什么样的腔调跟他们说话。后来他们对我失去了耐心，开始谈论我完全听不懂的话题：

第三小节要往上拉一下才好。

或者：

拽呀，在红磡呀，见识一回死都值了。

绝对巅峰。

很快我就蒙了，男人跟男人多么不同，我跟小诸葛、小赵以及其他任何人相处过的经验都用不上。急速思考使我的脸上出现了一种傻不拉叽的表情。我呆呆盯着这几个人,谁说话就朝谁的脸上看。

"猴子"好歹没有忘记照顾我的情绪。他见我不喝酒,也不插嘴,便开始问我:

你知道活着的意义吗?

他们的口音不像本地人,但也不像收音机里的普通话。那外乡人的口音里带着一股生鲜的气息。吐出来的每一个字都清晰明白,可是我却不甚明了,甚至可以说立刻掉进云雾里。

我羞愧得恨不得钻地洞了,我像一个要饭的,闯进了一个豪华的宫殿,一千瓦的灯光打在我身上,把我身上的每一块泥垢都照得清清楚楚——我粗鄙的口音,我没有家教的童年,我身上都没有一件像样的衣裳,我的外表穷酸、内心空洞。我的意思是说,我之前怎么没留意到自己是这样的处境呢。我在骑自行车追着他们跑的时候完全忘记了自己,既然电影里的人出现了,我也应该穿着跟电影里的人一样,真糟糕,我还没有准备好。我只能就那样瞠目结舌地坐在那里,对他们说的话一句也回不上。

眼看他们喝多了,鼓手靠我最近,可是胖子也开始往我身边凑。我等着他们来问我一些私人问题,比如多大了,有什么兴趣爱好理想和特长,我就等着告诉他们关于我悲惨的童年,或者我三个字打败人的事迹。至少要问问我的名字。我等着,可是没有人问。他们说够了我听不懂的话之后,胖子伸出手,碰了碰我的头发,我的头发可不怎么的。先是出了汗,干了,后来又淋了雨,现在又干了。

我躲了一下,胖子笑了:

妞,你喜欢他?说着,他朝猴子努了努嘴。诚实地说,我根本没考虑过这个东西,我还没到喜欢什么人的年纪,我喜欢的是那些歌词,那种调子,那种像温柔的怀抱,又像是狂风的推送。但我表达不出来。

"猴子"一开始只"喂""喂"地喊我,现在,他跟胖子学了:

妞,对你来说,生活在这样一个全是稻田的地方,意味着什么?

意味着有一天我要远走高飞。这个问题简直像一根绳子,把他们递给我,把我递给他们。我在心里快速地回答。我的眼睛比我的声音更快地泄露了我的想法。他立刻说,你愿意跟我们走吗?

我点了点头。

真的?

真的。

不让你父母知道?

我点点头。

他带着心领神会的表情看了看他的同伴说,靠,越落后的地方人越开放。他的同伴则对另外的东西感兴趣:

你们农场有杀人犯吗?

没。

政治犯呢?

不认识。

强奸犯呢?他们不死心地追问。

我也不清楚,我惭愧地说,我只听说有"二劳改"。

你识字吗?

这话里显而易见的攻击性,是对我给出的答案的强烈不满。我有点生气,想说点什么招架的话,可是我扭捏的时间太长了,他们已经没有耐心了,看上去他们兴味索然,好像我没给他们想要的答案,又好像认错了人一样,至少确定这个跟随他们整个农场转悠的人根本不是他们的理想,也不是他们的知音,更不是他们所期待的。

他们对我的兴趣到此为止,他们的脸上清清楚楚地挂着这么个意思。我开不了口,很煞风景,不懂得幽默,很无趣,却迟迟不走。

我不知道自己在期待什么,只有一件事我确定:这样一辈子跟下去,每天听他们重复唱那几首歌,我也能心满意足。

许多年后从某个人的回忆录里我才搞清楚,这几个爱好音乐的家伙有一天喝多了,冲动之下,心血来潮,东挪西借,凑了几样乐器组成乐队,出来巡回演出。一路过来,不要说赚钱了,不到一个星期,连烟钱都没了。在他们之前,还来过一群无所事事、形象邋遢的人,通常背只黄书包,贴着诗人的标签全国各地四处走动,骗吃骗喝。他们的巡演之路比诗人更艰难,只能到偏远的小县城和我们这样的农场来糊弄一下没见过世面的人,但是,他们更有热情,更穷更臭。真的,我都不好意思说,他们身上味道都挺重的,腥涝涝的。那时,有些农场还没有自来水,农场旅馆不会提供洗澡服务。

他们从里到外都不清洁，但无伤大雅，对于我，他们像天神从天而降，打破我平凡生活的魔咒。

话越说越多，嗓门也越来越大，他们争论的内容还真不少：国际形势、演唱技巧，还有纯粹的八卦。他们的声音此起彼落，房梁都在我耳边震动。我对他们的世界一无所知，不明白他们在说什么，真让人晕头转向，直到胖子开始骂人、发脾气，用拳头砸门框，其余人才停歇。

他们的声音轻佻随意，一点也不咄咄逼人，但展示了另一个世界。这个世界，没有我说话的份。只是把我支到了一个难以承受的处境。我开始烦躁不安，呼吸困难，如果他们此时想看看我的胸，我会马上解开扣子。我在心里暗暗做着准备。也许在那一瞬间，我会变得有点意思，这个念头让我变得越来越严肃，身体僵硬。我心里还在暗暗挣扎，等待有个合适的机会说出一两句他们想听的话。

没人再给我开口的机会。

最后他们平静下来，四周静悄悄的，他们一个一个挨在那张床上，躺下去，我听到胖子在打呼噜，然后是鼓手在翻身。地上的空瓶和空盘子和筷子和他们的球鞋乱七八糟地挤在一起，我的心都碎了。只有"猴子"还陪着我，但也有随时会睡过去的打算。我开始发问，每一个字都是一根救命稻草，保证我还可以不起身离去。

你的真名叫什么？

南之翔。南方的南，之乎者也的之，飞翔的翔。

你们明天去哪里？

明天会下雨。他答非所问，露齿一笑，他的笑容温柔、友好，一点都不居高临下。他那种很笃定的神情打动了我。就像他什么都知道，不仅知道自己到哪里去，而且还知道为什么要到那里去。他让我想起了一部没记住名字的黑白电影。在年代不详的南方，有一个穿着露出胳膊的旗袍的漂亮女人坐在花园里，周围蝴蝶翩翩起舞。这个场景现在突然从脑海里涌现，使我仿佛闻到一种从没闻到过的味道。房东家的自鸣钟发出报时声，一下一下一下，没完没了。夜已经到了最深处，不能再等了。我的手僵了。可是我坚持着。后来，他突然谈到了他父亲。一个和气的老男人，比他妈大十几岁，是个热心人，到处行善做好事，也经常把他带在身边，所以他养成了到处走的习惯。他爸爸非常顾家，每天晚上下班之后围着围裙在厨房做饭，他自己不知道吃，后来知道他有胃病，他吃不了还爱做饭，家里到处都是饭的香味。后来他过世了。没有父亲，没有父亲的厨房都没法待了，所以他就出来咯。

痛苦！不管这个痛苦大不大，这终究是痛苦。这痛苦就是黏合剂，贴紧了我和他。我仿佛看到了黑暗里的一线曙光。但是，他转移了话题：

常年在这么个地方待着你的日子一定很不好过吧？他好像透过这微弱的灯光看到了我的生活内部，看到我的过去以及我的将来。我的眼泪差点就要掉下来了。

所有关于那个晚上的记忆都是昏暗不清的。只有南之翔，点亮了沉沉黑夜。因为疲倦，我的意识有点模糊了，但我记住了南之翔的脸。他大概二十三四岁的样子，脸很瘦，颧骨突出来，但是眉峰也很高，眼睛很有神，不像其他几个，眼神很迷离，酒一喝，就好像不聚光。只有他的眼神，始终很清醒，很有力，很笃定，他像一个领袖，像能调遣所有的人，他在这里，只是因为他乐意。你知道，那里的灯泡都只有几瓦，我好像越来越困，越来越看不清他的脸。他身上的谜团，连带他的歌，把我迷住了。倦意一阵阵袭上来，我真想倒头睡去，事实上是我凑了上去，在他的脸上亲了一下。这个动作也是不自觉的。主动吻别人是什么感觉？其实没感觉，他的脸太瘦了，并且冷冰冰的没有温度，再加上我又没看准地方，硌到了他的颧骨，可是硌到的感觉真好，他没有说什么，只是朝两边看了看。

他把手伸到我的胸口，犹疑地触碰了一下，又缩了回去。我的脑子一片空白，身体变得很僵，过了一会儿，他又把手胡乱放到我的腿上，我同样没有反抗，也没有其他的表示。神秘的体验控制了我，又新鲜又惊恐。

他再次缩回手，看也不看我一眼。我觉得他跟我一样，其实不好意思，一个人只要不好意思，总是心肠不坏的。我那样想。我不想走，可是这地方也没有我容身的地方，他更加频繁地左右看，这信号已经很明显了。我不得不起身。

我拉开门，雨已经停了，拖出自行车，无声地骑上，在黑夜里往家的方向去。心里充满了愤怒。我又闻到了那种味道，只不过，这一次，这个味道里又混合了另外一些黏黏糊糊、说不清道不明的东西，这东西增加了我的痛苦，使我越来越孤独。

月亮悬在农场的上空。今夜月亮模糊不清。我从未像今天这样依靠着她的温度，朝向家的方向。

再次醒来的时候，太阳开始西斜，已经是下午三点了，我忍着身上的酸痛和饥饿，静静回味昨天的经历。昨晚所面临的危险，我现在感觉到了：我有可能被轮奸。我沉浸在浓郁的外乡气息里，那带着不知什么地方口音的普通话，那些完全不按我的经验出牌的陌生人。我起床，走到门口，稻田、房屋、树枝摇摆，树叶一片片往下掉，野猫踱着方步走向密林。真实的一切呈现在眼前，昨夜的一切痕迹都不见了。留存在我记忆里的歌声仍然使我心旌荡漾，眼前一切黯然无色。我猜测他们下一站会去五分厂。随着太阳西沉，我仍然一动不动地靠在家门口。一则我没有那么多力气骑自行车，虽然天又晴了，晚上肯定有星星和月亮，路也基本是平的，但我开始体会到绝望。我明白越跟下去，无边的黑暗就越近。可是不跟着他们，我感觉自己的存在更没有意义。这个房子没有意义，我心里的仇恨也没有意义，我需要一种不同的东西，全新的东西，但是，我同样看到自己不配拥有什么特别的东西。如果我执意靠近，恐怕只会继续像昨晚一样狼狈不堪。

星星出来的时候，我一声声朝着天空大声地咒骂：日你妈，日你妈，日你妈。

我不带恶意，只想驱赶掉我不能理解的东西，把那些令人讨厌的气味赶走。

时间一分钟一分钟溜走，我在积蓄出门的动力和决心，但内心的寂寞和无助越来越强烈，天完全黑透了，就算我现在动身，也赶不上他们最后一首歌了。也许他们还会接待我。但是，他们是谁？不过是一些路人，是一群被另一群人取笑的人，并没有人像我这样痴迷，大多数都不过是在看热闹、打发时间，说不定这就是几个神经病，既没有来处也没有归宿。我被自己说服了。

　　什么也来不及了，我努力想憋住胸口涌出来的悲伤，但是眼泪出来了。多么难以忍受的生活。我一分钟也不想忍了。我一遍遍地骂着：日你妈，日你妈，日你妈。南之翔，日你妈，胖子，日你妈！我在诅咒中越发兴奋，简直停不下来，脑子里一片空白。那次邂逅"垃圾乐队"——这个名字是我帮他们取的。我自始至终不知道这个乐队的名字，在他们的自行车上挂过一面旗子，因为风吹来吹去，我只看到一个"立"，我把它拼凑完整，让它成为"垃圾乐队"，以便我想称呼的时候有名字可以叫。无论我怎么叫他们，他们带我跨越了一条河流。他们的来去像一场飓风，吹乱了一切，把这片土地和地底下的一切都吹在眼前。我品尝到屈辱之后，明白了许多人都不用过我这样的日子，有人年纪轻轻，就可以决定自己到哪里去，对别人做判断，或者下判决。就像他们可以认定我不纯洁一样，这当然是日他妈的造谣，但他们至少会造谣，那全是他们自己脑子里的，不是被动的，不像我，是被不知道什么东西摁在这里的。

　　我不留恋自己的生活，尤其是在遇到这个乐队之后，更加坐不住了。虽然我已经错过了他们，但我总觉得有一天我们会再次重逢。到时候，我能唱他们会唱的歌曲，我能说他们想听的笑话，我能喝酒，也会讲笑话。那时,我一定懂得南之翔话里的所有"意义"。

　　经过了连续几天长途跋涉,再回到学校,一切都更加难以忍受了。老师每天都在重复着说知识改变命运,越讲越顺口,直到把这句话变成了一个笑话。且不说高中的名额都被学校偷偷摸摸给了那些外地人,那些名额就算在,也要把知识装到自己的脑子里才算是你的吧。其实我本人也相信"知识改变命运"这句话,但我不相信是刚刚学到的那些知识,相反,我同情像我爸这样有知识的人,因为有知识,似乎比一般人更懂道理,可是常常被人牵着鼻子走。你想一想他遇到的两个女人就会明白我的意思。最重要的是,他几乎没有用任何知识来帮助我,他不过问我的学习,不在乎我的成绩好坏。他甚至告诉过我,幸福不幸福全凭运气。这句话里肯定包含了否定知识,而且,跟他结婚的两个女人都没怎么读书,所以,他在用实际行动支持我变成今天这样,至少在十四岁之前,是他替我安排的,他安排我什么也不用干。

　　那个时期的照片上,我的骨架更大了,那是我一生中最丰满的时期,我因此更加自卑,我穿着一件前襟吊起来的褂子,也没吃过什么好东西,脸蛋上看上去全是肉,神情却是茫然的。我不再瞪着眼睛,相反,我眯着眼睛,好像十分情愿快门闪的时候眼睛是闭着的,一只胳膊支在树杈上,可是季节不对,树杈光秃秃的,隐约还可以看到树杈上挂着冰柱,这使我看上去玩世不恭、满不在乎。那根本不是真的好不好?鬼知道为什么那个时候我要摆出那么个样子拍照片。我也不记得谁提供了照相的两块五毛钱,冰柱子加重了照片上的寒气，也加重了我的格格不入。这照片是被我自己亲手撕掉的，因为我既不喜欢那种寒凉的气息，也不喜欢自己的土气相。

过年的时候，南之翔给我寄过一张明信片。正面是一张破了砖的拱桥，桥上什么也没有。反面除了我的地址还写了四个字：

海阔天空！

在明信片的右下角，只写了一个字：南。

我抬头看天，树头的叶子掉光了，枝枝丫丫，一直向远处伸展。每一根树枝都像指着一个方向。这是平坦、明朗的时光，没有阻挡的微风刮到我的脸上，这个明信片唤起了我模糊的渴望和模糊的痛苦。我渴望品尝到自由的味道。

有大半年的时间，我唯一想干的事就是骑着自行车沿着他们的方向向南，向南，一直向南。我想象他们停在我前方的某个地方，只要我动身，就能追得上。我在心里不停地哼唱当时我还不能记全的歌词，以及，那个名字——南之翔。

为什么我一出生就被人嫌弃，为什么小诸葛突然就不见了，为什么我觉得美妙的音乐让我像一个笑话？

那之后，我就在街上闲逛，电影院、录像厅、租书室、鞋匠铺和理发店，通常我口袋里也只有几块钱，我爸爸总能及时给我点零用，让我不至于饿死。他几次暗示我可以在街上某个店铺找个工作，找个养活自己不成问题的工作。我也意识到这样下去不行了。那是我一生中最自卑的日子，全身上下没一样拿得出手的，我的衣服很不体面，举止很粗野，脑子里空空如也，机会到处都是，却不是给我的。我只盯着店铺门前的小黑板看，有时是今日菜价，有时是招工信息，看到招服务员才敢继续往下看。跟两年前相比，我已完全变了样，不敢再嘻嘻哈哈也不敢再骂骂咧咧，什么"三个字打败你"的鬼话也懒得说了。那些漂亮的东西把我迷住了。丝绸、乔其纱、巴拿裤布料，橱窗里挂着开衩的旗袍，像照着电影画报上做出来的，头花、发卡和冰激凌，我能想到的好东西都在街上，都在外面，我自己一无所有。

有时候我遇到许多跟我差不多大的女孩，也是从各个分厂来的，在农场的氛围里特别醒目。我从她们破旧的衣裳和胆怯的眼神里看出她们也像我一样恍恍惚惚，但我们彼此不打招呼，只把那些好看的裙子、好看的帽子、好看的面孔一一记在心里。我变得很沉默，一句话也没有，一个朋友也没有。在别人眼前，我们是一类人，其实不，我只保留了"农场女孩"的概念，我无法融入到这样的生活，我追逐其他的东西，而其他的生活显然也不接纳我。

11

两位好友全部离开之后,今宝以二十三岁半这个年纪,嫁给了表弟所在镇上的一个电缆推销员。这个决定超乎所有人的意料:母亲、弟弟、舅舅和两位根本来不及回来参加婚礼的闺蜜。杏红写信来祝贺已经是婚后数月。熟悉的腔调,在带花纹的漂亮信笺上展现。她的音容笑貌在今宝的脑海里重新翻腾起。杏红的声音也还历历在目,带着真诚的昂扬的期许。现在,这张贺信,那封信上写着详细的地址,甚至详细标出了公交车的线路,好像担心她对少年理想的某种程度的偏离。她小心地把这封信藏好,后来每每忆起的时候,都会掀起些许无言的苦涩。

嫁人之前,今宝先是在县西下城区的一家饭店做前台经理。高瞻远瞩的老板在开发区批准建立的文件出台前,低价吃进这块地皮。饭店的定位很高端,专门做江鲜、野味和安徽名吃,招待那些远道而来的投资客。本来这个职位未必轮得到今宝,这得益于这个餐厅坐落的位置相当偏僻,开发区毕竟还只是一个空壳,再加上交通不是很便利,许多主要岗位空缺。早在饭店刚刚开张的时候,今宝写过应聘信,没有收到回音,他们需要的是活络的、曾在大城市有过餐厅管理经验的年轻人,最好受到过专业的培训。今宝的人生几乎是空白,虽然有张高中文凭,可是真的跟她交流,她对社会上的事知之甚少,简直像个落伍的人。饭店前几年一直在亏本经营,也就没有资格要求什么能力强和经验丰富的管理人才,管事的人才从旧的应聘材料里找到今宝的材料回复她。

今宝知道就这么个情况,还是诚惶诚恐地接受了这份工作。参加完培训,每天早上站在酒店门口带领服务员和厨师宣读誓言。在附近围观的农民看来,她们穿着灰色制服站在那里大声地说普通话,简直就是笑话,可是今宝听着自己的声音安全无虞地挤在众声之中整齐划一地喊出来,感到格外有宣泄和解脱感。她对这清晨三分钟的晨会怀着巨大的期待,虽然也对自己如此期待暗暗不解,但不久她明白躲在众声之中使她安全和温暖。她从来没有机会大声地说话,就算当初有两个好友,可以促膝谈心,那也是坐在局促和肮脏的理发店,还必须在夜里。而现在,在众目睽睽以及太阳底下,直立昂首地大声呼喊,这一切都似乎表明,这是为她准备的机会,时代滚滚向前,其他人在远方,她也即将找到属于自己的位置,她满怀期待,精神抖擞。

令她感到微微不适的时候反而是客人到来、端菜上桌的时候。"清蒸石鸡""问政山笋""拔丝芋头""黄山炖鸽""红烧臭鳜鱼""火腿炖甲鱼",最有名的是"江刀",每到清明前一个月左右,来吃饭的食客都是冲着刀鱼来的。刀鱼从崇明入海,在那里被捕捞的称"海刀","海刀"盐分重,肉质腥,并不特别鲜美;幸存者经过南通、扬中、南京、马鞍山、安庆,最远的到达九江,此为"江刀";甚至到达鄱阳湖,此时被称为"湖刀",它们已经是刀鱼中的佼佼者,经过长途跋涉,湖刀的盐分淡去,身肥体壮,口感上佳,已经是一等美味。但是真正极品刀鱼是从这里产卵洄游到长江中下游即将归海的鱼,在湖泊中吸收大量养分,脂肪肥厚,且富含丰富的蛋白质、磷脂和维生素,差不多已经躲过九九八十一难,谁都知道在扬子江、芜湖等境内被渔民拦截、端上酒桌的才是真正的人间极品。尤其是近年各地拦坝筑堤,一批批庞大的采沙船、各种轮船里流淌出来的油垢污染江水,再加上人类捕鱼技术越来越高和对鱼的需求越来越大,真正能够洄游大海的鱼已是凤毛麟角。在多次"有来无回"的教训中,那些幸存者把"谨慎向人类靠近"的口讯传给同族。刀鱼越来越少,许多饭店以次充好,而今宝打工的饭店却在江边蹲点,直接从渔民手里现金交易,保证刀鱼从上岸到下锅,都在自己的监控之下。加上外面风声越来越紧,随时都有禁捕刀鱼的文件下来,所以能够慕名而来点上几条三两以上的都是非富即贵者。

今宝并不是忌妒,问题是因为刀鱼越来越贵,有时候一条就是一个工人一个月的工资。为示隆重,老板会在刀鱼上桌前搞一套很有规模的介绍仪式。刀鱼上桌前,会听到女服务员用尽量标准的普通话把刀鱼知识背出来,今宝能听到唾沫吞咽、摩拳擦掌之声,刀鱼一上桌，果然被一抢而空。每每看到客人像饿狼一样大快朵颐又小心如猫将刀鱼细刺上的肉也慢慢吸吮干净的时候，今宝会想起自己家的饭桌。在这个家这些菜倒也不至于闻所未闻，但是这个家绝对是见所未见，每天晚上一家人围坐在桌前，大多数时候两个素菜，偶尔买条鱼或者几两肉，难得会烧一个西红柿鸡蛋汤。一家人呼哧呼哧扒着饭的时候，眼前只有饭，好像对这世上其他地方的好东西无动于衷。如果说那些有钱的客人们像狼一样，那自己的家人甚至包括自己吃饭的样子就像狗一样，静静地垂着头，舌头伸到盘子里，有什么吃什么。

渐渐地，戏越做越足，刀鱼上桌之前，先来一个服务员报幕，边上两排服务员站列，端鱼的服务员戴着白手套、露出膀子、挺高胸脯，客人色眯眯的眼睛在胸口和刀鱼之间来回逡巡。除了刀鱼，饭店还有河豚、甲鱼、包公鱼、怀胎鲤鱼、油爆虾、素火腿、素烤鸭等美味佳肴。每天晚上，食物的香味弥漫每一个角落，包括服务员的外套上、头发丝里和指间。

来这里的客人操着各种口音，跟今宝的邻居、老师和亲戚都有着完全不同的特质。他们能吃、能喝、能吹。几分钟之内，再干净整洁的包厢里都会吵翻天，酒杯高高举起，用力放下，摆再好看的盘，也很快被筷子戳得稀巴烂。他们一分钟都离不了烟，只要有一个人开了头，马上就人手一根，一会儿就烟雾缭绕、酒气熏天。这些人脏话连篇，散场时总有人东倒西歪，吐得满地都是，还有人对帮他们收拾的服务员说些不堪入耳的话，做些不堪入目的事。服务员受了委屈只能一味地躲，连告状都不敢。见过在这里吃鱼的人，她觉得已经见过全世界最恶心的人了。

饭店内部也好不到哪儿去。桌布确实是干净的，可是后厨脏得要命，厨师们边炒菜边抽烟。逮到一次罚款五十的告示贴在门上，一次也没真罚过。刀和铲子都油乎乎的，老板根本不管。只有工商税务上门检查的时候才大扫除。那些人来了也只会坐在包厢里，等到他们吃饱喝足的时候，也会绕房一周，可是他们目光迷离，好像什么也看不见。

今宝写过整改意见：关于后厨卫生、工作服、菜品的价格、岗位职责，费了不少心思。她替人家急，水电成本、工人工资、食材，要开销出去的那么贵，还有许多损耗。

这当然是她的天真。这不是老板赚钱的渠道，圈地从银行贷款是老板操心最多的事。没过多久，饭店旁边的自行车棚被拆除，说是得到许可扩建饭店规模。这是令人奇怪的现象，一边嚷嚷着经营不善、连年亏本，另一边又在施工扩建。到今宝离职的时候，洗浴中心和停车场已经完工。

也正是有在"下城区"的工作经验，今宝知道了生产电缆的漆包线涂漆、橡胶加工、橡胶硫化、聚氯乙烯挤塑、聚乙烯交联五条生产工艺废气中，大约有上百种有机化合物。其中有二十多种电线电缆行业废气被列入优先控制有机污染物名单。这些做电缆生意的人也会谈到污染，他们懂，也知道后果：伤天害理。可是，他们也说了：

现在顾不上那么多啦,先把机会抓住再说,你不搞,别的县照样搞,搞大了你更眼红。

今宝不相信在这种地方、这种时候人能交到真心朋友、谈成事情。但是他们一趟又一趟地过来。他们怎么能受得了?有一个人,老板喊他"陈总",连着一个月,天天做东请客,每天要听一次刀鱼的故事。再好的故事也不能这样听呀,可是他知道在哪个节骨眼喊出一声"好"来,又在哪句话中间鼓起掌,他甚至一眼就看出桌上的刀鱼有几两重,通常误差在二钱之内。

对这些人看厌了,连着对刀鱼都不稀罕了。今宝在心里说,真过分,我不会再到这儿来了,这里集中了全世界最坏的人。她越来越想不通:顺从什么不好,顺从这些丑陋的人!顺从什么不好,顺从这些一点不讲究德行的人!怄着气,她瞅准了一个机会辞了职。

等待新工作的这期间,她发现母亲老了。母亲不是骤然老去的,是无声无息、渐渐老去。就像劣质海绵垫子,慢慢陷进去,完全没力气弹回来。母亲的皮肤松弛黯黑,一点光泽都没有,前胸后背都单薄地贴在衣服上,特别是她的眼神,好像比其他器官衰老得更快,你喊她的时候,你能看到她眼睛迟缓地转过来,再转回去,如果无人惊扰,她的眼珠子就能保持不动。母亲能盯住一把破椅子看半天。有天今宝顺着母亲的目光看过去,什么也没有啊!椅子面上的污垢,已经黑得发亮,完全看不到原来桐油油过的痕迹。今宝在心里发问,是不是有一声雷响她才会动起来?

最近母亲一直在为单位要求她买断工龄的事烦心。棉纺厂的同事们天天凑在一起,紧密地沟通、揣测、预估,买断到底好不好,大家看法不一,但有一件事大家心里有数:上面有人下来催着要下面人做的事,通常只有坏处。认准了这一点,任高音喇叭还是三天一大会、一天一小会,她和同事们就是岿然不动,每天从话里找话,音里找音,谨慎地听,迟迟不下决心。上面越催得紧,母亲心里越疑虑、越害怕。权衡这件事可把她愁坏了。凭着她几个钟头几个钟头地发呆的这种架势,等到两个弟弟都不住家里了,她可能就会整天整天地坐在那里,一直到死吧。整个冬天,许多人家都安装了管道煤气,管道煤气需要一大笔安装费,邻居家装的时候,敲的声音叮叮咚咚,可是母亲的眼皮都没抬。今宝还在门口引煤球,晚上舍不得浪费,总是关上炉门,到了早上,母女俩轮流蹲在地上引火。老式的木架底床、两只瓷坛、青色喇叭花、旧的窗帘、还有破了一角的花盆,栽的是仙人球,任它发出来、长新枝、再枯掉,它也没死,好几年就那么不惊不乍地活在人的眼皮底下。还有一张大镜框,死去的爷爷、父亲、表弟各占一角,活人基本上是十几年前的旧照,不取走,也不上新。门上贴的对联,不管当时多么鲜红,街上买的字写得多么有力,如今也褪色厉害。两个弟弟小时候的东西,弹弓、塑料手枪、弹子、自行车和上学时的背包,就随随便便摆在那里,灰尘会在屋角自动地越积越多,但是不舍得扔掉。总有一个时候,今宝料想,这所房子会破旧到非收拾不可的地步。一个冬天又一个冬天,一切变得越来越破旧寒酸,简直不能相信就这么坚持过来了。冬天就要来了,可是弟弟们身上没有一件像样的衣裳,脚上也没有一双像样的鞋。每双鞋都那么旧,还那么臭。认真在房间里转一圈,假想一场战争或者一场大洪水要来了,需要随时带一些东西逃难,简直没有一样东西可以抓得上手。

母亲的眼珠子终于动了一下,但是很快又静悄悄地收拢起来。今宝常常看着她默默地站在那里,没有话可说。外面正在轰轰烈烈地做生意发财,这个家了无生气——今宝从不把单位里的昂扬带回家,她觉得这个家太不匹配"昂扬"这个东西。她母亲根本不会想到今宝会是那个站在单位门口,用标准普通话领着十多个员工一起振臂高呼的姑娘。

两个弟弟也在悄悄长大。大弟弟跃文最难过的就是自己经常被无视的现实,在他自己的小团体,在街头游戏中,他似乎都没什么发言权。好多时候,他都想争取到做主的机会,甚至竭力表现自己,企图引起别人的重视,遗憾,差不多总是搞砸。有一天,他们小哥几个想要聚一聚,每人凑五块钱去买烧酒和板鸭,商量的时候人人都表示同意,可是掏钱的时候跃文让另一个哥们帮他垫,说好明天就还,这笔钱他却一直都没有攒到。在他一心惦记还钱的时候,有一回,他的兄弟们在城西的"王记卤肉店"喝啤酒,被他结结实实撞见,他知道自己被暗地里孤立了。那种难堪和愤怒使他不知如何是好,只好扭头就走,逃得无影无踪。"事情不应该是这样的,应该是另外的样子。"他心里默念着,但是,从那之后,一切于事无补,他更加不被重视。许多时候,夹在人群里,他像个隐形人,像个装饰品。因为那五块钱,他时时刻刻觉得别人在藐视他,唾弃他。他把这些告诉今宝的时候已经大半年时间过去了,他挺立的鼻梁下嘴唇紧紧抿住,他才刚刚开始发育,根本没什么营养,看上去却那样健康英俊,要是给多一点营养,他会长得结实有力、眉目清秀,事实上他看上去多么脆弱,多么孤单。今宝的心抽搐了一下。后来,他到处打短工,听说哪里需要临时工,都会跑去。小弟弟清泉更不幸,他个头不比同龄人矮,皮肤跟姐姐一样白,穿的衣服却没一件合身的,更容易被人轻视。这兄弟俩挣的钱仅够他们自己开销。他们也想到大城市打工,母亲揪住他们不放,并不多话,也不诉苦,只是咬住不松口。他们年轻气盛,难免就觉得被捆绑、被耽搁了,时不时就发点小脾气、生几天气。

  对自己的反省似乎从那年开始。父亲的死,她觉得自己是无能为力的,她像水面摇摆的水草,一味被推被揉被挤,可是表弟的死——该做的似乎也没做;看到妈妈过早地衰老,她的内心那最软弱的地带开始往上漂浮,她仿佛不久就会亲自迎接死亡再次光临,一天夜里,她梦到母亲已死。她清晰地看到了死后的母亲,躺在父亲躺过的位置,今宝对这种始料不及的情景表示出强烈的痛苦:"不、不、不。"她不接受,拼命地尖叫。她甚至清晰地看到死去后母亲的面容:呆滞和无助,没有一点点活过的痕迹,脸颊上是习惯性忍耐造成的深深法令纹。即使死了,她仍然露出生气的样子,不是那种大发雷霆的气,是隐藏在眉毛、鱼尾纹里和嘴角的敢怒不敢言的气,而且,即使是死了,她的肩膀还是缩着的,就好像在担心比死更大的事。

母亲反对弟弟出去，但今宝是例外的，只要她愿意，不会有人反对。她也明白就算自己像条忠实的狗一样整天死死地盯住这个家，她也没办法让这个家像邻居的一样，像任何一个别的家一样。这个家，有某种东西早就固定住了，从她父亲去世的时候起，她以及母亲都被某种无形的规范套住了，绝不单单是贫穷，是一种看不见的道德，这是一种向下的要求，要求抑制、要求隐藏、要求免遭更大的不幸。在其他家庭，偶然也有孩子从高处摔下来摔断腿，或者是订婚的姑娘遭到退婚，又或者是家里出了个罪人，进了监狱，这些在其他家庭都能被承受和消化，被人同情和理解。但是，这些不幸似乎不能发生在这个家，即使这种不幸是如此的偶然，一旦发生在这个家庭，会被认为是必然，是耻辱造成的耻辱，是灾难引发的灾难，甚至会认为那是幸存者道德上的缺陷所致。就算仅仅是为了避免其他人这么理解，就得小心行事，因为不幸早早潜伏在门外，伺机出动。

最糟糕的生活就是这样缓慢的无声的耗损。她想象过不幸，像疾病、火灾、山洪暴发，或像鬼子进城那样不可控的极端事件，但是眼皮底下，生活中最大的磨难却是如此缓慢无声的磨损。这种磨损酝酿出眼下这种模糊的不可比拟不可言说的甚至说不上是痛苦的东西，带着温柔的暗黑的嘲弄意味，让人想哭。

在几次跟母亲申请出门打工无果的情况之后，跃文越来越反常。坐在饭桌前，他脸上带着一种强烈的失落和迷茫，他并不激进，没有把自己的贫穷和无出路归结到其他人身上，相反，他顺从，无论妈妈说什么不着调的话，他一言不发，实在需要，也会点头，或者哼一声。透过这恭顺的表面，今宝看到他强压的怒气。他经常半夜回到家，带回来一些不清不楚的气味和不清不楚的东西。

一天早上，餐桌边上突然莫名其妙地多了一台发动机，这是一台加工面粉的发动机。面粉加工厂离这里只有五公里，而且加工厂的老板今宝全家都认识。

哪里来的呀？这么明摆的事，妈妈还一副稀里糊涂的表情问儿子。

捡的。与此同时，妈妈还发现他腰上别着一只BP机，BP机早就开始流行，但也不是他能用得起的。

这么好的东西为什么扔掉呢，怕不是捡的吧？她假装没看到BP机，但是那么大的发动机，不问也太说不过去了。

不是捡的，难道是抢的啊？

完了完了，弟弟的声音告诉她，在他的字典里，他逃避的那个最大最黑最粗的正是"偷"字。

这是什么话，要坐牢的呀！妈妈的声音像是在哀求，却又要装出一点家长的威仪。年纪越大，人越容易把自己逼到滑稽的位置上。

弟弟不在乎地耸了耸肩膀，好像因为没有发财，反正做什么都是错的，根本不需要搞清楚错的程度了。那台无用的、即使能卖也只能卖几块钱的发动机就那样触目惊心地放在房屋里。母亲和今宝合手试了一下，根本挪不动它。只有弟弟能够将他物归原主。

我去找死啊，现在那里肯定有人在看着了，加工厂还剩一台发动机呢。

他身上有一种越来越显见的狂躁。邻居家的狗晃悠悠在他边上走,他无缘无故地上去踢了一脚。

这之后,母亲把他看得更紧了,不说出个理由,门都不让出。好像在她的眼皮底下,不希望发生的就不会发生。

天气那么冷,屋檐上结着冰,太阳一出来,地面上也亮晶晶的。今宝看到大弟弟穿着一双浅帮球鞋,脚踝露在冬天的风里。今宝替他发冷。她忘记自己也只有一双浅帮球鞋,冬天结霜的街面上,她也是这样走来走去的。她真想替他买双袜子,真想替他买下他想要的摩托车。他可爱听摩托车的马达轰鸣了,街上偶尔有一辆经过,他的耳朵会竖起来,嘴角翘上去,阳光照在他的唇上,细细的绒毛正在变粗。其他的时候,今宝看到他眼睛里散发出一种凶狠的煞气,他哪怕只吐出一个字,这个字里都饱含着一种蛮力。她听出来了:他已经有一种把自己豁得出去的决心。他缺钱、缺尊重、缺机会、缺希望。最糟糕的是,他的脑子里是空的,只有钱才能塞满,她想。

现在她确定他得了一种叫"缺钱"的病。得了这病之后,许多事情就不公正了,人家看你的眼光都是斜的,带着偏见的,得了病的人就更容易烦躁,豁得出去,不要脸,不要命。不只是他,全家都病了。小弟弟整天把头勾着,像扛着什么东西的样子。妈妈浑身没力的样子。自己呢,也没能幸免,半夜听到猫叫都会醒来。这些症状都是因为这个病。这个病会戏弄人、不停地抓挠人,随时会让人轰然倒下。

而且这病还会传染,死前会传染,死后还会传染给下一代。

我要出去打工。有一天,跃文吃饭的时候又突然冒出一句,愣了一会儿母亲才听明白这是又一轮谈判。"不！"每说一个"不"字，都打着战，这一丝颤音，轻而入骨，远比大声地训斥、恐吓或者讲道理要有用得多，一贯有用。母亲随着年龄渐长，似乎变得更加固执，在对待她认为正确的事情上，她会咬紧牙关，一点都不松动。有时候今宝心里也感到恼怒，可是无计可施。没多大出息的人，没权利发火，两个弟弟也一样。

跃文的样子已经有点穷凶极恶了。今宝觉得，与其说他在小偷小摸，不如说他从小偷小摸这件事中验证一种力量，以期获得更大的力量。他并不是对这台无用而沉重的发动机感兴趣，他只是对现在的生活不感兴趣。不是发动机或者发动机能换来几块钱这件事诱惑了他，是改变生活的欲望使他搬回了这个笨家伙。发动机代表着他的力量，全家都没有办法让它物归原主，只有他自己才可以。他想支配自己的力量。

这台发动机没帮上任何忙，最后被他扔到了路边。到目前为止，除了平庸和暴躁，没有迹象表明他能出类拔萃，靠自己的能力让这个家振兴。

说不定，下一次，跑到商店去偷一块布料或者一双皮鞋的就是自己了。因为偷也是会传染的。

做点什么，做点什么。就像有一种低沉的锣鼓声在耳边敲击，越来越快，这锣鼓如此急迫，如此有力，迫使她不由自主地停下来，侧耳倾听。一天晚上，她梦见了父亲。她先是梦见父亲生病之前，从外面回家，他心情很好，看到挡在门口的女儿，他两只有力的大手从腋下突然把她提起来，在空中转了一个圈。在女儿受惊吓的尖叫声响起来的时候，他已经把她稳稳放回原地，进了屋。他带给今宝一种强烈的父亲的力量，好像他掌控着整个世界的平衡。还有一次，她梦回到父亲临终前的那一刻，这一回，她清清楚楚明明白白地听懂了父亲说出来的话：

替我照顾好弟弟们。

十多年过去了，今宝又惊又喜。惊的是在梦里她心里也明白父亲已死，父亲再一次死去，仍然使她心如刀绞；喜的是，她终于明白大人们没有错惩她，父亲的确把弟弟们托付给她。父亲死后，她跪地整整一夜根本就不过分。今宝被自己的哽咽声吵醒。醒来之后，她继续抽泣着睡过去。如果能让这个家免于贫穷、免于对贫穷的恐惧，什么样的代价我都愿意付。她模模糊糊地想，如果形势所需，更大的牺牲——比如付出生命——也在所不惜，并且，这个代价一定要由自己来付，因为归根到底，现在，她是唯一清醒的人，清醒地看到了命运的大手，清醒地看到这种恐惧附着在这个家，以及摆脱这种恐惧的紧迫感。

一连阴了好几天，空气里特别潮湿，大地被冲刷得干干净净，干净得连水泥缝都长不出草芽。

就在一个清晨，她一睁开眼睛，清晨的光芒透过玻璃窗照进来。一个湛蓝的清晨，天空都是新的开始。

12

正在我无所事事的时候，报纸上出来一个征收女兵的通知。征兵年年有，征女兵我还是头一次碰到。女兵可不像男兵，我们可能当护士、当文艺兵，再不济也能当个通信兵或后勤的，这意味着我能实实在在地正式告别农场。我看到报纸的时候，报名截止日期刚好是今天。我仔细地看了应征条件，年龄、身高、视力和学历我好像都符合，我高兴得叫了一下，一抬头，一片正午的光线正从两片树叶中间穿过，直射我的双眼，我没躲，相反睁大眼睛，很快，耀眼的光芒使我一阵晕眩，逼得我赶紧低下头。清醒过后我抬起头，看到一只鸟儿突然展开翅膀，把两腿收到腹下，一转间，从枝头消失。我把眼睛转向蓝天，白云飘荡，小鸟越飞越高，很快不知去向。

我把能想到的材料都带来了：户口本、毕业证书、一寸照片，包括初二时候短跑比赛第三名的奖状。征兵办公地点就设在一分场的食堂。一进门，就看到买饭窗口上方挂着"保家卫国终不悔，绿色军营献青春"的大横幅。食堂的屋顶比一般房子高一倍以上，鲜艳的横幅把平时吵吵嚷嚷的杂音全赶跑了。让人不知不觉并拢双肩、闭上嘴。从门口开始几十个和我差不多大的人在那里排队，队伍延伸到一排铺着红布的桌边，那里坐着四五个穿军装的军人。他们看上去崇高、威严，在填表登记、询问应征人的家庭情况。我放轻脚步，站到队伍的尾部。终于轮到我了，我开始莫名紧张。有人递给我好几张表格，填好后交到一个都称他为"胡干事"的人手上。他问了我几个问题。问的讲普通话，我也用普通话回答了，答完我才想起其他报名的全说方言，他们回过头看我，显得我像吃错了药，让我更加紧张。我不太敢看他的衣服，他身上的绿军装质量真好，厚实、笔挺，几乎没有皱褶；帽徽、领章鲜艳夺目。我不敢多看，只好一直盯着他的手，他麻利地翻材料，时不时用一支钢笔在纸上划拉一下。他的手指甲很整齐，手背很白，拿笔的手也很有力。我好像从他手上的动作里看到了一些门道。觉得他的手上掌握着我的命运。他顺着我的视线也看了看他自己的手，然后简单问了问我家里的基本情况，告诉我等几天，他们要将材料上报给领导，让我回去等体检通知。

回到家门口，我坐在板凳上，久久不愿意动一下。时间一点一滴地过去。太阳开始落山，先是照在脸上的炙热开始消退，不那么灼人了，之后，太阳慢慢变大，变得血红。门前的土沟里，一条蚯蚓艰难地蠕动，以它的速度，到天黑也爬不出我的视线。远处有人在菜园里撒化肥，近前一股浓浓的尿臊味荡漾过来，我觉得再待下去，我就要被淹死了。我站起身跨上自行车就往一分场的食堂跑。

已经到了饭点，食堂里恢复了平时的人来人往，进进出出端着饭盒的人，一个个晒得发黑，跟刚才那些英姿飒爽的人相比起来，像是被抹了十层灰。甚至还有人，背上还背着洒药桶，就迫不及待来打饭了。我觉得这些难闻的呛鼻的气味要把我罩住了，失望像水泥一样把我浇铸了，我僵硬地站在门口，任凭饭菜的香味一阵阵往我脸上扑，也没有进门去。

等了一个多礼拜，传来某某收到了体检通知的消息。我这边，没有一点消息。我知道凶多吉少。

我想起那个招兵的胡干事，隐约记起他在县城的人武部上班。我感觉一天都不能等了。可是当天去县城的班车已经开走了。我骑上自行车就往县里跑。自行车的坐垫已经破了，坐上去很不舒服。县城离我家有五十多里路，从农场到县城，要经过一大段泥路，一大段石子路，水坑、小坡，一路上屁股颠得生疼，链条还掉了好几次。我也顾不上，只想做些什么来改变一下结果。等到了人武部的时候，我觉得后背都很疼，我很顺利地找到了胡干事办公室。见到他的时候，我满头大汗，还在一个劲地喘气。他眼睛一闪我就知道他认出了我。哦，是你啊，他说。

他没穿军装，又这么亲切，我一下子胆子大了许多。

他不敢相信我是骑自行车来的。

是，我指着楼下的自行车给他看。自行车很旧，又是大杠，连支架都没有，靠在一棵树上。它瘫在路边，一副被骑够了的邋遢相。

你怎么不坐三轮车?

我喜欢骑车呗。我装模作样地回答他。

为什么没有录取我?

他不回答,上下左右打量着我灰土头脸的样子:

你吃饭了吗?

没。

跟我走吧。

他带我去了一家面馆。要了一碗排骨面,还加了一个茶叶蛋。坐到我对面看着我吃。

他三十多岁,坐姿很直,头发梳得服服帖帖,但又矮又胖,要不是见过他穿军装,我还真不信他当过兵。天热,我又骑了这么久的车,我只穿着一件单层夹克,他却穿着高领毛衣和黑色的呢大衣。他坐在我对面,看到我喉咙往下一咽的时候就抛出一个问题。

什么政治面貌、宗教信仰、婚姻状况、文化程度、主要经历、现实表现、奖惩情况,以及家庭成员、主要社会关系成员的政治情况等,都已经填过表的问题。

他把烟灰弹在桌上的一只碟子里——那是用来放咸菜的。他一支烟抽完,我一碗面也吃得精光。这个时候,他把想问的都问完了——我的生活实在是寥寥几句就概括了(我做了一些保留,关于我妈)。饭馆里的面真好吃。我正感到心满意足的时候,他突然说话了。

他说他研究了我的材料。我的材料有点麻烦。

为什么?

你年龄不够。

就差几个月了。

城镇户口要高中毕业,学历是硬指标。

这下我傻眼了。他还在那里说:

还要身上一块疤都没有,什么文身呀就更不应该有了。

我真没有。

那我可不信。你这么野,这么喜欢骑自行车到处跑,身上怎么会没有疤?

真的没。可是我的回答已经没有底气了,学历的事已经把我用刀切掉了。

你这身材,要是到部队做文艺宣传兵一定可以的。部队领导也肯定喜欢你这样饱满有朝气的兵。你不光身材丰满,脸蛋也好看呀,你看你的眼睛,这么热情有灵气,当上兵一定是可以的,前年来招了三个,有两个是我经手办的。他说,但是有点细节方面要商量,你好好想一想,你的身上真的一块疤都没有?你真的1978年1月11日生日?要是查到你造了假,这个兵肯定当不成。

我赌咒发誓没有造假,急得说话都有点结巴了。他接受了我的辩解:

我相信你不难,上面相信你不容易。

那怎么办?

我来想办法。他说,说完把手伸到外套的口袋里摸烟。他掏出一只空的红塔山的烟盒,在手心里使劲捏了下,然后手摊开。我看到烟盒被揉成一团。

要是你信任我,我能帮你当上兵。我生出希望,刚要表示感谢,他摆了摆手说,要是想十拿九稳的话,你还得跟我配合。我问他怎么配合。他说,你在心里问你自己,你的条件真的够好吗?我一听就心虚了。我亲妈丢下我跑了的事我还没说。他盯住我的眼睛,我的眼皮忍不住使劲跳了两下。你再好好想一想。我低下头,感觉到他的眼睛黏在我额头。还有我爸,为什么快四十岁了从外头调到农场?有人说他犯错误,有人说他成分不好。这些都已经不是事了呀。我偷瞟了他一眼,他的脸色已经变得十分严厉了,我一下又觉得刚刚脑子里想到的每一桩都是大事。胡干事看穿了我的顾虑。他对我说:生活比你想象的更复杂。有些事,成也容易,败也容易,全凭运气,但你的运气不错,你遇到了我。

他问我有没有决心接受他的帮助,有没有信心当上兵?那还用说,我自然不停地点头表示愿意。他还说,你以为那些出门打工的人真的过得好吗?到了上海、北京、深圳,还不都是做牛做马,纺织厂、皮鞋厂、保姆市场,哪里都是你们这么大、没怎么读书的人,我不怎么想得通你们这些姑娘们,有好机会为什么非要挤在那一条道上。每年春运,火车汽车上简直人山人海,说是运牲口也很形象,你觉得真有成功的人吗,说到底,给人端屎端尿当保姆,在工厂里白天见不到太阳、晚上不见星星真的是你向往的生活?我都快喘不上气了,他又说,你读的书不算少了,坏就坏在还偏偏是城镇户口。不是所有人都有资格改变命运。

这些话轻而易举就把我击倒了。我大失所望，眼巴巴地看着他，想知道这不可避免的状况里能否有一条出路。他沉默了很长时间，本来我已经忘记屁股疼了，这会儿，钻心的疼痛突然刺了我一下，我在椅子上左右扭了两下。我简直都要放弃，一走了之了。他又问我是不是感到难过，如果失去这么一个机会的话。这个问题使我的鼻子开始发酸，说真的，吃饱了我反而觉得特别特别累，又渴。我想起来我骑了两个多钟头的自行车，毫无疑问，我还要骑两个多钟头回去，我的嘴里涌出一股苦涩的味道，也是绝望透顶的味道。我觉得力气突然之间就没有了。

不要悲观。他说，我们找个地方坐下来谈谈吧，有些地方说话不方便。他带我往面馆外走，走了很长时间，我觉得许多地方都可以坐下来谈。街上的人都不认识，但他还是领着我走。直到走到一个舞厅，他停了下来，说，这里面现在肯定没人。一掀开帘子，仿佛进入一个深渊，到处黑咕隆咚，他说不要怕，马上就好。站了几秒钟才渐渐看清楚里面的设备，因为是白天，舞厅里空空荡荡，一个服务员进来开了一盏壁灯，又引着我们到一个角落里的包间。包间里也只有一盏壁灯，隐约可以看到人的轮廓。他熟练地要来了一壶茶和一碟瓜子，挪了张椅子抵在门上。他做这些的时候我没有动，他坐到我边上来的时候我也觉得没什么，他整个身子往我这边歪过来。说真的，他的几番推理，我真跟不上趟。事情本来好像很简单，这会儿似乎越来越复杂，再加上这里面很闷，我已经有点蒙了。可是，当不上兵的话，我还不得不继续没完没了地在石子路和泥路上骑自行车。想着将要继续这样没完没了地骑自行车,我就觉得自己变得很虚弱。我很疲倦,也很困,我根本不想再往深处想事情。他碰了碰我的肩膀,发现我没有力气,他又给我打气了,他说,你不要多想,只管相信我。

13

　　表面上的生活热烈得有点过分。邻居们比以往更亲热、更客气,机会越来越多,生活供应也是越来越丰富。许多新鲜东西和事情都像从地底下冒出来似的,汽车、彩色电视机、卡拉OK、口红、减肥霜……突然冒出来的还有那个叫丁建新的空心洲男人。

　　丁建新的传奇已经从好几处传进过今宝的耳朵里。据说只有小学文化,家里兄弟多,孩子们小时候几乎有过合穿一条裤子的童年。但是这几年兄弟三个来下城区合伙做电缆生意,现在已经发大财,还在下城区买了别墅。今宝对发大财没有概念,但听到下城区的时候,她想起了鱼的腥味,还有那些吃鱼的时候抽着的香烟,让整个包间都弥漫着混浊的气息,迷雾一般。

　　他是大表弟的同事,一个偶然的机会,舅舅也认识了这个人,有意与他结亲,可是自家亲戚中,拿得出手的也只有今宝。把这个有钱人的故事说给今宝妈妈听的时候,舅舅的声音在半是诱惑半是忌妒之间摇摆。舅舅永远还是那个舅舅,儿子的死使他悲伤,悲伤的时候他是一个死了儿子的父亲,其他的时候,他还是过去的那个人,能敏锐地捕捉他人的生活,从对他人生活的观望来检测自己的成败。就算一只毛毛虫爬过他身边,他都有感觉,更何况周围这日日更新的时代。他知道谁有前途。

我大老远地把情报告诉你,这年头县里的一个户口,不值钱了,往后更不值钱。我去年见到这小伙子一面,要长相有长相,要品行有品行,二十七岁,很有本事,跑电缆业务发了财,全家都跟着沾光,原来住在空心洲上,去年在下城区买了一幢几层楼的别墅。你们县城里有几个在下城区买了别墅的,那都是有钱人住的……

效果很好,今宝妈妈在适当的时机——但其实也没有抱太大的希望,她心里认定今宝喜欢反着来就对了——复制了今宝舅舅的神情和语调,似乎是她表现得太好了,女儿竟然被说动了心,话音刚落,就听女儿说:

定好哪天见了吗?

妈妈知道你不喜欢下城区……

不喜欢又不要紧。今宝很快接话说,这么乖巧的话简直不像出于今宝之口。

今宝看到母亲的眼睛一闪,她整个人看起来好像刚刚买回来的新灯泡,安在了一盏旧灯罩下。不协调又藏不住。

鬼附了身似的。一听到自己的声音,今宝惊愕地在心里评价自己。

第一次去男方家,是舅妈、妈妈和今宝三个人一起租了一辆小面包车。毫无悬念,车子向下城区方向开。才几个月没来,本已熟悉的下城区却又似乎迅速陌生了。沿着一条新修的马路进入河沟镇地界。马路两边是一垄垄庄稼地,走了一两分钟,冷不丁岔到一条单行的泥路,挨着的是青色的砖块砌成的一长条围墙。围墙顶上,插着亮闪闪的各种形状的碎玻璃。越过玻璃碎片,可以看到十来幢两三层高的欧式别墅屋顶。舅妈说,好东西总归不顺着一般人的想法来。算是解释这么个偏僻地方怎么突兀地冒出来一个别墅区。她还说,开发商是讲究风水的香港人,认定这是一块风水宝地。

三人下车朝小区里走,经过传达室,保安问了几句,很是和气,让进来并指了方向。门里正中间是个花坛,白瓷砖砌了边,两边是整齐的万年青,还有些新栽的玉兰、樱花和碧桃,树下的土都是湿的,才挖出来。玉兰树上倒是三三两两开着白花,再往前,几株月季开着些小里小气的红花。住在城里街巷里的人家,一般走廊下能摆几盆花就已经很奢侈。置身嵌在农田里的这么一个别墅洋房区,就好像一堆群众中间站着一个西装革履的干部,把周围人全比得渺小了。往左一拐,经过三四幢,再走几步,舅妈指着一幢说:到了。

别墅的外墙是红砖,走廊贴了厚重的花岗岩,推开齐腰高的白色木质栅栏,见院子里栽着桂花树和万年青,走道两侧还各种一排美人蕉。在秋日正午的柔光里,一条田园犬站在台阶上打量着客人,摇着尾巴,嘴里吱吱的,随时准备着对付不明情况,但没有吼叫。门廊上的挂钩——想必为了挂吊兰,现在悬挂着一串晒得快干的红辣椒，说话的声音一大，系红辣椒的绳子就轻轻摆动起来。

站在门口迎接他们的是一对穿着朴素的老人。他们不自我介绍，只是不停地笑着，把客人往房子里让。男方的母亲——这是今宝的猜测，一个粗壮结实的妇女，头发花白，可面色发黄，跟她的身板很不符，她出门迎客，围裙还系在腰上，一副随时回到劳动现场的架势。男主人的父亲身材矮小，有一条腿还有点瘸。谁才是这个家真正说了算的人，一目了然。随着他们的招呼声和笑声响起，房子开始现出另一种生命力，那是一种乡里乡气的宏伟和光彩，如此喜气，如此华丽，到底照亮了女人的脸庞，打破了今宝母亲脸上多年来的安之若素。她像个坐立不安的小姑娘，在这幢空大的、还没有完全装修好的房子前却步了。

脚步声、寒暄声、茶水倒进茶杯的吱吱声轮番响起，窘迫被掩盖了些许。男主人的母亲和嫂子连连让座。解释相亲对象之所以不在家，是因为有急事临时赶到车站接一个客户，她们保证他只会错过一刻钟的工夫。男方的嫂子不停地重复他缺席的原因，越听越像是在炫耀什么，但不是无礼，更像是某种过度自信的表现。

在叽叽喳喳的客套声中，今宝看到堂屋里醒目处的一座落地大摆钟和一溜长条悬挂的山水画，山水画是印刷出来的，又粗糙又鲜亮。

今宝留意到妈妈和她一样，也都感受到了水泥、瓷砖和雕花大钟带来的崭新体验，不可否认，这个地方给人印象深刻。

大嫂子负责厨房，二嫂子负责带他们楼上楼下参观，她们其实不住下城区，今天是个重要日子，才赶来帮忙。二楼是三间大卧室，楼下除了堂屋、厨房还有两间卧房，空着。楼上和楼下各有一个带抽水马桶的卫生间。舅妈和妈妈都发出"啧啧"的赞叹，一半出于真心，另一半是做给今宝看的。一切都像是梦，只有在二楼的一个房间里才暴露出主人的来路。那房门被舅妈不小心推开，房间里没有床，也没有什么家具，只有满满一屋子的塑料袋，袋子上还残留着"高级瓷砖"的字迹。

厨房的窗户可以看到小区背面，是一片没有动过手脚的荒地和树林。听说将来也会填平盖房。

主人招呼客人坐下来喝茶，其间男方的嫂子们说了许多的话，建新自然是话题的中心。他在家排行老三，学历不算太高，上面有两个哥哥，他们的老宅在偏远的空心洲。他少年时代在水路上跑过船，在无锡打过工，几年前他来河沟镇投靠同学，同学帮他在下城区的胜利电缆厂谋了个电工的职位。后来厂里扩大经营，需要销售员，他从电工改行跑推销。事实证明，他擅长。他已经连续四年是厂里的销售冠军。他引荐了自己的哥哥们，带他们一起闯，并且买下这幢别墅。他去过许多城市，有许多客户，他在像九寨沟和西双版纳这样的名胜地旅游过。他懂得电的知识、木材知识和建筑知识。他模样周正，又肯吃苦，这些优点帮他抓住了几次重要机会，使他异军突起，成了厂里的核心青年和榜样。今宝的妈妈和舅妈全没有这方面的知识和话题，只是"哦""嗯"地附和，最后尴尬得说不出话来，但是努力做出对方期待的表情。

等等不来，等等还不来。有人去打了电话，建新说半个钟头就回来。不知是谁，喊了一声，我们先吃饭，边吃边等。

幸好说的是一回事，眼前的是另外一回事。递到客人手上的筷子是旧的，两支不一样长也就罢了，有一只还弯曲得厉害。盛菜的碗也是花色和大小都不相同，更意外的是，喝汤的勺子居然一时找不到，最后端起汤盘往客人碗里倒，倒得胡桃木的桌子上全是汤渍。这些洒在桌面的汤渍，一块一块，慢慢洇开，汤渍里显然有猪油，油渍浮在表面，等抹布拿过来擦。抹布也不讲究，好像是旧汗衫缝的。

二嫂最后成为主要发言人，她告诉今宝妈妈，餐桌是胡桃木的，许多外国人都喜欢用胡桃木做餐桌，胡桃木在中国不像在外国那么讨喜，因为在当地还没开始流行，卖得少，所以这张桌子还是从别的省千里迢迢运来的，加上运费，非常昂贵。

昂贵是昂贵，可是家里家外很是不搭。这些话今宝过了好几天在心里说给自己听的，当时，她只关注桌上的汤渍了。也可以说，这些洒落的汤渍，泄露了对方的条件并不像他们自己标榜的那样好，主动权并不完全在他们手上。县城里的人，日子再寒碜，抹布和汤勺也齐备，这些突然发起来的人，更多的细节暴露出他们的家底，日子过得外面一套，里面一套。舅妈和母亲好像没有留意到这些，被这三层别墅征服了。一进门就不自在，到现在更加不自在，又没在第一时间见到相亲对象，妈妈越发惶惑和不确定，担心对方是瘸子、秃子或小儿麻痹了。谁说得准呢，这几年许多不体面的人都发了财，许多不体面的事都体面起来了。她们还担心今宝喜欢反着来的性子又发作。

饭后他们坐在院里的走廊里聊了会儿天。那个男的,丁建新,骑着摩托车进来了,他的个头中等,梳着周星驰在《逃学威龙》里的发型,打了摩丝,可能风大,稍有点凌乱。他从摩托车上下来,看到满院子的人,边往里走边向最近的人点头问好。走到今宝跟前的时候,他一笑,脚步却没停,继续向屋里去。让人觉得他匆匆忙忙赶回来是为了到屋里取个什么东西。

不过很快,他走出来了,轻微的慌乱已经过去,他再次向院子里的人打招呼。他的目光碰到了今宝的,只是匆匆一瞥,又赶紧移开。今宝留意到,他模样很周正,眼睛很亮、很清澈,像一个没有故事、没有忧伤的人。在他向舅妈问好的工夫,今宝在心里静静地辨别出了这个人,这是个站在人群里很协调的人,是个谦和的人,也许还是个好心肠的人,差不到哪里去。

他倒没怎么说他自己,只是就着家人的话题说起了这个房子。他当初买这个房子考虑的是地段,这个地段虽然在河沟镇境内,但毗邻炙手可热的下城区,门前就是去城里的交通要道,以后周边有建造高速公路的可能,三五公里外就是河沟镇中心,购物吃饭也比较方便,不过,也说不准,现在有本事的人都在往大城市跑,也可能他也有这么一天,到省城去买房,大城市比小地方升值空间更大,交通更方便,机会也更多。

后来今宝经常感到纳闷,饭后那么短的时间内,自己是怎么做出对这个人的判断的。他们甚至没有单独待过一分钟。所有的信息也都不是今宝问出来的,是他自己给的。他似乎急于说出他的想法,这想法是那样的不同于人,是出于礼节,怕冷场,舅妈和母亲问他问题,他一一老老实实回答,时不时看今宝一眼,让人觉得很舒服。

谢天谢地,他们对今宝所问不多,否则他们就会知道她的背景是多么单薄。

道别的时候门口来了辆桑塔纳,丁建新与厂里的司机关系好。他相亲的重要日子,司机开车来替他助阵。

这是这家人第一次坐小轿车,个个都因不知道怎么妥当地把自己装进去而面红耳赤。今宝也脸色发烫,坐进副驾驶的位置上,轻轻呼出一口气,她一转头,看到他正站在副驾驶这边的车窗旁。透过薄而清澈的车窗,今宝看到他的手关节粗大、结实。车轮滑动的时候,他的母亲一直在大声地打招呼,表达招待不周的歉意,那声音透着一种乡下老妇的不拘小节。今宝留意到他的脸木木的,像是没有什么表情,但绝对不是心不在焉,相反,他在思考。

他的回访很及时。三天后周日中午,刚刚过了饭点,今宝帮着母亲洗好了被子,晾在屋后的小院子里,然后举了本杂志坐在门口看。已经临近仲秋,阳光温和、地面干净。小孩子们在窗外吵吵闹闹,他们的脚步和笑声忽远忽近。只觉得眼前一阵风后,他出现在今宝家门口,手里拎着大包小包的礼品,礼品袋子几乎全是红色的,简直使他整个人都裹在红色的光芒里。与今宝的目光相遇的瞬间,他腼腆一笑。今宝一时反应不过来,她在想是迎出去一步接东西呢,还是侧过身让他自己进门呢。正想着，母亲从屋里进来，把他引进屋子里。他带来的礼品袋太多，进门的时候被门框碰了一下。他的皮鞋上沾着泥，像是走了许多地方。

快喝茶，请喝茶！

现在轮到母亲变成东道主，她找出茶叶，把茶杯洗了又洗才拿到桌上。热水一开，屋子里弥漫一股温热的气息。

母亲借故走开了，留下今宝坐在门口的位置。书是不再看了，可也没有放下。两个人差不多脸对脸，可是都侧过身子，盯着别处。

沉默了至少半个钟头，其间她站起来帮他续了个杯。他也轻声说了谢谢。然后还是静静地坐着。

这次他比上次见到时更要壮实一些，因为紧张，他的脸色一直发红。他的面部线条还是很硬朗的，不只手，他的脚也相当大，腿肚子很结实，内行人都能看得出，他曾经是个体力劳动者。虽然县城离他住的县郊也就几十公里，可他们的生活方式还是两样的。今宝的弟弟们日子一直窘迫，伙食也不好，而且到现在还在外面打零工混世界，但他们出门见人，却不至于被人认为是体力劳动者。这个名声在外的人，似乎没有人们口中的暴发户应该有的肚大腰圆的样子。谢天谢地，他没有。但是，他粗手粗脚也好，沉默寡言也好，却并没有使人对他产生坏印象，相反，他长时间地、像比赛一样地沉默，不急不躁地等待着什么的模样，在午后的阳光里，却让人越来越踏实，暧昧的空气在流动，渐渐激发起人想说话的冲动。

你不喜欢说话怎么推销电缆啊？今宝总算在大海里捞出一句话。

我们工厂生产的产品质量过硬,不需要吹牛。

他迅速地回应,然后被自己逗乐了似的吞了一口口水。

真的一句大话不讲?今宝笑了一声。

他一下子不自然了,抿了一下嘴唇,今宝懂了:大话他没少说。怕他尴尬,她转移话题:

听说电缆厂有污染,大吗?

再大跟我也不大相干,我不怎么在厂里待。

可是你的家不在下城区吗?

哦,好几公里路呢,再说,再说,我们也不一定一直住在那里。

他的脸红了。说这话的时候脑子里一定想到了他俩一起的场景。她捕捉到了,心里生出微微的感动。

他还断断续续说了一些话,下周去河南,有一批货要加急交出去,迟了影响人家工地上的工期。

他说话的时候,今宝趁机抬起头看他几眼。虽然他的话题都是围绕着自己,但并不显得很自我。许多年之后,她明白了他当时的处境,在他开始推销电缆的时候,他就习惯替自己辩解,向一切陌生人承诺他不是一个骗子。他谈论自己的动机无非就是让对方放心,他在尽一切可能展现他的诚意。

这样的情形在随后的几个星期不停地重现。又一个周日中午,他来,今宝母亲回避,弟弟们也碰到过,也知趣,只是略客套两句,让他跟今宝单独相处。剩下他们两人的时候,气氛并无特别大的变化,一直是他说得多,说的全是具体的事,房子盖了多少钱,第一单生意是怎么做下的。话题延伸到他的直系亲属,跟大多数本地家族一样,他们分布在全国各地求生活,也有个别人风生水起,也有人经历不幸——有个表兄从脚手架上摔下来,命保住了,腿残了;还有一个,出了五服的亲戚,喝醉酒出来在运河边小便,跌进河里,不见踪影。如此等等。

今宝和他交谈最多的一次是春天到来之前的一次到访。无意中他说到了她的舅舅:

大家都觉得他挺窝囊呢。

什么?

他小儿子被活活打死,他什么都被捞到,换了别的有关系的人家,判那些人十年八年没问题。

可是人家年纪未满十八岁。

肯定是改的。他的声音里有某种很强硬的东西,清楚、直接。

今宝的心突然变得很虚弱。她好像听到了从四面八方纷至沓来的细碎小声的指责声、嘲讽声、同情声,从她十岁开始一直到表弟的死,就绵绵不绝,如今,她听得更清晰了。她稳了稳神,盯着建新,这个人的态度很明确地表明他站在自己一边,他像一堵很厚实的墙,很可靠、很安慰人心。

春天很快来了。在今宝相亲的第二年春天,破天荒地下了一场史无前例的大雪。一夜之间,大地干净,枝条沉重,寒气使差点脱掉的冬衣裹得更紧。寒冷的空气令人神清气爽,格外清醒。在这种时候，出不了门，无所事事最容易使人脆弱。母亲叹息着，抱怨着，希望日历翻得更快一些，希望春天来得更稳妥一些。对今宝来说，仿佛雪花已经形成了屏障，把去年和今日隔开了，也正是这样乍暖还寒的天气，那些担忧失望的日子好像只存在记忆里。

雪停了不多久，是个阴天，他到的时候下起了雨，雨点打在玻璃上，发出"啪啪啪"急促的声音，其间还夹杂着风的呼啸。下雨的时候，街上几乎空无一人，连猫和狗都不肯露面，好在有一部电视机。距这条街上第一台彩电出现已经过去八年，今宝才攒够了买一台的钱。不大，21寸。似乎这个家真的习惯了自己总是最慢得到好东西的那一户，并不失落。但是，现在，他们每一个人都清楚自己心底的难堪。在简朴但整洁的屋子里，他俩静静地看王雪纯主持的《正大综艺》。有时候她感觉到他在悄悄地观察她，凝视的目光中带着轻轻的暖意，那不是亲人与亲人之间的暖意，正因为不是亲人之间的暖意，所以显得很难得，令人惊奇，有时也令她紧张。

天更热一些的时候，他来的次数增加了。有一次，他刚进门不久，就听到街上有窃窃私语，但看不到人走进来。她能感觉到是妈妈把消息散布出去了，邻居们在敞开着的门外议论和低笑，但没人真的进来打扰。

今宝从邻居脸上捕捉他们对他的评价，他们几乎没有机会与他面对面。

过去一贯用来评论女婿的那些要求和评价方式似乎都失效了。

没有人评论他的外表、谈吐和性格,好像这一回这些东西都不便拿出来讲,归根结底,是因为他们不了解。可是他们还是给了正面的评价:

话不多的人稳当。

又或者,老实人发财的机会早已经来了。

算是对他的肯定,也算是对她的前程的肯定。

一次,他看到了她摆在餐桌上的一本中国地理书,他翻到折叠的一页:

"塔里木并不是没有水,只是水少而已。塔里木盆地大部分地区年降水量为70毫米,这70毫米覆盖整个盆地产生的水量是280亿立方。另外还有雪山融水和地下水形成的河流补充水。塔里木盆地主要的河流有塔里木河、叶尔羌河、孔雀河、迪那河、车尔臣河、提孜那甫河,等等,塔里木盆地全境的河流年径流量总和大约为408亿立方。"

他警惕地问她:你在背书?你还要考大学??你想出去???你舅舅说你特别耐得住……他急切起来,像在躲一场要落到他头上的雨。

我喜欢看书,我不会再考大学,我连县城都还没出过呢!这件事本来是个秘密,说出来需要勇气的,偏偏对方冷不丁给了这个机会,大大方方说出来,还可以安定人心。

见他的神情放松下来,今宝也跟着踏实了:要是他一点限制都没有,那他的眼光就不一定能落到这里,要是这一点算是条件的话,她是没有任何问题的。

他加了一句：

我觉得男主外、女主内，这个样子最好了。

我觉得也是。她答得也很干脆。

这当然不是他们关系的全部。差不多同一时段，他也在向两个未来的小舅子表示好感。他的方式再简单不过，他把他们两人的问题同时解决：一个带到厂里学电工，另一个送去学驾驶，先把开大货车的技术学到手再说。

两个弟弟的工作安排妥当之后，他独自来过一趟。那次他是来道别的，他要去河南出差。从摩托车上下来的一瞬，经过风吹，他的双颊通红，显得容光焕发。表面上，他们之间仍然停留在客气的问候寒暄之中，但他的频繁来访已经使他们的关系自然而然发生了质的变化。

他安安静静地坐在椅子里，带着显而易见的克制成分，像一个不习惯无所事事的人，又像在思忖如何把手放在正确的位置。一等到手自然垂落，不再引起他自己注意的时候，他起身说再见。懒洋洋的太阳光照射过来，在墙上形成一个拉长的影子。

出门时他又把刚进门时说的话重复了一遍：我下礼拜出差，至少有七八天才能回来。

跟第一次来访相比，他讲话的语调不知不觉发生了变化，有一种跟自己人说话的腔调，他说，下趟回来定日子。他甚至都没有试图拥抱一下她。

那天晚上，今宝在床上辗转难眠。她静静地听着窗外的风声，想着这突然出现的陌生人，他从来没有扰乱她的平静，他似乎尽力让她像以前一样，她全然感受不到好友们向她描述的激烈的情绪起伏，所有琼瑶小说里的情节都没有出现。甚至那一句每个女孩都应该听到的"我喜欢你，没有你我没法活下去"的平庸情话，她都一次没有听到。有一瞬间一种声音开始怀疑自己的感受力，但是，另一个声音马上又会责备自己，认为有时形式是肤浅的，并且有可能只是时间还不够而已。

许多年之后，她回想到这个节点，想到自己做决定之前的片段，她其实有时间向他说不。他留下了十六天的时间由着她思考，但是在他归来，正式上门跟她和她的母亲探讨婚礼细节之前，她没有做任何进一步的沟通和探询，她甚至都没有问一问他：你出去这么久，想过我吗？如果像我一样没有，你觉得正常吗？如果你想过，你怎么不说出来呢？

14

亲爱的今宝,如你所知,我没有当上兵,至于中间的过程,我不太记得清了,总之,许多条件不符。七月份"双抢"结束之后,一个机会我加入了一个戏班子。

我进戏班子的时候,我爸百般反对,但我已经没法在农场多待一天了。他只好做了妥协,只是在我动身的时候,他送我到车站。在等车的时候,他一如平常地沉默,直到车都快要开来的时候,他突然发了狠似的,清清嗓子,开始说话。

他说:

外头坏人多……他们讲的不可信,都是嘴上功夫……有些人,别的本事没有,要防着一些,不清不楚的地方不要去……天上不会掉馅饼……

我爸爸,他一向跟我不多讲话,他怕我嫌他烦。他下定决心不说出不罢休的样子,好像那番话不在我上车之前说出来就来不及了。

他一定不会想到，已经太迟了。我刚一进汽车，还没站稳，汽车就一个油门，我的头重重地撞到车门上，我看到我爸的嘴疼得咧了一下。他往前跑了两步，到底停了下来。

本来是地方戏班子，唱黄梅戏、庐剧和徽剧，实在运营不下去，后来什么都唱，到我进去的时候，唱戏的还兼表演魔术和单口相声，效益还是很差。他们就想招些年轻的新人来学习新唱法。来招人的时候，老板吹牛说下一步要去全国各地巡回演出，我想着这样也许会遇到南之翔，就跑进去面试。他们让唱什么我就唱什么，一听就会，一学就像。他们高兴坏了。可等我一加入，他们变卦了，压根儿就没钱去任何地方巡回演出，甚至连一件像样的乐器都没有，说是剧团，只有三把有年头的高胡和二胡，两台扬琴两把琵琶，还有一堆不值钱的大锣、小锣、扁形圆鼓，带着这些不上档次的家伙，只能在乡镇之间兜兜转转。我呢，根本不愿意学唱黄梅戏和庐剧，只肯唱流行歌曲。我们差点谈崩了，为了挽留我，也可以说是为了取悦年纪轻的观众，他们买了几盒流行歌曲的磁带让我学着唱。

一开始，对登台的渴望，让我激动坏了。我蠢蠢欲动，想唱窦唯的《噢！乖》，老板从来没听过这种东西，试哼了两句，老板说，别，别，这种东西上台，绝对要被扔砖头，他让我唱唱甜蜜的歌。

演出开始，带着发动机的几百瓦的大灯泡，瞬间点亮台上台下。灯光是喇叭的兄弟，一起配合着招徕观众。噪音先把我自己搞得晕头转向，对着疑似舞台，我也头晕目眩。前奏响起来，轮到我上场，我踩着烂木头搭建的污渍斑斑的舞台，扯开了嗓子，用了两倍于我平时练习的力气，一整句还没唱到底，就发现自己跑调了。人们在我脚边上大声地打招呼、说闲话，我还没来得及唱出第二句，他们就沉不住气了。内行的一听就知道我是新手，觉得吃亏了，一边跺脚一边尖叫。一个迟到的想挤到第一排，看一看唱歌的明星，他横冲直撞，挤来挤去，其他人就转过脸唾弃他。我想能制止他们的只有自己的歌声，音量大于他们十倍我才能控制场面。我的脸涨得滚烫，使劲仰着脖子，话筒高高扬起，这样一来更糟了，那声音比哭还难听。好不容易唱到一半，我慌忙溜回了后台。

但是第二天，换到新的场子，我忍不住又想入非非，相信自己今晚一定会表现得更好。谢天谢地，至少没有跑调。不到一个星期，我就完全进入了状态，前奏一响起，我就跟着节拍扭来扭去，用老板的话说，增加一些情趣，带动观众情绪。眯起眼睛，对着漆黑的广场和被风吹得凌乱的头发，我相信好运、金钱和更大的舞台就在不远处等着我们。

没几天，我就惦记到大城市去唱，那里才有整洁有序的光亮舞台，可是老板胆小如鼠，一直绕着县城和乡镇打转，死活不肯进城。各种理由都有，真正的理由只有一个，他自知水平有限、演出质量不高，只能在还不通电的乡镇，才能赚点零花钱。我们老板有辆中型箱式货车，人和道具都坐在车厢里。迎着风，顶着太阳，在各种路上奔波。天热的时候我们每到一处，演上几晚，再换地方。一般是租学校的礼堂和院子，租不到的时候在山坡上扎帆布包，跟个马戏团没两样。运气好的时候，像逢年过节，有上百人观看我们的演出。天气不好，选址不佳的时候，只有几个人买票，那真是亏得连晚饭也吃不起。遇到有钱人包场就能稳赚不亏，可惜这样的机会不是很多。我们老板是拉二胡出身，一遇到没米下锅，他就忧心忡忡，放下二胡就抱着头蹲在地上深思。他虽然特别喜欢自我批评和反省，却又反省不到点子上，一直要求我们在唱功上下功夫。其实明眼人都知道，别人班子都搞新鲜花样，开始跳脱衣舞，讲荤段子，还搞抽奖，你不多搞点新鲜花样，只能吸引到又老又穷的观众，到后来，又老又穷的观众也想着那些新鲜花样，我们的日子就更不好过了。

我记得专唱黄梅戏《女驸马》的是一位年过五十的中年妇女。有天晚上快开演了，有人送信来，说她儿子出车祸死了。她一下子哭了起来，要马上走，老板不让。她说今天的工钱不要了，昨天的工钱也还你，可是老板不为所动，他说，世上没有免费的午餐，你不知道现在要为哪一顿偿还。

她一边上装一边哭，哭诉自己如何不尽责，如果她和儿子在一起，儿子就不会死了。谁都知道这是瞎扯，她儿子都二十多了，哪里还愿意和她在一起。她哭得太伤心了，装都哭花了，她不得不再一次往脸上抹油彩，她上着装从镜子里看到我站在边上，一边拍粉一边用脏话骂我，说我不肯学真功夫，只有浪荡的本事，天生就是荡妇，不然，她现在就能动身了。

那晚的演出非常失败，她几乎从头哭到尾。观众茫然无知地随着她的悲伤也悲伤，大多数人不知道为什么在招驸马、中状元，沉冤昭雪、大快人心的时候，她都悲悲切切，喘不上气。那时的观众算好糊弄，票也只有几毛钱一张，但最后皆大欢喜、再入洞房时她还哽咽抽泣，观众终于不干了，嘘声"哗"一下起来了，鞋子和小石子就往台上扔。她坚持发出声音，唱到最后一句才鞠躬下台。她走后我赶紧上台。擦肩而过的时候，她的哽咽终于变成号啕大哭，我准备了一首杨钰莹的《心雨》，前奏已经响起来，我还听到她哽咽的自我责备声：

我罪该万死啊，我的儿啊，我罪该万死啊！

那个哭声你只要听到一次，肯定一辈子不会忘记。忍着这样的痛苦唱戏给别人听，为什么还要在世上活着呢！我那时真是想不通。侧耳听着她的哭声，想听得更清晰一些，可是声音渐渐远去。台下越来越狂乱了，老头儿老太们和他们怀里的孩子们挤坐在一起，歪歪倒倒、咳咳喘喘。有人在讲笑话，有人在咬指甲，小孩缠着妈妈要买瓶汽水。大家聚在一起，相互干扰，又各不相干。我感到很寂静。跟丢了拍子。直到汽车发动，她的声音再也听不见了。可我已经毫无唱歌的欲望了。可是，我也得唱。

这是一首暧昧甜蜜的歌，昨天我还能唱出观众能理解的暧昧和甜蜜，让人发出口哨和尖叫声，但现在，我的声音啾啾的，像烧红的铁丝，一截一截的绝望随着铁丝往外拽。在唱到"想你想你想你"的时候，听起来就像是"吓你吓你吓你"。半明半暗的舞台，分不清边缘在哪里，到处是淤泥和烟头。观众们不苟言笑、眼睛里隐含怒气。怒气也会传染，无论是真的怒气还只是跟风发怒，但无一例外，像是在挑战他们身上的困苦和忍受。像是明白自己刚才被戏弄了似的，他们不干了。有人交头接耳，有的人站起身，准备离开这个古怪之地。我被吓醒了，明白这些穷苦的、很少欣赏音乐的农民们，要是他们集体喊着要退票，我的日子更不会好过。我开始调整情绪。经过短暂的训练，我已经能够做到落落大方，也可以说皮糙肉厚，并不很在乎个人感受。我的老板说，想要唱得长久，就得学会不管不顾。有时你好像在看着那些人，其实你一定要什么人也不要看。我做到了。我的声音动人起来，老板在台侧示意我搔首弄姿，把自己的胸和臀往前送。观众渐渐平静下来。我又唱了《我的未来不是梦》《红蜻蜓》《恋曲1990》《当爱已成往事》。

那个时候我还很年轻，但我明白了一个道理，爱是天生的，但爱的能力是后天的。爱如果没有找到被爱，那爱就只剩下哭哭啼啼。

演出的日子，我还遇到过其他的状况。有一次一个长得很粗糙的女人，不耐烦看到我在台上扭来扭去，我听到她在台下骂我"婊子"。男人们更不是东西，他们喝了点酒，然后走到台边上，一副醉醺醺的样子，伸出手，想够到我的脚踝。我偶尔也会看到当初的我，那个追随"垃圾乐队"时的自己，那只年轻的手，热情的口哨，或者一动不动，凝神倾听，如醉如痴。我们的卡车启动的时候，我能看到有自行车快速地转动，拼命追赶，有时候散场的时候，拥到后台的人群，会刮我的脸，推搡我，朝我哄笑，可是，他们终究会被甩掉。我最愿意看到那样的形象：那绝望的、仿佛神魂颠倒的、愿意把心掏出来……

我早把他们看得透透的：他们什么都不知道，他们不知道我是谁，也不知道他们自己真正要什么，他们的目光跟我一样短浅，他们没见过世面，什么也不懂，他们心里有个地方被扯动了，那可能是爱情也可能是绝望，像井一样幽深又空洞。

我当然有期待。我期待的是真正的交谈，也可说是恋爱。我期待有那么一个人，会上来跟我探讨活着的意义，会跟我讲讲和声、旋律、节奏、速度、力度，或者就是谈谈二胡、笛子、手风琴、钢琴、小提琴，哪怕他能懂其中的一样，我都会坐下来跟他们好好聊天。但是他们什么也不会，他们都是无知的，我了解他们，因为我了解我自己。生在我这样的地方、这样的年代，能了不起到哪里呢。但我仍然每天充满着莫名其妙的期待：期待在我唱完一首歌的时候，一个看上去有学问的人找到我——很讽刺，这个人是仿照我爸的样子想象出来的，但他比我爸年轻，也不讲本地话（本地话，无论好听还是不好听，都会让我失望），这个人可能是记者暗访，也可能是旅游观光，他既见识多广，也有关系网，他一听我的声音就发现我是可造之材，会把我带到广州、上海或者深圳，我会成为下一个杨钰莹、李娜或者韦唯。那是 1996 年，我的兴趣在远方，在大城市。到底要到大城市找些什么，我心里并没有底，我只是觉得，这是一股潮流。我在这股潮流里，我不想被落下。

我没有等到真正的伯乐和知音。正月刚刚过完，有一天夜里，为了场地租金还是其他什么事，老板跟人发生争执，一气之下心脏病发作，丢下我们十几个人撒手西去。

他的那些演出服装、道具、话筒、音箱和录音机,连带那辆卡车被他儿子开着带走了,剩下我们两手空空地想办法搭乘过路汽车回家。我的演艺生涯就这样结束了,在离家七十公里的青江县。

当时我没有觉得,因为生活条件太艰苦了,每天白天要赶路,黄昏的时候搭台子,半夜了还要跟着录音机练歌。每次演出都穿同样的那几套衣裳,质量奇差、色彩艳俗。晚上多数时候打地铺,睡在又冷又硬的水泥地上,有时是把教室里的课桌拼成个睡床……所有人都抱怨,我也跟着抱怨。我后来体会到,那是我一生中最美好的时光,我的心里没有一点愤怒,虽然我们骂骂咧咧,可那是自由和盼望啊。每天见到新鲜的人,每天去不同的地方,今天不像昨天。只要一上台,一瞬间能进入另一个世界。我们戏班的人也相处得很好,粗茶淡饭,偶尔才有肉,一锅大白菜炖肥肉几分钟被抢光,生命里充满着躁动和欲望。但是,年长的不欺人,年轻的也没被宠坏,我们有时也会吃点苦头,偶尔也有地痞来砸场子,可是我们太穷了,实在没什么可担忧的。我们老板有次警告我说,我们戏班唯一值钱的就是你,遇到打劫还是火灾什么的,你要最先逃跑,就算踩在人身上也要第一个逃出去。我当时当笑话听了,但是后来我每次想到这句话,都会鼻子发酸。我的父母就不会讲这样的话,只有不了解我的人、陌生的人才这么高看我。那是一段没有怒气的日子,不恨任何人,只着迷远方。每天想得最多的就还是——远方、远方!

有天晚上台子搭好了没卖出去票,我看演不成了,找着一个烧饭的丫头一起去附近的人家蹭电视剧。那天晚上县电视台重放《乌龙山剿匪记》。看了一集我就上瘾了,可是老板来找我们,连夜赶路。我心里一直惦记着四丫头怎么样了,气到大半夜,觉得这日子真不自由了。现在想一想,自由这个词不能随便什么时候都用,我们以为的自由时刻恰恰最不自由。那天晚上大雨倾盆,我们困在半道上,彼此依偎着取暖,说笑话到天亮。

我回到家的时候,这里变得更新潮了。到处在见缝插针地造门面房。靠近我住的教工宿舍边,本来就只是一个小小的交叉路口,如今搭起了许多简易建筑,里里外外都摆着商品,俨然成了小街市。每天早上,新鲜的蔬菜和水果摆在露天,不知道从哪里冒出许多我不认识的人。男人们穿着西装,女孩子们都抹着口红,戴着又大又亮的耳环在街上走来走去。她们的口红跟衣服的颜色不搭,她们没有搭的衣服,而且还不明白什么叫搭。一家专门卖烟的小店,也卖"万宝路"。大家谈的都是钱和房子。重要的是,我落伍了,我表面上走南闯北,让人以为我见过世面,事实上我在戏班被保护得很好,既没跑多远,也没被人占便宜。

15

"世界上最适合结婚的十大地点有:马尔代夫、巴厘岛、济州岛、东京、希腊、意大利和巴黎……这些风光美丽的地方一直是结婚旅行胜地,这些过去只出现在电影和电视里的地方,现在对中国人也并不陌生,许多年轻人放弃传统婚礼,去往这些浪漫的旅游胜地享受自己的蜜月。"

结婚那天的情景,像照明灯下的小电影,每一刻都清清楚楚。

上午十点钟左右,太阳好,街面干净,对方请了三辆车组成的迎亲车队。其中有一辆是货车,准备放置新娘的嫁妆——然而没有。只有几床不同花色的被子放在车斗里,痰盂、木质脚盆、梳妆台,都是小东小西,搬到车上,不占地方。

母亲在哭泣。她穿了一件藏青色的呢子外套,脖子里有条丝巾,虽然没穿过几回,但已经旧了,放着放着就旧了。变成一种没有办法说得清的颜色。

亲戚们在鞭炮声中展颜欢笑。气氛很好。你不到结婚简直不知道人多么喜欢热闹。弟弟们很勤快,到处是他们手脚麻利的身影,婚礼鼓舞着他们,他们跟亲戚们一样好奇。催促的鞭炮声频频响起。今宝没有哭。她爱留在身后的这三个亲人,她深切感受到满满的爱意,但没有哭的冲动。

那时候还不作兴新郎亲自来接亲,穿着西装打着领带笔挺地坐在副驾驶的是新郎的表弟,他的涤纶裤子上的中缝清晰可见,还有他新奇兴奋的脸庞上有一双灵动的眼睛,一直牢牢地盯着车窗外,在短暂的车程中,他不停地移动屁股,试图坐得更直一些。他充满能量、充满好奇,也充满善意,像个缩小版的激动新郎。

宴席是在镇上的酒楼摆的。寒暄、鞠躬、发红包,照相,像木偶一样僵僵地,好不容易客人们散去,只有近亲簇拥着新娘回家。一下车,鞭炮声又开始噼啪作响,房子和房子之间回声响亮,白昼里星光闪闪,空气里是硫黄的味道,地上到处是红色的碎纸屑。从小区大门口逶迤到房前,在簇拥中的这段旅程,简直像在梦中,今宝隐隐感觉到天边一种金色的光,有点眩晕,才想起今天到现在还滴水未进。

不知什么原因,没人把车斗里的帆布盖上,到了目的地的时候,被子被风掀得七零八落,好几个客人帮忙,才把它们理平整了搬到新房里。

坐在床上的今宝被红衣服包裹得紧绷绷的。在东边窗口外,是三幢几乎一模一样的别墅，可以看到一片错落有致的屋顶，越过屋顶，便是小区围墙的边沿，再往外，有一个狭窄的人工小池塘，池塘前是一条水泥路，水泥路过去就是旱田，稻子已经收割，麦苗已经生出来。麦田一望无际，一直延伸到模糊不清的远方，在模糊不清的远方，是一些隐约的楼房，那是河沟镇中心的方位。隔着微开的玻璃窗，能闻到田野里的新鲜气息。这是全然不熟悉的情景。县城和下城区这么近，但她一直都是下城区的服务员，现在作为主人，她忽然生出一种特别的感觉，那是一种崇敬和轻微的畏惧之情，这种畏惧之情来自于内心深处，散发出一种淡淡的神秘气息。她一直盯着刚露出地面的麦苗，忘记了周围的问候和寒暄，回过神来，想起自己是个外来者，而且来得太突然，像是对土地的一种冒犯。在朝北一侧窗户外，比上次来时加了一排简陋的围墙和篱笆，篱笆里头变成了菜园，外头是荒地和树林，再往前，只有零星晃荡的几株芦柴。

有人给她端来肉圆。肉汤里漂着油渍，她吃不下，只喝了半杯开水，也不知道是哪个有心人，在水里放了红糖，喝起来嘴唇和舌尖都甜丝丝的，很暖心。

到了晚上，门前的树上挂了各种颜色的小灯泡，没有回乡下的亲戚又开了一桌酒席。都是至亲：兄嫂们、表亲、侄子和叫不出名字的小孩子。这一回，新娘子可以不上桌，吃到一半，喝得面色通红的年轻人过来闹洞房，要求新娘子点烟；更小的过来要糖，手伸到床单下边搜索。再小的，挤在新房门口看新娘的长相，他们比新娘更害羞，探了半天头，门也没敢进。总的来说，气氛很好，客人都很节制，没有过分的行为，只是酒席迟迟不散，新郎一直脱不开身。半夜十一点多了，坐在床上的今宝从窗口看到外面，除了这家灯火辉煌，其余的房子都黑灯瞎火，十几幢别墅，大约也只有四五户住了人，更多的地方还在建设之中，屋后和东边都还没有路灯。今宝觉得黯淡。夜渐渐深，房间里不再有人来，可以听到楼下的喧哗和凌乱的脚步声，仍有些男人在喝，在谈天，在划拳。新房里有桐油味，除了床和被子，五斗橱也是新的，红色的窗帘，红过了头，显得有点触动人的神经，需要多看几眼，才能适应。孩子们挤在楼下的地铺上睡着了，不知道谁把树上的小彩色灯泡关了，窗外黑魆魆的，新婚的气氛一下子消失了，远处隐隐约约有狗的叫声。

十二点左右，楼梯上出现动静。脚步很重，并且不太稳，是新郎。他推开虚掩的门。他看上去比平常高，穿着崭新的西装，领带已经松开，歪在脖子上，脸很红润，但是眼睛很疲倦，对，是疲倦，他喝了许多酒，在这里，这是迫不得已的。她心里明白，他一直在招架，一定是。

在门口，他停住了。微微一笑。然后像想起了什么，他告诉她：

对了，中午来喝酒的朋友说，今天我们下城区一把手被双规了。

什么？

管他，不与我相干。他的眼睛闪了一下。这目光今宝熟悉。她父亲死的那段时间，她也经常看到这样的目光出现在她的朋友们之间：小小的同情，暗自庆幸。她能说什么呢。

他走到床边,开始解领带,他的动作娴熟,脱西装的时候,他想起什么,从口袋里掏出好几个红包。

是几个关系比较好的初中同学的礼钱。他把红包递给她说,将来要照着这个数加个十块二十块还礼金。

什么?她犹豫了一下。她不清楚他们家乡的风俗,不知道接这个钱妥不妥。

没事,这人情得我们自己还,叔伯舅舅这些人情我妈先管着。

见她不接,他顺手放到了床头柜上,开始脱西裤,皮带上夹着的一串钥匙发出清脆的碰撞声。西裤脱掉之后开始解衬衫的袖扣,他还在说话:

明天早上要早点起,去接你妈妈和舅舅叔叔,后天回门就轻松了,可以睡到上午九点。

今宝又迟疑了一下,还是情不自禁地问了一句:

什么?

就在这时,她看到了新郎的背心,那种县城里的老年人整天穿着在街上走来走去的背心,而年轻人,尤其是这个年纪的年轻人看都不会看的背心,并且,这件背心前面和后面都破了几个小口子,微微张开的洞口,裸露出他白净的肉。这几个小口子突兀地出现,像一个事故突然发生,也像电视机里插进来的广告一样把人拉到另一个情景之中,更像一个玩笑,就是一个玩笑!令人讶异,令人不安。

她情不自禁地张开嘴,完全忘记这就是新婚之夜,不,她牢记这是新婚之夜。新郎完全没有注意到她的表情,他脱得只剩下一条短裤，就往床上来，走到一半停了下来，又折回到房门口，"啪"一声关掉了墙上的电灯开关，然后跐着鞋放慢速度往床上来。

所有的动作都在摸索中完成，先是探索她的手，然后顺着手找到她的脸和她的胸。他把脸贴在她的脸上。他的脸略显粗糙，发力的时候，他的脸部支在她的脸上，那真不是一般的重量，他自己毫无察觉。他要是意识到，肯定会挪开的。她不好意思开口，也不好意思动作太大，只是试着把脸部侧到一边。因为一直惦记那个重量，以至于裤子被褪到小腿的时候，今宝才下意识地想到将会发生什么，她的注意力开始向下，他略有点笨拙地掰开她的腿，她温顺地配合，一开始，他的动作就有点猛，剧烈的疼痛来临的时候，他显然也没有意识到。几次大力的动作之后，她感到承受不住，想要喊出来的时候，他突然停了下来。他让到一旁的时候，她还保持着刚才的姿势，她很庆幸他及时意识到重量这个东西，她带着一种如释重负的感激，等待他再次靠过来。但是，湿乎乎的液体从大腿内侧外流，她拿不准这是自己的血还是其他什么，因为房内黑暗，他又不说话。她动了动，碰到了他的胳膊，他的胳膊很放松地在她身边，她还是拿不准情况，不明白这算不算结束了，一直到黏糊糊的液体沾到了床单上，她还是不知道应不应该起身找一找卫生纸。

三天之后，她才有机会进她婆婆的房间。房间里两只旧箱子，一张铁架子床，床上的被子结结实实码在那里，像是经过了许多年代。床边的床头柜上放着一盏煤油灯。灯旁放着一盒火柴。在床尾，摆着许多空着的葡萄糖吊瓶。原来老人病着,难怪她的脸色那样黄,一直用毛巾包着的头皮露出来,头发白而稀疏,但是她坚定,她眼神里有一种今宝不熟悉的坚定和果敢。

今宝明白了:表面上是自己在做决定,像某个下雨的午后,她心神不定,不知道那个男的会不会来,来了聊些什么话题,会让人比较有好感;他拎了礼物,出手不凡,她觉得主动权在自己……事实上做决定的是婆婆。她得了肠癌,去年儿子相亲时就有症状了,过完年做了手术,现在感觉不好,她要在死之前看到小儿子成家。

这是刻意掩藏的秘密——只对今宝一家,舅妈早就知道。这个阴谋比起更多更大的阴谋,简直不值一提。不久前,今宝还听说有个姑娘去相亲,对方一直拿亲弟弟出来应付她,等她满心欢喜入了洞房,哥哥才出面,跟弟弟长得倒是挺像,除了一条瘸腿。还有的人家,明明一屁股债,硬是做成富贵满堂,可怜特别爱财的姑娘反而一过门就开始还债,搞不好一辈子都还不清。像这种只是隐瞒婆婆得了癌症,谢天谢地,不算个什么事。婚后半个月,婆婆住进县医院第三次化疗,公公——这个跟今宝都没说上十句话的人,因为在一个电缆厂谋了看门的活儿,所以一直都不在家,婆婆住院的时候,他请假到医院照顾病人,等病人出院,他又匆匆赶回厂上班。

这个家里的一切全部交到今宝手上:前院的韭菜、后院圈养的小猪崽,栅栏边的丝瓜架,后院一垄垄的菜地里种着茄子和长豆;西红柿全摘光了,只剩下光秃秃的秆子,随手一揪,就会折断。

老三没有带她旅游,讲好了去一趟上海,或者北京,结果哪里也没去。

妈妈做了她的工作,帮她算了一笔账,头年买房,第二年结婚,样样都要钱,家里还有一个癌症病人,生死难料,你叫他怎么玩得开心?

他不怎么笑。父母亲戚在场的时候是这样,就算在婚房里,只剩下两个人的时候,他也不太笑。有一次,她说了一个娘家门口发生的笑话,他一听也乐了,可是刚笑了一声就情不自禁朝门口看——这样的局面,因为一场疾病的介入,显得那样合理,不值得大惊小怪,对新生活的向往和好奇并没有因此而折断。

第一件要改变的是这个家庭的色彩。今宝觉得这个家太素,板凳是板凳,桌子是桌子,没一样闲物。她初来乍到,兴致还算高,开始按照自己的喜好来布置,饭桌上铺块花布,墙上贴些山水画,还弄了一些小挂件,像布娃娃和八音盒什么的,她带来一只风铃,是杏红理发店关张的时候送她的,她带了来挂在本来挂菜篮子的挂钩上。房子虽然大,可是很空。她有回回娘家,看到路边有藤椅卖,不贵,才二十块钱,她一直想要一把,就买了,放在门廊上,傍晚的时候拿本杂志坐在摇椅上看。

婆婆出院的时候,房子里的气息差不多已经变样了。

老三——刚来的时候她还喜欢喊他"建新",大家都是"老三""老三"地喊,过了几晚之后,她跟着改了口。对她的改变他不置可否,不说好也不说不好。事实上,他除了出差、去医院,剩下的时间也都是在床上了。这一形象,他保持住了:一个斗志昂扬、走着运的上进青年。他每天回家都很晚，一进房就急急忙忙扯领带——像他这样一年有三百天打领带的人真的是少见，衬衫里面非得加个背心的也少见。他扯光了就往床上来，走到一半会折回去关灯。他压在她身上的时候，头部的重量一直在她脸上。第一次之后，她也就习惯了，但是卫生纸，他一直忘记准备，她会悄悄地放到床头，等他鼾声响起来的时候，摸一些过来清洁自己。

接婆婆出院那天清早，他把藤椅和风铃都搬到新房里，风铃堆在藤椅上，而藤椅则是背面朝外。形势已经很明朗，这家人没有想迁就今宝的意思，虽然住着这个一般人还买不起的小区，他们仍然有自己对生活的态度和规矩——不作兴享乐和买没用的东西。

不到两个月，今宝学会了喂猪、养鸡、种菜和锄草，其实不能说她会，她完全在按照婆婆的示范和指令在做。婆婆勤快，可还很虚弱，乍看还是一个魁梧的人，但近前就会发现，这是一个虚空的身体，瘦得很，所有的衣服都显得过大，她缩在衣服里，站在门口，看着儿媳做事，发出呼哧呼哧的喘息声，遇到她看着不对的，呼吸停顿，咂一下舌。一听到咂舌，今宝就意识到自己某个步骤错了，她停下来，等着婆婆给出正确的指示。

她并不清楚为什么拌完猪饲料之后，拌勺要在饲料盘上敲三下。她第一次没敲，婆婆没有发话，一直等她习惯敲了那三下之后，婆婆的表情看上去很满意，她的这个习惯立刻保留下来了。尽管如此虚弱，可是婆婆在示范指导儿媳做活儿时能表现出来惊人的能量，有条不紊。

来年三月，后院，其实是屋后的公共用地——菜园子里的蔬菜，比今宝第一次来相亲的时候还要丰盛：韭菜，大蒜，葱，菠菜，莴笋，油菜，胡萝卜，豌豆苗，茄子，柿子椒，样样都有，色彩斑斓。这些吃不完的菜会被扎在一个又一个袋子里，放在厨房的墙角，由老三上班的时候带出去，有时是送给领导，有时是带给附近的亲戚们。像萝卜，吃不掉的时候，她会让今宝洗净，切成小块，放在簸箕里晒成萝卜干，所以，无论今宝怎么忙活，厨房的墙角就像一个大的黑洞，永远填不满。肉也是，院墙上挂着过年腌的腊肉，晒得干硬干硬的，隔段时间，婆婆会让今宝拿着刀，在她指定的区域切下一小块，或者在饭锅上蒸，或者用蒜炒，无论怎么个烧法，婆婆都吃得很少，像今宝第一次来相亲时一样，指着菜对今宝说：

你吃，吃，不要客气。

一开始今宝没有客气的打算，这么一来，无论如何也变得客气了。

婆婆因为化疗，需要补充营养，老三买回奶粉、水果和各种罐头。水果一再放置，放到果皮皱巴巴的，甚至快烂的时候，婆婆才拿出里面品相最差的一个，切去腐烂的那块肉，小口地吃完。如果苹果都还新鲜，她会再三端详，又放回去，一直等，等到不能等的时候再吃。

幸好养猪的事被邻居举报。物业派了经理，穿着西装，拿着文件，操着咬字精准的普通话，好歹把婆婆镇住了。那头待宰的猪被送去了空心洲继续养。今宝长出一口气。

难得有老三回家一起吃饭的机会，老三会回答母亲的问话。婆婆的问话很仔细，譬如今天坐车坐了多少钱，车程多长，车上有没有空调？老三在回答的时候也尽量细致精确。一碗肉丝面在巷子里七块多，吃过了到车站，十五块。老三说完，热烈地看了母亲一眼，婆婆也点头首肯。

听多了，今宝总算领悟过来，婆婆关心的不是儿子赚了多少钱，而是花了多少钱；在花了多少钱这件事情上，她更热衷于听到省了多少钱。

儿子说完，婆婆也说了一件事。上次她住院，表姑来看她。表姑有个女儿样样好，十分孝顺，就是不会省钱。有次女儿帮表姑报了一个游三峡的老年团坐游轮，她一上船就发现自己吃了亏，同样的床铺和伙食，别人二千四百，她花了二千五百五，那个十天呀，她越想越气，气得吃不下睡不着，无心看风景，直到船上一个好心人借了手机给她打给女儿，女儿跟公司交涉，总算在下船的时候拿到了多付的一百五，她才高兴起来。

老三在饭桌上提到了买车的事。她当时沉默不语。过了几天，她问起汽油的价格，一箱汽油要两百？开摩托车一箱油才十块。还有其他的考量，派头、速度、安全等等，对比过后她沉默不语，一直没有表态。买车的事耽搁下来。

她的这些做法带给今宝长久的困惑，她也试图去理解婆婆，虽然不确定老三到底有多少钱，关于这一点，为了表示自己不是图钱，就算是欲盖弥彰，她也一直没有主动打探过。但结婚之前，大弟弟实质上已经开始跟随姐夫学习业务，他透露过电线电缆的利润惊人，有"三年只需签一笔，一笔业务吃三年"的说法。种种迹象显示，他们已经实在地脱离了穷人的群体。

婆婆带给今宝的第一次困惑还是因为她给老三买了几件背心时，顺便给厨房买了几块抹布。那天，虚弱的婆婆挪到厨房，她问今宝：你怎么用洗脸巾洗碗？

哦，这不是洗脸巾，这就是洗碗巾。

老三的背心呢？

今宝愣了一下，然后才不知所以地回答她：

扔了。

她听到婆婆的喉咙里发出一声呜咽，然后抿住嘴，可是今宝听到滚动在喉咙里的低诉，她缓慢地转身，脖子僵直，这种刻意压抑其实正是刻意显现，吓了今宝一跳。她企图从这些行为背后找到一条线索，让这条线索带她到源头去。她想到了"大跃进"，经历过"大跃进"的人会格外珍惜粮食。可是听说本县死的人不多，因为本县水源充足，植物生长周期短，是许多其他地区灾民觊觎的好地盘。

化疗最严重的时候，婆婆几乎滴水不进。到了饭点，今宝会端着做好的饭菜送到她的房间，婆婆蜷身侧卧在床上，虽然身躯庞大，可是她紧紧地贴在床的一侧，而另外的大半张床，空荡荡的，像等待一个起夜的人随时回来，可是今宝的公公半个月才能请到一天假，只能住个一晚两晚。疼痛使她伸出一只手捏住床板，她皱着眉头，忍受着一波一波袭来的不适。

在她的床头柜上，放着两粒药。今宝发现，这是她早上送来的四粒中的两粒。今宝提醒婆婆早上少吃了两粒药，并且递来温水，准备让病人服药。病人没有动，只是轻微地转过眼珠，向她深深地一瞥。

两次之后，她明白婆婆在对自己的药量自行减半。一开始，她以为是药的副作用太大，病人难以下咽，后来才搞清，这是减缓化疗痛苦的药片。

这个不苦呢。今宝劝她。

少吃两粒有什么关系呢。说这话的时候，她不看今宝，语调也一如平常那样平淡，甚至比平常更低沉、更轻。

当然有关系啦，四粒有四粒的道理。今宝凑上前，更深地弯下自己的腰，想把自己的诚恳和关心表现得更显眼一些：

吃了药好得快呢！

婆婆不做反抗，也不接。她的眼光落在今宝的戒指上，那只白金戒指上镶着一只微小的钻石，是定婚期的时候随彩礼一起送到今宝家的。戒指的大小正好合适，但今宝不怎么戴，有时兴致来了会套在手上。现在婆婆盯着她的戒指，那无力的眼神长久地停在戒指上：

现在的东西都是乱喊价呀。

今宝瞬间明白谁挑选了这只戒指。

婆婆还不肯停歇，她说：

你晓得在外挣钱到底有多辛苦吗？

这一句简直是哆嗦着出来的，可能某个部位的疼痛控制了她的声音。这种腔调,好像对面站着的不是一个姑娘,而是一张白纸,连最基本的常识都不具备。今宝想解释说她懂,不光是替自己辩解,也是为了安抚她,可是对方已经皱起眉头,闭上眼睛,不再看今宝一眼,仿佛一切语言都是徒劳。

老三那天回来,今宝热了饭让他在厨房里吃,把他妈妈的话说给他听,说完后她坐在那里等老三说点什么,可是老三竟然一言不发地走开了。今宝一下子面色通红,尴尬得无地自容,觉得自己愚不可及。等了一会儿,她从厨房出来,客厅和其他房间都没有开灯,老三对电的节省程度与他妈几乎难分上下。她凭着微光往楼上走,手尽量扶着栏杆,她也不敢开灯,怕自己的难堪暴露在灯光下。

事情就是这样,今宝也不知道夹杂着害怕、顺服和胆怯的情绪是怎么来的。这个态度是老三和他的哥嫂们对待他母亲的态度,现在这种态度正在传递到她的身上。

天气渐渐热了起来,在太阳无遮拦的暴晒之下,今宝整理着菜园。婆婆给她安排的工作量在加大。临近中午的时候,她弯着腰拔菜秧里的草,雨水太足,那些草长得特别快,拔了没几天,新的又密密麻麻地钻了出来。汗珠滴进了眼睛,今宝想直起身子擦一擦汗,可是在她起身的一瞬间,站在她边上刚刚还似乎眯着眼睛的婆婆及时咂了一下舌,今宝意识到她在嫌自己慢呢,赶紧把腰弯得更深一些,似乎想表明她向上弹一弹,是为了弯得更深。

所幸老三的表现,还有一些意外之喜。那天晚上九点多,老三带回来一瓶葡萄酒。他说是批发了一箱送给客户，剩下这一瓶，拿回来给她尝尝。五月天暖，草木葱郁，蚊子已经成对入室了，在灯泡附近小声地嗡嗡响。老三去车上拿来开瓶器，开门关门的动静蛮大，今宝担心会吵醒已经睡下的婆婆，她建议到卧室去喝。他开瓶的动作熟稔，但神情有一丝倦怠，她找来两只茶杯递给他，他喝得少，说在外面已经喝过了，让她喝。今宝第一次喝酒，听说很值钱，所以慎重地先抿一口，没尝出名堂，又尝试着抿了第二口。没等说些什么，他快速地说：

喜欢我以后还带回来。

这是一个意外的发现，他突然表现出来的慷慨，一下子使今宝高兴起来。说高兴，是因为她突然笑出了声，她一口气干了半茶杯红酒，握着空杯，对他招手。他开始脱衣服，脱到一半，走向门口准备关灯的时候，她突然轻声地说了一句：

不要关灯。

老三停住，走到床边，她探起身子，背部往他身上一靠，双手从身后摸索到他胸口，感觉到他的呼吸已经很急促，他很配合地搂住她，她渴望看到他的眼睛，所以迅速地转过身，对着他。他的眼睛很大，但是很疲惫，又或者说，一种疲惫在眼睛的外部，在这双眼睛的内部，却是一丝茫然和无所适从。

她轻轻伸出手，蒙住他的眼睛，一会儿放开，问他：

想不想我？

他没回答，他身体的欲望已经很强烈了，手臂的力量在加强，他推着她移向床,她一手握住梳妆台——那只陪嫁来的、实际也是用老三的钱买的梳妆台,台上一瓶化妆水轻轻地摇晃。他们在较劲。突然,他放开她,迅速地脱光自己,赤着脚走到门口,"啪"一声关掉了灯。现在,今宝有点清醒了,在努力适应黑暗的过程中,她已经被他准确无误地带到了床上,像以往一样。

有一天,从早上开始,邻居家有个孩子过十周岁生日,那也是个大户人家,家里已经有了一辆桑塔纳。鞭炮从早到晚就没停歇,黄昏的时候,放起了烟花,烟花向空中升腾,烟味朝四处弥漫,不一会儿,屋角的一株枯藤被点着,枯藤并没有死透,枝干还是青色,散发出特别刺鼻的味道。今宝屏住呼吸,但是,这气味滞留的时间比她抵抗的要长得多,中间她换了两次气,一次比一次不舒服,而且,伴随着浓重硝烟的,是那惊雷一样的轰鸣,这种轰鸣通常只有年三十和大年初一才会有。就在那一瞬间,一种情绪涌上心头,她放下手上的铲子,转身往屋子里走,几乎就在同时,她听到了婆婆上嘴唇和下嘴唇触碰到一起的声音。她还没来得及呲出声音,今宝从她身边经过,抢先开口说:

这里太难闻了。

她进到自己房间,关上门窗,翻开那只藤椅,静静地躺了下来。伴随着一阵又一阵激烈的爆炸声,今宝感到从来没有过的放松和自在。

16

亲爱的今宝：

戏班子解散之后，我很快去了离农场五十里的陵兰县城。本来是县城，好像我到的那年夏天，满街报刊亭里的报纸头条上都在报道说它变成了陵兰市。就好像县变市与我有关似的，我一下子觉得自己像一只小鸟飞在更高处了。作为城市，它也当之无愧，它比农场大一百倍，比我过去唱戏时经过的城镇都要新鲜和繁华。我离开农场时以为只有农场在造房子，到了这里才发现，它也在跟农场学了。陵兰市不仅造新房子、街市，重建政府办公楼，甚至有了火车站。电器商行、果品批发、木地板加工厂、录像厅，以前只在电视上看到的画面现在出现在眼前。装饰华美的百货公司一尘不染，没有一点寒冷的味道；小饭馆的铺子里散发出糖和烧热的油的香味；录像厅的录像从早放到晚，闹闹嚷嚷，日夜不休，一块钱一张票，可以一场接一场地看。每天有免费的报纸发到家里。报纸上有许多重病治愈者的亲身经历，除了发财，我们好像都可以长生不老了。

黄昏从傍晚开始，一直持续到午夜。到处都是明亮的灯光，灯光能照亮指尖上的纹路，甚至能照亮去往星星的道路。

这真是大好的时光，欣欣向荣。就算报纸上会报道哪里地震、哪里火灾、哪里火车脱轨、哪里楼房倒塌，那都不会给生活增加一丝一毫的悲痛，空气里没有伤心，到处都是机会，一切皆有可能。我等着繁花似锦。

我同情那些被大人护在身边的农场姑娘，我很庆幸我妈妈抛弃了我，使我免于像她们那样死板的命运。我喜欢看屋顶、阳台、平整的滑冰场、有着高大圆弧顶的电影院。我惦记着找一份体面的工作，租一间干净有阳台的房子，像我听到的那样。事实上，那不容易，你挑工作，工作也挑你，我也不知道他们从哪里看出我不是干这些活儿的料。像你这么漂亮的姑娘，肯定吃不了苦，肯定耐不住性子，你撑不了多久。我什么都没说，人家就这么判断，怎么抵赖都没用，好像我唱过戏的经历被写到了脸上，反而是那些长得苦巴巴的、连一句大大方方的话都说不出的人捞到这种机会。我在百货公司门口看到漂亮的女孩子拿着彩色的宣传单，见到穿着体面的姑娘和中年妇女就凑上去，那工作找过我一次，可我没有在意。毕竟你没有听说一个好端端有手有脚漂漂亮亮的姑娘饿死的。喜欢喝酒的永远能闻到酒的香味，会唱歌的肯定能找到音乐响起的地方。我随随便便找了个工作，在一个出租房和一群像我一样追求理想的女孩住在一起。活着并不是那么困难的事。更多的时间我耗在卡拉OK厅。付五块钱可以唱一首歌,我每晚都会点一两首歌:《明明白白我的心》或《红尘滚滚》。

我站在屏幕前,微微仰起我的下巴,如今我再不会跑偏调子:

> 我觉得有点累
> 我想我缺少安慰
> 我的生活如此乏味
> 生命像花一样枯萎
> 可能是因为烟和咖啡
> 如果是因为没有人陪
> ………

四周的小圆桌边坐满了人,没有人骂脏话,也没人大声喧哗,一曲结束,掌声响起来,那是属于我的时刻,没有任何烦恼。有次歌厅的老板告诉我,对面的舞厅装修得很豪华,男宾五块钱,女宾一律免费。所以没钱的时候我就到舞厅跳舞听音乐。推开舞厅又沉又重的大门,窗户上挂着厚厚的窗帘,一切都在暗处。不管是慢三快四还是探戈,音乐又尖又响,脚步声又快又重,笑的声音又大又长,好像不这样,自己就不属于这里。里面是刺耳的音乐,灯光有时候频繁闪烁,有时候又昏又暗,玻璃灯闪出几十种颜色,照耀着天花板、沙发、壁纸、窗帘和人。那段日子,年轻人、中年人、老年人,生意人、学生、小贩,甚至开馄饨铺的老板都是舞厅的常客。嘣嚓嚓、嘣嚓嚓，空气里飘浮着莫名的兴奋，人人都陶醉在轻曼的音乐之中。那是欢乐和暧昧的海洋。喇叭里放的流行音乐，我全部都能哼唱。不是说笑，白天在街上碰到的所有装模作样的人，到了晚上，到了舞厅里，他们推推搡搡，音乐一响起，人们像中了邪一样，一走进舞池里就开始摇摆，谁也看不见自己的模样，只是一个劲地动，像今天是最后一天，像这首曲子是最后一支一样。

1997年，世上只有两件大事：远处的香港回归和近处的我在跳舞。

唱歌、跳舞和许多的盼望，以及听各种恭维的话，使我越来越漂亮。我是到城里才真正开始发育。半年时间，身高从一米五八长到一米六五。没有母亲的痛苦，老实说，现在根本就完全体会不到了；看上去童年的阴影、那个懵懵懂懂的父亲，这些都好像没有痕迹了。如果有，也只是用来当招牌和标签，引人注目而已。过去好像已经隔绝了，虽然只有不到一百公里的路程。

有一天晚上我进去的时候，看见一个人坐在最里头的墙角边。那个人长相普普通通，看上去很老实。正因为他一言不发，离群索居地待在那里，我才注意到他。我从内心里不喜欢在公共场合放肆地说笑、举止粗俗的人，我喜欢体面的人，稍微有点窘迫和紧张，在这个地方不紧张的人是老板和老油条。他穿着西装，打着领带，像个规矩人。他点了饮料和茶水，但是碰也不碰。无论是慢三还是恰恰，他都不跳，只顾盯着我，跟着我的身影移动他的目光。

接下来的几天他都在。有天晚上外面下着大雨,整个舞池里只有霓虹灯投射在地面上,一个人都没有。我趴在吧台上跟服务员瞎聊。就在这时,那个男的过来了,问我要喝什么。我要了杯雪碧,喝了一口,然后朝他点了点头,表示感谢,完了又跟服务员说说笑笑。这方面我学得很老到,就像我见惯了什么人经常给我点杯饮料茶水,完全激不起我心里的涟漪似的。我们咯咯笑的时候,他付完钱走回到自己的桌子边。这下我和服务员们可有新话题了。我们猜他是哪里人,干什么工作,主要想知道他是不是个大款。这年头说不准,冷不丁就会来一两个大老板,长得不怎么样,但口袋里有许多现钞。八点半的时候,人越来越多。服务员开始忙碌起来。他又过来了,请我跳舞,我抱歉地笑笑,皱皱眉表示没兴趣。他假装没看到我的表情,"你愿意跟我跳一个舞吗?"他问话的口气简直像个机器人,像是在背台词,又像重复了无数次,但我知道他只说了这一次,可能也是他一生中第一次。他并不冒失,我的意思他想显得温柔又不被动,可是他没做到。下一曲的时候他又来了,这回他把我逗笑了,他说,"我请你跟我跳舞。好不好?"这次我给了他面子。我的直觉是对的,一抬脚我就看出这个家伙真是一次舞也没有跳过。"我是为你来的,我从舞厅外边跟进来的。"他说的是半个月前的事。他跟踪了我半个月,但他不喜欢跳舞。你有没有过这种感觉,你好像觉得眼皮底下没什么新鲜事和人,再也没有什么特别的事发生了,可是,冷不丁就出来这么一个人。但凡发生了一件事,你不得不相信还有许多事其实你还不知道。

我记得那只伴曲是《爱要怎么说出口》。这家伙没有踩我的脚,相反,为了避免踩到我,他离我很远,他撅着屁股,实在是不雅。他把脸凑过来,我以为他对此感到抱歉呢,毕竟他一直在犯错。鼓点声太大,到处都在沸腾。他对着我的耳朵冷不丁喊的是:"我喜欢你。""你觉得我相信吗?"我心里很得意,但嘴上随随便便地回了一句。他于是很快地大声说他是认真的,他喜欢我很久了(两个多星期了我想)。音乐的声音突然又大了起来。他以为我没听见,又放大声音吼了一遍,说他对我是一见钟情,永不变心。我扭头去看旁边的人,灯光暗淡,那些身体贴得很近,我看不清任何人的表情。有人掀开门帘进来,把嘈杂放出去一点,把强光放进来一点。我觉得很滑稽,真想挣脱开,但另一方面我又想欣然接受。你知道那种气氛,让人想做相反的事,或者最不计后果的事。他还在我耳边讲,他是在白楼里上班的(白楼是县政府大楼,仿美国白宫建造,听说花了好几千万),他的经济条件不成问题,他对我是真心的。他的声音和音乐交织在一起,好不容易音乐停了,他也只好顿住。一曲结束的时候,我挣脱开他,往门口走,他跟在我身后,我说"再见",他当没有听见,一直不紧不慢跟在我后头,像一个幽灵。他早就知道我住哪儿了,他说你住得太差了,你应该住得好一点。

在舞池里,这样爱慕我的人经常出现。"你让我神魂颠倒。我爱上你啦。"假话在空气中飞舞,说出来飞一会儿就会掉到地上,化为乌有,他是唯一一个没有急着占我便宜的人,他是唯一一个给我承诺的人,土得掉渣。

我一直想笑场,他的表现其实比那些想揩油的家伙们更不靠谱儿、更像是假的。

那时我已经知道我想找什么样的人了:能唱出高亢又深情的歌,会弹吉他,或者二胡拉得很棒,穿着干净的白色衬衫,和我一起坐在公园的一棵老树下。我会触摸他,会亲他的手,会崇拜他,同样,他也喜欢听我唱歌,明白一切爱将包含在歌里。无论我们从哪里来,梦都是通的——找到真正的爱情,去过有爱的生活。

这个叫陈志高的人,与我的理想完全不符。

但我也还清醒,我在戏班里就期盼的机会一直没来,也可能永远都不会到来了。

有一天晚上,他跟着我往我的出租房走。他提议我把在歌厅舞厅的时间省下去进修——他用的是这个词。他自己也在进修,准备考在职研究生。什么?他背上背着一只鼓鼓囊囊的包,到了我住的地方,他打开包掏出来一样东西。我的天,是一只小提琴。路灯很暗,巷口没人,偶尔一辆自行车咣当咣当骑过来,是下夜班的工人。我盯着这把棕色小提琴,暗光下那凸出的琴腹闪出幽暗的光亮,凹进去的琴腰、四根琴弦和弯把都十分清晰。我伸出手,感受到木质的柔滑。与它配套的是一个长长的弓子,是马尾和木头做的。他举着小提琴,一本正经地介绍起来说:"小提琴由30多个零件组成。其主要构件有琴头、琴身、琴颈、弦轴、琴弦、琴马、腮托、琴弓、面板、侧板、音柱等。小提琴共有四根弦,分为A弦,E弦,D弦和 G 弦。琴身长约 35.5 厘米。"

突然间，我面红耳赤。始料不及，我突然想到了我后妈，她脸色黝黑、形容憔悴，花生碎沾在嘴角，双手因为剥花生太多而失去了指甲盖，她早就看透了我，自己那么寒酸却一直向我发出同情的"哦、哦、哦"，使我恼羞成怒。我把头扭过去，挥了挥手跟他说再见，把他和他的小提琴晾在那里。

他后来又来了几次。有一晚，我坐在舞池边上的沙发上，他凑过来，告诉我，他在文化宫帮我报了一个学期的小提琴班。没有要求，什么也不图。他一字一句地说出来，我观察他的嘴形，张得很开，就算没有发出声音，仍然能听明白他说话的内容：

你既然那么爱音乐，应该趁年轻去学，而不是整天在舞厅里瞎混。

我第一次留意到舞池的顶部。在各种七彩灯、摇头灯的上方横横竖竖全是铁做的支架，一串串电线绑在支架上。这些线曲里拐弯一直爬往墙壁的缝隙，若是有一根垂落下来，荡呀荡荡到舞池中间，在人群里炸开也说不定。

天渐渐入秋了。秋天的时候人总是有点儿伤感。那个人还凑在我耳边，在音乐最后余音里抛出几个字：我理解你，也有能力帮助你。

我思考了几天，遵从了。可能因为他那种为我规划的态度打动了我。也有可能我还没有遇到什么人这样为我着想。我好像一下子看到了希望——不是说我对当时的生活失望，我对自己的处境很满意，我甚至觉得那是我有生以来最自由的一段时光。这个男的，他既打破我短暂的幻觉,同时也给我一种攀升的希望。保持距离,他说,绝对不强迫你做你不喜欢的事。这话一再重复,掷地有声。

我一到星期天就拎着小提琴去文化宫。最美妙的时光就是歪着脖子和孩子们一起保持着拉小提琴的动作,一些七八岁孩子投射过来好奇的目光,那目光里充满着纯净的好奇,我的余光接收这些目光,又通通视而不见。保持着同一个动作十分钟之久,假装自己的生活还没有真正开始,那感觉非常新鲜、美妙。

这情景没有维持多久,又或者不过是刚刚开始就突然结束了。

舞厅老板说,比风来得更快的就是整顿。一到整顿那几天,似乎刚刚还拥挤不堪的舞池转眼全空。连舞厅下面的马路上都空空荡荡,所有的出租车也都消失不见了,连带着整条街都像被扫荡了一样。馄饨摊上的老板趴在炉子边上打瞌睡,想休息又不甘心。那些真正有问题的舞厅安然无恙,倒是那些刚开张或者自以为没有什么问题,喊着身正不怕影子斜的会惹祸上身。那一次突击检查的时候,老板竟然毫不知情。那天正好文化宫有一个联欢会,我们老师让我上台唱一首歌。虽然唱的是儿歌,听众也都是孩子家长,我还是喜滋滋地上台表演。比起跳舞,我更喜欢唱歌。等我表演结束走到舞厅门口时一看就全明白了。我认识的几个女孩子排着队被穿制服的人推推搡搡往外带。

那天晚上天上没有星星,马路很脏,但是边上站满了看热闹的人。我还看到一对父母牵着一双儿女,那个小女孩,头上扎着一个粉红色的大花结,脚上穿着白袜子和黑漆皮鞋,那个男孩穿着件小熊维尼的 T 恤衫。他们的妈妈，身材高高的，烫着长长的波浪头，依偎着她的丈夫，这一家人看着排队往卡车上爬的女孩子，都好像受到了惊吓，一声不吭，一动不动。一个穿制服的不知为什么，突然吼了一声，那个男人本能地伸出双手，想把老婆孩子全部拢到一起，可是围观的人既想往前挤又想退到安全距离，人群一直在动，这家人被挤来挤去，好像很快就要被挤散了。好在最后一个人被带上了卡车，开走了，人群开始散去，这一家人紧紧依偎在一起，走进了巷子。我猜他们是去走亲戚的，此刻正在回家。他们过去之后，路上渐渐没有人了。这种场面要是见过一次，你就明白自己的生活过得不对。

我把侥幸躲过一劫算作是陈志高的功劳。街道空出来后，整个地面显得很肮脏。路灯也不亮，随时都有可能下雨。我想起自己还没有吃晚饭，在街对面的小卖部买了一盒饼干，站在门口吃完了。我待在那儿发呆，等了很久，后来在小卖部打了一个传呼。快十点的时候，陈志高坐着出租车赶过来了。他说："我们走吧。"我点点头，小声说："好。"车子动起来，一直往他的家开。

一路上，我在想什么呢？

说到底，我那样爱唱歌，我会得到属于我自己的机会，但现在，我必须要学会迁就。我跟我妈妈不一样，我妈她从没有我这样的机会和运气。我爸又穷又窝囊，而我，至少是被人爱慕着的。爱着我的人看上去毫无威胁，是个好人。我用这些理由说服了自己，在出租车停下来的时候。

车子停在一幢住宅区。跟闹市口只隔了一条马路,可是不吵。楼和楼的间隙放着自行车棚,汽车停在停车场。楼旁是整洁的苗圃,栽种着丹麦风铃和仙客来,小花一簇簇,开得很新鲜,让人一下子心情好起来。

他有一个漂亮的两室一厅的房子,在一幢六层公寓的三楼。房子里设施很齐备:带浴缸的卫生间,贴了瓷砖、装了油烟机的厨房,一套白色的软皮沙发,还有一台索尼三十四寸的电视。到这时我才相信了他先前的话:他是陵兰县质量监督局的公务员,拿稳定的工资,有上进心,有前途。

客厅连着一个封闭的阳台。我看到阳台上晾着四五条全棉的很厚实的毛巾,洗得雪白。他告诉我,最高处的是洗脸毛巾,第二个衣架上是洗脚毛巾,另外的几块分别用来擦玻璃和擦木地板。一个人怎么可以有这么多毛巾,而且每块都那么干净?我仰着脸,惊奇又困惑地看了好久。

17

这件事的后果,比今宝能想到的更加严重。这倒不是说影响了老三与她大弟弟之间的合伙,正相反,大弟弟的营销潜质和奋斗热情已经以无可阻挡之势被挖掘出来。正如他自己所说,他需要的只是一根木棍——那根撬动地球的棍子,他姐夫递给他一根棍子,他姐夫是他的指明灯,是他的伯乐——在和姐姐见面时,他所有想聊的内容全是姐夫。他聊到他们一起工作的情景,姐夫带他去见客户,在上海,他亲眼看到姐夫在一家大公司的会议室是如何侃侃而谈,谈他产品的性能、质量和优势,用词确凿,非常自信,他的眼睛里闪着光,像一位斗士。有一天晚上,他来吃晚饭,饭后老三出去了一趟,有一个空隙,姐弟俩得以单独相处。跃文靠在沙发上,衬衫的袖管撸上去,露出结实有力的小臂,他告诉姐姐:

在商业市场里,你走过的每条路都是通向战场的路,你手拿的任何东西都是武器,即使是客户会议室里的一只纸杯子,它也包含着许多信息，比如，它是不是一只质地精良的杯子，它如果一捏就碎，一杯水喝完，杯子就变形，你开价的时候就当心了；还有如果办公楼有保安，保安对待你的态度也能看出他所代表的单位的实力，如果保安恶声恶气，说明他怨气很重，如果他彬彬有礼，说明他待遇不错，单位有前途，合作起来也值得下力气。姐夫一单生意就能赚五千，这是县里一般工人半年的工资。他还告诉姐姐：姐夫的目标是全县首富呢。

这不容易，这里曾经是全国有名的贫困县，但现在这个县至少有五千名电缆推销员分布在全国各地。

弟弟自己呢，除了彻彻底底完完全全地跟随着姐夫的步伐，走向广阔世界，而他一旦发了财，第一件事就是替舅舅报仇。

你说什么？今宝吃惊地瞪大眼睛。

跃文露出恨恨的冷冰冰的目光：

两万块钱就能把三个人都结果了。

在白炽灯的映照下，他的眉心拧在一起，耸着肩膀、紧闭双唇，他用手握成拳，抵住自己的额头，此刻他像一个将士，意欲同这个强大的世界做斗争，拿着命运给他的运气竭尽全力试图主宰与他有关的地盘，他有必胜的信心。

外面传来低低的风声，树叶在静谧中徐徐飘落，秋天已经来了。

也是从弟弟嘴里，今宝了解了更多腾飞的下城开发区的经济：本县地处安徽中部，紧邻长江，东连芜湖，南依九华山、黄山，北临巢湖。他们推销各种普通电缆和各种特种电缆：高温注塑电缆、云母耐火电缆、聚四氟膜绕包电缆、热电偶补偿电缆、电加热器专用电缆等。他们向外扩张的范围一开始是省内各市，合肥、马鞍山、六安、安庆，渐渐向周边省市进军，现在，他们到达江苏、浙江、山东、河南、湖南、江西，差不多小半个中国了。

今宝试图在家里展现自己的喜好和意愿，她很希望他们每到一个地方，帮忙拍些照片回来。有一次他们去扬州的时候，今宝叮嘱他们去何园玩一玩。

何园是什么？老三和跃文都异口同声地问。

一个一百多年的私家园林，它的主人和李鸿章还是亲家呢。

第二天，两个人回来的时候，今宝忙不迭地去看他们的相机。空空如也。

跃文耸耸肩，表示抱歉，他们太忙了，连上厕所的时间都没有，哪有时间逛园子。

跃文像一个洗了澡的新人，不只是衣着形象上焕然一新，过去那种忧郁和自卑的神情也一扫而空。这正是今宝、母亲以及所有人都希望看到的一面，不只如此，等他再成熟一些，能独当一面的时候，他会把清泉也带过来，他似乎用自己的形象向姐姐展示，他即将成为一个有担当的顶梁柱。

老三回家的时候已经很晚了，他妈妈究竟怎么样把今宝那天的表现或者那一句"味道难闻死了"形容给老三，今宝无从得知。无论婆婆说了什么，在老三看到躺椅上舒舒服服睡着的今宝的样子时，他母亲的话就已经有一半以上是真的了。

老三什么也没说，只是静静地脱衣服，脱到只剩下一条短裤的时候，他的背心——今宝早就把他所有的旧破背心扔掉了，买了几件新的——那些没有破洞有弹性的背心勒出一个二十多岁青年结实的胸肌。他"啪"地关掉了灯，然后借着月光走向了床——而他的妻子，刚刚从藤椅上醒来，睁开惺忪的睡眼，正朝他露出一个温柔的笑意呢。

那是结婚四个多月来，今宝和老三的第一次冷战。甚至连冷战都算不上，他只是不触碰她。第二天，老三一大早出门，今宝知道他一定先去某个地方和自己的大弟弟碰头，然后一起去见客户或者去见会计或者去见厂长。据她所知，他正全心全意地把自己的看家本领教给大弟弟。出门的时候他甚至没有告别，只是朝她挥了一下手。他的眼皮是垂下的。他在回避某种情绪。

第三天晚上，差不多快十一点了，今宝听到大门打开的声音。老三开门的声音很轻，仍然吵醒了楼下的婆婆，今宝听到他们母子轻轻交流了几句，无非是今天感觉怎么样之类的话。等他上楼的时候，今宝已经站到了卧室门口。

这是结婚几个月以来第一次这么晚今宝没有上床。这个庞大而又冷清的房子里其实没有多少家务可干，所有的事务都在白天、在太阳底下和户外被干完了。说句良心话，也不算什么真正的重活儿，对比还种着稻田和玉米的其他农户，她也只有几分地的后院需要打理，以及看护一个化疗却极度能忍受病痛的婆婆。

你妈跟你说了什么？问了之后，今宝不确定地加了一句，前天晚上?"

老三的眼睛缓慢而又不情愿地抬了抬。他的双手都捏着自己的领带,昏黄的灯光打在他的眼皮上,可以看到他脸上的睡意。他从早到晚地东奔西走,从来没有休息过,没完没了地工作,大弟弟所形容的他那威风凛凛的样子,他并没有带到家里来:"她没说什么。"

等了半天,就是这么一句话,今宝饶有兴致地盯着他的眼睛、他的脸颊,大弟弟嘴里那个机智敏锐和谈笑风生的营销经理,这里根本没有踪影。

他等着今宝继续发问或者停止发问。在今宝发愣的间隙,他已经拽掉了勒了一天的领带,走向了床。今宝听见他走向床的脚步声比昨天轻了一些。

这样的试图谈话后来又进行了几次。天气更加热,家里所有的窗户都洞开着,纱窗挡不住无孔不入的蚊子,这里比娘家更需要花露水和驱蚊器。空调从来没有开过,空调的室外机就挂在后窗,只要它一工作,楼下的婆婆一定就听得见。或者说,为了能够开一开装在新房里的空调,关掉那只嗡嗡作响却只喷出热风的电扇,没有一次谈话肯定是不行的。

到这时,今宝还是十分愿意把老三忍受酷热看作是对婆婆的理解和迁就,"我妈一辈子节省惯了"。这话以前倒是说过,而且是认真说出来的,用来解释为什么一件穿破的背心从身上脱下来转手就成了擦桌布,末了,他加了一句:

"棉布做拖把最吸水。"

今宝犹豫不决。这个穿着西装打着领带仪表堂堂的男人,在他一副成功人士的派头背后,讲出来的话和那种腔调确实带着不好理解的意味。

婆婆说话的口气,今宝之前没有留意到,后来深切地意识到,让今宝跟她一模一样,是婆婆真正的唯一的意图。

是啊,我得省啊。她的语气里全是别无选择。

这也省不下几个钱啊!

你懂什么?!

那种愠怒,使她脸上的青筋暴突,身体不由自主地颤抖。

其实今宝并不介意婆婆是什么样的人,她介意老三是这样的人。她婆婆的过度节俭和自虐是她仅有的武器,这个武器保护她自己,保护她的儿子。她一直在重复使用,不肯撒手。

相当长的时间,今宝困在这件事上。婆婆不识字,为人也不强势,甚至寡言少语,而且绝症缠身,他的儿子,还有其他的儿媳妇,只要来看她,都会配合她,他们谈论如何省钱、省电、省油,抱怨一切昂贵的东西,医院、猪肉、桂圆。今宝这个时候倒像个傻瓜,好像她是唯一不在省钱上动脑子的罪人。

幸好,只要婆婆不在,妯娌们能够正常交流,哪个频道在放哪部电视剧,哪个女演员最漂亮。她们叽叽喳喳说个没完。

现实变得好理解一些了,婆婆,作为一个贫困家庭的家长,在刚刚嫁来的时候,也许完全不是这个样子,她的丈夫,因为腿部有过损伤——这还是二十年前的往事，孩子尚小，所以，家里的重活儿不得不由她顶起来。缺衣少食的时候，她像男人一样出去给人扛过沙包、打过鱼，她的意志比男人还强硬。她想盖一栋楼房，这是她半生的夙愿，为了这个夙愿，一有空她就出去打短工。就算从早干到晚，也不会在中午买一个烧饼或者一碗阳春面充饥，她的肠胃方面的毛病就是这样落下的。她才是兄弟三个人的父亲，她是这个家的顶梁柱，她也是偶像和权威。老三的父亲之所以长年不回家，表面上是因为他在厂里看守仓库，需要吃住在厂里，真正的原因是在妻子生病之前他俩就决裂了。乡下人没有离婚的习惯，觉得这会令儿孙蒙羞，他们选择了最温和的告别方式，以工作需要为名搬出去，逢年过节等重大日子，会尽长辈的义务，露面，表现出父母的亲切，和谐相处。

命运没有亏待她。可以说，老三为了母亲高兴才买了这幢别墅。买别墅花了不少钱，但肯定没有花光所有的钱，但是，似乎没有让她更高兴。花的钱太多，有人偷偷地说，她的肠子是悔坏的。无论再挣多少钱，花过的钱以及正在花出去的钱，都照样使她痛苦，只有疼痛可以使她忘记对失去的金钱的痛苦。她的儿子们，手跟他妈妈一样紧，特别是老三，不抽烟不喝酒，也不赌钱，还能吃苦，只进不出，才有今天的好日子。这也不是婆婆获得尊重的唯一条件，最重要的原因是，她随时会死，要死的人无论怎么样都是对的。

她曾经是那样的强悍，保护了整个家庭和儿子，如今，她的弱成了另一种强，这种弱跟到新生活里来保护她，保护她不被遗忘，保护她的经验得以持续,她的活力就像她后院的那些庄稼一样蓬勃生长。

　　说是照顾婆婆,也可以说是照顾菜园里的菜。今宝有三个多月没有回娘家。那天婆婆去了亲戚家,园子里也没什么事,今宝突然来了回娘家的冲动。她拨通老三的电话,说了情况,电话那端传来一个既熟悉又陌生的声音。
　　好,他说,要我晚上去接你吗?
　　我想在我妈妈家住一晚。
　　没关系。老三的声音轻快、活泼,有一种面对面时无法感受的诚恳,而且带着一种模糊的威力——今宝立刻想象到一个电影人物:打着大哥大,叼着香烟,模样潇洒,站在街角,多少人向他行注目礼。这声音使今宝突然感到莫名的心跳加速。
　　抽屉里有钱,你自己去买点礼物带回去。蜂王浆、口服液什么的。
　　在她咀嚼声音所带来的不同感受的短短几秒钟里,一种模糊的激动从心头升起,生活变得有点飘逸了。这个男人,在一瞬间充满着威武和神秘的力量。暖意涌现,还没有出门,一种强烈的思念和渴望已经从心底涌出。
　　怀着微微的莫名的喜悦,今宝步行了近一个钟头才到镇上。她的心里保持着微微的醉意,那是一种神秘的意味,好像你走啊走啊,饥渴难耐的时候,面前出现了一座饭庄,还不是那种只卖阳春面的小馆子,是一座豪华的、摆满鸡鸭鱼肉的大餐。

镇上有许多三轮车到县城，碰巧也会有一两辆过路中巴。三轮车慢，票价便宜，中巴更快，舒服一些，可是脑子里闪过婆婆那张痛苦的脸，她爬上了三轮车。

到了县城，她特意停在百货商场附近，买了可以拿得出手的礼盒，也给自己买了一件黑色的开衫，罩在单薄的圆领衫上。

哦，你黑了嘛！

母亲的声音很响亮，这外露脆亮的声音不太像她，这是好现象，就像"黑"一度也不归今宝一样，如今这个东西罩住今宝，成了第一眼就被发现的特色。不知道算好还是不好。

今宝递上带回来的空心菜、西红柿和黄瓜，像在回应妈妈的疑问，可是妈妈没有明白，女儿的沉默使她的表情保留着相见的惊喜同时也有点不知所措。她的生活变化是显而易见的，她的眼睛里有光。少了今宝的物件，家里显得有点单调，并不凌乱，只是色调变了，今宝从这个家带走的小摆设，也改变了这个家的格局。房子里更多的是阳刚之气。气象往好的方向去。跑推销的工作不能算多么体面，在工商局、医院、银行和县政府上班才是真体面，但是这家子开始有样子——人五人六的样子，对这个家，多么重要。

妈妈的话多了起来，说的最多的是跃文，她的希望，她的盼头，她的重新焕发的最大理由。但是她不怎么聊那个女婿，一则是不了解，再则聊女婿应该是女儿的事，可是今宝也没怎么提。屋子里出现了短暂的安静的沉默，直到小弟弟从外面进来，这个男孩，脸圆乎乎的，似乎又长高了一些，走路慢腾腾的，有一种想横着长的趋势。姐弟俩的目光一对视，今宝竟然有些许害羞和尴尬。

她没有在娘家留宿。她惦记着电话里那个有着有力和诚恳声音的男人。傍晚的时候，她出门离开，走了几步，回头瞧了瞧站在门口的母亲，她觉得应该说点儿什么：

等天气，等天气热一点……今宝想说，你们到我家去过几天，但是，想到婆婆那张痛苦的脸，她打断了自己的话头：

我再回来住两晚。

母亲快速点了点头，也许她没听清女儿说的话，点头只是一种本能。

今宝的全部心思都在回味那通电话，惦记着那个声音，拥有那个声音的男人。这声音，似乎打开了爱的通道。她觉得，这是她有生以来真正感到心潮澎湃的时刻，她期待着那个慷慨的、充满着某种令人着迷的气质的声音，她期待见到这个声音的主人，她甚至觉得，这声音——马上会让模糊的明了，脱轨的归位，深埋的显现。到达河沟镇的时候，在公用电话亭，她再一次拨通了老三的电话，急切地告诉他说：

我没有在我妈家过夜。

嗯。他说。

她愣了一下，这声音！她是想提醒他继续那种口气，那种轻快的、有力的、男人的声音，可他又"嗯"了一声，表示知道了。她有点急了，说：

你今天早上心情很好吧。

说完等在那里，他又"嗯"了一声，甚至也没问她现在在哪里，要不要接。他只是听着，像他平时在家一样。她看到清冷的月亮挂在街头一棵老树的树梢，一条狗在暗处吼叫，好像受到了惊吓，又好像被人捆住了手脚，继续听，似乎像在描述着人类听不懂的什么重要事情。到家的时候老三已经和衣睡着了，像是为了等她，却没有做到。

此后她又尝试了几次，找到一些借口，拨通他的电话，盼望听筒里传出来那种她始终坚持认为在却被现实隐藏起来的男子气概、热情和爱意。几次之后，那些东西不仅没有出现，甚至更糟，有时他正在见老板，有时是客户，有时在火车上，信号很糟糕，可以听到他有点气急败坏地提高嗓音，倒不是冲着她的，就是听不清对方在说什么而显出的那种急躁。

我没事，我没事。她感到一阵心虚，匆匆说了再见，挂掉电话，为自己的畏缩感到茫然。

像是竭力向他靠拢，上床的时候，她寻找更多的话题，刚刚在晚报上看到今年的十大假新闻，"李连杰重返青海修佛法""第二代身份证将由日本企业造""新闻从业人员平均寿命只有45.7岁"……多么陌生和遥远的事，他竭力耐着性子听着。有一次他在看《动物世界》，电视机里蠕动着一群蟒蛇，播音员说，澳大利亚大概有一百五十多种毒蛇，其中有五十多种是致命的。看到他对动物有兴致，她坐到边上，想聊几句："我们国家除了国宝，藏羚羊也很珍贵，是国家一级重点保护野生动物。"

他转过头,愣愣地看了她一眼,轻轻地"哦"了一声,然后沉默下来,好像在琢磨如何接她的话头。

她期望他赞美她博学,或者抗议她显摆。她等着。可是他不说。她很想像电视上的情侣那样,抚摩他的头发,表达她的关心,把爱的信号释放给他,让他打开闸门。

什么也没有发生。

他看上去平和冷静,许多无知的人夸夸其谈,他却谨言慎行,从不随便张口。闪烁的电视画面映照出他干净的脸庞,短短的、若隐若现的胡楂在下巴上,使他更显得有男子气。

倒是她自己的声音,听起来那样无力,说过的话就是一阵风。

虽然地处城乡接合部,可是今宝嫁过来不到一年,小区周边就争相破土动工,钢筋水泥开始行动起来,它们形成栅栏和路面,掩埋田野、水沟和参差不齐的杂木。一幢幢楼房开玩笑一样地长高、长高。毫无创意地复制,大城市的规划啊景观啊房屋的外形啊,都悄然地渗透到这里来。

一方面政府在加大开发力度,发放垃圾桶到户,实行宅基地审批制度,城市化管理。另一方面,婆婆在努力开耕,一点一滴向远处挖掘。事实证明,所有的土地都值得用心对待。后院各样菜蔬全都傲然林立,摇曳多姿。婆婆在院子里大声跟邻居说话,那些人也是儿女发了财的,弃离老宅,搬到此地,他们用听不大懂的方言恭维婆婆，垂涎她院里的长豆、茄子和绿叶菜。婆婆谦虚地说无事弄着玩玩。听得出来她是喜悦的，声音洪亮，情绪饱满，完全摆脱了一个癌症病人的多虑和谨慎。她年迈以及操持过度的面容和手背，就像一幅旧插图画里的农妇，她像她自己，是她自己的愿望和目标。她笑着看着院子里的庄稼，目光遇到儿媳妇时，她的笑容收住。今宝略显尴尬，心怀敬重，却也茫然无措。

等到婆婆化疗全部结束，头发长出来时，她开始清除屋后小树林的杂草，大概盘算着想种点什么来扩大地盘。

老三看出母亲扩张的决心，他告诉她，他家的地界只到后院的栅栏为止，其余的全部是这个小区的二期和三期，很快就要开发。儿子说的时候，她听，说过之后，她有了新的主意。不能翻地、不许养猪，养鸡总可以吧。

她精心挑选鸡仔，从体型到毛色，挑中之后，放进一只竹织围栏，她蹲在围栏边上，手上抚摩、嘴上安慰，拌食、喂水，精心细腻、老到笃定。她有张信得过的脸，鸡们都喜欢围绕她要食。再大一些，鸡被投放到小树林，夏天的傍晚，她端着玉米或头天吃剩的剩饭馊水，一声轻唤，色泽不一、大小不等的鸡会从小树林鱼贯而归，归于更大的鸡笼。一两个月之后，若有客来访，她也会站到后院外，向小树林放声呼唤，不一会儿，鸡们争先恐后而来，她诱一只比较肥硕的入笼，手按其背，再夹到两腿间，另一只拿刀的手在水缸沿上磨几下，刀片轻割，逮住扑腾的翅膀，令鸡血到碗中，嘴里仍是轻声地安抚，如同对待一些哭闹要糖的小孩子，声音里全是保证和友善。

等到鸡肉上桌，她一个劲地往客人碗里夹，一边等着客人发出由衷的赞叹。她看上去心满意足，目光会透过窗户玻璃，看向下一只待宰的挚爱。

今宝闻不得鸡笼里的气味，并且对此不加掩饰，为的是能够逃开掏鸡笼这个差事。她在饭桌上对鸡肉视而不见，一则是实在不觉得过分美味，二则，她做这个样子是想放弃对鸡的监管和召唤——婆婆训练今宝发出那种慈爱的召唤之声，今宝从没有执行过，她的喉咙只会发出一声呜咽，难听之至。后来，婆婆放弃了教化，要求今宝每周掏一次鸡笼，为了鸡们能生活在清洁的环境里，也为了保证鸡瘟不发生。鸡笼低矮，是今宝嫁过来之前就搭好的，门则更小，需要匍匐在地，伸进去铲子，鸡屎鸡毛裹挟在一起，每往外掏一撮，今宝就想呕一次。每一次掏干净鸡笼，婆婆会走过来弯下僵直的腰，向里望一眼，再看一眼面如死灰的儿媳。她的表情很含蓄。没有夸奖也没有责备。

今宝说不清自己是极度厌恶还是尚能忍受。她看不清婆婆眼里对鸡的热爱所包含的意义，她的爱看上去真挚、虔诚，可是宰杀时的欢欣、烹煮时的得意也同样昭然若揭。仿佛听到今宝的疑问，婆婆有时在拔鸡毛的时候像是自言自语，又像是向儿媳解释，她说，在那边（指空心洲），家家养狗护院，到狗不中用的时候，杀了吃肉，放许多辣椒红烧。听起来她对此有点意见，好像吃狗肉是要不得的行为，可是没等今宝肯定这个看法，她会补上一句：

狗肉那才是真香。

啊，她的声音，怎么形容呢，没有怜悯没有同情没有疼痛，你以为她因为疾病而备受折磨，声音里一定有痛苦或者对健康的渴望，不，并没有。有的只是对生命的麻木和无所谓。

和没有感情的人培养感情是一件多么徒劳的事啊。每次，今宝想说点什么的时候，一想到婆婆说话的声音，就打消了一切念头。

还有一次，今宝散步的时候发现，这个所谓有钱人的别墅区，远远望去，就像是田地里的一个牢笼。小区大门挨着新修的马路，虽然不宽，却也是交通要道，什么人都走，什么车都行，马路两边新栽种着一米高的小白杨。马路对面就是庄稼地，收割季节，可以看到农民们忙碌，孩子们打闹。农民们住的村子里，房子也是东一间西一间，不用问，只要有点钱，他们的梦想就是搬进像隔离区、像牢笼的小区。小区围着砖墙和栅栏，把自己家的老人和孩子锁在里头。靠近马路开两扇大铁门，门边花钱雇着一位年纪很大的人站在门口防贼，到了晚上十一点，守卫会关上大铁门，老远都能听到铁链拖在水泥地上发出的刺耳的声音，没有人对此有任何抱怨，好像铁门关闭的声音越大，就真的越安全一样。可是，那些在栅栏内弯弯曲曲的道路都被重新踩出了一条急不可耐的直线，就算踩烂玫瑰也在所不惜。这些小区，像一个向过去告别的仪式——虽然不知明天怎样，告别了再说。

断断续续地，今宝知道了更多婆婆的事。她三次从病魔手中逃脱——除了肠癌，她还得过肺结核，以及一次脑膜炎，在她九岁的时候；她四次在生产队挑水比赛中夺冠；六次搬迁——从她很小的时候,跟随父亲讨饭,从山里逃到江边,从大渡口搬到八卦洲,又从八卦洲搬到空心洲。从这个岛到那个岛,她保存的家当最整齐。她的外号就是"大当家的",她很享受这个称呼,但如今她"熄火"了,她自嘲的时候抿住嘴,迅速看了一眼今宝,再把头转到别处。

这样很好,她补充说,安稳最养人。她说话的样子,就像在强调自己是身子坐着的椅子的主人,好像她这么强调一下,椅子就不会被人突然夺走。今宝听着,并且在心里勾画出她的形象。她脱离了眼前的形象,脱离了伪装,她真正的形象比她表现出来的更胆小,过去那痛苦的、受惊的生活落下了深重的痕迹,生活虽然大大改善,但对贫穷和失败的担忧还留在她身上。

今宝越发茫然。像她从前一样,她需要更多的时间去对在其他人看来忽略不计的事上长久地思考。

可能跟交通越来越发达有关,也可能是因为母亲身体的恢复,老三经常把客人带回来吃饭。说是朋友,其实多是同行。一般天将黄昏的时候,无所事事的婆媳会坐在堂屋,今宝拿一本书,婆婆围着围裙在屋里屋外走来走去。摩托车或者汽车的声音一接近,婆婆会精神一振,知道是儿子回来了,而且一定带了朋友,她呼唤今宝,赶紧进厨房生火,自己则冲进菜园。

老三的朋友们,跟老三有着差不多的年龄,唯有一次,他带回来一个老者。这个老年人尖嘴猴腮,说话语速很快,两只眼睛转个不停,是那种饱经风霜、充满警惕和容易受到惊吓的形象。老三亲热地和他碰杯。他们有共同话题。他们探听彼此的攻坚之道，分享受到的不公对待。那个老年人特别喜欢开玩笑，是那种一语双关的黄色玩笑。为了附和他，老三也发出猥琐的笑声，看得出，他不自然，纯粹为了拉近和客人之间的距离。老年人的样子，令今宝想起工作过的下城区的江鲜饭店，在家里遇到这样的人，今宝有点错愕。他笑得得意扬扬，好像这么一来，他们就高人一等。酒过三巡，客人开始谈论单位领导的风流事，老三未能参与；他继而谈论中国足球，老三解释了自己念书的学校没有足球场；他又谈到国际战争，索马里内战打了快三十年了，叙利亚内战打了快五年，南苏丹内战也打了两年半了，最近，还有乌克兰自己人也内讧了。老三瞪大眼睛听。

为什么？过了半天，他问出来一句。

客人没想到老三问出这么一句，一时反应不过来，愣在那里。

今宝在心里回答说：没人知道，那些以为自己知道的人，并不知道。19世纪初的那场从1805年7月打到1820年的战争，其间包括奥斯特利茨大战、波罗底诺会战、莫斯科大火、拿破仑溃退，那么多国家打成一团，到处尸骨遍野，数不清的家庭家破人亡，历史学家、教授和军事家众说纷纭，给出各种解释，只有托尔斯泰说，他不知道，并且那些历史学家也不可能真的知道。麦克阿瑟都说过，开始的时候，我们以为我们什么都知道，但后来发现，事实是我们什么都不知道。

最后，客人拿今宝开玩笑：

丁太太，你知道你嫁的是一个前途无量的人物吧？你可真有眼光。

老三不好意思地低头一笑。

这个人话多，看上去很自信，但是，他手上有小动作。在抽烟的时候，手指伸出来往烟灰缸里弹烟灰，他的手指关节变了形，弹完烟灰，就把它藏在衣袖里面。

现在，无论生活怎么火热，一副无可争议的关于这个男人的形象在今宝眼前显现：

来自于空心洲的男人，手上拿着产品目录，拎着沉重的人造革包，包里放着一截又一截不同型号的电缆线，如果需要过夜，还有一只行李箱放置洗漱用品。不管他过去讲究不讲究，他都得每天洗澡，确保没有胡楂；尽量讲外省人能听得懂的普通话；他会在万籁俱寂的清晨，踏着露珠赶往汽车站售票处。先从镇上搭车去县城，县城只有汽车站，会把他带到省城，那里才有去往全国各地的火车。

有时候他不得不坐上十几个小时的大巴车，有时会被丢在前不着村后不着店的岔路口，被摩的司机狠宰一笔，心情会很沮丧，好不容易赶到业务单位，不是已经下班，就是重要的人不在。只有很不友好的门卫和保安需要周旋，递上好烟，才勉强得到一些领导的信息。从厂里出来，胡乱找个小饭馆，他会在陌生的旅馆里沉沉睡去。第二天清晨，换上干净白衬衫和西装，刮干净胡须，抖擞精神，坐到人家的等候室等待接见。有时，负责采购的心情好，价格和数量都好谈，有时，没有任何理由，人家就是看你不顺眼，觉得另一个推销员人不错，他清楚你俩手上的产品质量根本没什么差别，但偏偏把机会给另一个人。空手而归,掩饰着失望,精疲力竭地回到旅馆睡上一觉,再赶上下一列去往另一个厂家的列车。后来,交通越来越方便,镇上有汽车直达省城,或者直达要去的城市,时间节省下一多半,可是,去往客户单位的时间越短,竞争对手就越多,他有时反而宁愿去交通不甚发达,也不太有名的厂家,那些无人问津的地方,因为消息不灵通,人显得更好说话一些。后来,他会带上哥哥或侄子。哥哥侄儿更乡土,只能打下手、跑跑腿,花了很长时间才建立自己的关系网,一点一滴积累资金。有时他们像长得太高的小学生,什么都不知道,什么都愿意尝试,手拉着手,温顺隐忍;有时他们像背着巨石上山的人,好像一不小心就会粉身碎骨一样地过于全神贯注。

随着两个小舅子的加入,老三的状态开始转变。一切呈现新的气象,如果是要紧的事,跃文会毫不犹豫地提议包车前往。他告诉姐夫,贵不了多少,比把时间花在路上合算多了。

事实证明他是对的。多找到一个客户,多谈成一笔,包车的钱就出来了。

多么不一样的形象啊,多么——软弱的一个人啊。今宝惊讶人们的误解是多么的深重,那些合伙把他说成传奇的亲戚:舅舅、舅妈、老三的嫂子们。他们说他有本事、聪明,像个干大事的。

那时,她指望着他们的话,捕捉每一句对他的首肯,以期巩固自己的决心。

他们没有机会见到老三的这一形象,恐怕永远也不可能见识老三的这一形象。他已经正式脱离了他们的嘴,成为他自己,他是一个活生生的人,不靠虚构才变得立体。如果这世上有两个人知道他真实的形象,这个人首先是老三的妈妈,她如此热爱金钱,就完全能看到儿子走在一个又一个蒙蒙亮的清晨,以及一整天一整天坐在大巴车的车窗,向着窗外发呆。

现在,今宝也看到了这一切:多么平庸的生命啊。他是一个孝子,一个因为母亲生病而不敢大声笑出来的儿子;他是一个靠着节俭和吃苦才站稳脚跟的推销员;他是一个苦苦寻找存在感的灰尘。他的世界小到肉眼可见,其余的,对他,都是黑洞。

天边、近前、开到窗台的广玉兰、破碎的黑夜,都没有快乐可言。

能不能叫你妈别养鸡了?

有一晚,在老三的脸庞抵住她的额头的时候,她突然冒出这一句话,一说完,她就后悔了。短暂的停顿之后,属于老三的节奏又重新启动。那天晚上,今宝忘记在床头放纸,等她听到鼾声后,悄悄下床,走到卫生间去清洗。卫生间在楼道口,怕婆婆听到,她缓缓抬起水龙头,水像一根线一样细细流淌下来,她轻轻地呼了一口气,一抬头,看到了镜子里的自己,这个陌生的、头发蓬乱、眼圈发黑的女人弓着腰,像个小偷,她被眼前这个陌生的形象和表情吓了一跳。

一阵恍惚,她突然对着镜子发出一连串的诘问:

你是谁,这是哪里,这是在干什么?

一惊之下,她猛地咳了一声。声音消失了。因为,她凭着自己的声音,感到自己心如死灰般的绝望。

在这个春意盎然的午夜，她陡然回想起当初的自己，那无论如何也不是眼前的这个人，昨天，不，今天白天，她还照了镜子，她还以为那正是自己，但此刻，她仿佛是站在自我之外，观察着一个与她完全不相干的人，这个形象，正是她最不愿意成为的这种形象。相反，她觉得，她只是在扮演一个这样的角色。在她扮演的生活里，人生仅仅是白菜、莴笋、养肥了宰杀的鸡、身体和意志都恢复得很好的婆婆、半夜跋着皮鞋往床上走的男人、只有六瓦的镜前灯——像一部明白无误的片名为"囚禁"的黑白电影，似乎要一直一直有条不紊地进行……这种念头，顿时使她的脸上呈现出一团失去光泽的、灰暗的愁云惨雾。

好像秘密被戳穿似的，她难堪地咬住了下唇，一片窒息的沉默之后，她听到镜子里传来呜咽的哭泣声。

18

亲爱的今宝:

从那晚开始直到两年后离开他的房子,甚至一直到今天,我都不敢说我了解这个叫陈志高的人。我只能说,男人能把多么错误的印象带给你,就把多么错误的印象带给你。

陈志高到舞厅找我的时候,好像是天神派来的救兵,传达过来的信息就好像他是一个很厚实的皮球,你怎么踢都可以。谁不希望拥有一个可以随便踢的皮球呢,何况还那么像天上的月亮。

看完阳台,他把我带进浴室,指点我怎么打开淋浴的喷头。"你先洗个澡?"他说。我笨拙地尝试打开开关。他走过来,拿着我的手,教我一提一拉,转换冲淋还是坐浴。我说冲一下。他调开花洒。水溅到我头发上。不要紧,我想躲,他摁住我的肩部,他说,他有干净的衣服换。说完他起身,一会儿拿来一件白色的浴袍。仿佛这一切以前就曾发生过。

他看着我脱衣服、看着我伸手去试探水的温度，看着我往头上抹洗发水——洗发水是他递给我的，我轻轻地拉起了浴帘，他没有吭声。浴帘很薄，我知道他仍然在看着我。水汽氤氲了整个浴室。我尽量侧着身子，背对着他，并且洗得很快。

等我从浴缸出来的时候，他还站在那里。他问我：

你为什么不让我出去呢？他的眼神变得很犀利，也可以说，在我洗澡的过程中，他好像也卸了装，换了一副新鲜的面孔。

我困惑地看了他一眼，我让你出去你会肯吗？

你试都没有试一下。他咧了咧嘴角，又耸了一下肩膀。

从我认识胡干事的时候起，又或者说，从跟在我妈的屁股后面往她家走的时候起，我就知道有些事不管你愿意不愿意都会发生，既然早有此认识，我不会假装说我不知道住到这里意味着什么。但我没有解释。

他准备了夜宵，一碗浇了辣油的面条，吃到底下，翻到一只卤鸡蛋。

我一滴汤水都没剩下。我抹嘴的时候，他拿走碗，洗干净，晾在一旁。他清洗抹布，挤上浓厚的洗涤精，自来水哗哗地淌。水池子擦了又擦。而我站在一边，穿着宽大的浴袍，像个高贵的客人。

我的感觉真好。

那天晚上，我睡到他的床上。等了很久，他没有靠过来。又等了很久，他的手轻轻地滑过我的脸庞，好像我的脸是个瓷器。他过于温柔。

第二天早上,他起床去上班,他穿衣服的动静很大,把我惊醒了,我睡眼惺忪地看着他。他站在床前,穿好了衣服,理了理自己的头发,打开抽屉拿出一副近视眼镜。我才留意到他原来是个近视眼。我感到很好奇,那你之前怎么不戴眼镜?

我有时候戴隐形眼镜。关于隐形眼镜我一无所知,还想再问,他打断了我:

问你个事!

说吧,我打个哈欠,想等他问完了再睡一会儿。

他侧过脸看了一会儿,

你跟多少人有过?

有过什么?问完我就明白了,睡意全消,瞪大眼睛看着他。这个男人面色发白,嘴唇抿住,梗着脖子等我回答,一副气鼓鼓的样子。叫我怎么回答呢?而且我怎么回答都不会让他好过一点。我想起自己昨天晚上扑在他身上不让他喘气。我没有话说了。

好吧,他顿了一顿说,在陵兰县你跟多少人有那个过?

天地良心……我想说一个正常人能信也能接受的数字,我没敢说"零",我觉得这反而不可信。

他抬起眼睛等着,光滑的额头显现出三四根深重的抬头纹,他的眼神也不正常,眼珠子往外凸。这个表情吓住了我,好像我吐出任何一个数字都会变成尖刀。

那些让我很难理解的忌妒心是从这时候开始的。不管怎么说,不该有任何的夸大,但的确让我觉得古怪、不知所措,可是话说回来,他的床真的好舒服，这是我第一次睡席梦思，我迅速适应了柔软的床以及纯棉的枕巾。

只要你不去歌舞厅，我会帮你实现你的音乐梦想。这句话他又重复了一遍，我也再次点头应允。

当天晚上，这样的问题又抛过来。在我精疲力竭想要睡觉的时候，他说他想知道一些表面上跟他没有关系事实上有很大关系的问题。我一听就明白还是早上的问题。他说，你这么丰富的经验是在哪里学来的？你交过几个男朋友？他说你说吧，你的过去我会原谅的。

我说既然你会原谅，那知道不知道又有什么关系呢？

他说，我只要搞清楚我要娶的究竟是个什么样的女人。他的手臂压住我的胸口，我有点呼吸困难。他察觉到了。他微笑了一下，或者说就是做了一个微笑的动作，可是脸色还是很严肃。时间一点一滴过去。挂在床对面墙上的钟——我清晰地听到它在嘀嗒、嘀嗒地敲击，无以名之的时刻。幸好卧室的窗户下发出了人的说话声，一个出差归来的丈夫受到女儿们的热情拥抱，她们迫不及待地想要知道自己有没有礼物。一阵哀求，一声惊喜，很快，关门声结束了这一切，随之而来的是一大片寂静。我又转脸看他，借着这卧室温馨的橘色光亮。他还是那么严肃。那已经不是昨天、不是这几个月来一直默默追随我的人，这张严肃的面孔把昨天、更早时候的他比得像张纸片似的，现在，他复杂起来。我突然想起戏班老板说过的话，他说你今天要为昨天偿还，并且，他说，你不知道你能不能付得起。

我很珍惜学音乐的那段时间。可整个文化宫只有一个小提琴老师。不走运的是，没多久，老师骑电动自行车的时候摔断了腿，他腿断了之后小提琴就没人教了。文化宫最终答应把小课程教程换成溜冰券，我连一个正确的音符都还没有拉对呢。就在我失望透顶的时候，他又找到一个老年大学，那里也开设了一个简谱乐理知识班，我的同学从一群小孩变成了一群老头儿老太。那只小提琴也被搁到墙角。一切像一场阴谋。

那时我还对自己的天赋抱有幻想。老年大学的进程太慢，我又在少年宫跟幼儿园大班的小孩一起进行钢琴指法练习。我在老年大学学了五线谱，但钢琴对我太难了，学了几个月，才能弹些简单的像《妈妈的吻》和《恋曲1990》。老年大学的课程开了一个学期，第二个学期开学的时候，老人们少了好几位，有的去儿女家，有的摔跤骨折了，这个班解散了。很长时间我就什么也不干，我相信所有人都觉得我很走运，因为我可以不劳而获。陈志高买来一本崭新的《新华字典》，他相信我将能理解关于他所说的一切。这本字典派上了用场。无聊的时候，我喜欢查找字典里的生僻字。生僻字的注释往往包含着许多历史典故。典故和历史搅拌在一起，有时候真让人着迷。一切又像一场梦。

有一天，他找来一群工匠，他们穿着脏兮兮的工作服进来，把原先的书房清空，在墙面打上龙骨，中间填梯度吸音棉，又在最外层封了层石膏板。陈志高指着改造好的房间告诉我，从今天开始，这是你的练歌房，白天人家上班的时候你想唱多少首就唱多少首。同一天他们还安装了防盗门和防盗窗。这个防盗门的锁很高级，里外都必须拿钥匙才能打开。他出门上班的时候从外面把它锁起来。

我是被监禁了吗？他拔出钥匙的时候我问他。那时候，他差不多已经把我从小到大所有的经历摸了个底朝天。

不，他轻声地说，只是我不在家的时候，你不要出去。

为什么？

我不希望你再学坏。

我没有学坏。

你没有学坏，我怎么认识你呢！

你认识我，是因为我在大街上走。

表面上是这样，事实上另有原因。

我想出去就出去，不用你管。我说完往门口走，我打开第一道木门，推了推防盗铁门，看怎么下手。

我不过是想把你跟过去的生活隔开。他摇了摇手里的钥匙，如果我确定你跟过去的生活全部隔开了，你随时可以有一把。

他的理论——无论多么让人不理解，我还是接受了。就像我第一次听到他向我表白，觉得那样滑稽，最终还是跟他回家一样。一开始，我感觉还好，冰箱里有食物；电视可以从早开到晚；我可以喝冰镇酸梅汤；他下班的时候会带回酒酿汤圆和牛肉锅贴。

晚上，他会带我出去吃饭。有一回我们在广场上看了露天电影。回来的时候看到一个巷子里有一个发廊。门上一个方形的转动着蓝白红三色的标志灯。玻璃门上贴着粉红色的贴纸，门里面的长沙发上摇晃着几条白白的大腿，还可以看到脚指甲上血红的指甲油。

当我想去我住过的地方看一看的时候,他说不,过去的熟人和朋友都不能再见面,舞厅里认识的人更不可以。绝对不可以。他会给我一个崭新的圈子,我要永远告别和忘记过去的一些事。

比如?

比如我们认识的时间和地点。

就这些?

还比如你在戏班子里唱过戏。

我没唱过戏。

总之不要提。他快速地打断我。

还有呢?

农场不算农村,父母都是双职工呢,你爸还是中学里的管事的。

我没有妈。

你不一定什么都让别人知道。这个社会大多数人是有偏见的。等你明白我的意思,你可以单独出去。

很快,我觉得房子里的生活令我难以忍受。比如,我老想着到楼下去转转,明明琼瑶的电视剧《我是一片云》和《梅花三弄》让我很着迷,可是冲出这个防盗门的欲望也在慢慢滋长。我幻想自己还坐在小诸葛的挎斗摩托车里,我也幻想自己还骑着家里那辆几分钟掉一次链条的破自行车。好像只要涉及风的地方我都开始怀念。到后来,我一点唱歌的兴趣都没有了。我光惦记着那道防盗门,越来越不开心。就算他晚上下班会带我出去随便逛逛,我会很开心,只要一跨进这道门,我马上就觉得回到了牢房。有一天晚上,他刚刚从外面打开防盗门,我一个箭步往外冲,他往旁边让了一下,笑了笑对我说:

我一整天都在想着你,我得给你装一部电话,想你的时候就可以跟你说说话了。

他的眼睛无比温柔,我心里的愤懑顷刻之间化成了烟雾,从楼道袅袅而去。

现在,我像泄了气的皮球情不自禁地回到屋子里。

他带回来许多好东西:绣花枕头、羊绒衫、墙上挂的真丝壁毯。他说,北上广的人瞧不上县级市,那是他们夜郎自大。什么年代了,现在的好东西会长腿,你想要,它就来。

他给我买金链子、玉镯,他不赞成戴手上,说照相的时候、大日子戴。平常包在绒布里,放在盒子里,藏在沙发床的背面。

这个时候我还是很高兴的,我不掩饰。忘记了那道防盗门,一等他出门,防盗门重新关闭的时候,屋子里只有我自己,心里的愤懑一秒钟出来,像睡着的一条狗。有一回,等他下班的时候,我赌气站在防盗门外,死活不肯进屋。他站在客厅里,小声地提醒我对面那户人家的老太婆会通过猫眼偷看我们。

那也比关在房子里强。对那道门的痛恨使我真想离开他,我直喊着分手,逼他就范。

你想到哪里都可以,他轻声地说,我陪你出去。永宁路上开了一家超市,里面什么都有。你可以买化妆品、买书、看场好莱坞大片,现在正在放《勇闯夺命岛》。你等一下，我去换一双运动鞋。他是一个很讲究的人，他换鞋的同时也会换一双袜子。那天晚上，我们一起去超市。那是陵兰县的第一家超市，许多的忧伤，在购了满满一购物车的礼物之后少了许多，若有若无了。在出处口，我看到了一个新开的书店。我挑了几本言情小说。在言情小说的帮助下，我变得慵懒、脆弱，不再一门心思光想着那道防盗门，至少不再恨之入骨。但看多了言情小说，人也会变得很情绪化，有时候我们晚饭吃得好好的，我毫无征兆地哭起来，我把所有的窗户打开，否则呼吸不过来，他一再劝慰我不要相信言情小说，这些都是没有价值的东西，他既像我爸又像我的初中老师，可没有价值的东西足以让我看到人生的瑕疵，更看清了他，他就是个变态。那阵子，我变得心灰意冷。

意识到言情小说对我们感情的伤害，他又去借武侠小说。为了我们俩都高兴，我试着看《射雕英雄传》《书剑恩仇录》，还有一些旧杂志《今古传奇》《山海经》。有人说，每个人心里都有一个侠客梦，仗剑江湖行，惩奸除恶，快意恩仇。无所事事的人心里最容易滋生侠客梦。如他所愿，我沉迷了进去。

看过的书在脑子里挤作一团，形成了一个看不见的小江湖。我每天夜里都会路见不平，早上醒来全身是汗，比干了一天活儿还累。奇怪的是，留在脑子里的书，可以让我与过去分裂，也让我更快地脱离自己。总之，读些书使我明白唱歌所不能言说的事情，唱歌所能表达的只是万种情绪里的一种，书是另一个世界，除了声音还有花香和奇迹。

有天我端着《倚天屠龙记》在那里正着迷的时候,他走了过来,摆开了要谈一谈的架势。

他笑了一笑对我说:

全世界的武侠小说差不多被你看完了,你愿意看点有意义的书不?他看上去很客气、很礼貌,但那个架势,使我戒备起来了。

什么书有意义?

他说你知道什么叫函授吗?最多三年,你就能拿函授大专的文凭。

一听到这句话,不知道我身上哪根筋就搭错了似的,我一下从沙发上跳了起来,你觉得函授比龙有意义?

龙是不存在的。他冷峻地温柔地说,好像没有看到我张牙舞爪的样子。

我突然就跟他杠上了,我说,龙是存在的,就像天涯存在,明月存在,刀存在一样。

龙是虚构出来的。

龙是代表一种自由,一种理想,一种境界。我站起来叉着腰逼到他眼前,唾沫星子溅了他一脸。

他张着嘴站在那里,简直可以说被我惊呆了。他想象不出来我还有这副面孔,而且嘴里还这样一套一套的。他的样子滑稽又恼怒,让我哈哈大笑。

我越来越强烈地感觉到他就是个套子,把我往他的生活里套。

他想捆绑我、改变我，限制我的自由，让我按着他设定的线路发育。那时我真是年轻啊，多么自以为是，又多么娇气啊，我嫌弃他的一切，他的钱、他的房子，包括嫌弃他擦地的毛巾太白。话说我在下雨的阳台上盯着干净的白毛巾居然闻到了一种酸臭的味道，这味道让我反胃，那会儿我真希望能自己跑到什么地方去，站到话筒前放声歌唱，或者跟个随便什么陌生人跳上一曲。

但那只是最初几个月的事。

外面的世界充满凶险。他带回来十多张剪报，装在一个文件袋里。在甘肃白银、内蒙古包头，女孩们遭到强奸、割喉。最大的二十九，最小的才八岁，凶手没有抓住。下一次不一定什么时候出现。他说还有更多，连他也没有渠道知道。他说自由是什么，自由就是活着，爱是什么，爱是安全。他说的时候连狗都在附和他。一条狗在楼道里拼命地奔跑，发出深长的吠声，隔着几道墙都能感觉到它的惊慌，就像有人拿着锤子要敲碎它的脑袋。

陈志高看着我，那样温柔地看着我，眼睛一眨不眨，好像他发射出来的光都含着营养，使我免于饥饿。我扭过头，咬住下唇，以示抗议。他拉住我的手，轻轻地摩挲，就好像他一松手，我就会掉进深渊，要深深地懊悔。

这之后但凡遇到倒霉透顶的时候，我就痛恨他，不是因为他错了，恰恰是他是对的。他比我更早地看到了我的命运，我所有要经历的痛苦和伤害。

这个预言家，在我大发脾气，表示不服的时候，静静地等待。

他懂得调整自己的呼吸，即使非常激动的时候，他的腮帮子鼓起来，你知道他满嘴的气，可是他不吐出来，能咽进喉咙就咽进喉咙。

有一段时间，我特别迷恋街上的小贩。我站在阳台上看着不同的小贩过来收旧报纸、纸箱子和旧电视机。还有的小贩来卖红枣、葡萄干和花生，他们无论年纪大小，到了夏天都喜欢光膀子。这些走街串巷的基本没有一个胖子。要么黝黑精瘦，要么肌肉发达。有时候很想隔着铁栅栏对着他们喊，像童话里一样，跳出来一个英雄救美，带我逃出去，可是等我细细打量，想挑一个最顺眼的人的时候，我发现，这些风吹日晒的人，他们脸上缺少内在的风采，人也充满着粗俗的敌意。他们荡来荡去，有的用扩音喇叭，有的靠自己的嘴巴对着黑洞洞的窗户抑扬顿挫地喊。他们古怪又小气，天天和人讨价还价。

我认真考虑过逃跑，我想着等他睡着的时候去偷他的钥匙。这个念头没多久被我自己打消了。真的想走，随时都是机会，逛超市、看电影、去理发店，黄昏散步的时候，发足狂奔几步就甩掉了。

可是我一想到走到大街上，无处可去，或者像其他人一样，坐在足疗店的椅子上，染着黄头发、露出大腿，晃啊晃，看到女人经过面无表情，男人一进来，不管年龄长相，就二话不说站起身。我觉得更加受不了。

第二年端午节他陪我去看过我爸爸和我后妈。几瓶酒，都是别人送的，一条红塔山和一斤毛线，当然还有一些奶糖。

整个饭桌上，我爸说得少，我后妈更是不发一言，她总算被跟她不一样的人震住了。

到今天,我才知道他今年三十一岁,之所以说到他的年龄,是因为我爸问了他的属相,他说跟我一样。之前我好像没有看出也没有留意他的岁数,这么一算,把我吓了一跳。但是好像也正常,不是这个年纪,根本没办法过这样好的生活。就我的经验,太年轻的人总缺钱的,有了钱的总是年纪偏大。我爸年纪偏大又缺钱。

年龄的差别,在我这个家根本不算什么,一句就带过去了。

他还说了将来的计划——这是个必须要谈的,不然来就没有意义。他准备再等一阵子——没说具体时间,他就带我去见他父母。他父母离他不远——是指像农场和陵兰县的距离还是城东和城西的距离,我也没搞清。我后来几乎都不在听,是他的声音断断续续传过来的。

他说我还需要一点时间适应。我想看来他知道我对他给我的生活是不大适应的,但是他让我爸放心,他有的是耐心。

他说话的时候吃了一块鸡肉。农场的鸡的确比陵兰菜场卖的好吃许多,他也发现了,嘴里发出愉快的咀嚼声,脸上呈现愉快的笑意。他说话的样子好像是要面临一场考试或者比赛,他有信心战胜对手。就是那种感觉,他要打败我身上不成熟的缺点的信心在农场鸡肉的鼓励下大大增强。

我坐在四方桌的一侧,可他俩侧着身面对面,好像我只是这场谈话的由头而不是参与者。我只好逗我弟弟玩。我弟弟说话说得迟,才刚刚会表达最基础的意思。我后妈因此学会了一个词叫"发育迟缓",她总算有机会说点什么了,她凑过来告诉我说发育迟缓的原因很复杂,有的是遗传,也有一些是正常生长过程中的变异,也可能跟父母年纪偏大有关系,不需要进行特殊的治疗。她还补充介绍了什么叫"生长激素"和"发育指标",她现在保证他一天一个鸡蛋和一杯牛奶,"看着他吃,不吃不让走开"。除此之外,还要多带他出去见人,他见的人多,脑部受到好的刺激,就能发育得快一点,但是,不能有坏事,像我爸身上的坏事不能再发生了。

她说话的时候脸上有光,很漂亮。不是因为没有花生碎,而是她对她正在说的事充满了感情。我看到了爱,我常常能看到这个东西,但它不在我身上。

我爸说他明白。

明白什么了?我转过头看他们。他们轮番点头。像在谈一场交易,并且已经谈拢了。两个人都很轻松。他们一个贴在桌子前,为了够菜方便一些,另一个靠在椅子背上,很放松。我的后妈,还在说我弟弟的"发育迟缓"症。她全部的注意力都在这个病上,她对这个病了如指掌,头头是道,等她说得差不多了,我突然觉得,她其实一点办法也没有。

经过那次回农场探亲,我对这个房子好像没有那么排斥了,他对我比之前更有信心了,他说,你要是运气上好一点,考上大学是没问题的,我觉得无论他怎么说,对我俩的关系都没有什么影响。他带回来什么书我就看什么书。直到有一天,我正在看《小李飞刀:多情剑客无情剑》,又看到那一句,"没有人看见他的飞刀怎么出手,因为看见的都死去了"。我的心里产生了一种奇妙的亲近感。不是对李寻欢,也不是对其他什么人。金庸小说里的英雄招式特别、出神入化,华贵美丽,不像真实的世界,但古龙的小说却更让我觉得踏实。无论是楚留香、江小鱼还是李寻欢,他们身上都有一种自由。江湖中人人可以不劳而获,并不需要感到愧疚。那一刻,我好像进入到一种顿悟,并没有什么可怕的。只有离开这个人,离开他供应的一切,我就能拥有真正的自由。到哪里并不重要,到哪里都可以,就算下一秒站在猪圈里,心里也会很痛快。这个念头使我的心一下子舒展了,我明白了,我想做的,就是离开他的气息,回到真正的自己身边。我站起身来,走进屋子,把自己几件衣服收拾收拾,对他说,我要走。

好啊,我陪你。

不,不要,我想从你的世界消失。

傻瓜,是不是感冒了,有什么不舒服的地方吗?

就好像世上一切的事都必须由他直接地说出所以然,然后就钉死在墙了似的。就好像他永远是正确的,就好像他一点没有错,就好像每一步棋都在他掌控之下,就好像他击中了我的要害。他那种笃定的神情有时候难免使人有点混乱,难免怀疑自己是不是做错了决定。毕竟,那好像是正确的、快活的、享受的、没风没浪的生活前景。但是,当然啦……我到底表现出离去的决心。

那次过后,他做了许多显而易见的让步。经常放下手上的活儿带我到处闲逛。最大的让步是他开始带我去接触他的朋友和同事。

我是他的未婚妻。他这样介绍我。

和他朋友的相处,很快令我大失所望,因为那都是些伪君子。举例说,来找他的人都是想通过他认识他的领导搞点关系让产品质量过关。但是每次请他吃饭,都说得一口漂亮话:我怎么这么跟你投缘呢,以后咱们就是兄弟。有事请说话,你的事就是我的事。

再比如,有人送月饼给他,说是中秋了表示一下小心意,可是,人一走,他就会打开月饼盒,把一块块月饼包装拆开扔到一边在里面找东西。茶叶也是这么拆的,有时候能找到,有时候找不到。找不到的时候他什么也不说,但是我明白送的人算是白送了,以后遇到那些人,他照样跟人客客气气地握手,甚至握手的时间还要长一些,挂在脸上的笑容时间更长一些,告别的时候甚至还回头挥手,不过,要我说,那人托他办的事可就遥遥无期了。还有一回,他带我一起出去应酬,那天是他请客。请的是他的大学同学,那真是一群很难伺候的人。逮到什么批评什么。对吃过的每一道菜都品头论足一番。何止是喝过的酒不好,服务员长得不漂亮,喝到最后,诉说各自的领导能力不行、交到的朋友品格不好,世道太坏。总之,这是一群自以为是的人,他们尖酸刻薄,信口开河,结束的时候他去结账。我从卫生间回来,那些酒足饭饱的人正在说他的坏话,说他老牛吃嫩草,不知道从哪里搞到这个年轻幼稚的傻丫头。一见到我,立刻又夸我有眼光,找到一个非常有实力的男朋友。大家相互告别,表示相聚甚欢,下次再约。

我指出这些人两面三刀。他耸了一下肩膀说,这些人就是这样。

他说的"这些人"显然不包括他自己。可是使我困惑的是他,不是"这些人"。一旦我开始留意,发现他抱怨和指责的范围渐渐扩大。他指责了领导、下属、朋友、邻居、亲戚(绝大部分,包括他爸、他弟、他妹和他姨),他指责了制度僵化(这点我赞同)、饭店卖假酒、扫马路的偷懒、理发的明抢、房子质量差、衣服样式丑,可是,进饭店,他吃得开心,见亲戚也笑脸相迎,见了领导更是点头哈腰。见识了这样变脸速度之快的人,再看看他一副洞若观火、见怪不怪的样子,"目瞪口呆"四个字不可完全概括我当时的表情。我当时还太年轻了,万万不敢相信普天之下都是这样的人。我觉得,人以群分,这样当面一套背后一套,相互欺骗,却又清楚对方是什么人,相互演戏,还以演戏为常事的人都是他们一伙的,要是一直跟他在一起,我也会变成自己会恶心的那种人。我后来拒绝参加他的同学聚会、同事结婚或者单位的各种名目的联欢会。

有一天,他跟我说,要是我能坚持一个月不吵架,不和他唱对台戏,他就把结婚的日子定下来。

一旦结了婚,你不仅拥有这个房子,还拥有我的一切,包括家里所有门和抽屉的钥匙。

听上去还不坏,我安静下来了,变得很顺从。我开始洗衣服、做饭,我把抹布搓得雪白,像他一样搭在水龙头上。我站在阳台上,盯着视线之内的沥青路,等着开门声响起。他兴致好的时候会带我出去逛街。有时在马路上听到卡拉OK厅里传来音乐声,他鼓励地看着我,看我主动掉头往回走。其余的时间,我会回想从前。从我妈妈家回来的路上，好几个相似的四岔路口，至少有两次，我差点选错方向。我能够平安走回农场，那真是个奇迹呢。我还回想我跟小诸葛陷在泥巴里的情景，车子如果翻进沟里，我们受了伤，根本不会有人来搭救。也许正是小诸葛那么爱冒险，又是独自一人，所以现在下落不明。有时候我闭着眼睛，重新回到骑自行车去县城找胡干事的路上，只要我回想那个画面，浑身就疼痛不已。包括我们以为走到表演的路上，事实上，我们跟江湖杂耍是一个性质。想起的事使我的生活变得丰富，甚至比我以为的丰富了一百倍。我看到了陌生的自己，我重新经历一次的时候，发现了另外的东西。使我胆寒。

我常常觉得，再没有比这样的生活更好了，如此安逸，如此无风无浪，像我这样经历过贫穷和孤独的女孩子，一幢房子和一个男人就应该是我的归宿，这是最好的结局。有时我听到有飞机从头顶飞过，会情不自禁地跑到阳台上，头贴在防盗窗上，看着白色的大鸟渐渐飞进云层，消失不见。有时，楼下收旧家电的声音响起来，我听着也觉得很亲切，亲切过那些来自心灵深处的音乐。

只是偶尔，我会想，要是没有那次舞厅整顿以及街上那一家人对我的刺激，我可能还不会离开我原来的生活。我们之间还能维持那样的关系，他对我进行单纯的"音乐投资"，而我有一天也能离开这个巴掌大的地方，也能够在音乐上有些作为。不像现在，他发胖了，整个身体的重量都压在我身上，使我有点吃力。

但是，即使如此，我对生活并没有太失望。归根到底，人是对自己达不到的生活恼怒，但凡怀着希望，人就会忍耐一切。

痴男怨女和鬼怪狐妖的故事我也厌倦了，直到有一天，我看到了《双城记》。

一看到小说里的句子，我像被电击了一下：
这是一个最好的时代，这是一个最坏的时代；
这是一个智慧的年代，这是一个愚蠢的年代；
这是一个光明的季节，这是一个黑暗的季节；
这是希望之春，这是失望之冬；
人们面前应有尽有，人们面前一无所有；
人们正踏上天堂之路，人们正走向地狱之门。

我一个月看完了狄更斯的另外三部小说：《荒凉山庄》《艰难时世》和《匹克威克外传》。

他看到我读狄更斯，又不爽了。他说，现在已经不是狄更斯的年代了，读它有什么意思。

的确，一开始，我纯粹不想发疯，才去翻开第一页、第二页和前二十五页，说真的，在所有与我无关的地方我都当它是消遣的，可是，从第二十六页开始，我嗅到了一种跟我一样的味道，在字里行间。我读进去了。

他推荐席慕蓉。他说席慕蓉很美，很适合小女人们看，他答应给我买一台电脑。

不，如果他觉得我只要美，如果他觉得我只要浪漫和虚荣，那都是他的错觉——也是我给他的错觉,我要的是我自己也说不清的东西,简单说吧,我在狄更斯的小说里找到我自己。从埃丝特出场,我从这里发现了一种熟悉而亲切的东西,我好像看到了自己。只要埃丝特一哭,我好像就能看到晶莹闪亮的泪珠在我的眼眶里,继而,我在她身上发现了不同之处,我的身上没有传奇,只有遗弃,我也没有不屈服和耐心。她让我感到羞愧。

虽然喜欢,但这些书却没有帮助到我,它们打开了另一扇大窗,却没告诉我这扇窗与我之间的关系,帮助我认识了问题,但没有帮我解决问题。我觉得我的心已和外界隔绝。

我又买了一本《包法利夫人》,看完我既伤心又生气。我想了好半天,想明白了一件事:爱玛倒霉是作者故意让她在一个猪圈一样的镇里打转。世上只有三个男人吗,有钱有势的坏透了,没钱的狡猾透了,剩下一个老实的除了老实狗屁不通,太欺负人了!她为什么不会动脑子,遇到一个一个又一个,还不动脑子,就算想不通,也可以走啊,世界那么大,凭什么非让她在那个小地方跑来跑去,就是这个叫福楼拜的逼死了爱玛。他可以让她坐一辆马车到巴黎去,那么漂亮肯定会遇到真的子爵。

见我捧着书生气,陈志高走过来,拿起翻了翻又放下了。他说:你进步神速啊,能看懂名著了。可惜这是盗版,许多错别字。

错别字倒不要紧。我生气是因为爱玛死了。我觉得我自己死了。

胡说什么呢。陈志高乐了。

可你不是子爵。我怎么觉得你是包法利先生呢。

他看了我一眼,脸色一下子拉了下来,什么乱七八糟的。

说完,放下书走开了。

完了我想,结婚的事又遥遥无期了,这样吵下去的话。

可能是他胖了,也可能别的原因,房子越来越小,碗碟总是把水槽塞满了才有人去洗。有时候他催促好几次,我才慢吞吞挪到厨房去洗。

2000年,这一年的国庆小长假,人人都出去旅游。他带我去了一趟广州。陵兰的秋天已经接近尾声,万物开始凋零,可是广州火热如夏。我们在江边散步。我和他一前一后地走,我听到他的皮鞋拍打着地面。他又发胖了,两条大腿根部在迈动步子的时候发出有节奏的摩擦声,他的呼吸声也有点粗重。他越来越相信走路能保持健康。夜晚的灯火闪着蓝光,珠江被七彩的光影煽动,轻轻摇摆,岂止是水,就连尘土、水泥、浸泡在水里过久正在腐烂的木板都熠熠生辉。

他领我越走越远,经过一间写字楼,又经过一间博物馆,经过一个酒店,一个穿红色制服的门童在等着给我们开门。我们不进去。他又把手垂到身侧。

我感觉自己像个公主,我笑着说。他不说话,我又突发奇想:

我觉得我心里有一座燃烧的火山。

他不吭声,我已经看得懂他的肢体语言,他懒得搭理我了。

我们又往回走,好像要把一生的路走完似的,这回,穿过一片夜市，许许多多的小商品、古玩、花瓶、冰激凌和水果。一刹那间，我又闻到了生活的气息，看到了生活真正的色彩。在这流动的、人潮涌动的地方，到处都是疲倦和不知疲倦的人，我仿佛从眼花缭乱的商品里听到了一种真实的声音，那是一种再熟悉不过却又如此新鲜的气味，我以为这种生活已经远离我，贫瘠的夏天、无穷无尽的盼望、远走他乡的梦想，说到底，它唤醒了我的悲伤。

哇！我压制不住地欢叫一声。他感觉到了我声音的震动带动他臂膀的衣袖。他什么也不说。好像所有的话都已经说完。

在广州，他买回了一台电脑，我也学会了打字，还申请了一个邮箱。

从广州回来后，他继续去他的特别有前途的单位上班。有一天，在他出门前，我问他什么时候我可以有一把防盗门的钥匙。

你根本不需要防盗门的钥匙，他说，其实防盗门很久没锁过了。

他边说边走了出去，我仔细侧耳听。我听到他拿起鞋刷子刷了几下皮鞋，我听到他打开第一道木门，轻轻从外面带上，紧接着我听到皮鞋击打水泥地面的声音，再过几秒，他的汽车发动机响了起来。是的，他已经有了一辆桑塔纳。他用它来上下班，以及送我去美发店剪头发，他会在两个小时之后来接我。我早就可以单独做一切事，是我自己忘记了这一点。

这一切来得这么自然，我们都松了一口气，这一天一下子变成了一个再平常不过的一天，这个房子也变成了再平常不过的房子。

我回到农场，我爸带着他的妻子倒是和和美美地住在那里。我一直记得我后妈在说到"发育迟缓"这个病症时眼睛里闪烁的光芒，那种和美，那种全家紧紧相拥的样子，尤其我后妈在对待我弟弟时所表现出来的耐心和爱心，深深地吸引着我，我都没有意识到，直到我再次坐在他们家的桌边。

经过这几年，我跟他们一样高了，吃饭的时候平起平坐，对于我突然一个人回来，我爸预感到什么，但什么也没说。既像是因为失望无话可说，又像是理解我的决定。我以前住的房子，他已经租给一个承包鱼塘的外地人了。我不得不承认从这开始，没人拿我当孩子了。我走在街上，认识的不认识的都用打量一个女人的眼光看我，那眼光跟我几年前在街上疯疯癫癫完全不同。

我很想自己能够老老实实地待几天，既然这个家并不像我当初以为的那样是嫌弃我的。然而，好像来不及了，这里已经没有我的位置了，所有人的焦点都在"发育迟缓"的弟弟身上。

更主要的原因，我发现自己变得高级起来，瞧不上他们了，瞧不上他们三个人共用一条毛巾，瞧不惯一家人一个星期洗一次澡，瞧不惯菜里没有油。我弟弟九岁了，才刚刚有一个小学愿意接收他。每天早上，我爸爸骑一个半小时的摩托车送他去上学。在农场里，就有还不错的现成小学，可是他说不出一个完整的句子，找了许多关系，学校也不接受。只要我弟弟发出两个字以上的音节，我后妈都要用高出十个分贝的尖叫来表示鼓励。可是，一天一天，那孩子就像被人点了穴似的一动不动，不长脑子不长个子。我嫌我后妈方法简单，接过来想教他几个字。我指着"日、月、水、火、土"一个个教他，让他跟着念。光让他明白我的意思就用了十分钟，好不容易他明白自己要干什么，可是学到第一个字的时候，他就发错了音，我重复了七八遍，他还是把"日"说成"一"，我气不打一处来，"哗"一下掀掉了卡片，大声地骂起来：

日你妈，日你妈的"日"都不会念。

"日——你——妈！"他竟然清清楚楚地跟了一遍，我又好气又好笑。

我后妈把为他做康复治疗的发票全部贴在一起。这些发票许多都没法报销，至于原因，人家说什么，他们就信什么，好像不能报销是天经地义，能报销个小一半就得感恩戴德、磕头作揖。

有的人，大米色拉油和卫生纸都是单位发的呢。

我就那么随口一说的时候，我后妈瞪大眼珠，一副想要知道得更多，但又不愿相信的神情。

我真瞧不惯他们。瞧不惯生活不管怎么支配他们，他们就那样闷声不响地受着，一言不发地等着。

我坚持了一个月，萌生了离开的想法。

看到我在收拾行李，我爸小心翼翼地说，不能不走？

这个样子，就像他在申请涨工资。我再不听话，也懂得他是父亲，他有权利不这样说话。但他好像忘记了怎样跟子女说话，他一副连这点都没把握的样子！

我在离开他之前，甚至还说了一句，我知道我妈为什么要跑了，你的日子多无趣，你这个人多没劲啊。

　　他竟然也不反驳。

　　到那时，我被自己的话惊醒了，原来我的这些离经叛道的壮举已经不知不觉地抄袭了我妈。也就是说，那个时候我就意识到，逃跑已经是我的命运。但是，一想到我无论走得多久，也许还都是模仿和重复。多么令人丧气的人生啊！

19

离家两天之后,今宝搭乘中巴回家。在回来的路上,今宝已经想到了进屋时的情景,想到婆婆尖锐的、喘着粗气的责备声,或者相反,老太太会冷静地向儿子陈述今宝这种行为的不可饶恕的严重性。她甚至接着想到她消失的这一夜,甚至因为没有人证和物证来证明自己的清白而造成的严重后果——有可能老三会在母亲的要求下提出离婚。想到回娘家面对母亲和弟弟们那样失望的眼神,想到跃文因为和姐夫决裂重新回到一无所有的状态中而产生的怨恨和恼怒。她甚至开始想象自己接下来的行程:去杏红家向她妈妈打听杏红的地址和电话,追随她去大城市学理发。理发是很辛苦,但很容易学会,也很赚钱,只要学个三四个月,就能上手。杏红不止一次地告诉过她。今宝仿佛已经看到自己弯着腰正在给客人搓揉头发上的泡泡。那样的生活也很好,只是,那原本早就应该发生,何必等到这么剧烈的颠簸呢?

车子经过一个水库,在天空的映照下,微微荡漾的湖面像染了色的画板,她无端地想到了大海。她从来没有见过真正的大海,但她想起了这样的内容:"中国山东的威海、青岛、烟台,河北的秦皇岛,辽宁的大连,上海的崇明岛,广西的北海,广东湛江、珠海和浙江舟山群岛,还有厦门鼓浪屿的海也很出名,不过,海南有我国最蓝的天然的白沙滩。"

这一切,随着汽车轮胎的滚动,离她愈来愈远……

进门的时候,婆婆安静地坐在厨房板凳上,眼皮朝下,脸色阴沉。她叫了一声妈,就急忙往楼上去。老三见到她的第一句话竟然是问丈母娘好了没有。

今宝吃惊地发现她所面临的局面比她以为的要滑稽许多。她轰轰烈烈地离家出走,竟然被大弟弟的一句话给搪塞了。婆婆打电话给老三指责今宝不在家的时候,大弟弟正好在边上,他漫不经心却又非常笃定地向姐夫保证:"我姐回娘家了,我妈发烧了。"

现在,婆婆对于今宝"不打招呼就回娘家"的行为,正在表现莫大的忍耐和宽容。她在等着今宝解释一句、道个歉。不过,这会儿,今宝的神情吓着了婆婆,那是一种非今宝式的刚毅和斗争的架势。老人有点蒙,这么一会儿,她被镇住了,眼睛使劲地眨巴,稍后,在某种无法言说的力量面前,她有所领悟,预感到面前的这个温顺的儿媳妇身上隐含着的巨大怒气,似乎一触即发。她安静下来,像在对这一切有所反省,像是明白过去发生的事情是她的过失。在想清楚之前,她开始顾左右而言他,晚饭的时候,她们甚至还聊了聊下个月的家庭开支，更稀奇的是，婆婆开始发表对选镇长的不满：人人都知道谁要当镇长，可是个个都装着好像明天才选出来一样，真好笑。

而老三，这两天在正常上班、应酬，然后在晚上十点到家。他竟然也像真的相信老婆回了娘家一样若无其事。那天晚上他显然喝了点酒，脸上有一种酒后的红晕，他似乎疲倦极了，像往常一样，不刷牙、不洗澡，三下两下脱掉裤子上床的时候，今宝突然以清晰、坚定的口气说话了：

我昨天没回娘家。我到城里去了。

她不看老三的反应，继续说：我在这个家不快乐，我没有自由，我不喜欢种菜，也不喜欢养鸡，我不喜欢过这种没滋没味的生活。

她一口气把话说完。她听出自己的声音是颤抖的，嘴角还带着礼貌的、害臊的笑意，眼睛里甚至还蓄着泪水。她不敢闭眼，生怕一闭眼，眼泪会滑出来。

他不吭声。他什么都没说，他等在那里。

特别是你妈妈，她，她的生活方式我完全不喜欢。

现在，她的情绪激动起来了，她明白自己没有好好地模仿在桃的那种决绝的不间断的带着一种不要脸的振振有词——她完全没有模仿到要点。

你妈妈干扰了我的生活，如果她不走，我就走！

说完这话，她从他的眼里看到了一种神情，与其说是惊讶，不如说是"原来如此"的轻松。他把她想成什么了，他把她想成是一个通过"离家出走"来赶走婆婆的恶媳了。误会如此之深,身上积蓄的力气水一样泄掉了一半,她却更加顾不上了,索性来了个坚硬到底:

如果我明天早上起来,还看到你妈,我就会走,再也不会回来了。

她从床上起来,身体挺得直直的,眼睛朝着自己的脚尖,走向房门,在行走的过程中,好像她身体的一部分脱离了她,不再是她自己。出门的时候,右手重重地碰到了门框,一阵剧烈的疼痛,终于使眼眶里的泪水滴落下来。她踉踉跄跄地摸黑走进隔壁的客房,这个房间因为无人使用,直到现在,竟然没有装灯泡。她曾经在家里的角落里翻找过,也曾经提议买一只灯泡,想让这个房间亮起来,被婆婆否决了。不住人的房间不需要灯泡,老太太说。凭着记忆,她摸到床边坐了下来。她觉得好像得了一场大病,或者是背上被压上了一块大石头。这是什么富贵人家?!多么可笑。坐在床上,她冷冷地想,牙齿打着寒战。

十多分钟之后,他才进来。对面房间的灯光勉强可以看到他已经把脱掉的裤子穿了起来,他在门口站了一会儿,眼睛习惯了黑之后,他的脸对着床的方向,说:

"我妈怎么招惹到你了?"

他的声音和用词再次令人大失所望,那是一种平板、单调、干瘪、无趣的声音,里面空无一物。他的语调并无攻击性,这里头并不存在任何在乎她的感受的情绪,甚至也没有显示多么在乎他的母亲。今宝能够体会到的仅仅是规律被打乱的困惑。对他抱有的隐约的期望全然消失了。苦涩和失望使她说话的欲望荡然无存。她再也不能如此真切地看穿眼前这个人与她的关系。没有爱情，没有爱情。他为什么会娶她，他到底明不明白这种日子是可笑和乏味的？她变得更加决绝和无情："你自己选，你看着办！"

他还待在原地，尽着他的本分："婆媳有矛盾是正常的，用不着……"

啊，他竟然还不明白。一种像团灰色的怒火慢慢从腹部升腾，再等一分钟，她想，她就会把全部的愤怒都倾倒出来：关于劣质棉背心做成的抹布，关于那只丑恶的金戒指招来的叹息，关于还沾着鸡屎的菜心，关于那只被遗弃的藤椅——关于她应该享有的自由。

他没说话，退了出去，带上门。将她一个人留在黑暗里。

第二天凌晨今宝挣扎着醒来。借着隐隐的亮光，她看清了房间里的摆置：床头柜上放着她昨晚脱下的衣裳，凌乱地揉成一团。靠窗口的桌子上只有几个硬币摊在桌上。

家里一点声音都没有，远处的鸡发出了轻微的咯咯声。

睡眠显然不足，太阳穴有点疼，她带着一种难以言表的心情走向楼下，还是没有人，她走向大门口，门廊上干干净净的，平时放在那里婆婆经常坐的一只板凳空着。

灰蒙蒙的天空隐隐渗出乳白色的光亮。在她首次长途跋涉而归来的第一个清晨，她看到与往日不同的景致，透过薄雾缭绕的枝叶的间隙，在夜幕褪去的远方，朝霞透出金色的微光，笼罩着整个天空。一种全新的力量生发出来。如果可能，她会再一次离开，就像她昨晚承诺的一样,她有这个能量。同时,她也明确地意识到:她赢了。她在这个家庭第一次感知到了言语的力量以及一种切实的存在感。

哦,在桃。她在心里轻声呼唤。

电话适时响起,是妈妈,她在电话里说,你婆婆身体不好,你要孝顺,不要惹老人生气。

你为什么跑出去?你在哪里过的夜?她不问。

离开了母亲,曾经那样强烈的对母亲的同情似乎随之消失不见了。今宝很吃惊,仅仅一年多之前,她是如此壮烈地想为母亲奉献一切,但是,听着母亲煞有介事地说教,表现着一个中年妇女的宽厚仁慈,这种想法便消失了。去年、前年,母亲还什么话都不敢说,现在,她焕然一新,口气轻快而昂扬。

别墅围墙外的农民们的身影常常在田地里忙碌。围墙里头的,外头人叫他们"有钱人"。究竟算不算有钱人很难讲,但肯定不像外头人想象的那么奢侈,附近的农民有时候会把他们的土鸡、新鲜的蔬菜拿过来叫卖,但真相却是,这里面的人跟外面没有什么区别。特别是老人们。他们的方言和习惯都从他们的来处带了进来。有一次,今宝看到一户人家的阳台上晒满了腊肉和香肠。还有一户人家的整个后院,堆了跟院墙一样高的塑料瓶和纸板箱,不知道从哪里捡了来,却又不卖掉,夏天的时候招来了一拨又一拨苍蝇。有时候天色不好,老人们穿着拖鞋蹲在走廊抽烟。还有一次,一位弯腰驼背的老人,来到小区中心没有树荫的花圃旁,花圃里种着玫瑰的细苗,她从桶里拿出水淋淋的大白菜,一棵棵排在花圃贴了白色瓷砖的边沿上。可能有业主到物业上反映,今宝看到保安走了过来,先是向老人家鞠了一躬,然后微笑着请她"注意一点公共形象",把菜挪走。老人迟缓地直起腰,抬起茫然的双眼,朝保安看了看,朝四周又看了看,又蹲下身继续翻晒。从旁边一幢房子里走出来一个小女孩,她告诉保安:她的太奶奶耳朵听不见,她喜欢腌咸菜。她的咸菜所有人都爱吃。保安耸了耸肩膀,无趣地走开了。今宝有时忍不住想,婆婆把后院变成了菜园,把鸡养在待开发的芦苇地里,是不是她带了这个头,才让老人们争相效仿。

这个氛围,其实是令人亲切的。若在小区外边遇着,他们会像遇到当地农民一样生分。而当一只脚踏进小区,他们就会点头打招呼,当对方自己人。

一时半会儿,今宝找不到自己的节奏,空荡的房子带来的是出其不意的失落和无助,她只好保持着婆婆在时的习惯,继续养鸡、打理菜园。到了晚上,老三回来的时候,两个人像往常一样交谈几句,气氛像过去一样安静严肃。关于婆婆为何突然搬到其二儿子家,老三似乎没向今宝的娘家人告状,和今宝家人的交往继续保持着原来的节奏,甚至和今宝的弟弟越来越亲近。只是一回到家,他还会一直板着脸,快快不乐。有天晚上,在他进门的时候,今宝习惯性地叫了他一声,他竟然装着没有听见,她又叫了一声,他才转过脸,用一种看陌生人的眼光看着她。今宝向他问了几句话，诸如吃了没有，今天忙不忙，他也是不置可否。虽然睡在同一张床上，但他除了需要亲热，其余时候尽量不碰她。高潮的时候，他还会发出习惯性的一声哼哼，但怄气之后，他的哼哼声听起来比较可笑，有隐忍的怒气，有妥协之后的不甘，还有满足后的羞涩。今宝尴尬地转到一侧之后，他也会很快转到另一侧。

婆婆离开之后，老三几乎不再带朋友回来吃饭喝酒。只有跃文跟着来过几回。避开姐夫，他得意地来讨功劳。关于她不知去向的那一天一夜，他问都没有问，只是强调他的机智才帮她逃过一劫。

你欠我一个人情。他开着玩笑，脸上挂着心领神会的笑。跃文的头发理得很短，穿着一件黑色的风衣，他的双腿修长，腰背笔直，一副意气风发、焕然一新的神情，今宝感觉一种昨天还存在的重负从身上卸掉了。一阵轻松，她突然笑了一声，冲弟弟挥手道别。

几个星期之后，这个房子里某种沉闷、灰暗、消沉的气息才随着婆婆的离去而消失不见了。今宝开始摆设花瓶，有时是采一些野花，有时去镇上买一束新鲜的玫瑰，她还买了一打相框，保留着相框里原本的图片，有的是抽象的物体，有的是动物，还有的是明星的相片，她都保持着原样，摆放在梳妆台上、楼梯口的墙上。她还重新摆设家具的位置，把打包在角落里的瓶瓶罐罐全部丢出去。她还为二楼空置的房间里买了一张书桌和书柜。厨房里的不配套的旧碗碟，她也挑不好看的丢掉了。这些事两年前就应该干啦！她快活地想。但她不敢更换家具，也不敢买贵重的装饰品。她仿佛能看到忧伤的婆婆眼睛里的痛苦。她尽量找价廉物美的替代品。她耐心地俯下身子清洗台阶上的瓷砖，比婆婆要求的更细致、更用力。她蹲在地上，用指尖试探灰尘，在她自己控制的节奏里，她体会到一种乐趣，一种创造性以及一种外人根本无法察觉的欢乐。

房子渐渐按照自己的心意打理的时候，她才体会到自己的灵魂离开了县城里的娘家，才真正跟在自己的肉身里，服帖了。

每天早上，今宝做好早饭，老三迟迟不坐到桌边。像是一种抵触，有时不吃早饭就要出门，只要今宝劝几句，他就会歪过脸来，好像在说："都是你造成的，你还若无其事的样子。"

他的冷淡态度，乍看上去，没有什么攻击性，结论一下，好像事情就了了。他对自己想要什么，为了什么而如此，好像没有任何探究的意愿。因为没有疑虑，所以也没有寻求答案的力量，甚至连说出自己不高兴的意愿都没有，只留下今宝一个人还在苦苦思索。

她渴望他来找她讲理，既然不讲，她也试着接受他的沉默寡言。也许在他的沉默寡言里，隐含着什么切实有理但超越她理解的东西。

从某个方面来讲，她的生活与婆婆在的时候没有任何区别，每天一大早放出鸡笼里的鸡，一个星期掏一次鸡笼，园子里的菜一直浇水伺候。

老三开始抽烟，其实之前他的口袋里也揣着烟，但今宝能看得出，他是为了应酬，并不真抽。但现在，他在客厅里抽烟，在厨房里抽烟，偶尔会在后院抽。一个乍抽烟的人不懂得从容，更像在赶时间。烟雾包裹着他，他像在缭绕烟雾中苦苦思考。思考什么呢，也许什么也没有思考。如果他真的思考，他一定会问一问她此刻的感受。他能想得通在床上的时候，不要把整个头的重量放在女人的脸上吗？如果他懂得思考，对在睡觉的时候亲近的人，就不应该在白天冷脸对她。

也许他本人不会觉得自己突然抽烟跟他母亲搬到哥哥家有关系，但今宝有此感受。他把自己当成了受害者。他掐灭烟头，有力地在烟灰缸里摁了几下，像是在下一种决心，也像在向过去告别。

来找我谈吧，来指责我吧。今宝想，只要你愿意谈，只要你开口，我就会道歉——或者辩解。

她拿着清扫工具，假装必须经过他身边，他的姿态——也许是错觉，渐渐松弛，有一种愿意妥协的意思。

既然语言使不上劲，那就用行动。她去县城，买了许多的布料、荞麦和珍珠棉。照着《上海服饰》，做了好几个柔软舒服的靠枕。有的是卡通图案，有的是牡丹，有的是熊猫和长颈鹿。她给自己买了真丝的吊带睡衣，手感柔滑，早上起来她穿着它用九阳豆浆机做豆浆。他下楼的脚步声响起，她端起豆浆往杯子里倒，她觉得这是生活的气息，既温暖又浪漫。可是他没有留意。他都看见了。插在花瓶里的鲜花，热腾腾的豆浆，和穿着吊带睡衣朝他微笑的妻子。他走过来，咕噜咕噜地喝光豆浆。好像他的职责就是验证这豆浆是不是能喝。喝完他拿起一只花卷，风卷残云一样吞进去，嘴里没忘记说了一声我走了就出门去了。她盯着他的后背，他没有回头。

整整一个冬天，天冷得要命。天气稍暖之后，别墅的另外一侧开始破土动工,那片养鸡的小树林很快也保不住了。工程一天比一天快。填平湿地,锯断大树,大型的起重机在半空里飞舞,发出"呜呜咽咽"的长吁短叹。又有十几幢别墅造了起来。围墙换成了黑色铸铝雕花围栏,各个拐角安装了摄像探头,监控室是开发商加建的,不得不挪走了小区入口处的红枫,还有一些终年不落叶的灌木,这些灌木的叶子生出来就变成紫红色,一直到落掉,还有山麻秆和红叶石楠花以及十几棵香樟树也被清除。加建的房子里二十四小时有人,从电脑屏幕监控整个小区周边的状况。树林里的猫,被机器声闹得不得安宁,发出响亮哀伤的尖叫,随着机器音量和工期的逐渐加长,猫的抗议声也越来越小,最后只能听到似有似无的低泣,等到小树林里的树被锯断,装到车上运走之后,它们的声音也随之彻底消失。清洁工带走其他的一切,只留下水泥地和带着大落地玻璃的红砖绿瓦房,种植的草皮覆盖了污泥和杂树。再不久,涌入形态各异的陌生人。又是一批成功者,抓住了机会,获得了财富,从不知名的大杂院或乡村脱离出来,出现在今宝的眼皮底下,发出嘈杂的欢笑声,把一切变得更加陌生。

快过年的时候,为了亲朋相聚,老三百忙中陪今宝到镇上打年货。遇到他的一个熟人也在陪着老婆买年货,他上前寒暄,两人相互敬烟,四只手摸索着打火机,却连身边的人都没有介绍一下。今宝被晾在一边,只好假装本来就不认识他。他们一开始还客套,用词也都本分,悠闲地抽着烟。对方的妻子显然对被冷落也不开心,她的自行车上还空空如也,需要采买的事很多,她急躁地咳嗽,想引起男人们的注意。不知道那个男的低声说了句什么，然后仰起头放声大笑。今宝听到老三的笑声随后响起，是那种虚假的从喉咙前部发出的笑声，声音又尖又高，这种笑真让听到的人尴尬，可是他自己，竟然毫无察觉，继续笑了一会儿才停下。对方似乎并不在意，他俩继续聊了好久才道别。如果这不是真正的高兴，那么，他真正高兴的时候是什么样子，又会是什么时候？今宝没勇气再看，把脸别到另一侧，正好碰到了对方老婆的眼神，那真是心领神会的眼神。对方一定也感受到了虚假的信息在两个男人之间传播。今宝后来记住了这个奇怪的瞬间：她对自己的丈夫感觉如此陌生，而和一个陌生的女人却能感觉相通。对方和她一样使劲忍着，没发出抱怨，一直到他们把烟抽完，扔到街边的水泥地上。后来她专心按照清单购物，假装没有任何不适。

春天到来的时候，一到黄昏，今宝绕着小区围栏散步，呼吸着青草和油菜花散发出来的气息，意外地获得了一种安全和静谧感。太阳落山的时候，小区里的路灯会亮起来，电压不稳，常常会无节奏地闪烁。她心里承认，渴望了那么久的事情已经如愿以偿，但是想象中的胜利和幸福并没有到来。那想要重塑人生的迫切仅仅是她一个人内心的活动。婆婆搬走了，所有的人都觉得这是一个儿媳妇在争取主妇权的表现，是一种常见的大逆不道，所以，这种用她全身的力气来取得的胜利，更像是一种错误。

现在，她感受到强烈的孤独，但这种孤独谈不上快活也谈不上痛苦。她以为老三回家这种孤独感会消失，事实上，老三带回来另外的东西。细细观看,老三表露出更多属于他自己的东西。除了抽烟,沉稳的形象已经弃之不顾,他开始表现出对繁忙工作的焦躁,而之前,他一直掩饰焦躁,生怕家里人对他的困难有所觉察,报喜不报忧的孝子形象终于瓦解。

有一天,他回来时,腰带上别着一只银色的摩托罗拉翻盖手机,取代了像黑匣子一样的老手机。母亲离开之后,他竟然不再开震动,他的睡眠经常被突然响起的手机铃声打断,手机铃声简直响彻云霄,每次今宝都被吓到。不知何故,只要手机一响,他就往门外走,他说话也是扯着嗓子。有时候电话里有人对他咒骂,有时候他也会侧着头对着手机不停地说谢谢。

不久,他也帮跃文配了一部手机,这样,偶尔,手机铃为今宝响起,妈妈有什么事要交代她,老三会把手机递给她。他第一次递手机过来的时候,她的心跳猛然加速,擦了擦手才接电话,有一种对神秘来客的敬畏。结果是妈妈,叮嘱她周末和老三一起回娘家吃饭:"特意买了草鸡和土鸡蛋,还有在渔民船上买的新鲜河虾。"妈妈说完,今宝把手机交还给老三,老三潇洒地把翻盖一合,把手机挂回腰上。

后来她想,要是在桃的电话就好了。

可是,在桃,这个人就像从来不曾出现过一样杳无音讯。以至于今宝经常会怀疑,也许这个人一直就是自己众多白日梦中的一个人物而已!

四月份的时候他们去上海旅游了一趟。他的许多客户,选择在这样的季节带着家人出门做短暂旅行。说生活是一种方式，不如说生活是一种模仿。

他们身边的许多人，觉得除了美国之外，最能使他们向往的地方是北京和上海，老三和今宝也不例外。一出火车站，所有的建筑都那样别致，各个不同，店铺和街道上色彩炫目，像梦中的天堂，宝藏触手可及，令人胆战心惊，到处散发出特别的气息。它比电影更梦幻、更神秘。对今宝来说，到了上海，才知道自己是多么无知、对好生活的了解是多么贫瘠。相比于今宝这无所适从的样子，老三要淡定得多。他们头一天在市中心逛了大半天，住的旅馆不好不坏。第二天两个人去了黄浦江，跟其他游客一样，两个人并排站立，由专业摄影人士拍了照片留影，也像其他人一样，坐在石阶上等着照片冲印出来。两个辨别不出年龄的女子坐在一旁聊天。她们说的也不是上海话，今宝甚至分辨不出是哪里的口音。老三的手机又响了，他避开人群去听，留下今宝一个人发愣。她们哧哧直笑，今宝猜想可能是自己的衣着搭配太土了。这里，最容易把人打出原形。

第三天才去了"东方明珠"塔，坐了个把钟头地铁，又排了两个小时的队等着上塔。排队的时候，今宝小声地告诉老三，明珠塔高468米，由3根直径为9米的立柱、8个小球、下球体、上球体和太空舱组成11个大小不一、高低错落的球体，对上了白居易的诗《琵琶行》一节中"大珠小珠落玉盘"的意境。

你不出门怎么知道，课本上学的？他侧过脸来看着她，惊讶大于欣赏。

我上学的时候这个塔还没建好,课本上没有。她心里说,不出门的也可以见多识广。这是模仿婆婆说的话。当时她在笨拙地拿着锄头,不知道怎么刨的时候,婆婆说,不要怕,城里人不一定不会种地,看你上不上心。婆婆从小在八卦洲,嫁到空心洲,然后跟着儿子来到这里。一辈子没去过大地方,可是她知道的东西很多,肚子里全是神话故事,后羿射日,女娲补天,什么白娘子,田螺姑娘,还有黛玉葬花,武二郎过景阳岗,婆婆的心里没有外面的大世界,她有她以为的大世界。

她怎么跟他讲呢,人跟物的关系,不是距离来决定的,人跟世界的关系早就发生了。人在世界里头,对人来说,他只在这里;对于世界来说,所有人都在里面。

她没有讲这些话的勇气,知道他没有这方面的兴趣,而且这也太故弄玄虚。她碰碰他的衣袖,说了一句:这么多人,一定很壮观。

肯定的。他马上附和,接着,是长长的沉默,像理应如此。

上了可容三十人的电梯,以每秒七米的速度向上向上,最后又换乘速度更快的电梯到三百多米高的观光层。在急速升腾之中,她体会到一种失重。一种肉身与空间的分离,一种灵魂和时间的旋转。最后,电梯停了下来。令人惊叹地静止,散发出令人迷乱的气味。

回旅馆的时候出了点岔子,来过好几次上海的他却迷路了,转了几路公交车也没找到旅馆,出租车等不到,天黑的时候,竟然还在离旅馆五六公里外的地方打转。好不容易上了一辆公交车,竟然遇着一处施工,不走平常的线路,这一下,他更糊涂了,皱着眉,不停地向车外张望。霓虹灯迷离，到处都是高楼，地名不熟悉，路牌看不真切，司机们的脸色看上去都很疲倦，再说问了人家答的上海话他也不能全听懂。夜里九点多钟，公交车到达终点站。大型的停车场停满了公共汽车和卡车。从停车的巷子往外走，路旁栽种着香樟和女贞树，走了一会儿，他们到达一条主街，街旁是一排排的梧桐，老三并不确定这条路是通向旅馆的路，脚步有点犹疑。今宝记得那些梧桐，凭着记忆，她笃定这正是走向旅馆的方向。经过一天的奔忙，刚刚又在又闷又吵的车厢里捂出一身汗，这会儿冷风一吹，周身寒彻，她本能地缩着脖子。经过的自行车大老远摁着铃铛，自行车过后，带起一阵阵风，老三一声不吭，他甚至没有发现她冷，只顾闷着头向前，什么也没有发觉。他拼命地走，步子大速度快，她小跑起来才能跟上。她听到鞋底拍打地面，也听到自己的喘息。"等等我！"今宝在心里呻吟了一声。也许是因为慌张，或者自责，他简直严肃过头。经过一家饭馆，他们坐进去。他花钱也谨慎，点菜的时候，他的眼睛一直朝价格那一边瞟，他嫌贵。结账的时候，他问有没有打折，回答说没有，他自动少付了两块钱零头。一直走到旅馆门口，他才停下来，回头找她。推开旋转门，他让喘着粗气的她先进，眼神里没有歉意。门卡塞了几次没有反应。他是经常出差住旅馆的人，他不信自己操作不当，她到楼下喊服务员。服务员来了，轻轻一塞，再一抽。门开了。

洗澡的时候她一直在回想晚上他的样子。在新的背景之下，这个人更加陌生。这不是她认识他时的样子，也不是他在家里表现出来的样子。一个人究竟能有多少不同。这些问题她不是第一次想,但每次都没有答案。但这一次,在昏暗神秘的五光十色的城市之中,他显得更加了无生趣、索然无味。

20

亲爱的今宝：

那次离开农场，我有五年没有回去。那五年，我经历了许多事，我完全有资格说，我是个见过世面的人。

陈志高是迄今为止唯一改变过我生活状况的人，和他在一起的日子，也是唯一一段衣食无忧的日子，此后我再也没有碰到，不，我碰到过更多有钱人，但是，没有人像他那样，我的意思是——一个比一个糟。

我离开他之后，最想去的地方是广州。就是在那里，我曾经觉得自己是一个公主。在广州，我虽然和陈志高在一起，仍然能体会到一种自由。我觉得那是一座让我苏醒的城市。在那条江边，我发现了崭新的夜晚，每一束灯光都是崭新的灯光，纵横交错的小巷、像谜一样的人群，去过广州之后，我觉得我完全告别了过去的生活。

后来我选择了苏州，你知道，去苏州可以说是心血来潮，后来我仔细想一想又明白那是一个必然。我听说我们农场的人在那里能轻而易举找到工作。那时我迫切需要一份工作来证明我离开陈志高之后可以养活自己。

我记得那次我亲口跟你说我和我妈没有一丝一毫的瓜葛，这不是真话——也不是假话。我在跟随戏班子到处乱窜的时候，曾经去找过她一次。

我们戏班的卡车经过了去她家的那个路口。我当时脑子里想都没想，立刻对着司机大声地喊，停车停车！

车子停到路边等我。我飞快地从车上跳下来，好像我身上装置了遥控器，谁在暗处按了按钮。我一口气沿着河边往前跑，进了我妈妈的村子。距离上一次来，又是七八年过去了。我对这个地方的记忆清晰如昨天才走，简直超乎自己的想象。

不到十分钟——我原以为需要更多的时间，我到了那个村子。

村子里的房子没有规划，东一户西一户，青砖红砖房，一层两层的都有，正是午后，除了几个小孩在跑，没看到大人。凭着记忆我找到了我妈的家。

她的房子，比我记忆里的更旧更矮。门前没有修理，坑坑洼洼，坑里一片淤泥，高的地方是蓟草、蒲公英和野蔷薇，乱乱麻麻。屋檐底下，一堆碎了的腌菜坛子。苍蝇伏在草丛里，我一走动，它们"嗡嗡嗡嗡"在身边绕。大门上的对联残缺不全，门上一把小锁，生了锈。我站了一会儿，没有风，没有鸡鸭猫鸟。走近一点的话，可以从那扇窗户看到屋里的摆设。如今的窗户对我来说更小，但不能算高了。

那扇窗户的玻璃倒是完整的，我的胃里一阵翻滚，一股说不清的滋味涌进喉咙，我想那是贫穷的味道，我身上的力气好像突然跑光了，支撑不了我往前靠近一点。

意识到这个房子里已经没有人住时，我似乎有一种如释重负的感觉。

突然，我匆匆转身，往大路上跑，跑着跑着，觉得自己的肚子里空了，里面的心啊肝啊肺啊都一路跑丢了。我跑得气喘吁吁，腰都直不起来，赶回路边的时候，那些人个个若无其事，他们小便的小便，抽香烟的抽香烟，就好像我不是在找妈，是到河边捧了一口水喝了似的。

就那么眼瞎耳聋，不闻不问的样子。

后面的路上，我又有一种劫后余生的感觉，很庆幸没有见到她，很庆幸她对我一无所知，不然的话，我应该怎么介绍我自己呢？想当兵没当成，还被人占了便宜？现在出来跟戏班子，戏班子里当然有好人，但别人全不这么认为。他们认为戏班子里都是不老实的人，我们个个不干不净。在加入之前，我也像别人一样觉得这是一群不老实的人，现在，我理所当然只能接受他们认为我也是不老实人的一员。

即使有过那么一次，我仍然可以说，我没有从她那里得到任何东西，她没有给我一个母亲应该给我的一切。

我到了苏州下面的一家台资电子元件厂打工。苏州是一座很像样的城市，有许多精致漂亮的建筑，但是很奇怪，这个板桥镇隶属于苏州，却有着跟苏州市区完全不同的气质。有人说，这是个缩小版的香港，它也是混凝土、大理石和双层落地玻璃窗的密林，街上汽车尾挨着汽车头，简直没有一点缝隙，它是苏州的工业重镇，有好几个国际有名的外资企业。在这个小镇第一层表皮之下，我发现了农场的踪迹。首先，这个镇上的企业每年都会开着一辆四五十个座位的大巴车到我们农场招工，经常在离厂区很远的街上都能听到乡音；其次，这个小镇特别有纪律，这一点不是我发现的，是新闻记者的发现，然后进行了跟踪调查。得出的结论跟我们农场有关。从我们农场招来的工人非常听话、守规矩，比那些纯粹的农民工要好管理许多。不仅如此，农场招来的工人是各种各样人的后代，这里面还有许多能人和天才呢。我记得我念初中的时候，有次班上要搞联欢会，老师让有才艺的人报名表演。我报名唱歌，马上有人报名拉手风琴，随后有人表演气功。我们还发现，班上竟然还有人会讲俄语，还有人会画油画，这些有技能的人似乎突然冒出来，把另外一些土生土长的干部子弟比得灰头土脸、愣头愣脑，好长时间缓不过神来。现在，这样的惊喜也在各个工厂里上演。早在我跟着戏班子绕着农场周边的乡镇绕圈子的时候，我们农场的消息灵通人士已经拥向全国各地，但板桥镇是我们农场人打工的首选地。我到的时候，有的人已经在这里工作十年之久，名声已经建立。除在电子厂打工，许多老乡在街头开店，也有人在卖药、当保姆，总之，在这个镇上走几步，就能听到农场特有的口音——我的行踪也是这样泄露出去的。我当时每个月拿一千五百多块钱的工资,像有些人说的,只要你愿意,靠着双手就可以致富。每当我觉得挣钱好辛苦的时候我就安慰自己说,我至少是自由的。虽然这个自由究竟是不是真正的自由我也不是很笃定。

有一天,传达室让我去接电话。是我爸打来的。

我爸说,你下了班去厂门口,你妈要去看你。

你说什么,哪个妈?

我爸有点不自然地说,陈艳梅。

哦,对了,她叫陈艳梅。这个名字是如此的陌生,却又在一瞬间让我呼吸不过来。

她去你家找你了?我问他。

没有,她托人来要了你的地址,想来看看你。

让她来吧,我说,我欢迎她呢。

对她好点。我爸还不挂电话,他支支吾吾的,又说了农场里的事。这个事那个事。

我猜陈艳梅肯定在板桥镇当保姆,不然就是清洁工。她能做什么呢,以她的年纪和她的性格。我为在这里与她相遇感觉相当古怪。这完全不符合我对与她相遇的预设和期待。对,我有期待。我期待有一天家庭幸福、儿女双全,全家穿着光鲜体面的衣裳,走到她跟前,接受她的歉意,递一沓钞票到她跟前,让她重新盖一个房子,不要窝在那个猪圈里。

我对跟她在这里见面毫无准备,我不知道怎么解释这个事。过了许多年我还是不知道怎么解释，可能我觉得她得在那间又矮又旧的老房子里等我呀，那是我记忆里的地方，也是我想到她的时候能够想象的地方。她，一定老了，作为一个老年人，她能是什么样子呢。

这么说吧，以前我在戏班的时候，人家总是问我，你妈怎么同意你出来唱戏？你天天到处跑，你家大人放心吗？

等到他们知道我没有妈妈，好了，一切搞定，我不管做什么都是理所当然了。就像我离开陈志高，来到苏州打工时，我们新亚美电子元件厂的同事，听说我有过那样辉煌的经历，都认为我吹牛。等到她们知道我没有妈妈时，同时相信了两件事：第一件，我曾经有过那样的运气；第二件事，我肯定会搞砸，因为没有妈妈。

不得不说，有时候我们摊上什么事，是性格的问题，但更多的时候我们摊上什么事，是运气的问题，在自己也不甚了解的那部分是命运的手在起作用。

那段时间我的日子有点难熬，我被一个朋友背叛了。

她叫玉坤，我们原来在一个车间一个组，我们很自然地相互关照。直到有一天，我发现，她被收买了。

有一个周末，我们老板搞了个一年一度的慈善烧烤聚会，说是回馈社会，邀请了十几个本厂工人，玉坤也在名单上。据说参加聚会的全是有钱人，有银行高管、镇政府的领导，还有高尔夫场经理，甚至还有外国人。

为了参加这个聚会，她买了一条漂亮的裙子，做了指甲、化了妆，烫了头发。

在此之前，车间里总有人会说老板在剥削我们，许多人也认为老板一定长得肥头大耳，脖子上挂着金闪闪的链子，拿着镶金手机，养着金毛犬，这样的人天生就是坏人，他们都长着看不见的虎牙，吸着我们这些工人的血。

事实上我在元件厂干了差不多一年，真正谈得上剥削、刁难，觉得给我们工作就是天大的赏赐的是车间主任、组长和会计。她们其实也不与老板沾亲带故。时间长了，我还发现，她们比我还穷。我已经算是一穷二白了，除了几盒磁带、一把小提琴和几样不值钱的首饰之外，什么也没有。可是她们有的还到处欠债。借厂里的、借老乡的、借同事的钱，到处借，她们有许多要花钱的地方，有的为父母，有的为兄妹，有的为儿女。这些理由就像一个黑洞，一刻不停地把她们往车间里吸。从早上起，一串串地像被吸盘吸到了车间里，到了天黑，又像放风一样放出来，归到另一个更暗的笼子里。流水线的操作台上，人人被逼得眼皮都抬不得，只要一抬眼皮，你就会犯错。这些饱满强壮的肉体，每天像上了发条一样走路连跑带跳的。那些小领导们（车间主任、组长、技术指导，她们很容易一眼就被区别出来，就算刚上任的时候，混在工人中间还看不出，可是，一经那个小办公室的沾染，多进去几趟再出来，她们的名字前面多个头衔，工资条上多几个数字，她们就会变，变得积极、狠毒、挑剔、缺乏同情心），看到谁手上没活儿，就会站到人家边上，心情好就用眼神暗示一下，心情不好的时候会直接说难听的话，什么你能得到工作那都是运气好到家了，外面有多少人在厂门口转悠，打破脑袋想挤进来。要是遇到刚进厂的，她们最先做的就是恐吓你，她可知道你口袋里空空的，要是没这份工作就得露宿街头。我后来总结出来的事实是，你在一个地方混得好不好，既不是你的本事（我见到过笨手笨脚的小姑娘，因为动不动就哭，却被关照得很好），也不是出于你的品德（如果品德是敢讲真话，真打抱不平的话，那么，你死得更快），只是出于运气。有人看你顺眼，有人看你不顺眼，或者在某一天，一个重要的人看你顺眼，你的运气就来了。

玉坤本来和我一个宿舍，我们经常同进同出，她跟我一样找不到自己的位置，顺其自然，随波逐流地等着被安排。当时我还对努力抱有幻想，误把每一个开始工作的早晨当成机会会光临的一天。一到晚上，经过一天的挥汗如雨，我们溃不成军，疲倦不堪，甚至不太愿意思考了。

在聚会上，玉坤近距离看到了老板。西装革履、彬彬有礼。宾客到齐之后，老板亲切地举杯讲话："奋斗吧，过高质量的生活！""加油干，开创更大辉煌！""做正确的选择，不要抱怨命运！"说了一大通，姑娘们振奋了，一个个起劲地拍手，老板举杯感谢。

玉坤站在一群叫不出身份职位的名流边上，拍了许多照片，还有一张，是她单独在露台上吃烤肉。

正是因为这次聚会、这些照片和对这个豪宅的深刻的印象，她回来后精神大振，炫耀了好长时间。这个聚会是一个机会（就是我理解的运气),是一次挑选。之后,她被车间主任调到质检科做质检员,等到一个领班跳槽,玉坤接替领班,进了管理层。我眼睁睁地看着她变了一个人,她快速忘记了过去的不公,爱上了这种生活。现在,她主动积极地为老板辩护,她说老板很不容易,每天至少十万的开销,地球转一天,他就要开出十万的工资,一般人哪顶得住这压力。有一次,玉坤找我谈心。她让我表现好一些,做给老板看。说到加班多,她说,忍一忍就习惯了,哪个厂不加班,你找一个出来?她说,归根到底,我们是为自己奋斗,不是为了什么老板。我们努力工作,是为了摆脱自己的命运。

她透露给我说,下个月车间里要选一个表现最差的扣除奖金。她还说:

由我提名。

这个原本老实巴交、埋头做活儿的人,一贯木讷顺从,没想到她身上都藏着很凶猛的容易发作的暴力情绪,要是有人违反她的话,她像一头野兽一样四处狂吠。她比老板更直白,老板每回见到工人都会弯一弯腰,问候两句。

我有点不屑一顾,没拿她的话当回事,结果她说到做到,做领班的那个月,扣除了我一个月的奖金。

我也不是好惹的,毫不客气地讽刺她:你别自作多情啦,好事没你的份,成功和自由离你远着呢。我们当众大吵一架,正式翻脸,互不往来。

我爸带信来给我的时候,我处于内外交困的光景,心情非常沮丧。这个时候,我妈妈的消息,有关她的记忆,使我觉得困倦。

有天下午,我刚刚下班,有人到宿舍找我,说我有访客在厂门口等着。

我心里明白,是她来了。

我在宿舍里坐了很久,磨磨蹭蹭地换衣服洗脸,又去帮大家打开水,忙活了半天之后,我悄悄地绕到能看到厂门口的一个二楼平台上。从这里,能看到厂门口。正是下班时间,门口人来人往,可是我一眼就认定了那个站在树下的女人是她。

要是不看这一眼就好了。那时我视力好,我先看到她的下半身,她的裤子,倒并不是很皱,可是掉色严重,可能是走了许多的路,脚上的运动鞋沾满了厚厚的灰,真的很脏,我记得运动鞋的牌子是耐克。算了吧,到处是假货。她站的位置正好在一根树杈下面,摇摆的树叶遮住了她的脸。难道她看到暗处的眼睛了吗,她不停地伸手去拍裤子和鞋上的灰,她的手真是笨,皮肤粗糙,指关节发红,那么三下两下,又不认真,对她的鞋和裤子一点儿帮助都没有。天越来越黑,公交车快没有了。一辆公交车远远开过来。她已经放弃了,转身横穿马路,往对面的站台跑去。我只看到了她的后脑勺和头顶。她的头顶已经微微秃了,这一瞬间我的心一酸,意识到现在下楼已经来不及了。正是意识到来不及了,我有了想见她的冲动。可是,我伸长脖子的时候,她已经越来越远,就算我从窗口纵身一跳出去,也不容易追到她了。

我本来决定在苏州待下去的,可是又担心她会再来找我,自己的心肠会软下来——我已经料到自己的心肠会软下来,但我不喜欢软心肠的自己,想想都不行。我拎着行李在汽车站等车,想搭乘汽车离开苏州,可是我担心管不住自己的脚,每一个经过我身边的中年妇女,我都怀疑是我妈,我担心冷不丁她就走到我跟前,与我相认。我急匆匆地买了一张去杭州的车票。那里有一个我在陵兰县认识的姑娘,我可以暂时住她那里。

这次对我妈妈的背叛,很快让我尝到了苦果。

21

从上海回来后，今宝在河沟镇一家刚刚开张的特产小店找到一份工作。这个地方离家近，骑十几分钟自行车就可到达。从家到镇上的道路，这几年又加宽了，两旁栽着细长的白杨，枝条细嫩，风一吹，树叶温柔地摇摆。上班的时候遇到晴天，树梢沐浴在金光中，煞是好看。小镇有些年头了，白墙黑瓦，傍着翻滚的麦浪，早早晚晚，静谧得像无声电影。整个镇的街道加起来，只是县城的一个角，方方面面都是微缩版的，没有专门的菜市场，菜摊肉摊就摆在门店前面。早上七八点钟最热闹繁华，十来点，早市收摊，门店才开门。有时收市迟了，门店急着开门，各种拥挤和摩擦，两下就要大声嘶吼。今宝长大的县城街头，县城人和乡下人各占一半，从早到晚从街上经过，可是镇上买和卖的人，全是附近乡下的。每天的每个时刻，不光是早市，下午也一样，他们习惯了随手乱扔，自己马上就会又踩踏上自己制造的脏东西。

今宝打工的小店卖"徽州漆器""灵璧石""徽墨"和"明德折扇",也卖"祁门红茶""太平猴魁"和"六安瓜片"。开张的时候排场很大,放了许多鞭炮,镇领导剪彩拍照。热闹了三天,就静了。生意不是一般的清淡,简直门可罗雀。老板好像沉得住气,样子有点神秘。今宝整天站在门口看人,每天都这么站着,来的也都是附近的人,却总是天天见到新面孔。巴掌大的地方,穿过这条街,前后通畅,他们偏偏竖着挤、横着钻,也有人不是为了买什么,就是无所事事两头走。这些人穿得都不怎么讲究,有时也看到一两个特别讲究的,又显得扎眼。老板又想了一出,搞来个大录音机,里面放着音乐,喜气洋洋的,上好的精致包装的茶叶摆到玻璃门边。可是没有用,那些踏进来的脚,停了一停就走掉,价钱问都不问,其实不比对门的超市贵多少,他们连价都不还。今宝受令去打探了一下,超市里的装修很一般,茶叶包装也一般,一斤装和半斤装的都有,塑料包装上的叶子颜色烈艳,一拿上手就清脆地响。价格贴在包装上,他们一掂,咦,就买了。今宝想不通老板为什么开这么高档次的店。

后来才听说,老板听到内部消息,当地政府野心勃勃,准备开发打造河沟镇边的一块两平方公里的湿地,让它成为一个度假休闲、旅游观光的招财宝地。等了小半年,最后请设计师来规划的时候,原先来过的专家改口说这个区域的生态已经遭到破坏,鸟禽和花木的数量都已不足,需要先治理污染。领导一听说先投一大笔钱,就把这事放下了。今宝的老板听到确凿消息后,一夜消失。今宝一大早赶去工作,卷闸门拉到一半,里面空空如也,只剩下几个破损的漆器、几张宣纸、几个空的茶叶盒和一张旧桌子胡乱堆在店堂中间。今宝想,现在的人真缺德。她倒不是在乎那半个月的工钱,她只是觉得像帮凶一样害臊。左右店铺的人都把她围住,安慰她,好像她被人抛弃了一样。

徽州特产店老板跑路之后,她被另一个建材店请去做店员。她每天早上起来骑半个小时的电动车,赶到店里开门,清洁,然后接待顾客。她的任务比较简单,站到进来的顾客旁边,等着别人向她打听材质、产地、价格和售后。没人的时候,她就盯着街道看人。大街上各种各样的人,老人、青年人、中学生、推车里吃手的小婴儿,这些人组成了多么美妙的画面、声音和气味。年纪越小面色越好看,个头越矮反而越有活力,那么多的人,各种风姿,各种期待,各种奔忙,生活充满了各种不确定,每天早上不知道晚上会发生什么。有时,客人站到门口,只要说出一句话,今宝就能判断出他是有备而来,还是路过随便逛逛。她经常在心里跟自己打赌,几乎都是准的。有时,她早就判断出对方是来捣糨糊的,老板在那里殷勤地接待,她却提不起精神上去配合,好几次,因为这个原因,老板误解她消极怠工,她也笑而不语,反而暗自小小得意着。

结婚的第四个年头,谢天谢地,她怀孕了。

时值春末,万物开始生长。晚饭时她把这个消息告诉老三。饭桌上的炒青椒又嫩又脆,金黄的煎豆腐也是老三最喜欢吃的。这会儿,他正在专心吃饭,听到她的话,他停止咀嚼,含着一嘴的饭菜,抬眼看着她,嘴巴鼓鼓的,她吃惊地看到那一向漠然冷峻的脸上一瞬间有了一种陌生的、不知所措和一闪而过的胆怯的神情。他的眉头收缩了一下,像做了什么错事被发现了似的,但是很快,像在攒力气面对这好消息似的,他瞬间把满嘴的食物一口吞下去。清空了自己的口腔后,他咧开嘴,露出牙龈,微笑慢慢绽放,先是从眼角,然后到眉梢,紧接着他张开嘴,最终,狂喜抢占了他脸部的所有空间,他的眼睛挤到一起,然后又瞪大,不由自主地笑了一声。她以为他会像一般人那样问,真的吗?真的吗?他问的第一话是:你想要什么?

他说,想不想买一只手机,诺基亚、摩托罗拉、TCL,还是笔记本电脑?收敛住喜悦的声音微微颤抖。

今宝没回答,他接着问:

金项链?没事,白金的不土气。

今宝站起来,他跟着站起身,今宝把盘子归拢到一起,他也把盘子归拢到一起。今宝笑着咳嗽了一下,他也跟着咳嗽了一下。为了跟上她的节奏,他的脚步急促、凌乱。

她感觉到他内心有一个什么东西慢慢形成,慢慢生出来,慢慢长大,现在,他开始问了:真的吗?真的吗?

他的声音里闪烁着剧烈的喜悦,那喜悦里藏着巨大的力量,好像能一手把她提拉起来。

给了他肯定的答复之后,今宝背对着他开始清洗碗筷。他在背后转来转去,他的呼吸声在发抖,把欢喜吐向空气里。

从今天起,每天一个苹果,每天一杯牛奶。

外面传来一阵闷闷的雷声,紧接着风声从微暗的窗口掠过,很快,咆哮着的暴雨击打着瓦片。伴随着激烈的雨点,今宝往楼上去。老三站在楼梯口等着,他打开了楼梯口的壁灯,暖色的灯光打在他的额头上,照见他满脸的爱意,以及欣喜若狂不知所措的两只手。

到达卧室的时候,他没有像往常一样走向床。没有。他在亮着灯的房间里站立,然后走向已经脱掉上衣躺在床上的妻子。他想听听胎心。

什么也听不到,才一个月嘛。

在床上,在黑暗里,他贴过来,挤得紧一点,再紧一点。他寻找她的手,在她的手心里画着小圈圈。

他告诉她,他的大哥有一个儿子和一个女儿,二哥有两个,他多想要一个儿子,他还希望有一个女儿。之前他没敢说,因为怕她万一生不了。

他一直在照顾她的情绪,好几年了。

他原来也为她如此煞费苦心,而此刻在做的:掏出心窝子,企图向她接近。他甚至往他的小时候回想,说他小时候还希望自己是个女孩呢,直到他七岁的时候,他的后脑勺还有一根小辫子。他的堂叔家全是女儿,他穿她们的旧衣服,他的哥哥敢说"不",但他不敢。

那一瞬间,她差点把他的头搂在怀里。这才是爱情的样子——像这样亲密的,恨不得把心都掏出来的样子。她差点开始责备他,告诉他她多么委屈,为什么要今天才这样欢喜而不是从结婚的时候起。她没有说。她压抑久了,已经不好意思了。他在兴头上打出了许多电话,恨不得昭告天下。他通知了他的父母、兄嫂;消息甚至传到空心洲的远亲那里。他很不理智地宣扬,跟习俗很不一致。一连几天,家里都有客人来,今宝的弟弟们和母亲也都来了。看得出他们也格外开心,程度不亚于老三。

似乎是从天而降,又似乎是从体内向外苏醒,母亲声音和身上的活力——今宝以为再也不会露头的活力——迸发出来了。她很想用自己作为一个县城人的嗅觉和洞察力说服女儿,买房是个发财的好机会。

我每个月能挣一千多。在妈妈喘气的间歇,今宝趁机插了一句话。

你不觉得太少了吗?对于女儿的打岔,妈妈看上去有点急躁。你的书白念了,想法越来越像一个农民了。累死累活上十年班,不如多买几套房。

万一跌了呢?

你不看新闻不看报纸啊?你看到哪个城市跌了。有钱人都到北京、上海和省城买房,你倒好,一点不开窍。就是在镇上买两间门面房也够你一辈子吃喝不愁了。

老三的业务也挺好不是吗?

这不是一码事。再说你马上就不能上班了,你手上攒个几套房那多定心啊!

我现在很定心的。今宝说,再说,我又不喜欢房子。

与女儿的交流变得越来越困难,好像她已经变成了一个农民还浑然不知。看得出,母亲的热切是从心底发出来的,她的话时而沉甸甸,时而又变得轻飘飘。面对女儿冷静的脸,她的情绪开始平复,有那么一会儿,她的嘴角还留有唾沫,几乎与此同时,她看到了女儿脱离她的真相,脸上有了一种当家做主的坚定。

连着好几天,老三早早下班。头一回,他带她去了二十多公里外的一个农家乐的餐厅吃饭。车越开越颠簸,有几次,他腾出一只手来扶身后的妻子。

"农家乐的饭菜没有化肥农药,全天然,对身体好。"他说,像是安抚她受到的惊吓。

跑这么远。她说。

我们下城区实在没什么像样的地方了,到处污染得不行。

有什么办法吗?今宝说。

生产那些绝缘材料都很不好,我们厂许多工人都得了癌症,许多废水流入农田会使土壤受污染,流入地下则会造成地下水污染。有的工厂挨着河,就把废水一个劲地往河里排。白天不行就晚上,明着不行就挖暗道。反正这样下去不行的。

没人管吗?

管?新上任的管委会主任也进去了。下城区是块肥肉,谁都想来,谁都待不长。

他把摩托车停在一个旧亭子边,下了车,走到餐厅,餐厅挨着一条河。空气清新湿润,过小水沟的时候,老三大力踩在垫脚的小木条上,小木条快腐烂了,深陷进泥土,挤出暗黑的泥浆,同时发出喑哑沉闷的响声，今宝尖叫着，扶住老三的胳膊。那是有力的臂膀，肌肉紧绷，做着承受的准备。

他不看菜单。什么也不看，只一个劲问她，想吃什么，说嘛，想吃什么。

从饭店出来，有小女孩在卖花，哥哥，买一枝花给漂亮姐姐吧。红玫瑰代表热恋、热爱、深深的爱，全心全意的爱。说得可真顺溜，再伸出可怜巴巴的小手，露出惹人爱怜的眼神。

什么一枝？你有多少，全都买。

回家的路上，她坐在摩托车上，为了保护手中的花，她不敢靠近他的后背。他迎着风喊她，靠过来，不要冻着。风很强劲，脸颊吹得冰冷，他的背也冷，但紧绷、结实。她听到他说，一旦有了孩子他就买一辆小汽车，专门接送她出去看电影。

回到家，他问她需要不需要一台CD机，胎教用的，不等她回话，他又问需要不需要一台大一点的彩电？当然要大一点的，他什么都想允诺。

接下来的时光，今宝到达了人生的巅峰时刻。孕吐开始之后，她就什么也不用干了，不准上班，开除有什么关系。白天的大部分时间，她都赖在床上，厨房里已经备好了老三一大早出去买好的豆浆、牛奶、稀饭和土鸡蛋。或多或少吃点早饭之后，她想做点儿家务，可是家务早就被老三承包了，厨房的台面上是洁净的，院子里的栅栏都擦得锃亮，到了中午，老三会突然推开大门，带着从馆子里带回来的炒菜。塑料袋一撕开,热气还在升腾。到了晚上,他会早早地回来。今宝问到他的工作。他无所谓地笑笑,有你弟呢,他俩能干着呢。

今宝才知道,他和跃文、清泉已经形成了铁三角,跃文负责销售团队的监督、签合同,清泉负责进货以及收款,老三自己负责管理和关系维护。他的职位最大,人却最清闲。

尽管不适应这种铺张浪费,但不到一个礼拜,今宝被这种新的生活气氛迷住了。她从未想过有一天自己可以这样坦然无惧地享受大好时光。菜园子是禁区,不要再去了,让它荒着吧,让茄子自己掉下来,让青菜秧干枯发黄罢了,让小鸟啄烂西红柿,反正他会负责买鸡、肉和蛋。光吃这些只会发胖,宝宝发育太大了也不是好事。

他不听。他高兴。

从医院回来的那天晚上,他决定分床而睡,以免自己踢到今宝。今宝再三保证就算他踢到胎儿,也不会造成任何影响,但他非常坚持。现在,他睡在楼上的客房里。客房里的灯泡是今宝在婆婆走后装上去的,不知道出于什么心理,她买了一只一百瓦的灯泡,可是老三仍然没有开灯的习惯。在他向今宝告别走向隔壁房间的时间,灯从来没有亮起。今宝可以想象他一边走一边扯掉皮带,趿着皮鞋走向床边,在黑暗里,他行动自如,没有光,也毫不在意。他把一切劳神的事全部包揽下来,他的脸上露出满足感。

不去上班的时候,他脱下西装,身上不再只有黑白灰三色,皮鞋扔在一边,换上了球鞋,头发也剃得很短。有一次,他还破天荒地戴了一顶红色的棒球帽。他什么球也不打,他甚至都不运动,但是他的体形很好,特别是天气热的时候,单层衣服透出他结实的臂膀。她从心底想由衷地夸他几句,可是她开不了口,并没有什么人拦着她。如果是弟弟,她会说;如果是杏红,她也会说。可是有些时候,有些话就是说不出口。就算他这样激情澎湃地对待即将有孩子的事实,有些话还是说不出口,不合适。

她想和他谈话。她问什么他都答。工作、哥哥家里的事、他嫂子的娘家、娘家的居住地点。说到她弟弟。她弟弟好像找了个女朋友,外省的,是一个业务单位的文员,他不看好,他觉得那女的太轻浮,不老实,以为外省人的钱好骗。她也说。她会提到杏红、梅园,她少年时代的好朋友,她们也在外省,找了外省的男朋友,像是对他的评判的回应。这个时候,他便沉默下来。他没什么嗜好,其余时间,他看电视,主要是体育节目。大球小球,他都爱看。有时候他的眼睛发直、困倦,但不想闭上,今宝明白,他并没有真的着迷这些球。

与此同时,老三与哥哥们疏远了。今年的端午节,老三提议带今宝去度假村休息几天。以前一到逢年过节,是老三兄弟们的大聚会。这个提议被今宝当成了对自己的体恤。但今宝的反应很激烈,孕吐没有停止的意思,不分时段地突然想吐。每次吐完一回头,一定会看到他局促不安地站在卫生间门口,弓着背,用一种极不自在的站姿盯着妻子,好像他站直了或者动一下眼珠,就会对什么人造成伤害。一直到今宝吐完了,他才直起身子,长吁一口气。

今宝怀孕四个月的时候,老三买了一辆车。他细数了买车的诸多好处，冬天出门不冷，夏天出门不热，风啊雨啊刮不到淋不到，而且上班和下班都节省时间。说到最后，提到某某地方某某产妇，因为医疗设备不好，抢救不及时，母子双双遇难。今宝懂他，他拿出这么大一笔钱买车的唯一理由无非就是在妻子孕检和临产的时候能够保证妻儿安全。老三待在家里的时间越来越长，他认为，只要丈夫一直陪伴在妻子身边，腹中的胎儿就算正在进行胎教。

隔壁别墅本来住着一对在镇上经营药材的广西夫妻，带着他们的两个孩子，过了几年安安稳稳的生活之后，有一天突然遭遇了变故，男主人因为行贿被判了刑，女主人带着孩子回了老家，别墅易了主。新来的一对年轻夫妻，女孩子脾气不好，遇到一点事就喜欢大喊大叫，男孩子腼腆，听到女孩子叫，第一件事就出来关窗户拉窗帘。有一回半夜，今宝正熟睡，不知为了什么事两人又开始吵架，女孩子站到靠近今宝窗户的二楼阳台，对着天空发出歇斯底里的哭叫，好像车祸现场，又像是遇着了蒙面的贼。被惊醒的邻居们纷纷开灯探头。今宝也被惊醒，她刚想起身，灯就无声地亮了。老三站在门口，关切地看着她，用眼神安抚她。

今宝慢慢闭上眼睛，听到保安和那个丈夫合力把女孩往屋里劝。男孩一直在强调"扰邻""扰邻"，他的声音时而急促、时而低沉，带着息事宁人的口吻。但是她能听到他声音里的东西，那好像是一种叫作"爱情"的东西，今宝清晰地感受到这个东西。保安"嗒嗒"的脚步声远去，门锁的声音，女孩的抽泣声，风声，以及——"爱情"的声音。

屋后最后一块荒地全部被扒倒，地面被填平，可以看到更远的地方——一片薄薄的尘雾萦绕在屋后，原本切实的尘土和杂草全部消失不见。

孕吐持续了很长时间，一阵一阵苦涩涌上来，有时候会吐出来，有时候会停在喉咙口。无论多么难受，今宝不愿意哼哼。妈妈来看她的时候暗示说，要让他看到你受罪，他就会知道儿子来之不易。她口头答应，可是没有遵从。她不喜欢看到他歉意的眼神，只要老三在场，一旦意识到自己要吐，她会假装到屋外或者其他地方办个什么事，避开他的视线。有时只是一个假象，什么也吐不出来，有时候能吐到人都直不起腰来。每次吐完，精力在慢慢恢复的时候，她就情不自禁地想走路。一开始是走几步，走着走着，她会离开小区，走到外面的马路上。她沿着马路向前走，听到身后有车子响起的时候，就往路边的杂草里让一让，走在杂草上的感觉使她的脚很舒服。有一次，她在路边小跑起来。小跑带来了一种细小的节奏感，这种节奏感消解了某种不适，她不知不觉跑了二十多分钟才停下往回走。老三已经把小区里找了个遍，电话也打了好几个，看到她进门，简直不能自已了。

你去哪里了？把我急死了！

今宝从老三身边侧身进屋，透过余光，她看到他脸上的焦灼在眼睛四周散开，他追上来抓住她的手，希望扶住她。

我没事。我很好。她说。他的手捏住她的手腕，可她一点感觉都没有。他看着她，一直看着，充满着关切。

她拗不过，转过脸来。她从没有在这样明亮的时刻近距离地直视他的眼睛，他的面部很刚硬，但眼神特别柔和，就像从照相馆橱窗里挑了一双眼睛贴在他的脸上似的。

现在，他是一位殷勤、有态度的丈夫。她从他突然迸发出来、如同从天而降的爱意里感受到的仅仅是一种人的本能。在这个家，凝聚起夫妻的，不是夫妻本身，在"她"和"他的爱"之间，根本没有必然的联系，现在，那联系这个家的纽带快要降临了。很快，今宝意识到，她和老三的关系并没有真正改变。让他们如此亲近的那股力量是她腹中正在成形的胎儿。她不过是这个胎儿会动的温床。激发他们做出与性格不符的行为的原因，是幻想。幻想新成员的加入，好驱散这两个陌生人之间的尴尬和生分。

崭新的老三令她渐渐失去耐心，变得烦躁不安。她更希望他能谈一谈他们的从前。从他们第一次相遇，求婚的时候他怎么想的，关于他电话里的形象究竟是不是真正的他？还有，她离家出走的时候，他真不知道还是假不知道？总的来说，她想谈谈过去，一起共度的时光，以及之前的时光，或者他的苦恼，他的初恋，谈谈曾经的盼望。她希望他们之间有一种更加细腻更坦诚更默契更私密的交流，如胶似漆，不能自已的吸引，那才是她内心真正如意的夫妻之间的联结。

但是老三的声音里什么都没有。她什么都没有听到。老三没有向这样的角色挪动，他一直在偏移。给他再多的时间也没用。毫无疑问，他从天而降的殷勤变成一种压力在压迫着她。他越殷勤，她越焦虑,她害怕这殷勤持续不走,也害怕会突然消失。她的耳边时刻都能听到时钟的嘀嗒声。

只要孩子一出生……

怀孕五十多天的时候,妈妈差弟弟过来把今宝接回娘家。家里变了样。屋后有块空间,原来是养几株花草,现在浇上了水泥地,盖了屋顶,做了一个卫生间,每天早上端着痰盂往外倒的日子结束了。妈妈说,有脑子的人都把边边角角加建了,万一城中拆迁改造,这个地方可以算面积的。还有今宝的户口,加上马上要出生的孩子的户口都得上在这里,对多分房都有好处。过去一到冬天或是天阴,家里的痰盂都有一股淡淡的尿臊味,今天,家里空气清新,洁净异常,可是孕吐的现象仍然在持续,今宝什么味都不能闻。妈妈准备了许多好菜却烧不得。没办法,妈妈坐到女儿边上跟她聊天:

你不打算到县城来买房吗?

县城的边界,原来是杂草丛生的地方,几个月回来一看,成了房子。妈妈住的老房子,稀里糊涂地值钱起来了,据说划成了中心区,房价涨到一千多了,以前不敢想,妈妈说,邻居们都喜气洋洋。离家不远的县中心,堆放着砖、沙子、木头和钢筋,庞大的吊车上高高地坐着戴着安全头盔的驾驶员,随时准备启动发动机。树木能砍的砍光,鸡鸭关进农场,飞鸟不见踪影。没有哪个地方没有巨大的噪音,他们掘地三丈,把水泥、混凝土灌到地底下,再填平,把地底下的一切全部密封起来,不久,会有一幢幢房子魔术一样地起来。县城虽小,也是城市,凡是造着房子的都是城市。虽然春天还是如期而至，但是迎接它的不再是土地和花草，只有人，到处都是人。小孩子们被赶到塑料制成的各种各样的玩具里，人人都要过干净的生活，可是灰尘已经遮住了太阳月亮和星星。现在人们更容易辨识方向和阶层了。大家都在想方设法地弄到土地和土地上的房子，以此来决定自己是不是存在和富有。

妈妈的眼睛发亮，声音也洪亮，房子还是那个房子，但房子背后不断增长的数字给了她莫大的自信——

县东的汤山镇，那里有一个高铁站，在那里买个一套两套房子，那肯定能涨。

我怎么会有那么多钱？

傻瓜，老三肯定有，我都听你弟弟说了，再说，贷点款也划算。现在他肯定什么都听你的。

一阵突如其来的恶心往上涌，她赶紧往后门口跑。

吐完回来，妈妈和弟弟们还在热烈讨论。他们才是真正的一家人，有同样的敏感、有同样的热情，倒是她，真真切切地像个外人。

之前，在他们很穷的时候，她对他们每一个人都有由衷的心疼，现在，看到他们穿得体体面面、精神饱满，她却一点儿融不进去，无法体会他们的兴奋、激动和渴望。她对他们的感情不像共同生活了十几二十年的亲人，反而觉得他们特别陌生，甚至令人反感。这种情绪挥之不去，一直在她脑子里盘旋，像一块阴影遮住了某个区域。

从娘家回来仅仅过了一个月，妈妈提到的那套房已经涨了五百一个平方。母亲在电话里一再地叹息，在听不到女儿忏悔的回应时，她停止了唠叨。交流这样困难，对错已经不重要，她们之间已经竖起了一堵墙。

没药救。最后她说。

什么？

今宝不是没听清，她是没听懂。

可是妈妈没有放过她：

就算财神把钱递给你，你也要伸手接啊！

可是，今宝心里说，人为什么要伸手接不属于他的东西呢。房子是来住的，又不是买小猪，养肥了卖出去。

你不说，我叫你弟弟跟老三说说。妈妈不死心地挂了电话。

弟弟说没说，今宝不清楚，那阵子，她的心全放在跑步上了。等老三出门，她就开始跑步。一开始，她只是在小区的周边跑上十几分钟，跑步使她的感觉很好，她既没感觉到累，也没有感觉到时间的流逝。坚持了一周之后，身体的不适，随着疲劳慢慢消失。她跑过小区边的池塘，跑过一个蔬菜大棚，跑过堆着一大片碎石的废墟，最后，她总是在垃圾场掉头。垃圾处理厂距离今宝居住的小区只有两公里，在她嫁过来的时候还只有一个操场那么大，这几年不知不觉地增大。路边停着几辆脏得看不出车身颜色的卡车，地面上全是卡车留下的齿轮印，放眼望去，堆得像小山一样的垃圾袋发出难以形容的恶臭，不时有野狗或野猫或者其他什么小动物在垃圾堆里觅食，在今宝转身的一瞬间，发出一阵阵声响。

所有这些都转移着她对自己身体的关注，换句话说，她感到了一种超越，一种摆脱困境、摆脱无法思考无法喘息的症状。跑步竟然能产生这种感觉，她始料未及，但有什么关系呢，她此刻觉得自己变成了一个有活力的人，一个有力量的人，这种感觉牵引着她，引导着她一分钟一分钟地跑，只要一停下来，刚刚还活力四射的自我就会消失，无法喘息的症状就会出现，她又回到那种思维迟钝、随地想吐、压抑忧伤的情绪之中。有一天，她竟然整整跑了三个钟头，直到她累得瘫倒在地的时候，才惊觉自己到了以前工作过的饭店。这个地方变化太大，饭店像是吃了激素似的，变成了一座又宽又高的星空大厦，上面挂着数十米的条幅。

"热烈祝贺一品江鲜馆开业大吉。"

"热烈祝贺星空商务会所隆重开业。"

"七年璀璨激情奋进，携手建造见证辉煌。"

在旋转门的上方，一个巨大的"贺"字迎风飘扬。原来当初小小的饭店，如今成了娱乐中心了。吃饭、洗澡、按摩、卡拉OK，样样俱全。大厦边上，原来是低矮的民房，如今都不见了，取而代之的是一大片停车场。上面停满了豪华锃亮的轿车。

再过去，是一个新建小区。透过围栏，看到每家每户都安装着防盗窗，好像还不足够安全，有一个小区上方布了两套带刺的铁丝网。疲倦不堪的今宝不敢靠近，生怕带刺的铁丝网会突然掉下来。

她蹲在地上，大口地喘息。

她想起婆婆兴致很高的下午说过的话，安稳最养人。婆婆离开才短短两年，她突然明白，自己听到这些话的下午就对婆婆产生了奇怪的亲情，以及自己可能即将成为她的可能性。但是，事到如今，她意识到婆婆根本不是自己不快乐的根源。时至今日，她明白这个认定是误解的。是对生活的误判，是对命运的误判。

有一天晚上，今宝做了个梦。在梦里，她避开了这块地，朝着相反的方向跑，在离家两公里的一条小路尽头，她发现了一个池塘。过了最热的时候，暑气在消散，跑步之后，今宝蹲在池塘边微微喘息。四周一个人也没有，细浪微微荡漾的水面，盛夏时刻静谧的感觉，令她不由自主地想伸手掬一把清凉的水，一没留神，她顿时失去平衡，扑通一声跌进了水里。她本能地举起臂膀用力挣扎，她的脚踩到了水底，水底比她想象得更滑更深，她紧张地扑腾了几下，好不容易才爬上了岸。坐在岸边，她咳嗽了好长时间，肺部一阵阵刺痛。一直到把自己咳醒了。

老三早已经醒了，开了灯，光着膀子正伏在她身边紧张地看着她。

她轻轻地把手伸到被子里，再拿出来的手上血迹斑斑。

老三没把她送到县医院，而是送到了刚刚建造起来的私人妇产科医院，这座刚刚才建造完毕的花园式医院，听说住一晚上都要好几千。在手术室的床上，老三没有留在她身边，她断断续续地听到医生在告诉老三孩子没保住的原因。医生刚刚说了声"我们很抱歉……"——只有在刚刚开业的私产医院，才会听到这样礼貌的措辞，老三的声音炸开了，"不行，"他说，"这肯定不行！"他的声音听起来那样绝望,就像有人拿绳子捆他,他使劲地挣扎似的。医生的话到底没有说完,外面的动静却小了下来。他到底克制住了。今宝的麻药还没过劲,她尝试着起身,没有成功。

手术结束的时候,第一眼落入眼帘的是那辆没来得及推走的手推车。上面放着各种古怪的手术器具,每一样都古里古怪,看上去冰凉冰凉的。她支起身子,看到自己的脸映在不锈钢柱上,拉得很大,变了形,她动一下,五官也随之动一下,拉得更开,像撕裂的白纸。

婆婆听到消息,也赶来了。站在今宝的病房门口,她的脸色尚算镇定,甚至好像早有预料。她看了看今宝,什么也没说。今宝妈妈站起身来寒暄了几句,诸如亲家母身体还好吧,谢谢你过来瞧今宝之类的话。婆婆用一种克制和怒气并存的奇怪表情回敬亲家母说:都是自己的后代,有什么好客气的。

今宝听到婆婆使劲地吸鼻子,清嗓子,似乎在压低,却是在加重,为了让人听得更清楚,一会儿,她被自己的声音刺激到了神经,突然转身走出房间,坐到台阶上哭了起来。一开始声音小小的,压抑着、抽泣着,后来,她越来越伤心,最后情不自禁地放大声音:她如何受化疗的煎熬,她当初听到儿媳怀孕的消息是如何高兴,差不多以为自己能继续活下去了,现在,她觉得离死更近了。

是啊是啊,谁说不是呢。母亲在一旁安慰着亲家母,叹息一声,又叹息一声。

贴在床板上的今宝恶作剧似的,对自己的妈妈声音里透露出来的失望和婆婆声音里透露出来的失望进行了比较。她发现,母亲的声音里似乎只有失望，她的婆婆更难过，不，那是一种恐惧。两者有着很大的区别。她突然被婆婆声音里的恐惧打动了，她甚至很想从床上爬起来，去扶一扶婆婆。

能让你妈回来住吗？老三进来的时候，她抬起眼睛，迅速地说出这个意外的请求。

嗯，好的。他说，过一阵子我来说，我先出去给你买点儿晚饭。他尽量用温柔的声音，这声音好像与昨天还没有区别。他转身的时候，腰身僵直，不知何故，他的左肩垂落下来，好像刚刚有人在他这个肩膀上放了什么重物而另一个肩膀却空空如也。他的左手指尖在微微颤抖，他自己丝毫没有留意到，或者说顾不上这些。出房门的一刻，他的半个脸露出来，面色极其难看，嘴角垂下，表情冷冷的，顷刻之间，他回到了从前，成为了那个因为母亲离开而与妻子怄着气的孩子。

就好像一根针——不过比真正的更大更粗，使劲地扎了她一下，这不是今天的第一下，也不像是最后一下，但绝对是最重的一下，因为，她几乎，几乎觉得自己要疼晕过去了，她伸出手，伸向空中，她的手上还缠着输液管。她想哭，可是好像出不了声。汽车声响起，她本能地把脸转向窗口。

人行道上有人在走路。永远有人，各个不同。有人面色红润，也有一些面相枯黄，劳累过度似的。来历不明的纸片，裹在灰尘里。马路对面一幢房子只剩下半堵墙，拆墙的人像是拆到一半，想起要忙其他的事忙着忙着就忘记回来似的。再远处，生活照常过，阳台上晾着白色的阔大的内衣裤，半新不旧在那里摇荡，一看就是胖子穿的，多看一秒都有点反胃。腹部一阵阵疼，她感觉到后背的汗在往外沁，头脑是清明的，却连手都抬不起来，终于抬了起来，又不做什么，一阵无力，就放下了。断墙下走过来一对情侣，对这些令人生厌的东西置若罔闻，女孩贴到男孩身边，又远远跳开，不知道男孩说了什么，女孩子笑得直不起来腰，笑够了扑上来，攀到他背上去。一路就这么纠缠着过去。那个女孩子，让她一下想起了在桃，想起那个车站里的邂逅，她的内心充满着思念：

我要买一台电脑，我要给在桃写信。她在心里对自己说。

22

亲爱的今宝：

离开你之前的事，你都知道了，说说之后发生的事吧，为什么有三年我一直没有给你写信。因为我深陷在一场燃烧的大火里。在一个沸腾的城市，我心急火燎地行走在各个街道。在那座城市，我有过一个孩子。

现在我要说一说这个孩子。在说到孩子之前，我先说说他的父亲吧。

我十多年没有见到他了。跟他重逢，是在杭州西湖边上的一个商场。我在商场门口向行人派发各种保健品和化妆品小广告。那是一份临时的工作，其他的时间我在美容院给客人做皮肤护理。我一抬头，一个人从我身边走过去。我的心猛烈地抖动了一下。我转过头注视着这个走过去的身影。这个人看上去三十多岁，穿着淡蓝色衬衫，卷起袖管露出瘦瘦的胳膊，一条白色长裤，他的衣服和姿态似乎没有什么特别，但是他身上有一种非常陌生又非常亲切的东西。我不由自主地跟了上去。像追逐一道光，终于越来越近，快跟他平行了。头顶一束光芒，照在他鼻梁上方，不知为何，他侧了一下头，他深邃的目光看向我的方向，像是对着我，又像是对着我身后的珠宝柜台。我认出了他。

我内心涌动了一阵阵的狂喜，一刹那，天地一下开阔。我哆嗦了一下，忽然感到胆怯，但我更明白，如果我不抓住，他一下子就会从我面前彻底消失。我稳了一下自己的情绪，朝着他大喊了一声：

南之翔！

亲爱的今宝，我不记得有没有告诉过你，无论在我的哪一场恋爱里，我都不知不觉地参照着他的形象。他代表着无拘无束，代表着艺术和浪漫，但在我的潜意识里，从来没指望再次遇到他，所以对他的想象是完全理想化的，尤其是我有机会看了许多爱情和武侠小说之后，更是把他当成了偶像。南之翔——我从没有忘记过的名字，但他现在不叫这个名字了。如果你去卡拉OK厅，说不定唱过他的歌，说不定看过他演的电影。我是他最早的粉丝，我追随着他的乐队从一分场到四分场。十年过去了，我从来没有忘记过他。我偶遇他的时候，他还没现在这么红，甚至根本不红，用现在的话说，三线小明星而已。

那天天气太热了，以至于我走近他的时候，人已经不那么正常了。我走向他。十年过去了，他还是那么瘦，好像没有变老，只是眼神和气质完全不同了，而且头发更长，快到肩膀了。他正往商场出口处走。我高喊一声"南之翔"。他回头看我。

我对他说，我是在桃。

你好，在桃。他客气地说，一股敷衍的味道。

我说我是普济圩农场的在桃。

他上下左右飞快地打量我，表情显得迷茫，似乎想知道我真正的来头。我越来越胆怯，悄悄藏起我手里的彩色广告纸。我知道自己很漂亮，但我不确定我现在的样子是不是符合他的标准，又或者我担心他看出我还是那个回答不了任何"意义"的农场女生，我甚至担心他还会劈头盖脸来问我一些"意义"。我对此仍旧一无所知。商场里温度适中，甚至有点凉意，我觉得自己可能中暑了，因为眼前有迷雾在扩散，它转移了我的注意力。

他没问，只是不置可否地耸了耸肩膀，转身继续向商场里走。我追上去。

我什么时候可以再见到你？

为什么要见到我？

一阵冷风从头顶吹下来，我清醒了一点，抬了抬头，看到头顶的冷气孔。我问他有没有想起过我，想起他的乐队，他在许多年前的某个夜晚，问过我的许多问题。我恳切地请他再想一想。

他盯着我看了一会儿，我觉得跟当初一样，我的寒酸和无知又已经被他尽收眼底，我再次失去了机会。他开始不耐烦了，再次转身要离开。我跟上去要他的地址。他没给，但他给了我一个他经常驻唱的酒吧地址，之后，好像受到冒犯似的，加快步子走开了。他的背影清清楚楚地写着"不要再跟过来,小心我不高兴"这几个字。

我想事情在那时就已经决定好了。关于你和另一个人的关系。就像我和我妈妈的关系,在我七岁那年,她头也不回地朝前走,看都不看我一眼时就已经决定了,根本不是我半夜被喊醒而不高兴逃走时决定的。

我理所当然地去他驻唱的酒吧听他唱歌。他的乐队早就散了,胖子有天演出时倒下去,差点没救过来,另一个不知所终,还有一个在乐队解散前已经结了梁子,发誓永不相见。这就是那个乐队的情况。只有他,自己作词、作曲,还在酒吧和其他地方弹唱。一直还在坚持。

我工资的一小半拿来买花。每天晚上我都会带一束鲜花去酒吧,在他唱完第三首歌之后,上台献给他。他的嗓音很特别,有一点嘶哑,有一点沧桑,也有一点点柔美,这在男歌手里不算多见。就算是翻唱,也几乎能跟原唱相媲美。他令我想起许多我愿意或者不愿意想起的过去,他令少女时代的我从记忆中苏醒,来到了异地他乡。那是一种苦涩的味道。并不甜蜜,但令我着迷。而所有我无法用语言形容出来的心情都被他唱了出来,在他的近乎低喃或嘶吼的嗓音里,包含了一切我所承受着的痛苦。

我深陷遇到故交的喜悦,失去了思考能力。

他很矜持,比起当年的模样,他更成熟深沉。他接受了我的鲜花和掌声,我坚持了下来。

想一想,在普济圩农场,你们巡回演出,有一天晚上,我去你们的旅馆。我们聊了很长时间,你,还有一个胖子、贝斯手和鼓手。遇到他有空闲,我就赶紧跟他说上几句。

我能说出另外三个人的名字、长相,他们所有唱过的歌曲,他们喝过的酒的牌子,还有他们谈话的内容。可是抱歉,他不记得我。他高兴的时候会跟我聊许多他知道的事:猫王、窦唯、列侬和小野洋子的爱情故事。离经叛道、桀骜不驯、万众宠爱,是他最着迷的词。他喜欢看我吃惊的眼神,完全接不上腔的样子,他接受我的恭维和崇拜,但不与我相认。哪天他心情好,临走时会搂搂我,但并不与我相认。

我情不自禁地重复着年少时候的自己:他到哪里演唱,我就到哪里等候送花;他空的时候,会向我挥手致谢。我送给的花他从不带出门,潇洒地随手送给最漂亮的服务员。我能理解。时间长了之后,遇到他不赶场子,我就有机会和他面对面坐着喝杯酒什么的。

有一次,我邀请他去喝一杯咖啡。他没有拒绝。偏巧那天我来大姨妈,肚子疼得要命,我克制着剧烈的疼痛朝他微笑。这个咖啡馆是一个老仓库改造的,门口外墙上的密密麻麻的青色砖块已经发黑,侧面的外墙上则支着钢管支架,像一直在施工,可是我知道,这个支架已经放很久了。

南之翔告诉我,这个支架提醒人们要珍惜每一分钟,因为随时随地,它将会被改造。任何一栋建筑都会被改造,你以为历史长着呢,它被改造了,你以为还新着呢,它也会被改造了。细细一想,真是如此。莫不如此。

他说话的时候摆弄着调羹，那种小小的漫不经心的动作都显得那样迷人，他身上的谜团，他的隐匿在暗处的过去，再次把我深深地迷住了。

我知道自己没办法了。他是这样一个人：一个我完全不了解却又似乎完全了解我的人；一个记忆里的亲切的人，一个刚刚认识的新人。他激发了我内心沉睡的区域，使我迷惑，使我沉迷。

我幻想过好多完美情景。幻想过在他演唱会的前排，他把其中一首歌献给我，聚光灯照在我的身上，使我的身体发烫。我也幻想过他的失意时刻，我坐在他身边，用臂膀紧紧地抱住他，给他支撑。更多的时刻，我渴望和他单独在一起。他只有我，我只有他。对我来说，这就是完美世界。

没多久，我们开始上床。亲爱的今宝，我得坦白说，那时候我把这件事作为我的武器，仅有的。上床可以为了愉快和享受，也可以不是。你爱上一个人的时候，愿意尽可能满足他，你能体会到性的神圣性，你会爱惜自己，会忠诚，会得到比高潮更美妙的享受。我从他的身上，看到了自己的爱情。我体会到我是一个女人。我本来跟人合租，为了这一天，我在他驻唱的酒吧附近找了一个很齐整的一居室，光这一项开支就花掉了我工资的一多半。

我之所以省略了上床之前的"约会"的情节，是因为从本质上讲，我们从没有约会过。没有约会的原因，一则，我是一个粉丝，这是从一开始就注定了的；二则，他已经结婚了（这也是我早就应该想到的），所以不能跟我约会。这种不对等是注定了的，我认。而且，在我向他献花的时候，他就警告过我，你不能挨我太近。艺术家的名誉比他的生命更重要。可是怎么办呢，如果我执意要在他唱完歌之后请他吃消夜，他也勉强出来吃了，如果吃完消夜我执意请他到我住的地方坐一坐，他也勉强来坐一坐。但是，这不能算约会。

只有到了四下无人，进了房门之后，他才变得更加亲切，亲切中不减严峻，在桃，你是个漂亮姑娘，你是我见过的最自然的美女，自然之美胜于一切雕琢。

我深深地沉迷他的话语。深深地拥抱他。我越来越顺从他。对他的爱和渴望越来越强烈。这个人是不同寻常的存在，是另一个世界，是使我摆脱过去和孤独的唯一方式，但我也知道，这种关系有悖常理，对此，我也常常备受折磨。

有一次，他告诉我，牺牲是爱情中很重要的一个部分，有牺牲的爱情才是完整的。他看上去坦白，不像在开玩笑。算是对我继续牺牲的鼓励。

他的话让我恍恍惚惚进入了一种圣洁的状态，这种圣洁酷似英雄冲向敌人炮火被击中之后伏地时的壮烈，死亡很迷人，周围一切都温柔。

如果有妈妈教我，她一定会告诉我这就是真正的下流。因为我们赤身裸体，相互占有的时候，怀着完全不一样的目的。从一开始，从头到尾，这种不平不是来自于外界，恰恰来自于我们内部，也可以说，来自于他的心里。我们可以同时到达高潮，但我在他心里永远是低他一等的。

我认。

如果在夜深人静一切结束之后,他能点上一支烟,为我轻轻地哼一段新歌,他自己作词作曲的新歌,他觉得这是莫大的馈赠,也是宠爱我的表现。但我更愿意听他哼一哼十年前的老歌,如果他还能记得起来的话。他兴致不大,希望我能理解。

我们之间渐渐形成了一个规律,一周有那么一两次,他会在唱完歌之后跟我来我的小房子。不是约会,只是见见面。他说。

每次见面的第一件事自然是先上床。他很瘦,客观地说,既不是有厚度的人,也不是有温度的人,纵然如此,他却不是浅薄的,他让人感到深不可测。仅仅是这种深度,加上我少年时的记忆,就已经让我欲罢不能。结束之后,他会惬意地躺一会儿,点上一支烟,说说他的音乐,他生活中的小趣事。他从来不问我的事。你从哪里来,你多大了,你在干什么工作,你谈过恋爱吗?不,他不问,我就从来不说。他能来,就是莫大的喜悦。他很穷,可以这么说,但他有着莫大的自信心,他将会引领音乐潮流,他天生就不是一般人。他时时刻刻都在为做一个名人而做着准备。平凡的东西他没兴趣关注。情况就是这样。

有一天,我病了。发烧很厉害,他没等到上台献花的姑娘,直接找来了。他吃惊地看着满脸通红的我,帮我倒一杯水。我一口气喝完,委屈地抱怨说这一天过得生不如死。他弯下腰,认真地看着我的脸:

怎么，你没听我的歌吗？

他就是这样，相信自己的歌可以替代药物，可以战胜疾病，甚至死亡也会被他的歌打败。有一首歌里，他的确有这个意思：

唱吧，唱到死神走开，唱吧，唱到末日来临！

歌声令人心醉，但明显缺乏管制。

那么，家庭呢，归宿呢，将来呢？他的歌里没有，我也不敢再想下去。我体察到一种荒谬，还体察到了我们之间的错误。

他的事业开始有起色。有一家不错的公司跟他签了约。他时不时去外地演出，上海、广州和北京，一走就是好几天，有时甚至一两个月，他来找我的时间转眼间就过去了。每回，我都会恋恋不舍。有时会控制不住地哭泣。

他很享受我的眼泪，他什么也不说，只是静静地看着，带着惋惜的神情，他的惋惜也不是真的惋惜，他只是在做一个惋惜的样子，我能感觉到这一点，我认为这是他的善意，免得我觉得他不近人情。后来我也渐渐感觉到他歌声里的痛苦也是做出来的痛苦，他其实早就麻木了，他一定明白"痛苦"是一件武器，这个武器可以帮他站到更高处，唱得更嘹亮。

等我慢慢停息，他起身，穿好衣服，站到镜子前：时间不早啦，我都在这儿待三个钟头了。这间小屋很寒碜，但有两样不寒碜。一样是床，不大，所以我们躺在一起的时候，只能有一个人在另一个上面，通常是我在上面，他抽烟的时候，我就得走到一旁。我不能走远，否则他想让我听他说话的时候，我接不上话。还有一样就是穿衣镜。镜子前面放着一盏灯,温柔的光打在他脸上。他静静地理理头发和衣服,挺一挺胸膛,做一个充满自信的手势,拉开门出去。

你什么时候再来?

不好说。创作灵感来的时候,我可以几天没有任何其他心思。

一般情况下,这句话会使我沉默下来。只要我不争辩,他通常会加上一句,再忙,我也会来的,只要你不是太贪心。原来我是贪心的?!这是他的逻辑,现在是我的了。

他走后,我会收拾残局。扔在地上的卫生纸、烟灰缸、用过的安全套。他喝过的杯子、吃剩下的蛋糕。他在这里,就是皇上,我能想到多少就做多少。没有保留。

杭州是座潮湿的城市。那时候它还不像现在这么包容。它排外,人人叽里咕噜,同为外乡人的我们,有时难免在一起抱怨,我也试着学说杭州话,但是他绝对不会说。他说,要是有人跟他讲杭州话,他就会说,请说我能听懂的话。他有这个自信,但我没有。

每次他走后,我会走到窗口,无论下没下雨,半夜的马路上似乎都湿乎乎的。风在巷子里窜来窜去,掀动楼下凉棚上的瓦片,有无所事事的狗在叫,还有腐烂的垃圾倾倒在马路牙子上。等到再晚一些,清洁车就会出现,工人总是会骂骂咧咧,换了我也会骂,骂完了会收拾妥当,等待新一轮垃圾倾倒出来,再把街道搞成一团糟。没完没了。

我在那样的环境里浸泡着,差不多两年时间。有时觉得自己空虚无物,有时候又觉得自己全身上下都是水,无比沉重。在他离去的每一分每一秒,我都像被浸泡在水里。从里到外湿漉漉的,而且透不过气。那天是中秋节。我打电话给他,请他过来,我想看一场电影。今天我不想到房子里。我的意思是,今天我不想在床上。我想在户外,任何地方都行。

会被认出来的,杭州就这么大。

不会,我们到西湖边上走一走,那里光线又不是很明亮,我哀求说。我心里知道认识他的人还不算多。再说,即使认出来又怎样,我们又不会在公开场合做什么。

他不答应。

有时候我觉得你并不喜欢我。我大着胆子说。

我很忙,你知道的,我能来见你,已经很不容易了。

就是这种架势,充满着自我的力量,他身上有种强烈的优越感,这恰恰是我没有的,从来不曾有过。

作为补偿,他过来亲了我一口。在桃啊,你长得其实蛮漂亮,眼睛啊鼻子啊嘴巴啊,要是再瘦一点就好了,瘦不光穿衣服好看,瘦还是一种态度。有态度的女孩子让人尊重。

那天真冷,到处湿漉漉的,在这阴暗的房屋里,有一股焦油的味道。有人在院子外面烧东西。黑烟在升腾,有烟的地方总有人在嬉笑。嬉笑使我觉得生活有真实感。

在他走之前,我再一次问他,有没有想起过我——农场的在桃?

没有。他说。我年轻时走过许多地方,这种事情太多了,我记忆里的东西太多,实在装不下太多了。

许多人都爱着你?

他立刻竖起一只手指:打住,崇拜不是爱。你对我是崇拜,不是爱。

我很想争辩。那一阵子我一直想争辩,他不在的时候我就模拟争辩,他在的时候我试图争辩。但争辩是不成功的。他的威力很大。他控制节奏,我顺从。

乖巧的人会得到更多。他说。这话对不对我不知道,但他说这话对我是一丝生机。

关于他将来会名扬中外,这是必然的,他对自己的未来充满信心。他说早就有大师帮他看过面相。他能成为领袖人物,当然是在音乐界。对了,他有了一个艺名。"南之翔"已经成为历史,成为旧的篇章。你瞧,你比一般人有智慧。你在我那么土气的时候就迷上我了。这一点,一直成为他对自己能够成功的佐证,可是他并不承认他记得我。一点印象都没有。

收音机和电视上时不时出现关于他的访问。杂志上也有关于他的文章登出来。有人说他的音乐"声音清澈,有原野的清香","他的声音安安静静,一如他安静自律的个性",有人称赞他"对妻子的爱多年忠诚如一,不离不弃",说他"是音乐的苦行僧,从不随波逐流,自成一派,婉约中有力量,刚强中有柔情"。

文章见报前,他会把日期告诉我,叮嘱我一张不落地收集好。不用他说,有关他的信息我都会收集。任何一张写有他名字的报纸,结束之后被丢弃在路边的活动海报,我都会拿回来,贴在我的小房里。

有一张海报，是在街边拍的。他浅浅地笑，太阳从梧桐树缝穿下来，他的鼻梁上打了阴影，又直又高，那时，他的长发已经剃成了板寸，使他从一个安静柔弱的形象中又得到提升，纤瘦的硬汉，那几乎让所有女孩喜欢。这个形象果然在几年后也给他带来了拍电影的机会。

他走在自己规划的路上，目标清晰，理智而自我。

他喜欢在事后静静地躺着，听我读报纸上有关他的内容给他听。没有报纸的时候，他希望我也谈一谈音乐。他比那些红得发紫的歌星唱得都好。我觉得我比任何记者都了解他和他的音乐，那些语词不足以形容他的优秀。我以他为荣。

他的粉丝越来越多，他来我小屋的时间越来越少，所以我竭尽所能地表现自己最好的一面，希望他会留恋，以期下一次再来。但是，每次他走的时候我也不免抱怨落泪。

我提醒过你，他温柔地说，做名人背后的女人就是这样。

在杭州生活的一年多，我几乎没交任何朋友。我把大多数的时间用来打工，另外的时间用来等他。我的小屋里到处是他的采访、他的海报、他的写真。我的录音机也只放他的歌。反反复复，百听不厌。要是你还记得，你一定觉得我是一个停不下来的人，我喜欢到处走动。但是，当我爱着的时候，有关我这个人的全部也都是停下来的。

有时候我也幻想我能够拴住他，但是我对自己的美已经完全丧失了信心，我觉得自己的美达不到他的高度，达不到让人惊叹，只会让人小小动心。我很自卑。

有一天，我看到他在电脑上读一首诗，他说要给这首诗谱上曲子送给一个人。

你是最美的女人！
你是最美的女人，因为雨在飘落，
雨的流苏装点着我的秀发，使你分外动人。
你是最美的女人，因为风正吹来，
你的裙子拼命地试图遮住你的双膝。
你是最美的女人，因为我
去了远方，而你正在等我，
我也知道你在等我。
你是最美的女人，你懂得等待
并且正在等待。
空气中弥漫着蓬勃的爱的气息，
所有的行人都在追寻着雨，为了感受那种气息，
在这样的雨中你会闪电式地堕入爱河，
所有的行人都成了恋人，
而我正在等你。
唯有你知道——

这一首诗使我颤抖。我简直不敢相信他有如此细腻的情感去发现和理解女性。难怪他能让人深坠爱河。我觉得，我觉得这首诗就

是为我而作的。

有一晚，临走的时候我告诉他，下周六，也就是1月11号，是我生日，我希望他能来陪陪我。他答应了，但是当天没有出现。我也并不是很失望，因为他忙起来总是如此。

出乎意料的是，夜里十点多钟，我的门被咚咚拍响了。

我打开门，西装革履的他站在门口，着实使我惊喜万分。他一言不发地进来，阴沉着脸拉我的手，把我带到床边，我想躺下的时候，他摁了我一下，我没站稳，一下子蹲倒在地，他已经解开自己的皮带和西装裤，褪到脚踝，我的笑意还停留在脸上，我的嘴巴应该是咧开的，他拉着我的头向他的两腿间去。我情不自禁地张开嘴，顺着他的意思来。几分钟之后，他又一把把我扯到床边推倒在床上，三下两下脱掉自己的西装，接着就开始撕扯我的衣服。那天晚上，他狂躁得不像是他自己，他压住我，不像压住一个女人，倒像压住一头巨兽。有那么几次，他弄疼了我，我想发声反抗的时候，他腾出一只手摁在我脸上。他紧紧地闭着眼睛，拼命地撞击。他浑身是汗，我感觉他快要湿透了，我的手所及之处，全是汗水，这是从来没有过的事，我都吓傻了。即使结束之后，好长时间他也一动不动。几次我想说话的时候，他就示意我闭嘴。直到他背上的汗干透了之后，他用一种干巴巴的、像是晒了好几个昼夜的声音命令我：

快去给我弄点吃的来。

这都几点了，你还没有吃晚饭？

今天晚上和潘连娜吃饭的。

潘连娜是一个当红的女明星。我惊得瞪大眼睛，她像电影里那么漂亮吗？

漂亮。我也没敢多看。他露出一丝微妙的怯意。这个东西在他脸上并不常见。

在哪儿吃的呀！

王品西餐厅。

我听到自己的喉咙吞咽了一下。王品西餐厅开在杭州植物园里，这不是一般人敢进去的地方。

你请客？

当然，我是男人嘛！

我默默地起身，把他刚刚脱在地上的衣服一件件整理好，放在桌子上，然后走进厨房，烧水下面条。等水烧开的过程中，我挑了一个鸡蛋用煎锅煎得嫩嫩的，加在面条上，没有葱花，我倒了点酱油，又用筷子尖点了一点汤尝了一下咸淡。不冷不热的时候我端到他手上。他光着身子，坐在床上一口气把面条吃光了。

之后，他抽了一支烟，我还烧水帮他泡了一个脚。这是我唯一一次主动帮他泡脚，他也并没有觉得奇怪，好像我做什么他都不奇怪。他接受。这就是他。凌晨一点的时候，他又恢复成了我熟悉的、生龙活虎的南之翔。他穿好那套只有在大场合才穿的西装，对着镜子照了又照，然后出门离去。

三天之后，我辞去工作，离开了杭州。

23

"西藏自治区,简称'藏',通称西藏,位于中国西南边陲,首府拉萨,是中国五个少数民族自治区之一。西藏位于青藏高原西南部,地处北纬 26°50′ 至 36°53′,东经 78°25′ 至 99°06′ 之间,平均海拔在 4000 米以上,素有'世界屋脊'之称。全区面积 120.223 万平方公里,约占全国总面积的 1/8,在全国各省、直辖市、自治区中仅次于新疆。常住人口约 281 万人。"

身体恢复之后,工作被人替代了,今宝又在镇上的"罗马风情"婚纱摄影棚找到了个文员的活。说好的是策划统筹,结果在摄影棚、公园、河边,替新娘提着长长的裙摆的都是她。老三和妈妈都对今宝喜欢打杂感到好奇。再热再冷的天,她都屁颠颠地跟在准新娘们后面,小心地撑着伞,或是抱着棉袄。什么季节都不缺相爱和结婚的人。湿地公园虽然没打造出来,湿地还是热闹了起来。城里人来野炊、郊游、中学生过来谈恋爱、摄影师过来拍照。早春微凉,到处开阔,流水细流、半枯的草,别样的小清新。初春最动人,除了花草、野鸭、白鹭从芦苇荡向上跃,或是别样的鸟,在暗处发出依稀声响,若有若无。夏天虽然热,到处万紫千红,衬托美人更纯洁。到了冬天,举目望去,四周全是秃的,枝枝杈杈,影影绰绰,最有意境,虽然冻到骨髓里,可是新娘的红唇仍然那么火热,追求幸福的热忱让她们不肯穿棉大衣,棉大衣被今宝抱在怀里,她紧紧跟着新人一直向崎岖的奇景走去——乍见才觉奇妙,见多了总是差不多。

照片最不会骗人。明明化着浓厚的妆容,穿着最考究的礼服,拍出来的照片却能暴露最真实的状况,所以摄影师的工作就紧要了,他们细致地修片,争取把某些东西从照片里去除。为什么每对要结婚的人都那么美?美是最容易的事,出来的照片光线背景都好,五官也精致。为什么摄影师还那么烦恼?今宝百思不得其解,在修来修去的照片上仔细打量,渐渐看出一些门道:有些新人彼此有很深的误解,过度美化对方,对生活有过高的期待。有些明显是高攀和低就,双方已经露出不好的端倪,可是他们还是会高高兴兴地摆造型、照着摄影师的要求举手投足,一副听天由命的样子。还有些人,腰背不直、各怀心思,他们的肢体、五官和头发缝里都隐藏着他们的心灰意冷。旁观的人不免寒心。但是随着看到的照片越来越多,也或者年岁渐长,对婚姻的隐忧反而会慢慢减小,如今她有点无动于衷了。今宝觉得,所谓幸福,基本都是假象,就算摄影机不在肢体语言和表情上作假,当事人也不见得有勇气揭开这层面纱。大多数人的体内自带防御系统，一旦事情很糟了，就会闭目塞听，假装不疼不痒，时间久了，也就真麻木了。今宝无意中看到的一本书里面说，在追求幸福的路上走得再远，到头来也只能做到避免不幸而已。她深以为是。她记得有位哲学家的话：安静地窝在"一个小防火室里"。她想象那是个与世隔绝的地方，没有任何不相干的人对她提出各种要求。话虽如此，她也喜欢上班，最喜欢在上班和下班的路上，一棵棵树朝身后闪，像在看无声电影；她也喜欢站在不同的人堆里，沾染他们身上的气息和沧桑，猜测他们的过去和将来。对于一切陌生的事物，今宝始终保持着一份警惕和敬意。不知道什么时候起，陌生的人经过她身边，一句话没说，光是他急匆匆摆动手臂的样子，她仿佛就能看到一只巨兽在追赶他。她从这里找到了乐趣。有一次，她看到马路对面一个人戴着鸭舌帽，嘴唇抿得紧紧的，不停地竖自己的衣领，隔着贴着广告的模糊的厚玻璃，她冷不丁对身边的同事说，你看，那人一定想抢银行。话音没落，那人已经朝一辆经过的自行车下了手，他一手夺过年轻女孩子把手上的包，大喊一声，"交出来"，一手猛地把女孩掀翻在地，受到惊吓的女孩倒地不起，发出尖厉的哭喊。今宝第一个赶上前，用身体护住躺在街心的姑娘，以防电动车剐蹭到她。后来，警察来问话的时候，今宝小心地回忆着那个人的声音，并清晰地说出了那个人的耳后有道疤痕，以及他的嘴里可能缺少一颗牙。逮到的时候，警察还过来告诉她，那个人耳后的确有刀疤，而且的确掉了一颗门牙。正是今宝提供的特征，令警察看到嫌疑人的第一时间进行了抓捕。

小小的婚纱店沸腾了。大家都像围着英雄一样围着今宝。有人打趣她说,她这个本事可以到大城市发挥作用,大城市既可以看到更多的人,也有更多的突发状况,每天都会发生许多稀奇古怪的事。她的特异功能可以赚到大钱了。

那时,你可就不一样了呀!

我已经不一样了,可是要跟钱挂上钩你们才肯承认呢。今宝笑而不语,在心里说。

说笑归说笑,事情过后,一切回到原位,拍婚纱照仍然是大家谋生的唯一手段。每天最重要的是帮人化妆,到街上发传单,打出特价噱头,跟精明的人一再讨价还价。老三的许多朋友都把家搬到省城。有一次,说到身边的朋友越搬越远,老三也有搬家之意:开发区建设了十几年,到现在还是这么冷清,不然,搬到省城,至少可以到县里买套房。

对这个建议,她的回答是:可是,到郊区买套别墅,不是大城市人的最大梦想吗?

你都不出门,却知道得这么多?老三咧开嘴笑了笑说,像是在夸她,也像是对她无所不知的样子表示讥讽。她想起第一次一起去上海旅游时他就是这个腔调。他将永远是这么个腔调。

过后,她也情不自禁地想,对呀,老三的二舅舅在攒钱想为小表弟在镇上买房,镇上的呢想去县城,县城里的人早去了大城市,而大城市的人又想到乡下搞一块地造一套单门独院的别墅。大家都以这么挪来挪去为己任,为什么她一点都没动过离开的念头呢?

因为在桃。在桃展示给她的动荡而颠簸的人生,使今宝心生畏惧,虽然表面上她沉着地观望风起云涌,似乎对纷扰世事无动于衷,但是,她看到好人和坏人都落入到不安和衰落的巢穴之中,许多人看似紧张匆忙,事实上却是横冲直撞,莽撞而危险地左冲右突。那些昂首阔步,很有身份感的人,经不起多看一眼。只要看第二眼,他们内心的冷漠和荒凉就显露出来。

这个事情接下来好几年都没有再提,最主要的原因,是在跃文的怂恿下,老三从单位脱离开去,拿出五十万元,在"下城区"的光明大厦租了几间写字楼,注册成立了一个专营电线电缆的贸易公司。一开始,公司只有三个人,他和今宝的两个弟弟,后来又招了一个前台接线员和一个代账会计,公司成立当年的销售额就达到了五百多万元。在这一数据的刺激下,他们又招了十多个推销员、会计和清洁工,在县里靠近汽车站的地段租了一个四百多平方米的写字楼。写字楼里装潢得气派、现代,装潢材料和风格都选用欧式。玻璃墙整洁明亮,墙上挂着什么也不像的图案,墙角放着一盆盆栽,绿得像假的,但这盆绿植生长得很快,渐渐扩大,最后占据了整个墙角。公司业务发展的范围越来越广,从电线电缆到铜芯电缆、矿用电缆等几十个品种。老三说了新的目标:攒一笔钱,把这个办公楼买下来。与其说老三树立了新的目标,不如说跃文把新的目标放到了老三的面前。今宝在嫁人之后对弟弟的了解超过了之前共同生活的二十多年。姐夫教会他兜售电线,他用这些手段反过来把自己的梦想兜售给老三。比起姐夫兜售实打实的产品,他更喜欢兜售他脑子里的图景——他详细地描绘坐着"凌志"去见客户时那威风凛凛的气势、缤纷的喜悦,他耐心地兜售尊贵、气魄和勇猛冒险精神,他的言语掀起空气里的浮尘,气氛热烈,令人兴奋。事实证明,老三吃这一套。对他来说,小舅子像蓝图绘制工程师。三人做了细致分工:老三是总经理,跃文是销售总监,清泉是办公室主任。远大前程使人振作:"总经理"这个称呼,加在老三的名片上,每天出门的时候都带着。有时今宝会在洗衣服的时候捡到一两张。绿色的图案,白色的边。他的名字则是小楷,方方正正地立在卡片的正中间。今宝也见到过跃文和清泉的名片,活泼,纸质也好,今宝开玩笑地问为什么不用一样的,老三说:

他们的太花哨了。

这回,老三的哥哥竟然没在公司参股,听弟弟说因为职务安排闹了点矛盾。她对公司的事从来没有表示过兴趣,弟弟们也习惯了这一点,但是他们保持了一个"只要你问,我都会告诉你"的姿态。

今宝并没有追问的意愿。她兴趣不大。

实事求是说,今宝弟弟的到来,改变了老三推销王国的格局。尽管前期确实是老三在教他们,但他们上手之后,形象口才都比老三好,脑子也活络,加上作为拥有城镇户口的些许自信,竟然把业务做得风生水起、得心应手。弟弟们使老三如虎添翼,相比之下,老三的哥哥们则业绩平平,甚至露出更多的弱点:文化水平、口音和举止等限制了他们的思路。老三的生活更加忙碌起来,和哥哥们渐渐疏远,郁郁寡欢的神情渐渐消散。有时今宝一连好几天都跟他说不上话。不忙的时候，今宝冷不丁会想起怀孕时他的表现，直到此刻，她才如梦初醒般开始检讨自己在怀孕期间的种种行为，尤其是突然爆发出来的跑步的热情。今宝隐藏了这个秘密，几乎根本没人知道她突如其来产生且持续保持了近两个月的兴致。更可笑的是，流产之后至今，她一次没有再跑步。有一次，她经过自己歇息过的那块地，发现垃圾已经被填埋，上面覆盖着砖块和石灰，新的房屋即将被建造。

对过往生活的回想，令今宝不知不觉开始走进婆婆的内心。某种抵触和对抗消失了。婆婆的节俭缘于对儿子的爱。自己的母亲就不一样了，母亲对钱的兴趣越来越浓厚，如果一开始，她的兴趣里藏着对贫穷的憎恶，现在，她对钱的热爱更多出于贪心。她三番五次地来借钱买房，今宝的工资差不多都到她手上去了。

婆婆没有接受老三和今宝的再三请求。离开老三家的那段时间，在二儿子家，一个偶然的机会，她接触了一种气功并且产生了真正的兴趣。回来后，她的热情从菜园完全转向练功，每天早起第一件和最重要的事情就是出去练功，说"走火入魔"也不为过。她先是偷偷摸摸练，中间因为种种原因，也偃旗息鼓过一阵子，但不知何种力量，最终，练功的热情保持下来了，成了每天早晨的必修课。

她的身体渐渐恢复，气色较之于三四年前大有好转，不仅在身体上，而且在性格上也显出与往日大有不同。在老三家小住的几天，过去一双一直停留在菜园和儿媳脸上的眼睛变得安静和气。不到一周，她准在小区里觅到一两个功友。每天一大早出门，快正午的时候才回来,她显得忙碌而充实。今宝流产半年后,她也提议今宝去医院检查、治疗,有一次她来,拿出一张揉得皱巴巴的纸,纸上只有一个地址和一个名字,思考了一阵今宝才缓过神来,这是一位会提供偏方的老中医。换在两年前,今宝会觉得她的提议里更多是责备和不满,但是现在,她的态度里有亲切和善解人意的意味,每每聊天,她都有"等我彻底好了,帮你带孩子"之类的计划和预期,这是对生活的热爱和期盼而不是苛责和抱怨,使今宝很乐意听从于她。她们后来的相处算是非常愉快的。因为婆婆的深明大义,今宝主动去了几次医院,并没有得到什么特别坏的消息,检查指标也基本正常,老三也陪着去过一两次乡下,找过几个说是专治不孕不育的老中医,也都说没什么大问题,无非气虚血亏,开了方子,吃了药。今宝后来相信,因为练功婆婆转移了注意力或者说她对许多事情都有了新的理解和看法。春天的时候,婆婆和老三的父亲还一起跟随老年旅游团去了黄山、西湖和海南岛旅游过几次。

　　婆婆不在的时候,乡下的亲戚反而来得更勤。几乎每年都有新面孔,大多数在逢年过节,土鸡和土鸡蛋、花生、黄豆一开始是他们的见面礼,后来,渐渐变得紧跟潮流,会带些脑白金、口服液和补血养颜胶囊,过度包装的礼品会放在堂屋最显眼的位置。他们明明是来找老三帮忙的,帮忙找工作为主,找医生是偶然现象,奇怪的是,他们不会跟你打好招呼上门,即使打个公用电话只需要三毛钱,他们事先什么也不说,只是会静静地等在别墅门口,不知道怎么说通看门保安让他们进了院子。他们等到天黑,今宝到家的时候捆住手脚的鸡已经在门廊上拉满了屎，正无力地咯咯叫唤。还有一次，一位远房舅爷带过来两条鲫鱼。鱼已经死了，僵硬地裹在塑料袋里，散发出腥臭味。看到今宝，他从台阶上站起身，不好意思地笑一笑。

大多数时候是来借钱的。品尝过贫穷滋味的今宝自作主张借过几次，但老三警告她要有所保留。因为借钱的消息会传到其他亲戚耳边，即使不缺，出于攀比，他们也会来借个一千两千。几次之后，今宝明白过来：婆婆住在这里的时候，她像一个守卫，守着儿子的大门，不怕得罪人，把那些来占便宜捞好处的全挡在门外，一点没让今宝为难过。她离开之后，那些人来今宝这里碰运气。有一天，她接待了一位老太太，说是老三的干妈。她不是来借钱的，她是来托孤的。她的儿子在工地上意外去世，儿媳妇很久没回来了，丢下一个四岁的孙女一直由她带着，"等我死了，她就会被亲妈拐卖掉"。

她坐在台阶上——似乎不愿意走进那扇大门，她需要今宝答应照顾孙女的请求她便离开。

老三回来的时候，今宝得到的是另一个版本。她不是老三的干妈，她是老二的干妈，儿子是死了没错，儿媳并没有离家出走，她就在老三原先的电缆厂，养着孩子，对孩子很好。

她为什么要那么说？

那是她最担心的事，她担心得整夜睡不着觉。正在吃中药呢！

真实的情况是，关于老三是个富人的传说已经在空心洲蔓延，他至今没有一男半女的现状已经使他的亲戚们操碎了心。

现在，她得学会说"不"了，但这个时候起，某种程度的身份已经确定：她已经变成了站在自己对面的那个人。她已经不是多年前那个戴着白手套举着几条刀鱼往桌上送的服务员，那时候，她最头皮发麻的时候就是饭店老板娘在旁边小声而严厉地提醒她：

挺胸、收腹，不要那么呆板！

离别多年的杏红这年初冬回来了。一连四天下城区和河沟镇的天上就像被一块灰布罩住了似的，没有下雨也没有出太阳。她迫不及待地找到今宝打工的店里。老板打趣说是杏红把北京的"雾霾"压成板砖，揣在口袋里带回来，又放到了县城上空。事实上，是因为北京要建举办奥运会的场馆，她经营的理发店所在的街道被整个清理了。一去十来年，她也疲倦了，说趁机回来休息休息。到了中午，天空仍然雾沉沉的。雾笼罩着前街和后巷，缠绕在店铺的招牌上，包围在摩托车骑手的四周，把一切都搞得含含糊糊、不清不楚。请了假，今宝把杏红带到镇上的蓝湾咖啡。十年不见，杏红的眼睛——曾经那样闪亮而活跃的目光安静下来了，她的脸色乍一看光洁白嫩，完全看不出是三十出头的人，可这是某种假象，她一说话，假象就消散了。她穿件黑色的风衣，随随便便地敞开着。今宝留意到她没有穿袜子，脚踝露出来，又白又瘦。两人面对面贴近的时候，今宝看到她脸上的蝴蝶斑还有无数细小的皱纹似乎想从厚厚的粉底里逃出来，她一定吃了很多苦，今宝想。

她们各自汇报。今宝三言两语把自己的现状说完。轮到杏红，她用了两个钟头还只说到什么时候为什么把店开在鸟巢附近，又是什么原因被勒令关张。果然外面的世界如此错综复杂。天都快黑了,她才讲完了她的婚姻和爱情。她从认识第一任丈夫讲起,离婚,又结,都是外地的,生了两个儿子,都判给了各自的父亲。两次婚姻的结束都跟她的一个习惯有关。她如今改了,也愿意说出来:她喜欢购物。各种鞋子包包和化妆品。她总算知道自己在县城帮人家洗头洗得手都烂了是为什么,是有朝一日能由着性子买买买。一开始,她定好目标、量力而行,老公也好说话,后来她刹不住车了,一天不买便觉得一天没过完,渐渐地她欲壑难填,把儿子上幼儿园的赞助费、房租和房子的首付全花掉,老公发了工资像防贼一样到处藏着,七年婚姻,两人离的时候每人只分到两千多块现金。倒是她,有一面包车的衣服和包。原以为第二个经济条件好一些,不至于搞得倾家荡产,但第二次的婚姻只维持了几个月,因为有钱的那个不好讲话,更暴躁,所以断得也快,断了之后才生了儿子,只好送给孩子的奶奶带。这么一折腾,眼下落个一身轻,去年迷上了炒股,只要有点钱就放到股市里。炒股治好了购物狂,因为全赔进去了,有一点钱就想着平仓,从来没有做对过。说完,她长长地沉默下来,她的话本可以就结束在今天,也许出于执拗的自尊,她郑重其事地加了一句:

下一波行情快来了,她说,我还有机会。说到这里的时候她已经很累了,眼皮耷拉下来,眼影晕开,她表情平淡,但声音疲惫。重叙辛苦的人生仿佛又重新经历一回。咖啡厅的灯光本来就暗淡,加上她们聊的时间长,很自觉地挪到没有窗的拐角处,茶壶换了三次,她还是拼命喝水。街上渐渐没有行人,没有风,也没有光线。只有一两只担惊受怕的猫从暗处出来,又归到暗处。

这里真冷清啊,都不太习惯了,可是她不打算起身,轮到你了,今宝。杏红说。

可是,我已经说过了啊。今宝从沉默中惊醒,不好意思地笑了笑。

今宝,你为家庭牺牲了好多啊。杏红一眼就看到了状况:今宝居住和工作的地方完完全全是一个接缝处,附近是造了许多楼盘,但也都是周边的农民来哄抢,说好的下城区扩大化,也没有搞成,到处挖啊建啊,领导换了一茬又一茬,十年过去了,还是城不城,乡不乡。今宝的生活如此乏味、如此平淡、如此——不可忍。

杏红一点点挑剔的意思都没有,她没有变得滑头,还是那么实诚,问出了许多人都没有问过的大实话。

她同情今宝,就像在太阳底下的人同情屋里的人,也像在海里的人同情岸上的人,这种同情不是知其感受,反而是因为不知其感受。

今宝想说,她过得很好,但她脱口而出的是:

我其实有过两次机会离开的。

结婚不到两年我就跑过一次,但是过了一夜就回来了。那还是刚结婚一年多的事。我以为自己过得不好是我婆婆的缘故,后来发现不是她的问题。

你有我的地址。

但是我没有勇气。再说,我其实不是对哪一个人失望,每个人,我都觉得还好,我只是对所有这一切都有点失望。

那更得走了呀,第二回呢,怎么又没走成?

我盼望过,我的想法已经变了,其实我觉得,到哪里,在哪里生活,大体都是差不多的,没有哪一个地方更重要。表面上看,世上没有两个长得一模一样的人,各个省各个市的人都有不一样的习性,其实到头来,大家脑子里想的都差不了多少。火车再快,搭乘火车的还是那些想搭乘的人。你不是跟着这股潮流,就会是那股潮流,潮流不会绕过任何一个地方,跑来跑去也还是在这个范围,就算换个地方,也可能遇到差不多的人,到处都有垃圾场,到处都执行同一个标准,并不一定有特殊的意义。如果有什么我想要的东西不在我身边,它也不在远方。今宝说完,朝窗外张望,街的尽头薄雾迷蒙、空气混浊、到处阴沉沉的。

　　可是这生活也太单调了,换了我,在这么小的地方一个礼拜都坚持不下去。杏红毫不掩饰自己的想法,再怎么艰难,她对世界还是充满好奇。

　　我是甘心的。今宝老老实实地说,我很享受现在的生活,早上起来就知道一天要做些什么,要发生的事全在脑子里,一桩桩,心里有底。我以前总是在等着什么,一直认为等下去有些人有些事就能变,现在呢,我不是在等什么,就是在过生活。想到这一天全都是为自己过,我的心里就特别踏实。我是真的觉得忍耐比自由更重要,因为忍耐向内,要是自己不折磨自己,旁人也折磨不了。

　　这是在昔日的小伙伴跟前,一口气讲的最多的话。

　　梅园已经原谅你们家了。沉默一会儿之后,杏红说。

　　原谅什么?今宝之所以没提到梅园,她想当然地以为杏红和自己一样和梅园没有联络。

听说梅园得了抑郁症,一直在家养病,家里生活条件不好。

我都十多年没见到她了。她回来也不告诉我。

因为她还没有原谅你们。

原谅什么?今宝越发茫然,简直坠入屋外的雾里。

你真的不知道?

不知道。你快说吧。

你弟弟有一晚翻窗到她家,差点把她强奸了,把她吓得半死,幸好她妈发现了。她妈妈要上访,你妈妈和你舅舅拿出五千块钱才把这事摆平的。

这是什么时候的事?

能是什么时候,她辞职出门打工前的一个礼拜。

原来她是为这事走的!今宝面色苍白,嘴唇开始哆嗦。她的弟弟,竟然是这种货色。

我一点也不知道。她喃喃地说,我竟然一点也不知道。

梅园不忍心告诉你,她知道你跟他们不一样。

我还以为,我还以为……她说不下去,头抵在桌角,眼泪一滴滴掉下来,掉到手心,掉到膝盖上,掉到深灰色的地毯上。

把杏红送上出租车,今宝也回单位门口去拿自行车。出了镇子的时候,广场舞音乐已经响起,五十多位老太太排开方阵,踩着"凤凰传奇"的《月亮之上》的曲调,向前、向左、向右、向后、再向上。

因为下城区电缆厂多,所以下城区造了很好的学校,请了全国有名的老师,立志打造省重点高中。这个卖点让人忘记了电线厂的高污染对环境造成的破坏,甚至暗暗带起了新一轮房价上涨。可能因为这个缘故,跳广场舞的人比去年多得多,已经站到了马路沿,行人和汽车都放缓或绕行。

杏红离去没多久,今宝有天回娘家,吃过晚饭,妈妈告诉她一个惊人的"大好消息":参与杀害吴波的凶手中的一个,这回真坐牢了。

妈妈告诉她,宣判那天你舅舅到法院去旁听,指着他家里人大骂"恶有恶报,时辰已到"!

今宝像被烫着了似的,慌忙跳将起来,哪一个?

那我不记得了,这么多年了,报应才来,你舅舅算是出了一口恶气。

是不是叫陈鹤立?

我没听他们说名字,你舅舅说,他是个小矮子,还驼。

当年那个"杀人不眨眼的刽子手"——今宝记得舅舅的申诉书上这么称呼他,她记得他搓着擀面杖的手,有什么东西撞了一下她的胸口,比起母亲那喜悦的眉梢,她知道自己脸色一定很难看。母亲突然看到女儿胸前一根头发,伸手一捏,果然捏住了,她为自己的眼神还这么管事而惊喜不已。

屋外轻风徐徐,死一般沉寂。她与母亲,近在咫尺却又那么陌生。

"生一个孩子"仍然是这个家庭的最高目标,今宝每年都会去更大的医院做检查，出来的结果都是好的，每次但凡有机会，老三都会见缝插针地问一问医生第一次流产的缘由。没有固定的说法，有的医生说可能因为污染，也有的说是体质，有个别医生揣测孕妇受了什么刺激。可是今宝再没怀上。

有一次在省城，今宝听到老三在跟医生说自己的居住环境。他说，他们家几公里外就有几十家电线电缆厂。虽说节能减排、环保问题被高度重视了，许多地方都不欢迎电线电缆厂，这些单位是高能耗污染项目，会产生大量废气、废水、噪音。下城开发区是有证的，税收有保证，河沟镇就搞小动作，把这些电线电缆厂请到自己的地界，挨着开发区，这些厂算盘打得精，河沟镇土地便宜，排放要求低，他们学乖了，特别低调小心，有的厂牌子都不挂，逢年过节到附近的农民家里送温暖，给点小恩小惠，所以上面没有管。

今宝第一次听到老三用这样的口吻来介绍自己的工作。甚至有一次，他建议今宝搬家，搬到二十公里外的空心洲。他说他这几年算是看明白了。无论换哪个领导，污染的问题一时半会儿也解决不了。

那你上班很不方便啊。

大不了每天多开一个小时的车。

可是空心洲没有桥，夏天江水上涨还要搭乘轮渡，来去耽误的时间太长。

如果今宝没理解错的话，如今的空心洲，是老弱病残的庇护所，是失意者疗伤的地方，是穷人最后的根据地。老三不属于这里，他更不应该想着到这里来怀孩子生孩子。

有次全家聚会，公婆都在场，老三再次提到回空心洲的事，婆婆出乎意料地站到今宝一边。不用搬，我算过命了，老三命里有子。她的话听上去像是安慰，却显得特别笃定。有趣的是，婆婆放弃做的事，今宝接了过来：把各种电器的纸箱、旧报纸、旧杂志压平、捆结实了，攒得差不多了，上班的时候顺路带到收购站，卖个十块八块，也都满心欢喜。除此之外，今宝开始数钱，以前家里穷，今宝没接触过钱，现在，无论多少钱到她手上，她都数了又数，拿出一小部分出来日常开销，其余的，全部存进银行。她在等"关键时候"用。

杏红走后不到三个月，婆婆因为一次感冒发烧，让老三送到县医院去住院观察，说好了挂三天水之后就把她接回来，住进医院后病情恶化，竟再也没有能够出来。

24

亲爱的今宝：

其实，我的情绪在做夜宵的时候已经达到了愤怒的顶峰。我已经好久不知道愤怒是什么东西了，我甚至都不知道我在点燃煤气灶的时候，手抖得厉害是因为愤怒，我以为是忌妒。我要假装不忌妒。我还很主动地烧热水帮他泡脚，我甚至在他吃饱喝足之后，轻轻地走到床边，蹲在他脚边，夸他今天特别能干。

也许是一种自尊，也许是相反的东西。我显得那样正常，那样平静，那样无动于衷，而我的心已经不停地在抽搐。借着那盏台灯的光，我看到他的脸，那样一张受了挫的疲倦的脸。我不知道这顿晚饭他经历了什么，我只知道在那么豪华奢侈的地方他竟然没有吃饱，还带着这样一种失落的神情来到这里，还要那样使出浑身的力气来发泄某种怒气。

这张三十多岁，却因为常年熬夜，眼圈发黑的脸，这才是真正的他。所有海报上的照片都经过技术处理，只有我知道，无论他装扮什么样的硬汉，事实上，他是个空空如也的尿包，至少这会儿像个真正的尿包。他把从别处得到的失意发泄到我这里，然后，丢下一堆垃圾，拍拍屁股就走了。

我都快要疯了。我的爱多么强烈又多么虚弱，多么伟大又多么无耻。为了有一个存身之所，就那么垂着头等，指着这么一个人，给我一点点所谓的爱。如果，我是说如果，我的厨房还有一包老鼠药的话，我会毫不犹豫地放进碗里。我想毒死他。

我们总想着做好一些，做得伟大一些，做得了不起一些，得到别人的敬佩。就好比"牺牲"，举着炸药包站在敌人的碉堡下，那还容易一些，既没有炸药包也没有碉堡的时候，牺牲真的太难了。

在我称之为幸福的生活，却正是他一直要努力摆脱的东西。换句话说，他将要到达的地方，也有可能是别人狂欢后的正在清扫的场地。

他走之前，最后一次，我装作漫不经心地问他，你想起来了吗？你在普济圩农场唱歌的时候，一个女孩子，骑着自行车从一分场跟到了四分场，有一天晚上，你在旅馆里问我知道不知道活着的意义，你想起来了吗？

没有。

你父亲比你妈妈大许多岁，他喜欢围着围裙下厨做饭，但他自己不爱吃，所以特别瘦。

你说这些有什么意义呢？不是所有的记忆都有意义，没有意义的事忘掉比记得好。

他终于说出了"意义"两个字。他才刚刚泡好脚,吃完我煮的面,在那些当红的明星面前,他像一条流浪狗,在我的面前,他像一个国王,可是等他在我的床上苏醒过来,伤口愈合,他就开始不耐烦了。他继续说,这些话你都重复好多遍了。

我是重复好多遍,但你,却没有一次给过我想要的答案。我不是不知道自己受到的是不公的待遇,我只是一直避免让自己知道真相。他从来没有请我吃过饭,没有陪我去看过一场电影。他怕被认出来。他其实不会被认出来。他太自恋了。但是,跟当红明星吃饭,去那么高档的地方,又穿得那么体面,看来是不怕被认出来了。谁都知道王品西餐厅有昂贵的空运来的澳大利亚牛排,价格比日本的神户牛排还贵,估计他点了没吃。在我跟前,他是一尊神,想要什么,就能从我这儿得到,可是在别处,他不过是条狗,他卑微得拿不了刀叉。众人的目光都在潘连娜身上,甚至潘连娜的目光也在她自己身上,他什么都不是呢。那些成名又自恋的女明星,最能刺激这些要红不红的野心家们。

他走后,我静静地打开收音机,里面正在放他翻唱的一首歌:

欢乐又有何用

学会不再欢乐,

学会不再用微笑和安慰

杀戮。

你的一缕笑声

会击落树枝上的鸟儿。

那些鸟儿啊，唯有一次不幸

才能维持它们的生命。

每一次欢乐都会让某人负伤。

在你们的世界里，欢乐又有何用？

夜里我梦见整个部队都在咯咯大笑，

而我们像周围的稻穗似的纷纷倒下。

    他就擅长这么一套。这回我懂了，他表现的恰恰是他没有的东西。他现在什么都有了。在机场，在酒店，在他家的楼下，到处是粉丝和狗仔队，他对此很苦恼，不，他并不，好像他理解万物，不，他并不，好像他很高贵，不！这些都是借来的，迟早要还回去的东西。在那晚之前，我还会幻想那是为我而唱。我之所以从农场来到杭州，就是为了与他重逢。此时此刻，我明白了一些事实——超过我智商的事实。首先，这首歌绝对不是给我的，那是他向潘连娜们发出的信号；其次，我与他不能见天日，跟他结没结婚毫无关系；第三，他摆布我，无论表现得多么高贵，都是戴着面具的表演。因为在与我的这些场景戏里，他既是男一号，又是导演。他操纵着拍摄时间和地点，台词和走位，而且，不需要任何投资。

    在别处，在他真正的生活里，他仅仅是一条被遗弃的狗，一条在寻找新主人的狗。我从他一直装扮清高的形象里看到了他的奴性。但是,我何尝不是同样匍匐在一条狗的身下。我没有资格责备他,说都说不出口。

我呆呆地坐在床上,一种苦涩的、绝望的滋味在这间房子里弥漫。我无法形容我的失望和清醒,对于他,我是个插曲,他不懂我对爱有多么饥渴,我不懂他的规则和秩序,我们永远不在一个世界,他能给我的就只有那么一点儿精子。

日你妈,日你妈,日你妈!

这三个字像是召唤,我从心底呼唤我的法力,但是,经过这几年,我也羞于粗口了,而且,我知道,就算我对着窗外整夜地、大声地、成千上万遍地诅咒,可能也没什么用。因为,说到底,我离开了农场,也离开了魔幻之地。那里的规则早已失效,且对城市屁用不管。

我知道这地方我待不下去了。我要离开。我知道这很难。我恐怕会做不到。为了让自己下定决心,第三天一大早,我开始行动。我扔掉了有关他的一切:磁带、CD、提到过他的杂志、他的照片、他遗忘在这里的旧衣服。贱卖了床和穿衣镜。我做这些事情的时候,手脚有力,脚步轻盈,不像一个倒霉的人,像一个有远大前程的人。我跟房东谈判的时候,也是那样的神气,我语调里的笃定和自信,不管一切,无可阻挡。这神气我从来没有露出来过,就一次就把人给镇住了。我顺利退掉了房子,押金也全部拿了回来。我相信一个人决绝地带着一种义无反顾的决心的时候,他是无敌的。拎着我的行李赶到火车站,想也不想就买了回农场的票。

到火车站的路我是步行去的，我把所有的行李都背在背上。就在那天，我亲眼目睹了一个自杀的场面。那个男的站在一幢大楼的楼顶上。热心的人帮他张罗着想见的人，消防员已经将充气垫子充满气。大家都仰着头，等着他跳。所有围观的人都说，这个人对生活绝望了。但我理解的绝望不是这个样子。绝望是连跳的力气都没有的。对，真正的绝望就是我现在的样子。背着世上所有跟我有关的东西，背都压弯了，一步一步往火车站走，走到什么时候倒下为止。

有个四五十岁的老男人，骑着三轮车，在看热闹的人群中留意到我，他至少跟了我五个街口。一开始，他只想接一单活，挣几块钱，到后来，他想看看笑话。在我都能看到"杭州火车站"几个大字的时候，他已经对我的顽固很恼火了，跟又不是，不跟又不是。他开始捉弄我。

他说，你这个样子，像个女犯人，一到候车室就会被公安盯上。

他的话有一半是实情。我知道自己看上去很怪，跟这个环境不怎么搭，但另一半，则是他在吓唬我，希望我能重视他——接受他的调戏或者只是单纯的帮助。

你的东西肯定是偷的，肯定是偷的。

不瞒你说，这个腔调有点像我们农场的人。他这个年纪，拿腔作调说普通话也没用了。我看穿他了。他难得有机会捉弄什么人。他只敢捉弄我这个背着重重行李的可怜虫，越可怜他越想捉弄。他吃定我无还手之力。

快到火车站的时候，我突然间有了一种奇怪的感觉——我爱这个城市。这座城市跟任何城市没有区别，一样的贫瘠无序，那些街道错综复杂，有时让人不知身在何处，有时却又到处一模一样，任何街道都像同一条街道，白天不像白天，夜晚不像夜晚，让你不知道自己是谁。这里没有爱，甚至不以爱的名义行事，这里适合斗志昂扬的人，但更适合毫无指望、毫无斗志的人，在这里浑水摸鱼。我内心是喜欢陌生地方的。我对陌生人和陌生地方都充满了亲切。但现在我得滚蛋了。

等红灯的时候我停下来，把行李放在脚边。他的三轮车马达还在"嗒嗒嗒"地响，他斜着眼看我，他已经死死吃定我好欺负了，他说：

公安来了，公安在后头追了，快上车。

红灯最后几秒的时候，我把呼吸理顺了，挺直腰，像个疯子一样痴痴先笑了一下，给自己壮好胆，冲着他一字一句地喊道：

我保留审判世界的权利，但我不接受任何人的审判。

说完我自己又忍不住笑出了声，边笑边走，留下那个可怜的老瘪三待在原地发愣。

我能去哪里呢，只能回农场。

农场里还有一个弟弟，他已经会自己系鞋带了。他热情地看着我，亲切地看着我，等我后妈提醒之后，才喊了我一声"姐姐"。

他把煮熟的花生（他妈妈仍然那么热爱花生，并且把这个特点传给了他）送到我手上，教我"哗"捏开，掏出花生仁儿，往我嘴里送。

有那么一瞬间，我感到这个场景如此亲切，把我带到很久很久以前。不知道为什么,我心里酸楚,觉得失去的一切再也不会回来了。

一阵飞机的"嗡嗡"声响起，玻璃窗轻微地颤动，我弟弟惊喜地抬腿跑向门外，仰头追踪。那一只叫"飞机"的小鸟，转瞬间飞进云层，他回转身来朝我笑了一笑，又喊了我一声"姐姐"，还向我鞠了个躬，这是他妈妈教他的，也或者是爸爸，他们说，低头做人，总是没坏处。

我弟弟，他把熟悉的地方搞陌生了，把人跟人之间搞客气了。他根本不像其他人一样问东探西，他也不管我混得怎么样，体不体面，他一点嫌弃我的意思都没有。

25

有一天夜里，今宝做了一个梦。在梦里，她骑着一辆自行车，一直向前。经过许多正在抽穗的玉米地，闻到泥土的气息，经过一座拱桥，听到水在流动，经过一个村庄，看到孩子们在玩耍，又经过一个街道，街道上扔满了垃圾，空气里散发着恶臭味，灰蒙蒙的天空上涌动着大团大团的乌云。从白天一直骑到黑夜，在漫长的无边的黑里，蟋蟀唧唧唧、青蛙呱呱呱叫，她目不旁顾，奋力向前，她清晰地记得轮胎碾轧过的石子、泥巴和破碎的玻璃碴儿。不可思议的是，所有的道路都像是为她设计，她不断向前，路自然展开，她觉得自己至少骑了整整二十四小时，路还在一直延伸，向更多的庄稼、更多的房屋、城市、河流甚至山谷而去。忽而一道闪电，忽而阵阵雷鸣，她的发根、手掌、脚底，还有脸膛都能感觉到时间和空间的流动。一个人怎么可以这样无休无止地骑下去呢？她纳闷得都快醒了，这样下去，她准得累死。她想请求什么人帮她拽一下把手,帮她刹住车,可是,一路什么人都没有,没有老三,没有弟弟,没有其他人,她咧开嘴,发不出声音。

醒来之后,她精疲力竭,胳膊和腿都抬不起来。

做过这个梦不久,有一天,在湿地公园——因为修了栈道和围墙,开始对外卖票了,摄影师带着新人正拍着婚纱照,今宝拿着打光板,一回头,见到了迎面走来的老三。他穿着一件黑色的夹克,头发剃成了板寸。在今宝弟弟的影响下,他完全甩掉了推销员的标准装束,抛开了那种拘谨、规矩的西装,改穿牛仔裤和夹克。他的头发,也剪至寸把长,既显得精神,又显得个头高一些,再加上年岁渐长,他的臂膀开始变得浑圆,有了一点别样的风度,他的形象比他实际拥有的更有魅力。

他越走越近,停在妻子面前,今宝才发现,他的面色灰白,眼神全变了,不是一贯那样漠然的惯于隐藏的表情,相反,是像有千万种情绪都要从眼睛和嘴唇里挤出来一样。今宝惊异地看着他,看到他的嘴、他的鼻翼都在急剧地颤动,还有他的脖子,青筋暴突,就像他的眼睛和五官不足以表达他的情绪一样。

今宝被吓着了。她愣在那里。

你弟弟,你两个弟弟,他们真是太过分了!太下流了!太无耻了!

他哆哆嗦嗦地说出这几个字,嘴唇越来越白。就像一个掉进水里的人,他的脚卡在水底,一直浮不出水面,一直在使劲,不停地瞎使劲。他一只手拿着手机,一会儿看一下,一会儿又看一下,好像手机里会出现一根稻草。另一只拎着包的手一直在擦汗——并没有汗,他的脸色灰白。

今宝伸出手,一把抓住他的胳膊。他顺势靠过来,他的身体沉重,意识到自己靠着的这个人支撑不住,他慢慢蹲了下来。他的鞋陷在一摊污泥里,挤出混浊的污水。

花了一个多小时,今宝才搞清了事情的来龙去脉。三个月前大弟弟跟一个公司签了一份订购合同,订购的竟然是电加热器、热工仪表热电偶和热电阻、热工仪表和补偿导线,这些产品根本不在公司的经营范围内。这一份合同的总价值几乎是公司账面上的所有余额,而且这些钱已经分三次打出去了。今天老三发现账面上竟然只有三万元的时候,赶紧去问会计。会计给他看了合同和汇款记录,根据多年的从业经验,老三预感到这合同不对头。他在网上查了一下,发现跟他签订合同的公司是伪造的,合同内所订购的所有东西都是子虚乌有。他找到跃文,跃文竟辩解说自己是想瞒着他做成一笔大买卖,同时支支吾吾承认自己也预感到可能被皮包公司骗了。

他们刚刚一起去报了案。报案的时候,两个小舅子和会计的口供滴水不漏,做笔录的警察连连摇着头,表示不好办。

他们赖在派出所整整一个上午,老三很绝望,他不时地看着跃文和清泉,就好像他在把自己的绝望往他们身上匀一些。他们在说话,在跟警察解释,形容这个合同的来龙去脉,他们在找线索。他一直是这么理解的。

从派出所出来,老三还没来得及上车,一回头,听到小舅子汽车一阵急切的发动机声,冒出的尾气向上一蹿,这个老实人瞬间开了窍——他明白过来了:这是一场由两个小舅子导演的有预谋的内部作案。钱一定没被什么皮包公司骗走,真正挪掉公司这一大笔钱的就是两个小舅子。

你确定吗?今宝不由自主地吐出来一句话。

他们在公司也有股份,钱要不是进了他们的腰包,他们就会真的难过,而不是假装难过了。

拿把刀捅死我算了。他气急败坏起来了,刚刚还在五官之间流动的伤心和绝望全部泄漏出来。

什么?

查,我会一直查下去,一查到底!公安不管,我自己来,我要捅死他们。

这个好像已经被捅死的人,嘴里叫嚣着,一点不顾忌旁边的人是否在看笑话。

他刚刚打过电话给一个信得过的员工,指示他已经把两个小舅子列为怀疑对象,不许他们接触公司任何业务和账务。通过电话,他口头开除了主办会计与一个和清泉关系暧昧的女接线员。

今宝搞清楚了一些状况:弟弟们一直在左右公司里的一切,这些权利是老三亲自赋予的,包括他们签的合同没有老三签字也可以到账务盖公章。这个程序也是老三自己首肯的。今宝还清清楚楚地看到,今天之前,老三还沉浸在郎舅关系好得超过亲兄弟的幻觉里,这一闷棍，敲得他脑浆都快出来了。

在他的旁边，有一株被剪掉头的鸡冠花，耷拉着，似乎活着，也像死了，残留的花瓣像撕裂的伤口。

我马上去问情况。她把老三丢在湿地公园，招了一辆出租车直奔娘家。没有一种现实她愿意接受：关于聪明的弟弟怎么被骗掉这么一大笔钱的，又或者他们怎么可能对姐夫下手、对自己下手？五百万真是一笔大钱，她甚至没想过老三会有这么多钱。从她嫁过来，她就正视了现实：老三就是一个老老实实的人，他不会创造奇迹。听说他曾经有一笔如此大的钱，又听说已经化为乌有，她觉得相当滑稽。或者是一场误会呢。她听说过这样的故事，一个人走在路上突然被楼上的一个花瓶砸晕，醒来时失去记忆，所以他无法履行合同。又或者弟弟被下了降头？自从跟姐夫做生意，跃文的桃花运就好得很，女朋友交了一个又一个，最后这个因为怀孕才安顿下来。

今宝脑子里风起云涌，竟然报出了老房子的地址。出租车停下的时候，今宝看到老房子的大门上不知什么时候贴满了"重金求子""月嫂"和"代办各种证件"的小广告，有一张贴纸正好挡住了锁眼，把房屋没有主人的信息向外泄露，她这才想起妈妈已经搬去与弟弟同住了。在离老房子大约五公里之外的一个小区，今宝找到了跃文的新家。围住小区的铁栅栏上挂着寒光凛凛的刀片刺网，开门的是未来的弟媳，她的小腹高高隆起，今宝强忍着怒火跟她打了个招呼，弟弟把头从卧室里探出来。一接触到他的眼睛，今宝就确定了老三所言非虚。这位弟弟脸色苍白，眼圈发黑，他似乎刚刚睡醒。

他还能睡得着,在老三快要失去理智的时候?他的肩膀做了个细微的耸动,头歪着,慢吞吞地走进客厅。

怎么回事?

什么怎么回事?跃文快速地反问,声音细弱、短促。

凭着对声音的捕捉,今宝瞬间听懂了一切。短短的六个字,包含了一切傲慢、背叛和谎言。

他肯定马上要假装比谁都冤了。她在心里数着节拍,一、二、三、四……

姐我告诉你,我是犯了错被人骗了,但公司发展到今天,也是我和清泉的功劳。你以为他多能啊,这公司的钱全是我们兄弟俩赚的。就算我操作有误,有过错,也不应该怀疑我。说这番话时,跃文的脸一直在变,时而狂乱激动,时而傲慢兴奋,最后他落到了谦恭亲切的点位:我们是什么关系,我能害自己的亲姐吗?

闭嘴,今宝尖声喊道,你不要忘了,你认识他的时候他已经是他们厂的销售冠军。

他不过是运气好一点。赶上了好机会。

对啊,他已经赶上好机会,你还连件像样的衣裳都没有!这句话,今宝想都没想就脱口而出。

我从小就是个没爸的孩子。跃文料不到姐姐会说出这话,一时没反应过来,讷讷地回了一句。

对,你忘记是人家拉你一把的。

今非昔比,跃文开始反击。拉过我没错,但他这几年,许多想法都不对头，脑子都跟不上趟了，现在什么形势，他拎得清吗？你说现在做生意，谁能不行贿受贿，就他那外行的样子，胆小如鼠。还有公司的装修，你不知道全都是我一手设计的？你觉得他有那个品位吗？你瞧瞧你家那几百个平方的别墅，里面装修得跟乡下有什么区别？你问问他，要不是我帮他开拓市场，他原来的老客户早跑光了！

他缓过来了，他看清了姐姐的立场，他的言语犀利、态度刻薄，充满了对老三的不敬。今宝像听电视里的台词一样听弟弟在那里头头是道。表白、抗辩和控诉的声音一股脑地往外挤。"狡辩""撒谎""自作聪明"，这些念头一一闪现，这位背叛者早已经就此刻的势态做好了准备。可怕的是，他说的是事实。他们早就看清了老三，他们比这个做姐姐的更早地看到了老三的平庸和无趣。但是，为了钱，他们也能忍耐这么久，同时，为了钱，置她于如此尴尬的境地。像是有火从她的腹腔往上烧，又像是有冰从她的前胸往后背贴。她整个人像坐在一间忽冷忽热的房间里。

但是，好像卧床太久的人，不习惯走路似的，她失去了在第一时间发作的时机。紧接着，她发现自己心里悄然产生了一种特别荒诞的喜悦之情：弟弟深陷角色，并且在他自己的语言里越隐越深。但无论他多么冷漠、精明和算计，如此巧舌如簧、虚张声势，搞得跟真的似的，但他眼睛里的感情是真实的，他声音里的委屈是真实的。

姐我告诉你，他自己做事不谨慎，他迟早要给人骗光。

被抢劫的正在被抢劫者指责不小心呢。今宝摇了摇头，停了一会儿，又摇了一下。

才几年工夫，角色变了，现在的老三早已不是当初那个被指望接济自家的救星了。老三跑业务，靠的是勤奋、肯吃苦，这两人靠的是脑子活，人际关系拎得清，不对，他们靠的是胆大和贪婪，歪脑筋动得多。

他自己也不干净，告诉你，这几年，他偷税漏税的事可没少做，查出来的话，铁定要坐个十年八年牢。

他甚至以有距离的友善告诉姐姐：我知道你从来没有瞧得上过他，我知道你是为了我们，我领你这个情。她的穿着体面的兄弟，在那里吵吵嚷嚷、嘴里不干净，同时还在表现自己与粗俗和无耻有多么大的距离似的。

一个人得有多聪明才能比她这个当事人更能看清她的处境？如今，他把这些当成攻击对手的刀具了：

他既然对我栽赃陷害，你也不要再委曲求全了。我告诉你，他在QQ上跟一小姑娘聊天，还给人家充了几千块游戏币；他还找过小姐，这事许多人都知道，我们没敢告诉你，就在下城区的洗浴中心……

他们谈到姐夫时所用的每一个词都像一颗钢珠一下下往今宝心里砸。

你怎么变成这样子啊？今宝记得他很小的时候，因为欠钱不还而被小伙伴们冷落的境遇，他坐在饭桌边的椅子上，桌子上放着各种杂货，旧日历、空肥皂盒，对，就连小指甲长的铅笔头都舍不得扔。

跃文和清泉跟在他们的表兄吴波的屁股后面，无论吴波制定什么规则，他俩都无条件地投手赞成，眼巴巴地跟着这个凶狠的人。吴波死后，他们无法可想，就夜晚出动，去偷人家的发动机来发泄心里的怒火，白天垂着头，面无表情，甚至还知道做贼心虚。今宝记得太牢了，关于命运如何对他的不公，但那只是他生命中的某个阶段，在她看来，他在经受不公，他的委屈使她心痛，然而他本人已经被不公中分泌的毒汁浸染了。他现在的这个派头，已然不会承认，他的姐夫是他的救命稻草、贵人和亲人。不仅如此，他开始鄙视他的师傅和伙伴，不仅鄙视，他还侵占、栽赃，他在堕落的路上越走越远。他上个月、去年、前年、更早一些时候的形象还历历在目，他服从、礼貌、举止得体，听到姐夫夸他，表现得像孩子一样害羞的情景也并不遥远，但是，眼下呢，这么狠命欺负老实人，不留后路，简直匪夷所思。"改变他的命运"不过是今宝的幻想，在受到污染的白纸上添加颜料，即使是白色的颜料，它已经不是一张白纸。像被鬼操控了似的。

我哪里变了。

弟弟撇了撇嘴，这个表演得很起劲的家伙已经不是当初那个可怜虫了。就是个得意的小丑。今宝左右看看，弟媳妇平静地站在一旁，腹部微微隆起，没有结婚，但他们已经快生孩子了。她酷爱喝茶。受到她的影响吧，客厅里有一套高档天然乌金石茶盘，茶盘里有几只茶宠和几只紫砂壶，边桌上摆着全自动上水电茶炉和玻璃壶。他们干着缺德事，喝着工夫茶。

这个对她自己的命运都拎不清的弟媳妇,站出来当好人了:

姐姐,跃文和清泉心里有你,他们前几天还说,以后,我们不会不管你的,反正你们没有孩子,回来是分分钟的事。这张伶俐的嘴,真缺德。

他是从贫穷中摆脱了出来,可是瞧瞧他落到了怎么一个巢穴?!找了一个跟他一样被挖空的女朋友,也挖空了自己的脑子,钻到这个空空如也的房子里来。厌恶、悲哀和绝望一起涌向她的胸口,但她什么也不想说,宁愿心如死灰地平静等待着,等待表演者自行结束。

妈妈呢,不知道什么时候已经买菜回来了,她手上沉甸甸的杂七杂八的塑料袋不放下来,像等着谁给她什么提示,又像在等什么人走开的样子。今宝不知不觉把眼光投向妈妈,以期从她那里听到一些不一样的话,没有魔鬼附体的话。

儿子女儿的脸色都不好,妈妈知道没法装了,但妈妈还是那个妈妈,她不说话。她用不说话对付事情许多年了。

今宝明白等下去也不会有结果,她要赶紧逃出去。她走到门口,急急忙忙穿上鞋子。带上门的一瞬间,她的眼光落到了屋内。恰好遇到妈妈和跃文对视了一下。

母子俩相互间那一眼,像是在交流战后的心得:有点惊慌,有点不安,好像早就有信心能打赢这场战役一样,他们内心的胆量和决心都够够的,他们的脸色是平静麻木的,只有做好充足准备的人才会有的神情,也是那种绝对不会动摇、相当笃定和胸有成竹的人才有的神情。

今宝恍然大悟似的想到了"坏人"这个词。"坏人"既不是恐怖电影导演用来吓唬人的虚构存在，也不是远方的陌生人，而是近在眼前的亲人，看得见摸得着的人，曾经同命运共患难的人。人的坏不是从远方到近处，从高处到低处，人的坏是从里到外，从近到远，坏如此无形无色，一旦潜入人心，将会深到头发丝、皮肤和骨髓，把这个人整个都笼罩了，令其不能自拔。

出来的时候天色已晚，可是太阳迟迟没落山，失去狠劲的光线照下来，给她、给周边的房子、给街上的行人都染上了一层不真实的、像将煮熟的鸡蛋黄的颜色，就连街上的灰尘都在遍地跃起，胡乱舞动。

出租车又经过熟悉的下城区江鲜馆，那幢曾经工作过的三层房子已经变成了十多层的大厦，听说已经几经转手、升值，如今外墙又开始支上脚手架，不知道是重新刷漆，还是重挂招牌。一个永远在拆又永远在建的地方，一个永远不消停的地方。

再往前，一幢大楼门前布满了花篮，进门处挂着"欢迎专家莅临指导"的标语，电线杆上挂着彩旗。工作人员进进出出。她想起来了，过几天，下城区要举办一个选美比赛，到时要面对全省现场直播，工作人员正在布置场地。

没到小区门口，她下来步行，沿着院墙边的水泥路向前走，一种阴湿难闻的气味从路边的排水沟渗出来。凹凸不平的水泥路面，回响着她单调的脚步声。她听到自己脚步里的疲倦和胆怯。她不愿意面对接下来的一切。靠近房子的时候,她看到一盏灯的灯光从客厅大门泄漏出来。外墙已成灰暗色,树木倒是葱郁,但此刻呈现出一团团黑影,毫无光辉。

如她所料,老三仰坐在沙发上,眼睛直瞪瞪地看着天花板。听到开门的声音,难以释怀的愤慨重新回到本已麻木的脸上,他只是看了一眼今宝就转过头去,那是一种遭到侮辱后的痛苦。

他等着,等她给一个交代。

今宝什么都没有说。她心里知道,她是始作俑者,她是弟弟们的帮凶。永远不要说,我是无辜的,你不知道对那棵倒下的麦苗,你踩上去的那一脚是不是致命的。她也准备一些词语,诸如我们家对不起你,我会和你一起问他要钱,无论如何把这些钱要回来之类的话。但是,她知道全没用。她清了清嗓子,争取做出与大难临头相匹配的神色和口吻:

你的钱要不回来了。

一说完,她被自己的声音吓了一跳,她的声音里有一种无所谓的味道,类似于丢了一把自行车钥匙或者一件戴了好久的旧手套。她知道这下坏了。果然,老三从沙发上跳将起来,他一脚踢开挡在眼前的塑料圆凳,圆凳发出"咣当"一声脆响,他盯着她,很快脸色潮红,牙床咬住,两腮鼓起来。但他强烈地克制着,克制着自己的情绪,很快,他的额头上沁出一粒粒汗珠,使他看起来更加虚弱和痛苦。

凭什么!我确定是他俩干的。

我见过他们了，他们敢吞进去就不会吐出来。任何东西到了他们的手上，他们会用命去攥着，你搞不赢的。他们就是这种人。如果你硬要他们吐，他们也会把你咬出来，他们手上肯定有不利于你的一些东西。

偷点税漏点税的事哪个公司不干？又不是我们一家，再说，我坐牢他们也会坐。他的声音在颤抖，说话的时候牙齿"咔"撞到了一起。

不值得……

够了，你们一家人都太无耻了。我陪你们玩，要死一起死。他并没有学会动拳手、撕破脸、冲动出击，他向来只是向前向外慢慢挪动。他的眼睛通红。他的背塌下来，前一秒他的背还挺着，可塌下来却如此迅速，今宝简直来不及掩目。

算了，今宝柔声地说，真不值得。

你走，他说，看到你我都受不了。

我跟他们不是一伙的。

你是无辜的咯？他说。

那天之后，他一个星期没有刮胡子。他上一次一个星期没有刮胡子，是在他母亲去世的时候，这是他的语言，在他不能面对生活的时候，胡楂掩盖住他的一部分。他的额头长不出胡子，皱纹多出来，他的背变驼了，目光无比倦怠，像楼下浇水的园丁，像工地上的工人，像刚刚扛完沙包。一起生活了差不多九年，这个被击倒的形象，今宝还是第一次见到。

老三的哥哥和侄子们开始频繁光临今宝的家。他们在客厅激烈地讨论。今宝一进门，所有的声音全部停止。哥哥们掐灭烟头，冷淡地跟弟妹打招呼，并不掩饰他们的不屑和敌意，他们沉痛的眼神里同样泄漏出幸灾乐祸的意味。

他们同时也表露出适当的委屈。不错，他们承认会虚报发票、占小便宜，但他们至少有个度，承认是靠着弟弟的，知道维持个面上的身份，从不越界，更不会胆大妄为、侵吞公司货款，对老三的要求尽量不折不扣地完成，可是老三的小舅子们干的可不是人的事。今宝一上楼，他们激烈的声音又低低地响起来。

现在，她像一块被掰开的夹心饼干，两边都贴不住。

26

亲爱的今宝：

我刚刚找到一张当时的照片。那时候我已经瘦下来了，在别人指责我胖的时候，其实我已经不知不觉瘦了许多，因而显得眼睛更大，脸色苍白，我化了妆，也涂了手指甲，那鲜艳的红色在当时非常流行。我的头发染成了黄色，拍照片的时候，颜色脱落得斑驳不匀，发尾很毛糙。原本使我一直自卑的结实肌肉悄然消失了，我看上去不再是自己曾经憎恨的样子了，但是我的脸上并没有多少满足。现在看来，我在一座迷宫里，正饱受折磨。照片所显示出来的可怜相，到今天我还能感觉得到。

但是，我没有重新出发。这一次。

我的理由是什么？我的理由就在我站在人群中等待那个人跳楼，末了，那个人被消防员押着从楼梯上下来的时候，围观的人大失所望地散开的时候，我看到他们脸上的恶毒。虽然他们中间刚刚还有人高喊：千万不要跳啊，想一想你的父母。但是紧接着他们就感到遗憾了。有一个人，刚刚还急得跳脚，张开双臂，万一人跳下来他伸手去接，这会儿，他失望至极，怏怏不乐。正是错过大场面的遗憾的眼神使我明白人是多么奇怪又复杂，他们身体里有许多个小人会打架。

我在杭州周边游荡了几个星期，然后又回到了杭州。我之所以回到杭州，说起来真是可笑，我想看一看他在没有我的时候有没有感到痛苦，哪怕只有我十分之一的痛苦。另外，我之所以不死心，是本能，是觉得下一秒肯定会发生些什么好事才对得起我这么长时间的忍耐。

我的房子已经被转租了，但经过不落俗套的撒谎，我的工作保住了，我仍然在美容院给客人做皮肤护理。我准备等攒点钱就去找他，比如暗中观察、匿名献花什么的，我还没有想好，但我的内心是期望他感到痛失真爱，继而能够重新开始。

我常常是如此天真的，我期待电影里、书里的那些奇迹会降临。

有一天晚上，我刚下班，一出美容院，便看到了他。他煞有介事地戴着口罩：

在桃。

他喊我，声音突然、坚定，不容我逃开。

南之翔你好。我用了一种很懦弱的口气，仿佛从来没有恨过，也没有逃过，我被自己口气里的虚弱吓了一跳。

他揭开口罩,还是那张熟悉的脸。他一点儿都没变,三个月之后。一与他的目光相遇,我就知道他还是那个他,内心冷酷,毫无情意,立场坚定。我知道他一点也不会变,但他的声音仍然唤醒了我心里的爱意。

我到处在找你,你到底去了哪里?我差点报警了!

你报了吗?

没有。他说。说完他就等着,满脸费解,摆出一个受害者的姿态开始等着。他就是这么自信,就是这副"你得解释"的架势。

我突然心虚了:我妈妈突然生病了,我不得不突然赶了回去。

你为什么搬家,我去你住的地方,房子里住了别人。

我不确定什么时候能来,所以就把房子退租了。

你都没有跟我说一声。

我走得急。

现在你妈妈好点了吗?

好多了。接着,我补充说,也不算特别好。我希望这个借口下次还得用,我不敢把话说死。

你要配一个手机了。至少我想找你的时候能够找到你。他的声音严肃、带着一股从前一样的亲热劲,但又保持着一种自上而下的怜悯和指使。就是那么个东西。

我此前认为自己一无所有,但现在,我不这么认为了,我认为自己有一样东西,这个东西叫:无力!

如果它不存在我就感受不到它,可是它存在,它紧紧地控制着我,使我站都站不稳。

现在,他的心情好起来了,他带着我上了一辆出租车。他坐姿端正,眼睛一本正经地看着前方,只有手在我的腿上动来动去。他对我的兴趣没有减弱,相反,似乎加强了,我不知如何是好,根本没有躲闪的力量。我仰望着窗外的天空,期望看到一些别样的、使我感觉新鲜些的云朵,可是天空什么都没有。既没有太阳,也没有云,我的眼睛只能看到沿途的楼房。楼房上三三两两挂着空调和各种巨大的广告牌。我贪婪地盯着楼与楼的间隙,只有那么几秒钟,我能够看到深不可测的天空,那样沉稳、那样遥远、那样神秘,又是那样难以企及。过了市中心,天空渐渐变得蔚蓝和明亮了;似乎变得亲切,变得温和,也变得更近了,但这一切都不过是错觉。车停下来的时候,我再一次看看天,还是那样生疏,那样遥远,不置可否,无视我的存在。

出租车司机在等着,但是我没有付钱。

旅馆,小小的,旧旧的,两侧各是一个摆放着服装的店面和一个复印店,只有一个门的入口。我不停抬头的时候,只看见一张皱巴巴的纸从楼上的某个窗口飘出来,摇摇晃晃,落在行道树旁。

我听到他在问价钱。一个钟头五十块,他要求三个钟头。我没有付钱。

照着服务员手指的方向,我们找到了通向二楼的楼梯,楼梯边似乎有一个电梯。他不想等,我也没有坚持。

一个钟头之后,他接到一个电话,是一个朋友约他晚上一起喝酒。

他爽快地答应。他要到了我的新住址,告诉我有空了会去。他穿戴好,整齐地、精神抖擞地先行离开。

后面还有一个钟头,你休息一会儿再走。

南之翔,我喊住他。

嗯。他停在门口,轻松地答了一声,他的声音里既没有久别重逢的喜悦,也没有久别重逢的痛苦。好像我这样的呼唤是自然而然的,好像我无论在什么情况下都应该这样呼唤他,好像这种呼唤从我十五岁就一直持续到今天,中间从没中断过。但我知道,这是最后一次,我再也不会呼唤他了。

他等着我说点什么,可是我什么也说不出来了,我被一种羞耻、不舍和憎恨交叉在一起的情绪所控制。我抵制了说话的念头。

他歪了一下头,做了一个轻松的表情,那表情里蕴含着占有了一切的意味。

我彻底清醒过来了。十多年前在农场唱歌的他和现在的他实在相差太远了。这个差别,就好比一个杀人凶手和一个警察的差别。而我仅仅是从外表认出了他。当年的他是个忧郁少年,生气蓬勃,自由自在,前途未可限量,光凭着他的歌声就使我如痴如醉;如今他自以为是,不可一世,带着一种高高在上的优越感,不停地给我制造伤口,并往我的伤口上撒盐。不,其实我并不了解他,也许当年他就是这样一个人,只不过我没有能力去识别,十年之后我仍然没有足够的能力去识别。一个人的恶就是从他身体里长出来的,而且这远不是他最恶的时候,他甚至对此毫无感觉,就算有感觉了,他也会不以为然,更不会做一点点改变。如果有条件,他会比现在做得更过分,更决绝。我在农场的时候就已经知道"有罪"这个词的存在。只是当时我不能理解有人说的"许多关在里面的人是被冤枉的,而真正有罪的人逍遥法外"。现在,我明白了,可是,除了逃,我还有什么办法摆脱他呢。

我先在床上坐了很久,直到服务员打电话来问续不续的时候,我站起来收拾好自己的行李,把那些皱巴巴的卫生纸全部收起来,冲进马桶,一点痕迹不留。在剩下几分钟时,我像他一样照了照镜子。镜子很大,可以照见我身后的门、浴帘、滴着水的喷头,还有我自己的脸,那张盲目的、胆怯的、无力的、不知所以然的脸。我睁大眼再仔细一点看,我的眼睛似乎在用力,想挣出眼眶,看清楚一些什么,镜子里的那个人的脸上,是完全无知的而又深知一切的神情。我闭上眼睛,看到她在冲着我笑,再一看,她的神情变了,满含责备的眼神还在表达对我所谓过错的不可原谅。哦,我的眼睛里隐藏着一个混乱的世界。

在仅剩的几分钟里,我对着镜子做了一番演讲。我对他说,你从来都不关心我,你甚至都没听我讲话,连我没有妈妈这件事你都忘记了,你刚刚还趴在我身上,现在就把我一个人扔在这里。我对你的爱什么也不是,我纯粹就是一个被利用的弱智。演讲完毕,我反而更加没有力气。我发现自己被困在卫生间,哪儿也去不了啦,去哪儿也没有用啦,花那么大力气逃开,转眼之间又回到了原点。

你不要担心我会把跟你的事说出去,并以此为荣,不要以为只有你才是高贵的，让你的歌迷知道我们的事，我比你更觉得羞耻，因为我比你更高贵。

这句话使我积攒了一些力气，打开了门。

不，这些话我当时并没有说，即使是对着镜子也没有，我没有这样的意识。这话从来没有说出口，我变得畏畏缩缩，特别无力。他后来真的很红，像他当初设想的一样，只不过推迟了许多年，他真正红的时候已经四十多了。越来越多的人喜欢他的歌，他的许多事也张扬出去。他离了婚。有一个粉丝在机场拦截他，大喊大叫，还向记者和其他粉丝出示了他的床照，许多人在微博上说他是被前妻陷害的，另外一些人全然不信。他也站出来辟谣过，拿他女儿的性命起誓，说他爱他的清白胜于生命。这一招真灵，又有许多人站出来相信他了。没多久，他又结了婚，在第二段婚姻里又被狗仔队拍到跟嫩模吃消夜。他已经红透了，几乎每个人都认识他那张脸，可是只有我知道在他冠冕堂皇的外表之下，是怎样一颗自私的心，是怎样的虚荣和残忍。现在他不怎么唱歌，他坐在气派的皮椅子上指点别人唱歌，招收弟子。经常还是有各种关于他人品的新闻。有的是真的，有的是假的。许多东西不是对立的，是并存的。有时候他受了诬陷，有时候他比人们知道的更不堪。就如在我认为他毫无廉耻的时候，他还为抗"非典"做过义演，这也是事实。人跟自然界的任何东西本质上是一样的，一片树叶会很绿，然后会变黄，会腐烂。人也会。人也一样，在他高贵的时候高贵，糜烂的时候糜烂。

这些道理我当时并不懂，所以关于什么高贵不高贵的话我也没有讲，我在写信给你的时候迫不及待地把这一段加上去，以示我的愤怒。

就算到了现在，我对这世上的事还是一无所知。说一无所知肯定有所夸张，是为了表明我有自知之明。

我的看法是：爱是个好东西，爱也是个坏东西。爱产生一种力量，这种力量是看不见的风，带动我们的方向。

对于我来说，他已经死了。我没有掉过一滴眼泪，但我从没有停止哭泣。

我转过身——就像从一辆装满货物的大卡车上挤出来似的转过身子，出了旅馆，沿着马路牙子一直走，凭着记忆，向车站去。我头重脚轻，每迈出一步，都感觉像踩在松软的棉花糖上。我听到车轮碾在沙砾上的声音，我听到风拍打着屋檐带起的节拍，我听到狗叫，我听到我的心在颤抖。我像我十五岁时一样落入到一个漆黑的夜里，骑着老旧的自行车追逐他们的乐队，我像我抱着罩裙从妈妈家回来。在农场的那些年，无论哪一天，只要她出现，再对我喊一声，我照样会跟着她走，直到再次被赶回来为止。这就是我，这就是我的命运。这次也不例外。现在，我带着一副看透了的决心走向自己的黑夜。

27

"如果这个季节出门旅游，欧洲是大热门。从德国的法兰克福到布拉格，布拉格的著名景点是圣维特大教堂和黄金小巷，紧接着去布达佩斯的英雄广场和匈牙利国会大厦，接下来再去维也纳，维也纳有名的金色大厅曾经有过中国歌唱家的身影，而慕尼黑，有莫扎特故居。"

比起五百万的凭空蒸发，与跃文和清泉的决裂对老三精神上的打击伤害更绵长、更持久。他是真正倚靠她的弟弟们的。他缺少把想法组织成语言的能力，他拿他们当自己人，对自己，他反而不敢确定。如今失去了左膀右臂、失去了延续了几年的节奏，也失去了全部的积蓄，他没有心思继续做业务。他之前的客户和合作伙伴，分成了两种态度。一种是坚决和他继续合作，并且谴责跃文和清泉的行为，虽然证据不足，但大家都心知肚明，在心里对他们进行审判和指控；遗憾的是，另外的大多数人并不觉得这跟他们有什么关系，基于平常的客户关系和外联活动都是跃文在维系，他们习惯性地选择和跃文继续打交道，却并不在乎他的身上贴着的某些标签；更可怕的是，事情过去很久，那些观望和持怀疑态度的人竟然陆陆续续倒戈，甚至有些人明明本来对老三抱有同情，但在之后选择了跃文做合作伙伴。毕竟，做生意最重要的是利益。事情怎么发展，需要更多其他的力量——看不见的、背后的力量，许多事的结果不取决于台面上，取决于背地里。

对于妻子，他倒算宽容。报复在速度上大于宽容，而宽容让人保持住一定程度的痛感、失望和怜悯！

她陪他去法院陈述案情，他也允许她站在边上，必要的时候插几句嘴；陪他到银行查询资金去向，也陪他去员工和客户那里收集证据、交接业务。她能帮上忙的并不多，她了解的情况比他以为的少得多，只是陪着、跟着。

损失虽然惨重，但还不至于让这个男人一败涂地，不过只要他工作一天，总有那么些人和事提醒他难堪的处境。那年的秋季广交会上，他和跃文竟然在同一个展台相遇了。他们过去的熟人，显然还没听说他们之间的事，竟然约他们一起参加晚上的客户招待宴会。

假装说已经有约的只能是老三。

从广州回来之后，为了避免碰到跃文或者与跃文相关的人，很长时间他连客户电话都不愿意接。不仅对妻子，老三对日常生活同样产生了明显的厌倦情绪。他表现出一种无精打采的倦怠，甚至带有一点麻木不仁的听天由命的架势，从早到晚待在家里，有时会在网上打麻将,有时会玩"连连看"。今宝进门的时候,他表现出这一局打完就起来的意思,可是一旦今宝出来,他就缩起脖子,目不转睛地盯着电脑屏幕,沉迷得更彻底。他还学会了网购,肥皂、袜子、茶叶,一开始,他只是被弹出的网购窗口吸引,后来,为了拉开门时,门口出现大小不一的纸箱子;如今,为了减少出门的次数。消沉的意志占领了他,他打开向内的通道,安全无声。

案情毫无进展,老三变得更消极了。他每天清晨出门,背着黑色的公文包往车里走,等他打开车门,为了钻进低矮的车里,今宝能看到他的头低垂得很深。他一事无成,对什么都心不在焉。而每天晚上,他也回得很晚,像对回家有一种可怕的抵触。有时整个星期邻居们都看不到他。时间久了,他们嗅到了些什么,半年之后,他们觉得这两口子铁定离了的时候,老三又出现了。

吃饭的时候,今宝坐在餐桌的这一头,他必然在最远的那一头。两个人第二次分开睡。虽然是分居,但他有需要就过来。他不像以前那么急迫,他有顾虑,既有欲望又有火气,既理直气壮又畏畏缩缩。她不知道他到底在想什么,有可能什么都没想,就那么做了。然后爬起来离去,一句话都不说。房子里特别安静,从前也那么安静,现在更像一个战场,潜伏着敌人。她缩进去,冬天还没有真正来,空气已经刺骨,她越来越怕冷了。越到天亮越觉得冷,被窝里像藏着两块冰砖。

快过年的时候,他去乡下看他父亲。他父亲去年回到老家空心洲，住过的旧屋已经被拆迁，但愿意留下来的老人，开发商给他们提供了一份工作。作为度假休闲的小岛上其中的特别项目之一，就是堤坝上特意保留下来一些土砖材料的老宅，以及老宅里的农具、猪圈和墙上的蜂窝。老三的父亲被请来当临时主人，他坐在老邻居家门前的板凳上，扮演刚刚捕鱼归来，正在歇息的渔翁——差不多是十五年前的他自己，演起来几乎毫不费劲。江边停靠着几艘豪华游艇，游客们会坐着它沿岛周游。站在游艇上拍照，吹江风，很惬意。没有工钱拿，图个自娱自乐，因为刚刚开发，游人不是很多。自从儿子们冰释前嫌之后，这是第一次约到空心洲团聚，但是，今宝被排除在外。她听到他兄弟给他打电话告诉他聚会地点和时间的时候，今宝试探性地问了一句：

我也去？

不用，我说了你要上班。

家庭关系造成的种种伤害，在其他没有撕破脸的亲戚以及两人共同认识的朋友面对面的时候，被包裹起来，表面上谦恭有礼、客客气气，一般人都会觉得一切相安无事，但在老三的兄弟们面前，两人之间冷漠的和谐可以暴露出来，甚至有意夸张一些。他想获得适当的同情，以便有机会和家族重修旧好。老三指望另一段关系把他从上一段糟糕的关系中带出来。然而今宝看得很清楚，他的哥哥们没有那么单纯。当初，他们因为跃文和清泉的介入而跟老三分崩离析，如果再给他们一次机会，他们只会学习如何对跃文和清泉进行模仿，只会变本加厉。他们同样是把钱看得比关系更重的一帮人。

为什么不呢？今宝从他们的眼神、从他们的声音里就能听出来。可是，她现在的话不作数——曾经似乎也没作过数。从哥哥家回来的那天晚上，老三喝得酩酊大醉，他没有开回自己的车，跌跌撞撞进了卧室。凌晨两三点的时候，今宝听到一声巨响从老三的房间传来，她被惊醒后不假思索地冲到了隔壁，房间里黑乎乎的，意识到今宝进了他的房间，他用一种几乎少见的低沉声音呵斥：

不要管我。走开。

你喝多了。

关你什么事？

今宝没理会，她打开门口的开关，老三正从地上爬起来。显然他摔了一跤。他没脱衣服，连鞋还穿在脚上，他的脸色发红，头发凌乱，嘴角怒气冲冲地上翘。

对不起。

对不起什么？他粗声粗气地顶回来。

我不知道，为去年的事，为跃文，为清泉，为我妈，为今晚，为所有的一切。

如果他足够了解她的话，就知道她的声音里没有任何弦外之音。老三迟疑了，他从前不是强势的男人，现在更不是，他的喉结开始滑动，他艰难地吞咽，但是难以启口。

我去倒杯水给你。

老三没有作声。今宝匆匆下楼。等她端着一杯温水进来的时候，老三又变成了那个干巴巴的男人。他没有伸手接，相反，一副心灰意懒、懒得计较的样子。

岁月荏苒。老三摆脱了所有人给他设定的形象,成为真正的自己:他只是个走过运的普通人……即使最风光的时候,他从没吹嘘过自己……或许正是出于不自信,他向来不与人争执……对于不知道的事,他习惯保持沉默……他是再普通不过的一个人了。看到他失魂落魄的样子,像掉落在水泥缝隙里长出来的一根草,孤零零的,随时被车轮碾轧。不把头探向井底,不知道井底到底有多黑暗。她同情他。比起当初几年,现在,她的情感坚定得多。但是,事情却没有向她期待的方向走,没人还给老三一个公道。

生意场上有看不见的凝聚力和磁场。一个受挫的人,他会把他的失意写在身上的每一个位置,他的短处暴露之后,他本人会比别人更加失落,失落会把本来向上的力量往下拽。这种下滑速度迅猛,毫不留情。大约几个月后,他损失了另一个大客户。

他变得非常暴躁,坐不住,也睡不着,变得有点贪杯,醉后就喊离婚,但也只是喊喊,钱倒是看得紧了——其实,除了这套房,他也所剩无几。

不过,总算,他向她表达了谅解。对,她又到了需要被谅解的时刻。从她父亲死的时候起,她就在领受这种特殊的待遇。现在,轮到老三了。生活中的每个时刻都显示出他的谅解——傍晚的时候他跟她在小区里散步,三期工程已完工,绕小区一周需要半个钟头。

他走得快,她走得慢,她努力跟上他的节奏,可是这不容易,每隔个三五分钟,他就停下来等她,他不回头,侧着身站在边上,眼睛看向远方,像被绑架来的,但她不发作,顽强的习惯性隐忍的意志,使她坚持营造着一种值得维持的现象。

28

亲爱的今宝：

现在，我要讲我的孩子了。

我知道自己怀孕的时候他在我肚子里已经一个多月了。

那时我刚刚在南京郊区一个会所做服务员，对，没错，会所。因为到处反腐，这个建在郊区的会所因为极其隐蔽而门庭若市，我才刚刚上班不到二十天就确定自己怀上了。我当时想，这世上还有比此刻更糟糕的时刻吗？

还真有。验孕棒还在手上呢，同事递给我一封信。经过许多手，这封信已经破烂不堪了。

是我爸，他告诉我：你妈病了。

是癌。

我爸在信里说，她是一个好人，你回来看看她吧。

现在的人都不写信了。我却是第一次收到我爸的信，这封信是从杭州转来的,信封上写着我的旧地址,圆珠笔画掉,又写上了我的新地址,信封正反面都沾满了污渍,上面隐约看到鞋底的纹路,封口是裂开的,我甚至怀疑这封信曾经被扔掉过,可能哪个发善心的人捡起来重新塞进邮筒也说不定。我爸的字是钢笔写的,字迹清秀有力,格式也很讲究。写信的纸是质地很柔软、线条很简单的白纸,这样的字加上这样的信,看上去像别人的信,别人的消息,以及别人的故事。

这封信把我的处境变得很滑稽。什么意思?难道要我怀着一个没有父亲的小孩去看望把我丢弃的妈?

这封信让我产生了更加强烈的厌倦。我厌倦我爸带来的这个消息,我厌倦肚子里的孩子,我厌倦那个深爱过的男人。他不配有一个孩子,他过去可能有,但那也是不配得来的,他如今也不配。我更厌倦我自己。像我妈,像我,像我这样一个连北都找不着的人,连一个家也没有,一个房子也没有,一份像样的工作也没有,甚至连一点点爱也没有。我更加不配有孩子。男人充满了女人的一生,女人充满了男人的一生,但我们都不配有孩子。

我把这封信扔在一旁,去了郊区的一个诊所。

去了医院,事情比我想象的更容易一些,我跟在许多年轻年老的妇女后面排队,医生和护士根本没人多看我一眼,我的心慢慢放下了。

到了这个时候我开始想一些事情。在我很小的时候,我妈妈伤害了我；十七岁的时候，男人开始伤害我；后来，贫穷伤害我。但从现在起，我开始伤害更弱小的生命，欺负他没有还手之力。

好不容易叫到号，先是坐到诊所问姓名年龄症状，化验，我心里有数得很，迫不及待地想把手术做了，医生端着报告单，就恶声恶气地训斥我。她甚至都没问我结没结婚。我想好了，如果她问，就说快结了，已经订婚了，这样可能面子上会好一些。她根本没问这些，光问我是吃药还是手术。我说哪个不疼？我怕疼的样子好像更惹恼了她。她说，你快活的时候怎么不想到疼。

我心里想，关你什么事，快活不快活你又知道多少？万一我是被强暴的呢——我那时候跟被强暴其实差不多。我想顶回去，又怕她报复我、暗地里使坏，把呛她的话吞回去，心想等到手术结束之后再跟她理论。得知药流又省事又便宜，我选择了药流。加上 B 超费，我一共付了 699 元，拿到了几粒小药丸。三天之后，我用塑料袋包着血糊糊的一小包血块到医院让她鉴定的时候，没有说话的力气。看到医生还是鼻子不是鼻子脸不是脸地跟我说话，我完全没有还嘴之力，而且，那个时候，人像一条狗一样，给个地方就想躺一躺，会变得很胆小，不敢惹是生非。

事情并没有结束，之后的半个多月，我身上一直淋漓不尽地流血，腹痛不止，浑身乏力，白天还要上班。快一个月的时候，开始低烧，整夜打摆子，人越来越虚弱，我知道有什么不对劲，体内还残留些什么没有掉干净，第二次回到医院，又交了一笔钱，做了清宫手术。

我从手术台上下来，又排队拿了消炎药，慢慢走出医院。在排满自行车的人行道边,有一个面无表情的中年妇女蹲在地上。她身边的篮子里,码着一束束正开和待开的栀子花,散发着扑鼻的香气。只要听到脚步声,她头也不抬就发出像铲子碰撞铁锅的噪音:

栀子花,两块钱一把,五块钱三把。

我看到她的头顶心几乎都秃了,露出黑乎乎的头皮,她的手搭在篮子上一动不动,手背上爬满了斑点,除了麻木和贫苦,她什么都没有。谁会买她的花呢,可是,如果一个人懂得或者是有条件把自己打扮得优雅漂亮,把她的困苦、把她的焦虑全部掩藏起来,有这样本事的人实在不需要蹲在这里卖栀子花,卖一天也不过赚个十块二十块。

继续往前走,我看到一个没有双腿的乞丐趴在一块带轮子的木板上用粉笔在地上写诗:

飞流直下三千尺,疑是银河落九天。

每写一个字,他往身后爬一小截,他的字架构优美、隽秀大方,跟他短缺的身材很不相符。他的身上沾满灰尘和粉笔灰,他的身前放一个茶叶罐,里面放着几个硬币。他愁苦地趴在地上,不旁顾也不抬头。

在一个水果摊前,我看到买卖双方在讨价还价。

太贵了,算十块钱吧。拖长的忧心忡忡的声调。

不行啊,要亏本的,给十一块吧。拖长的忧心忡忡的声调。

唉，苹果都吃不起了。给十块八毛吧。

你来我往一番，最后成交。

经过兰桂坊的时候，我看到装潢精致的小店，有茶室、美甲店、面馆，还有一些熟菜店和修脚堂，进进出出的都是年轻漂亮的男孩女孩。奇怪，在我十几岁的时候，我的眼里看不到其他漂亮的女孩，现在，街上到处都是，她们轻松、随意、时尚，脸上挂着明媚的笑容，身上有一种勾人的活力，但是，她们好像对即将发生在她们身上的痛苦和背叛一无所知，而我，我一点儿不忌妒她们，我像一个看到了电影结尾的观众，替她们着急，却无法通知她们。

在那条漫长的路上，我的心越来越慌乱，这种慌乱的心情里包含着一种很古怪、跟我不般配的东西，那就是同情。我同情我看到的这些人，在之前，我觉得自己无权同情别人，可是在这样的时候，我反而深深地同情那些人。我似乎看透了她们的过去和将来。我们都没有选择。如果可以选择，谁愿意选择蹲在马路边上卖两块钱一把的栀子花呢，谁又愿意失去双腿，爬着往前走呢？此前我觉得我比我妈妈更恶劣，至少她把我生出来，而我生都不愿意生一个出来。我对自己说，这个世界是不值得生活的。被我生出来的一定比我更苦。我比我妈更有自觉性，我将停止祸害下一代。这算是我的选择吗？我愿意叉开腿，让那么长那么粗的针伸到我的身体里，在里面剐啊剐吗？其实不是我的选择，是过多的经验告诉我非此不可。

我甚至想，真想好起来的话，以后这个地球一定得出台一个法规。法规要求没有得到过爱，也不懂得去爱的人禁止生孩子，就算有这个念头也不行,得发明一个"念头跟踪器",一旦动了这个念头,就要监视起来,一旦生了,更得重刑处罚,一旦再犯,将加入黑名单,她将不能进入车站、机场,打出租车都不行。这样,不管她乐意不乐意,她都得陪伴她的孩子,永远,哪儿也去不了。

29

"冰岛，位于北极圈附近的国家，地处欧亚板块和美洲板块交会处，由1100年前来此定居的维京人发展而来。冰岛的气候并不像她的名字那样让人感到寒冷，而是比较温和，冬天平均气温在1℃左右，夏天也不会太热，基本不会超过20℃。以纯美的自然风光、生态能源以及热情好客的冰岛人吸引着世界各地的游客前来。大约需要两万元就可以轻松自在地在此度过一周的时间。"

有天傍晚，今宝刚刚下班，她骑上自己的电动自行车准备离开。

今宝！

在街角，一个熟悉的身影站在那里，向着自己来的方向张口呼唤。是母亲。上一次见面，是事发一年后，她打电话给今宝声称自己生病，今宝回了一趟她单独居住的房子，今宝进门的时候就看到了两个弟弟和他们的女朋友，以及一桌子丰盛的佳肴在等着。今宝看到了母亲，她坐在沙发上，身上盖了条毯子，她的面色，要说病，也最多是拉了肚子、伤风感冒而已,她没给这些人说话的机会,放下水果出门而去。

秋意正浓,秋风刚刚平息,地面上的垃圾聚积在各个死角,街面上倒是整洁。远处谁家的孩子不情愿地弹着钢琴,一声声砸下去,像是砸穿琴键才解恨,更远处,一阵轰鸣,又一阵轰鸣,乍听很突兀,再听又像很有序。

她走过去,站在母亲跟前。

你怎么瘦了这么多?话还没开口,母亲的眼泪掉下来,他们是不是给你气受了?

今宝不知道要说什么。两年不见,母亲的头发几乎全白了,但也精心梳理了一下。她穿着一件白黄相间的立领外套,和真人秀节目《花儿与少年》里的凯丽同款。

说呀,我都急死了。她的声音被自己的悲伤噎住,气息不稳。

今宝不知道要说什么。

生怕女儿随时会走掉,妈妈迫不及待地继续说话。她说自己大病了一场,想女儿,又说过去的邻里的近况,谁死了,谁中风了,谁的儿子离婚了,谁的儿子出国了,如此种种。好像每一个话题都要牵连出儿子们,又只好紧急刹住。期期艾艾,欲说还休。她想念女儿,也有想让女儿原谅儿子们的意思。女儿沉默不语的态度给了她继续的勇气,又让她担惊受怕,她慌里慌张地把底牌亮出来:弟弟们给她买了一套两室一厅,就挨着妈妈的一室户,让她有个保障。

今宝在心里说,我不需要别人给我保障,他们自己还得需要更多的钱才有保障呢。

他们心里有你。

他们心里只有钱。今宝心里说。

他俩知道你过得不好。

我比你们以为的要好得多。今宝心里说。就算不好,哪里都可以去,为什么回娘家?

他俩也后悔……他俩也吵得凶。

他们一定是为钱吵。

结果不是,妈妈说:清泉就愿意待家里,整天对着电脑,他是想找新路子,很长时间也没搞出名堂,跃文嫌他不务实,两人也怄着气呢。

今宝不吭声,妈妈明白扯远了:

他们知道事情做得不体面。

他们不知道,今宝心里说,是你知道而已。

就这么自说自话,把准备好的话说出来了,母亲突然又开始掉眼泪,她一直拿袖口擦,以为擦完了,却又要擦下一次。她似乎站不住了,用背倚靠住身后的墙,然后,又开始重复说过的话。

今宝实在不忍,现在,她开口了,她说:

妈,我并没有恨他们,我是想不通,后来就过去了,我之前也不知道他们有这么多钱,我也不是管他们的事……我花自己的工资……我也没什么花钱的地方……

一开始我真生气……后来是假装,怕老三觉得我跟他不是一条心……我们的确不是一条心,我跟——这两个更不是……

妈妈还在抽泣。今宝说的她可能都没听清,她捂着自己的胸口蹲在地上,像是豁出去似的,她从口袋里摸出一张存折,哽咽着说:

这是我这几年存的,你拿去,想做什么就做什么吧。

你自己留着,我不需要用钱。

他们会管我的。

他们不会的。今宝想说,他们更爱钱。

妈妈还想解释,她的手——青筋暴出来,伸出来想抓一抓女儿的手,没有第一时间碰上,又缩回去了。一种在许多时间之后才产生出来的愧疚以及补偿心理,现在,起作用了。

我不能。今宝想,我都多少年没有碰过她的手了。不是时间也不是距离,是穷,如果,是背叛,无论自己为她做了哪些事,她的处境也没好起来。

想到这里,今宝觉得更糟了,她体察到妈妈是真的难过,比以往的许多时候都更难过。

听说电缆生意不好做,到处抓环保,只要上面来人,厂里就停工,一年到头吃罚单,质量没保证,信誉也没有江苏和河北的好,许多人都不做了。

妈妈的消息真灵通。今宝想,老三的业绩下降得厉害,一则,本地企业相互压价,本县两百多家电缆厂,光去年一年就倒闭了十七家,真正做强做大的品牌也就那么几个;另外就是下城区模式在全国各地复制,本地的倒因为顽固的优越感转身困难,反倒落后了。最大的麻烦是,这几年上面抓环境污染,越管越严。有一个电缆厂,因为附近老百姓的一个投诉电话,头天晚上正常下班的员工,第二天早上到单位上班时就发现单位大门紧闭,说是要停产整顿。这种局面,首先尝到苦头的就是销量单位,狠抓环境整治在短时期内影响交货日期。更严峻的考验是,许多单位高薪聘请学历高有专业知识的年轻团队来负责经营,那些凭着吃苦耐劳墨守成规、脑子转得慢的中年人已经不受欢迎了。

有一次老三回来告诉今宝,他去拜访客户单位,整个单位就没见到一个比他年纪大的,那些人在饭桌上交谈的内容他都听不懂,企业和经营模式年轻化、网络化,那些人都不怎么喜欢说话,站在他们面前,没法好好说话,他们宁愿在那划拉手机,他真不习惯。高铁上也都是衣着体面、精力旺盛的年轻人。真的觉得自己过时了。话虽如此,他还是早出晚归,奔跑是有惯性的,有时惯性拖着人,有时人拖着惯性。

为什么你就这么受着,不出去呢?妈妈问今宝。

我觉得那些从家里出去的人才应该被问为什么出去,留下来本身是不需要理由的,我的家在这里,我在这里有自己喜欢的工作。可你偏偏不相信我不需要回答为什么留下来。今宝心里说。逃别人特别容易,逃自己是困难的。

你要想出去做什么事,妈支持你。

我不想去哪里。我在这里过惯了,觉得就该在那里过。

就像沿着一个圆形的操场绕圈,话语就这么绕来绕去。天快黑了,母女俩谁也没提分手。

一辆经过的渣土车突然摁响喇叭,在寂静无扰、畅行无阻的黑天,这声无来由的喇叭吓得妈妈一哆嗦,今宝本能上前一护,她伸在空气中的手显得滑稽而突兀。那辆恶作剧之后的货车消失在孤苦无依的夜色之中,妈妈喘息稍停,眼泪再次涌了出来。

30

亲爱的今宝:

陈艳梅死了。

我妈妈死了。

我爸爸又托人把她死亡的消息带到南京。我爸爸在我快三十岁的时候总共才给我写过两封信。我很快将知道,这是他此生给我写的仅有的两封信。

邮戳上的日期是两个月前的,换句话说,我妈妈至少死了有两个月了。那阵子,我们老板天天收到诸如"卖女救父""割肾救母"之类的泣血求捐信。一开始,我们老板还好心地给这些人提供的账户里打上百把块钱,后来有新闻报料了此类骗局,我老板打开信的欲望都消失了。这封信被当作募捐信扔在老板的办公室迟迟没有拆开。他清理的时候正好我站在边上,我认出了我爸爸的字。他在信里告诉我说,陈艳梅从生癌到死前两年多的时间,一直在农场的服装车间打工,每天帮人缝制衣服上的纽扣,她临死之前疼得很厉害,每天医生来给她打一针止痛针,但她不愿意躺在床上等死,反而更守时地去车间干活。车间里有日光灯,照得见她额头上的汗珠,同事们对她很友善,担心她会倒在车间里,可她总是说她不会死,因为她的女儿还没回来。所有的电影和电视剧都有这样的情节,临终的人想等到亲人最后一面。她等了好几个月,最后骨瘦如柴,只剩下不到七十斤,不得不停下手上的活,爬回床上。她死的时候,身边没一个人。

我很纳闷我爸爸能写这么详细的信,他有我的手机号,却选择这么老土的方式,来传达这个紧急的消息。他用的全是褒义词,表现出一种奇怪的敬意,我摸不透他的动机,是想让我忏悔吗?但他没有责备我,他只是叮嘱我一定要回家。

我请了假回农场。在回农场的班车上,我看到了一路上的变化。路变得宽敞平整了很多,我上次回来还没有这么干净。造好的楼房更多了,有那么一些时候,恍然觉得这里也是正在兴建的城市,但是车子渐渐接近农场的时候,还是能感受到农场跟城市的差距。农场的大部分模样还没变,所以越发显得古旧,十来年前记忆里那种欣欣向荣的场景就像是布景。我住过的职工房已经没人了,墙面的石灰大块剥落,在靠着公路显眼的地方,一层又一层刷满了保健品和农药广告,庄稼和树都像比从前矮了。

我走向我爸爸的家——看到他坐在椅子上。他也看见了我,从椅子上站了起来。我注视着他的眼睛,他的瞳孔混浊,眼白也混浊,那双眼睛没有什么力气。他的双颊瘪进去，他可能掉了一半的牙，他的头发和胡子都灰了，他还穿着一件灰色的夹克。

他的眼睛里有许多的痛苦，有许多的屈服，也有许多的火焰，但最终，他能把一切都藏在心底，他一生都在尽量做一个藏住自己的人。我现在懂了。

他把我往屋子里让，我从他身边跨进门。我没有看到我后妈和我的弟弟，房子里空空冷冷的。

他让我在沙发上坐下来。沙发是黑色的皮革，有些接缝的地方已经脱线，坐上去感觉很硬。

他坐到我跟前的小板凳上，我让了让，想让他坐到沙发上，他摆摆手说：

我老早就想告诉你了，你妈她不是你亲妈……你是人家放在我家门口的……我们本来已经过不下去了……可能觉得我们过不下去是没孩子，人家把你送来时你才两天，可能不止……我们到政府给你上了户口……她用米汤喂了你两个月，我们还是过不下去……她没带走你……带着你再没人要她了……

我后来打听过……农场里人很复杂，说来说去都是推测……究竟是怎么回事我也不清楚，一直也没人来认……来人认我肯定会告诉你……

那天晚上我整夜没有合眼。我躺在靠北的房间里，努力回想着陈艳梅，回想起她那怒气冲冲、闷着头向前冲的样子，她那死气沉沉的房屋以及我那件滴水的罩衫。三十多年来，我一直深信不疑的事物，突然在眼前反转，那些刻骨铭心的记忆，变得如此讽刺，我的愤愤不平，一直拿来作为自己的逃跑盾牌的对妈妈的责怪，竟然，竟然全是错误的。还有她的形象——她可能二十年前，或者更早的时候就不是怒气冲冲的了，也许她的一生也只有那几天是怒气冲冲的，我却让这个形象扭曲的、不称职的、可憎的面目保持了一辈子。

透过七岁那天清晨的薄薄的晨雾，我看到了我之前根本不可能看到的东西。我看到了大片大片的麦田，哗哗流淌的小溪在夕阳下闪耀，经过它，我第一次去到我妈妈的家。高大气派的松树林和远处影影绰绰的村庄我当时没兴趣看，这些东西在三十年后又清晰地浮现出来，甚至我都能闻得到三十年前那浓烈地弥漫着我的喜悦的空气。我那时多么高兴啊，跟随在我妈妈的身后，我甚至能闻到路边小野果子那酸酸甜甜的香味。三十年后，我贪婪地看着走在前头的妈妈，这一回，我清晰地看到了她头上的丝丝白发。那时，她才三十出头，但她眼睛里已蕴含着无尽的忧伤，我才想起她又粗又大的嗓门里其实没有力气，她踹我下床的脚上其实也没有什么重量。其实从那个时候起，她身上的一部分东西已经死掉了，又或者说，经过三十年，力气和重量从我心里消失不见了。但是不管她经历了什么，这些经历在我第一次见到她的时候已经把她吞噬得差不多了，她能又活这么久，真是一个奇迹啊。

我从医院出来时生出来的同情之心又来作怪了。我觉得父亲就是那种被损害和被欺负的人，看着他的一生，他养育一个不是自己的孩子,到头来什么也没捞到;他养大一个自己的孩子,到头来还要担心自己死了之后孩子怎么办。我越想越觉得灰心,我好像看到我父亲我自己我后妈我弟弟都是挂在一口深井的内壁上,慢慢下滑,脚尖都钩不住了。要是我早一点知道真相,也许我会改变我的选择,比如,留在陵兰县,嫁给质检所的陈志高,或者干脆留在农场。但是,这不是我能决定的,关于留在哪里,被谁留下,是运气,是早注定了的。这世上还有比我们活得更惨的人,真正的悲惨的人,那些天天在马路上扫啊扫扫啊扫,到头来只能吃最差的饭菜、住最差的房子,那才是真正被欺负和损害的人吧,他们所能选择的就是克制和忍耐。我回忆起那些过得很好的人,有许多,简直就是含着金钥匙出生的,他们不需要选择做穷人还是做有钱人,他们天生不需要经受我们所经历过的,他们的钱今生今世也花不完。想想他们,除了运气好,还有什么比我好呢,又不比我聪明,也不比我勤奋,更不比我高尚,甚至更卑鄙。

临走时,我爸找出一张相片。是陈艳梅死前的最后一张相片。我接过来。那不是陈艳梅,那是一个完全陌生的老太太。她的脸很瘦很瘦,下巴缩进去,头发稀稀拉拉,她的眼睛注视着相机,就那么定定地看着。哦,我的天哪,这跟我记忆里那个怒气冲冲、满口粗话的年轻女人判若两人。她的脸上有一种无法言说的东西,是他们那一代人所共有的气息,又像是完全属于她一个人的气息。这是一个被冤枉的人,这是一个没办法为自己辩解的人,如果你问我,什么叫被冤枉和被连累的,我会想到她的脸。永无辩解之日。我爸说,是他告诉她要留给我,她才同意拍照的。

我想起了一件事。那件事发生在我第一次从我妈妈家回来。我算是有妈的人了,这件事只发生一次,这件事不需要收场,但这件事的确是存在了。

有一次,我去农场的杂货店买块肥皂。那时的杂货店卖杂货是顺便的事,主要还是男人们聚会赌博的场所。老板是个精瘦的长着白癜风的中年人,他捧着一手牌过来递肥皂给我,他先给我了一只两毛钱的,我一闻就不喜欢,我看上了一块盒子上画着一把扇子的肥皂。

三毛六,说完他等着我给他钱。可是我手上只有两毛钱。我摊开手,想再数一数。再数一数还是两毛。

他懂了。朝我眨眨眼,慢慢把头从柜台上探出来,靠近我,嘴一咧,轻声对我说:

喊我一声爸,肥皂拿去。

你说什么?

喊呀,这块香皂是上海的,可香了。

我伸出手,"啪"的一记,耳光响亮,扇完我转身就跑。

我害怕了很久,生怕他怒气冲冲地找上门来。我知道不管他向我爸说什么,我都没有反驳的机会,我曾经见过他拎着一个偷酥糖的小孩的耳朵走了两里多地,去找他的父母。我成天在想着如何对付即将到来的诋毁,想了许多词放在喉咙口,只等到时一用。他始终没有来,这件事让我多少觉得事情不像我们以为的那样,也不像我们看到的那样，可是，我的智慧不够用，没有多想。

这就是我的性格，如果被冤枉，恨不得从棺材里爬出来叫喊几句。可她呢，照片上的陈艳梅木讷地看着我，眼看自己行将就木，也不肯替自己辩解一句，就那么痴呆呆地看着镜头，一脸的无所谓。她在我还小的时候没有辩解，等我长大的时候，就再也没有给过她机会。无论是我十几岁的时候，二十几岁的时候，还是到她临死之前，我都没有给她机会。我想，其他人差不多也这样对待她，所以她才成了这副懒得再说话的样子。

二十年，三十年，甚至四十年，都不足以让我们搞清楚某些真相。就拿我现在来讲，我知道的恐怕也只是皮毛，现在把这些当成真相，信之凿凿，又或者觉得自己可以这样那样，但是，有许多事需要时间过去很久才知道是还是不是，也许，真相永远消失了。就像我们农场，它是这样地陈旧，又是这样地硕大。一座座关押过犯人的房子都被拆除了，已经被瓜分了，有些土地被承包，许多地方盖上了房子，用钢筋水泥把过去都填平了，连原先的名字也从年轻人的记忆里消失了，外来的人会以为本来就是这个样子，一直就这个样子。剩下一些没有窗户的直直的高墙，里面隐藏过许多秘密。但这些秘密永无破解之日，真相埋进了土里，或者飞上青天。

31

一个显而易见的事实是——生活在重复。不仅表现为今天几乎完全在复制昨天,或复制更早时候发生过的事;每天的行走轨迹都几乎一样:家—婚纱店—菜场—湿地—家。不知不觉,她已经是婚纱店的唯一元老了——连老板都换了几茬了,她仍然毫无厌倦之意。最后一次换老板的时候,她拿出积攒了许多年的积蓄,成了合伙人。在摄影师缺席的旺季,她自然而然拿起相机参与拍照。她拍的照片混在专业摄影师的相片中,被选中的几率渐渐增加,到如今,远远高于重金请来的科班摄影师,她的照片朴实无华,没有过多的造型和背景,有时还能把新娘脸上的雀斑从厚厚的脂粉里拍出来。她反对过度修饰,在千篇一律浪漫、甜蜜、唯美等标签之下,她的照片却最为注重真情流露。有许多人不接受,但是,也有那么一些准新娘,对她的风格情有独钟,有一次,一位准新娘看着一张照片脱口而出:

你拍出了我的心。

无论是欢喜还是惆怅,她靠着准确的发现使人不能拒绝,到今天,甚至可以说,因为她的周到服务以及特别准确的捕捉,在这个交通越来越便利、去上海和三亚拍婚纱照蔚然成风的时候,"罗马风情"摄影工作室得以一如既往健康经营。

但是,除了工作,她几乎从来不拍照。过年聚会也好,周末郊游也好,她从来没有拿起过相机,家里的小辈们举着手机"咔咔咔"时,她会看着镜头、微笑,所以,老三根本不知道她还有这一手。

不工作的时候,她养成了坐在门廊上沉思的习惯。她不知不觉地回想,到底在哪些关键的地方,又是哪些不能回避的理由,她走到了今天这样的处境里?在所有发生过的事情中,哪些是偶然事件,哪些是必然?没有明确的结论。但是似乎总有一个声音在暗暗提醒她一个事实。那就是:回过头,没有什么特别值得留恋的人与事,往前,也没有什么特别强烈的渴望和心愿。要说有,就是那从来没有实现过的友情和远方,尚在记忆里陪伴着她。这种提醒,使她的日常举止有了缓慢和敷衍的意味。

她的外表,开始有了中年人的模样,因为没有生过孩子,五年前,不,三年前,因为小巧而结实,还有人会当她才二十多岁,探询有没有男朋友。不知不觉,她的皮肤从苍白到暗黄,体形也变得有点僵硬,体重倒是没有增加,但腰围的尺寸大了。她每周也会跟着网上的视频学着做些瑜伽训练,但是,就算一直以来在这样一个熟悉、宁静、毫无意外的环境里,衰老仍没有绕过她。二十多岁刚刚大学毕业来工作室的小姑娘都开始"阿姨""阿姨"地喊她。第一次她听到比她个头还高的人这样称呼她的时候,她的心"咯噔"一下,油然生出一种凋谢、颓丧的感觉。表面上,她从来都是有喊必应,但是在她的内心,像住着一个更年轻、还没经世事就停止成长的小女孩,这个小女孩活泼好动,喜欢语声喧哗,她的质地晶莹,娇柔天真,有一种爱和幻想的力量,这个小女孩根本不接受"阿姨"这个称谓。只要周边无人,今宝就会上网看各种纪录片和摄影大师的照片,这些精彩纷呈的图片丰富着内里那个小小女孩的世界,比起现实世界呆板、规律的生活,她内里的世界广阔幽深,像爱丽丝的兔子洞,美丽而充满奇遇。

32

亲爱的今宝：

我已经回到了农场。

上一次回来还是帮我爸办丧事。我爸去世之前，突然分到了一笔补偿款，他知道自己不行了，这个钱正好用来让我后妈照顾我弟弟，这大概就是所谓天无绝人之路吧。我早就习惯了自己是一个孤儿，可是再一次成为孤儿还是使我痛不欲生。

丧事办完，我就离开了，我不相信谁肯把这里当成故乡。一个熟人都没有了，我的后妈，这么多年，她只保住了两处房产，一处是她前夫留给她的，另一处就是我爸在学校当会计时的三十多个平方的小屋。我回去操办完丧事，准备走的时候，我后妈拿出了房契，原来这个房本上写着我的名字，我爸交代她留给我。她照做了。

我的发育迟缓的弟弟也二十大几了，他长成了一个胖子，脸上身上胖乎乎的，一说话，一走动，肉就会颤动，他的迟缓完全无可遮挡了。他不怎么精通算术，也不怎么精通沟通，除了帮他妈把装满菜的三轮车骑到集镇，其余的都干不了，我后妈如果有一天病倒了，他光是会骑三轮车是没有用的。

我弟骑着三轮车载着我去了房产局，我把房子过户给了他，他比我更需要，再说，那本来就不应该属于我。

我做这件事的时候觉得理所应当，我们在房产过户的时候，一个好心的工作人员悄悄告诉我说，房子会越来越值钱，你弟弟国家会养着呢。

签字签字。我装着没听见，拽着我弟弟的手歪歪扭扭地教他写名字。我的弟弟大名叫"陈默"，我爸当初要是知道他儿子"发育迟缓"，一定不会帮他起这么难写的名字。看他把"陈"和"默"两个字写得像两堆杂草，我没忍住，低声骂了一句"日你——"，想想他妈还在医院，赶紧把最后一个字吞回去了。而且，我小的时候，骂人的时候，总是引人发笑，现在，旁边看我的人眼里充满着鄙视。我们农场已经是个文明之地了，房产中心大厅整洁、台面干净，工作人员都穿着制服，所有工作都是电脑操作。

那个工作人员讲得没错，土地越来越值钱，房子越来越值钱。才一年不到，这样一个普普通通的远离城区的农场的房子，从当时的几万块已经涨到了十几万，现在想在农场买一个像样的房子，动辄就是十几万，二十几万，稍微好一些的，甚至上百万。从这一点来讲，农场越来越像城市了，有一天，当所有的农田变成房屋和道路时，就完全没有区别了。

从我妈妈去世到现在,我还去过南宁、昆明和成都,对了,还差点逮着一个去香港的机会,我搞砸了。我已经习惯了跑来跑去。经过那些事,有一种记号打到了我的身上,我发现自己不能在一个地方待得太久,只要遇到什么事,我就习惯性地离开,说逃跑也未尝不可,就像一个有洁癖的人控制不住地一遍一遍地洗手。

因为太频繁地搬家,既没多少朋友,也没攒下什么钱。但是我在每个城市都学到了一些东西,我至少可以说十个城市的方言,虽然还是有口音,更主要的收获是我见识过了成百上千种人,老的少的穷的富的美的丑的好心的歹意的,不过说实话,到头来,我能记住的却是我的亲人,我爱过的、恨过的人,以及迷过路的地方,摔倒过的地方。

可能是我怕跟人保持认真的关系,可能正好相反。在意我的人指责过我,好心的人也劝过我。有一次,有个女人——她在背后议论我,说我运气不好。

她指的是我三十多了还没有嫁人。我倒是不觉得那些嫁了人的人看上去好到哪里去,我甚至能看出她们嫁人是出于恐惧,她们躲在婚姻里也是出于恐惧。对她们来说,找一个地方找一个男人生活一辈子再自然不过。不过,现在,好像不再有人那么苦口婆心地劝我了,你做一件事长了,不管对不对,就成了你自己的规律和价值体系,就这么神奇。就好比,一个孩子在玩泥巴,你会劝他不要弄脏自己的裤子,要是一个成年人弯腰在污泥里扒来扒去,你肯定觉得他在寻找什么重要的东西。其实,究竟是不是那样,没人知道。我不是很了解自己,我相信你比我更了解我,因为有时候,我在给你写信的时候才会回头看自己,看清发生过的事,体味经历过的心情。要我说,我不后悔所有经历的一切,但是,如果有可能,我愿意避开那些经历的一切,我甚至觉得,绕开我经历的一切,走成另外的样子,经历另外的痛苦,什么样的痛苦我都愿意体验和接受,唯独我亲身经历过的这些我宁愿从没有经历过。

但是,现在,我很庆幸我没有继续漂泊,我很庆幸我有回来的念头并且我做到了。几个月前,我弟弟打电话告诉我,我后妈病了。我一听就对他说,我过几天就回来,我来照顾她。

我弟说,好,我骑三轮车去接你。

好。我迅速处理了家具什么的,赶回了农场。

我原以为需要更多的准备自己才能适应下来,奇怪的是,我一回家,就学会了骑三轮车,载着我后妈去医院打点滴,陪她去菜园摘菜。这些事我一学就会,好像做过许多年。

前天发生了一件让我不高兴的事,一个人拿着手机在拍我弟弟,逗他说一些双关语,我知道这一定是在玩直播。我把他们喝止。我上网一看就发现,他们不止一次这么干了。我弟弟已经被人戏弄过无数次了。他们把鞭炮系在他的三轮车上,我弟拼命蹬着三轮车,蹬到哪里,电光闪到哪里;他们挖一个坑,蓄满水,给我弟弟五块钱,让他"扑通"一下跳下去,只要在水下憋气超过三十秒,就加五块……在最近的一个视频里,他们采访他对特朗普的看法,以及对明星偷税漏税的看法。我弟弟不认识他们，答案一定是照着他们给的纸板上念的。他像我父亲一样，一点儿不生气。可是我生气。这一回，我不会一气之下一走了之。想都别想。

好了，我写信是想告诉你，我快要结婚了。就在回到农场的那天，我遇到了一个人，我说他老实，是根据我的经验。他不太会说话，也不太会表达感情。对，不是所有人都会说甜言蜜语，到我这个年纪，说真的，甜言蜜语不是十分重要了。他虽然没什么钱，也没有房子，但是，他身体很健壮，也能吃苦。现在工人工资涨得很厉害，他过去工作一天，只能挣一百块，现在，实打实一天能挣五百块。他能打家具、砌砖墙、盖屋顶，还会修各种家电，这些优点是真真切切的，不是我想象出来的，我也没有迁就和牺牲。一开始，我还有疑虑和担忧，到后来，这些感受越来越真实，每一天都过得很踏实和安宁，我曾经以为自己不喜欢这平淡的人和生活，现在它实实在在被我接受了。我不仅要结婚，还想生好几个孩子呢。你可能想不通。我以前有改变生活的渴望，我把它误认为幸福本身。它俩是两回事，渴望只是渴望，而幸福只是幸福。它俩可以同时存在，也可以一前一后，但绝对不是一回事。我跟他说起了你，说起我们相识的经过。真是奇妙，我认识你都十六年了。认识多久就分开了多久。我写信给你，也是写给我自己，我坦白过去，窥探禁区，审视他人，你听到什么样的声音，我自己也能同时听到，你陪伴我，我也在陪伴你。写下的每一个字都在那里。每一个字所带给我的勇气我也携带在体内，永不离去。现在，我非常渴望见到你。我们一定会再次一见如故。我们知根知底、从没生分。他和我一样，期盼你来参加我们的婚礼，见证我们的幸福。虽然这个婚礼的规模不会很大，因为条件限制，但是，只要你能来，我想，这就是完美的婚礼、完美的人生。

说来好笑，我身边的人，不管是过去认识的还是现在认识的，包括我这个已经领过证的老公，他们都不相信我有你这样一个朋友。我给他们看过你的照片，他们说是我自己的照片；我给他们看我们通信的邮箱，结果正是我自己的名字；我给他们看你写的信，他们说我在看网络小说。总之，他们把你的存在当成一个故事，他们对这个故事很有兴致。现在，我们郑重邀请你来参加我们的婚礼。

33

  要出一趟远门,需要准备身份证、钱包、银行卡、洗漱用品、换洗衣服、退烧药、瓶盖严实的水杯、手机充电器,如此等等。

  这不是最重要的,最重要的,是需要向留在家里的人讲出一个出门的理由和一个地名。

  今宝说,她要去一个叫普济圩的农场,她准备和老三之间有一场谈话。

  果然,老三说话了:

  普济圩农场在哪里?

  从这里坐车到县城,县城坐半个小时高铁到省城,省城打出租车三十块钱就能到。

  你的朋友叫什么名字?

  在桃。

  你什么时候认识她的?

有一次,我离家出走……

你什么时候离家出走过?

那已经是十几年前的事了。

我怎么一点都不记得?要是你离家出走,我肯定会发脾气的。

你的确生过很长时间的气。

我一点都不记得。

就是我们结婚还不到两年。

你编的吧?

你妈妈还在世的时候。

更不可能,你从来没有离开过我妈,她那时化疗,需要人照顾。

谈话到此结束。动身那天,她起得很早,一切收拾妥当,她又望了一眼正门的花园。小区已经有点过时了,倒是多年生植物生长茂密。在属于自家的小院,她自己又种了一片郁金香。郁金香的线条非常温柔,带着恬静的会解人意的细长茎叶。这是一种耐寒性很强的植物,不怕厚雪覆盖,鳞茎也可在露地越冬,唯一的缺点是怕热,如果夏天来得早,天气又像现在这样极端不正常,则鳞茎休眠后难以度夏。无论如何,有一些存活下来了,有一些早早死去。

无论如何,下城区没有如人们所愿成为发达地区,相反,发展的节奏已经放缓,表明治污决心的横幅挂在河沟镇和下城区的交界处:"还天空蔚蓝,建和谐家园""企业要发展,环保须先行"。环保吓退了一大帮想要捞一把的人,就像风把落叶和灰尘刮走,石头和树根还在。靠街的院墙显得粗粝，柏油路也变得坑坑洼洼，远处的麦田——她刚嫁来的时候，这些土地还在某户人家名下，那时微风和煦、泥土芬芳，老年人弯腰驼背地割麦子，现在，承包到了某个人的名下，再也没有人们一起说笑着劳动。汗珠不会映在补丁衣裤上，裤腿上不会沾满泥巴，她看不到汗流浃背的人群，心里也不会涌动着羡慕。收割季节一到，大型收割机开过来，轰隆隆风卷残云一般，然后开走，把剧烈的噪音刺向另一片麦田，留下一大片沉默和被碾开的秕粒、麦穗，大机器工作得快，但边边角角的零碎野花被忽略，还有枯草摇摆。

遇见

省城火车站的候车室，坐着两个年轻的姑娘。她们看上去都是二十三四岁。个头略高的那位扎着马尾，发尾呈酒红色，身材丰满，眼睛圆而明亮，脸颊饱满，脸部皮肤透出温暖的光泽，洋溢出青春，她穿一件红色的牛仔外套，还算时尚，又似乎满腹心事。另一个个头略矮，皮肤略黄，短发夹在耳后，经过日晒的皮肤，加上一件米色的中款风衣，像是刚刚从田间归来。高个姑娘左顾右盼的时候，矮个姑娘始终不说话，她的坐姿透露出冷静、克制和内向的性格。那天天气好，候车室的落地玻璃窗上落满灰尘，透过不清澈的玻璃窗，是蓝得很无聊的天，几乎没有云彩，蓝得接近虚幻，盯久了很容易使人懒懒的，不想动弹。候车室又是一个动荡不安的地方，几乎没有人能持续坐十分钟以上——除了这两个姑娘。车厢里是一股混杂的怪味，五香茶叶蛋、泡面和厕所里洁厕灵味一阵阵轮番荡出来。一直有人在进，一直有人在出，就这么个方寸之地。

高个姑娘远看健健康康的——但离得近了，才发现她的脸色并没有那么红润，甚至可以说是苍白，她的眼神略显黯淡，这黯淡的目光里却仍然透出一种野性，又或者说是——狡黠，但不令人反感，可能是因为她下巴圆润，又给人很可信的感觉。矮个姑娘不停注视她的时候，她被动地承受着，假装没看见。

矮个姑娘被她的神情鼓励了：喝水吗？我还没喝过。

茶杯的塑料膜才撕掉，一股新鲜的塑料味。

咦。她简单地回应一声后，伸手接过去。

她们都很羞怯。举手投足小心缓慢，带着试探的色彩。

一杯热水下肚，高个姑娘的心情开朗起来，她说：以前我出门，都是男的找我搭讪。

她把对方逗乐了。

看到这个情景的人站起来排队进站，被火车带往上海。

仔细看。这两个姑娘的关系是有点奇怪的。比如一个钟头之后，她俩一前一后走出候车室，走到火车站广场对面的小吃一条街。她俩之间的距离，像路人甲和路人乙的距离。在米粉店，高个的那个要了一碗米粉外加几个煎饺，个矮的那个只要了一碗米粉。她们各付各的钱，老板娘断定这俩人不认识，帮她们安排了两张桌子，一个坐在北边的角落，另一个靠窗。高个姑娘吃得快，矮个的吃得慢。高个的喜欢辣，满满一碟辣油倒到碗里，看得老板娘脸一拉。出门的时间也不一致，矮个的先出门，站在店门口等着，高个子出来的时候，她们双双回到候车室。

此时她俩挨得很近。高个姑娘一直在说话，矮个子很专注地听，脸色越来越柔和，可是一会儿，高个姑娘站起来上厕所，她捡起了地上的拎包，往肩膀上挎——要是对面坐的是同行朋友，这个举动纯属多余，走了几步，想起什么似的，她重新回来，把行李放到矮个姑娘的脚边。看到这一切的人，已经敢断定她俩是萍水相逢。不过，没有时间坐实，看到这一幕的人就走向检票口，开往蚌埠的火车即将进站。

火车开走之后，有片刻的安静。接着高个的继续对着另一个姑娘说话，声音很大，大到旁边三四米也能够听得清她的声音，可是，等到你竖起耳朵，准备探询一下她讲话的内容时，会发现自己一无所获。说到底，这是一个不怎么讲究的车站，蛇皮袋、丝网兜住的脸盆，还有放锯子的工具箱都可以带进站台。各种声音缠绕在一起：孩子的哭声、老太太的咳嗽声、结伴而行的年轻男孩的打闹声，这两位的声音实在微不足道，只有靠近她们的身侧，并且真的聚精会神，才会知道她们究竟在聊些什么。

这么说，你是要离家出走？高个女孩问。

这个问题问到了要害。矮个头的姑娘叫今宝，"离家出走"正是她今天的主题。直到坐上了开往省城的汽车，她也始终如在执行剧本，一种类似于反弹的剧本——向不满意的角色宣战，她觉得这是"真实的自己"的真实意愿，在她夺门而去的时候，她似乎没有任何需要承担后果的考虑，一种微微的自由贯穿她的身体。但是，在行进的汽车上，正是她意识到"自由"的时候，"自由"开始变得不完全像是属于她本人，更像带有表演性质，她的内心可以说是置身事外的，临近中午的时候，她已经坐在省城的火车站。在这里，每天有通向全国的火车停下来，开出去。几乎所有人，站着的坐着的，只要在这候车室里，都把车票捏在手心。好像必须如此或只能如此。今宝先是抬头对着墙上的列车时刻表细细浏览，每一个地名都那么庄重，也那么陌生。在决定去什么地方之前，她先在时刻表边上的小卖部买了一只塑料杯，去开水炉灌了一壶开水，她的手上不至于那么空了。而现在，这只塑料杯帮她俩打开了话匣子。

在桃那大大咧咧的坐姿，随随便便的腔调，甚至天马行空、不拘一格的谈话内容，让今宝看到了一种生活的轻盈，在桃身上有一种显而易见的自由气息。这种自由她似乎从来没有体会过，在父亲死之前，她隐隐约约有过、品味过，但现在，似乎已经消散，辨认不出它的模样了。现在，她认出了它，在一个陌生的姑娘的脸庞上。

今宝情不自禁地点点头，算是承认了。

你都结过婚了？你是第一次一个人坐火车？验证了自己的判断，高个姑娘侧起身，做出恍然大悟的表情，眼睛盯着今宝：可是开到上海和北京方向的车已经开走了。

我没买到票。

黄牛在售票处门外站着呢。

今宝垂下头，是一种被看穿的心虚，她开始反击：

你不是说要回农场吗，怎么也没买票？

我跟你不同，我不需要坐火车，中巴车半小时一趟开到农场。

那你到火车站来做什么？走错地方啦？

两人都愣了一下，彼此对视一眼之后，同时哈哈大笑。笑声如此突兀，坐在她们旁边的中年人已经准备放弃偷听，现在又不由频频侧目，以为自己错过了什么好戏。

见证这个场景的中年人也在十分钟后排队进站。这一趟列车开往南京南站。

个儿高的叫在桃，她"刚刚和对象分手，连带着对世界都失望了"，她语焉不详，并没有拿准对面的今宝是个可以倾诉的对象，她避开了真正的问题——她身无分文。谈起自己的辉煌经历，她变得健谈：她喜欢唱歌，甚至还靠唱歌赚过钱，还学了几个月的小提琴，"不是很有天赋"，她向往的生活是"嫁一个能过日子的老实人，不会花言巧语，不一定很帅，这个男人还要有一个妈，一个大房子，对了，我老公还要有一个兄弟，有兄弟相互帮嘛。我自己呢，最好生两个，一男一女，罚款什么的不要紧，生下来就赚到了"。

有一阵子，候车室的人突然多起来，嘈杂的声音一浪又一浪，一个嬉戏的孩子跌倒在腿边，追过来的奶奶大声地责备。大人和小孩的声音在今宝耳边燃烧，加上火车进站发出巨大的轰鸣声和刺耳的刹车声，这是前所未见的境地。可能头天晚上没有睡好，今宝头脑昏沉，有几次都没在听在桃说了什么。意识到有必要附和几句或是表达相反的观点，她开口了：

你不会喜欢一个老实巴交的人，你也不会喜欢大房子，比起这些，你更向往自由，你渴望经历一些故事，遇到爱你的人，看重你的人，看看外面的世界，也看看别人怎么活。这些话就这么自然而然地说出来，根本没经大脑把关，今宝一说完，就被自己的声音惊醒了，睡意全无。

在桃的眼睛亮了下，她吃惊地看着身边的姑娘：你是认真的？

我是认真的。

你看得出我想要什么？

这不难。

你还看出了什么？在桃的眉头挑起来，小小的惊奇、故作不屑。

沉吟片刻，今宝发出了更加武断和任性的结论：

没人爱你。

说完这句话，在桃的眼睛，刚刚还闪烁着熠熠光辉的眼睛瞬间黯淡，好像一片乌云瞬间移到她的头顶，她的双唇不由自主地闭上，她的皮肤慢慢变得苍白和冰冷——今宝简直就是眼睁睁地看到她的面部变化。一切都为时已晚，沉默的空气占领了她们。之后很长时间，她们各自侧身坐着，不再交谈，恢复成了完全的陌生人。

打扫卫生的清洁工人来回走了三四趟，现在，他狐疑的目光在姑娘们身上逡巡，目光从来都是利器。他恶作剧的斜睨让姑娘们开始不自在了，她们交换了一下眼神，像同一个战壕里的战友。

出了候车室，黄昏已经降临。她们在广场上东张西望的时候，突然一个人像风一样从她们身边疾速跑过，速度之快，令今宝吓得叫了一声,眼睛吃惊地跟着那人的身影,紧接着,三个追赶的人也经过她们身边。马路的对面,有人发出"抓小偷,抓小偷"的呼喊,终于,那人在广场的尽头被逮住。不一会儿,三个人合力揪住那个奔跑的人,然后一顿拳脚。被抓的人腰带被扯掉,裤子快要掉到大腿根,他低垂着头,一声不吭,围观的人很快形成一个流动的圈子,唾骂声响起,还有路过的人朝他吐口水,可是这个人,始终一言不发,最后任凭人拖拽着走向远处。

小偷,今宝喃喃地说。

我觉得那肯定不是一个坏人,也不是偷东西被抓的。

如果他不是,为什么不辩解?

不辩解的就是坏人吗?

不辩解起码没法让人知道他是一个好人啊!今宝说。

这个时候,如果他辩解,那三个人一定会敲他的头,捂他的嘴,他反抗不了,所以才不辩解。

咦!今宝惊奇地看着在桃。就在不久之前,这姑娘还仿佛漫不经心、一副无所谓的天真模样。现在,她的表情严肃、沉静,满含着同情,注视着那人离去的方向。

辩解有用还是没用,不取决于他有罪还是没有罪。

今宝眼里流露出敬佩,在桃的脸红了,现在,她吸引了今宝的全部注意力。今宝欣赏的眼神像无声的鼓励,催促她继续说。

在桃激动起来了,她继续说:你瞧,那些人用手肘打他,把他的皮带解下来系在他手腕上,他的鞋带也抽掉,他光着脚被人家拖着,这得多疼啊,他也一声不吭,这样的人恐怕活得挺灰心,一个灰心没指望的人,无论他怎么做,他最后也只能捞到一顿拳脚。

你说得真没错,今宝说,我表弟死的时候,我也没有哭,他们都以为我不伤心,后来有一天,我去上班,看到一只猫在马路上被汽车碾死。我蹲在地上哭了半天,人家以为那是我的猫,其实我不是在哭猫,我在哭我的表弟。可是,谁也不懂我。

就算面对面站着,或者你说得清清楚楚,外人都听不明白。

是的,是的,你是对的。行万里路,读万卷书。今宝的崇拜之意溢于言表。她说,在外面多好啊,你不应该回农场,如果回了农场,你就会变得像我现在一样了!

不久,她们双双出现在同一个旅馆的前台,她们出示身份证,她们异口同声地想要靠街的房间,在桃趴在高高的柜台向前台工作人员打听住宿价格。今宝已经看清了墙上的价目表,她碰了碰在桃。在桃耸了一下肩膀,表示不可信。前台服务员报出了一个更加低廉的价格。在桃在登记簿上写字的时候,今宝迅速抢着付了房费,之后,两人一起拎着行李进了房间,虽然没有交谈,服务员理所当然认为她们是朋友,或者是表姐妹。

一开门,一股阴冷的气息扑面而来,两人走到床边。今宝捏了捏被子,被子和枕头都发硬。在桃扔掉手里的拎包,不管不顾地仰面倒到床上,发出"嘭"的一声,她手脚摊开,惬意地发出一声叹息。

今宝走到窗口,试着推开了一扇玻璃窗,巨大的噪音立刻闯进来。

她吓了一跳，赶紧关了窗，回头碰到在桃的目光，在桃的眼神略含讥诮，今宝的脸一红。随后，在桃起身，她俩并排站在窗前，隔着窗户盯着窗外。这里是火车站的西侧，比起火车站正面的整洁和气派，背面则略显凌乱和冷清，一辆接一辆车辆如玩具一样急速地开过来，又驶离。这是春天的微凉的陌生的车站，城市潜伏在昏暗的灯光的阴影之中。她们盯着窗外看了很久。然后回到各自的床上。这是一个阴郁的冒险的夜晚，两个姑娘的灯亮到了天亮。

第二天上午十点钟左右，候车室里的清洁工再一次看到昨天出现的这两个姑娘还坐在原来的位置上。他愣了一下，此刻，他还不够疲乏，心情还不坏，他的脸上露出好奇的神色，向两位姑娘投来善意的一瞥。

还没人像你这么相信我呢。在桃说这话的时候，低垂着头，她的脸上已经完全没有昨天的神情——那种满不在乎的、无所畏惧的，甚至是喜气洋洋的东西全部被拿走了，还有另外的神情：深沉的。她看上去那样不知所措，她像一个七八岁的第一天上学的孩童站在校门口一样看着今宝：

我怎么还你呢？我寄到你家。在桃对今宝说。

今宝只是笑了笑，不用还，当我送你的，再说我肯定待不久的，我回去不过是要把话说清楚。

那我怎么还你钱呢？在桃继续追问。

按我们刚才说的办,你把发生在外面的故事告诉我,一个故事抵一百块,就算还钱。这个新鲜的买卖自己听起来都那么不靠谱,今宝说完就忍不住笑了出来,她收住笑意,加了一句:

我是认真的。

我怎么讲给你听呢?

我有你的手机号码。

这个号码肯定要换的,我不想被以前的人找到,在桃说,你给我一个邮箱,我会联系你的。

我还没有电脑。

在桃开始翻找背包。她找出一张纸和一支笔,在纸上写下一个邮箱:zaitao19780111@sina.com。

这是我的邮箱,还没人给我写信。我会给你写信。邮箱密码是我的生日。你打开这个邮箱,只要看到里面的信,那一定是我写给你的。

我还不明白怎么用。

你会用的。我男朋友,不,我前男友说,以后每个人都会用,每个人都会有一台电脑,打电话以后会不要钱。

你前男友什么都知道,真好。

不,不是这样的。好人不一定需要什么都知道。

是,是。今宝诚心诚意地点头认同。

人群一阵骚动,检票员站到了检票口。在桃站起身来,我可能会去苏州，那里有我的老乡，我们农场的工人在苏州特别受欢迎。

出门在外……

怎样？在桃脱口而出，问完之后，她才明白过来，对方的智慧——关于行走江湖的经验比自己少许多呢——简直也可以说是空白。

不要相信陌生人的话，今宝置若罔闻，继续说：

穷人的话也不要信。

为什么？

我舅舅曾经……

她的话被一个显然是迟到的小伙子打断，这个年轻人满头大汗、气喘吁吁，小跑着从后面挤上来。他经过的地方，有小声的抱怨和责备，他只顾往前冲，生怕落在队尾。他的行为带动了更多的人，后面的人躁动起来，纷纷往前，空间一下子拥挤了许多，今宝几乎能闻到旁边陌生男子的口腔里的味道。离别的节奏已经加快。突然，在桃抬起眼睛：

你和我一起走吧。

今宝摇了一下头，又摇了一下，她的眼睛满含不舍。

广播员开始播报检票广播。就此，这两个女人差不多结束了谈话。人群加速向前，稍作停顿的人马上被碰撞。

现在，在桃已经快接近检票口，今宝退出了队伍，站到旁边。渐渐地，就算踮起脚，也看不清在桃的位置，她盲目地，对着加速移动的人群大喊了一声：

我也会给你写信。

这突然提高的音量夹杂在高音喇叭和各种噪音中，仍然清晰而有力，队伍里许多张脸回过头朝她张望，但只有一只手臂举向空中，那只圆润、结实的手臂在空中画了一圈，又画了一圈后放了下去。那才是今宝要的回应。今宝也跟着举起手像对方一样画了一圈，接着又画了一圈。

检票的人群进入站台，接着在站台散开，布满灰尘的玻璃挡住了她的视线。

这是在桃和今宝告别的最后情景。

这也是她们此生仅有的一次会面。

附录一

暗自欢喜胜过锣鼓喧天

李凤群

我脑子里时有这样的印象:

一个姑娘坐在门口织毛衣,见到有生人走近,迅速抬眼一瞧,又把眼垂下,继续干活。你以为她什么都不想知道,事实上她什么都看在了眼里。

还有一些姑娘,咋咋呼呼到处赶集,哪里有热闹就往哪里钻,不在乎什么眼光异样,她们笑得火热,好奇和欲望都写在脸上。你只要惹到她,她横眉竖目,脏话如瀑布倾泻。

这两种姑娘有时各自独处,有时又依偎在一起。我总会看见形象和性格都迥异的姑娘并肩走在街上,如此不同,又如此合拍。

你们的记忆里是不是也有这样的姑娘——或者木讷内向,静静地站在人群之外,或者活泼强悍,充满活力?

时光流逝,我的青春随之消逝了,这些姑娘们也消失了。她们散落在人间的各个地方。我常常想起她们的面容,常常追问:经过这么纷繁的时代,她们的人生,有怎样的经过,后来又到达了哪里?

念念不忘，终有回响。2016年伊始，有那么两位姑娘向我走来。

今宝生于1978年，父亲突然辞世，从那场葬礼开始，人们刻意把她往一个模具里面塞。彼时，改革开放，机会数次绕过她的家门，母亲被迫下岗，弟弟们去偷窃。一个小县城的姑娘，没有父亲，没有任何获得成功的机会。她像大多数人一样，个人的生活和庞大的历史之间无限接近，却又无法汇合。2017年，我对她以后的人生大致预计如下：在不幸的事件中，她不会被落下。炒股，肯定亏；丈夫，肯定会背叛；孩子，肯定不太好管教。如此这般，恐慌一直跟随她，她像别人一样，逐渐老去。

但我不能这么写，我要她坚持下来。因为，我想结识一个沉默但却带有力量的、健康的女英雄。

过完年，我继续在寒冷的城市东北郊区和她相处。随着她的成年，她开始拥有自己稳定的性格，并且学会了思考。春天，后院几十种鲜花竞相开放的时候，今宝的形象渐渐变得清晰：她做服务员，端着几千块一斤的"江刀"往客人的桌上送。她看不惯这些粗鄙的食客，但也只能默默顺从。今宝被嵌在这块土地上，无助、沉默、被动，没有奇迹，没有奋力一击的能力，没有从天而降的机遇。她伪装起自己的不适，努力去理解日日新的故事和事故。

二十出头，她结婚，目的明确，找到自己及家庭的依靠，但是喧嚣热烈的时代仍然没有把她容纳进来。譬如丈夫身上的光环褪掉之后，他曾经的形象，他后来真实的性格，他性格里令人难以容忍的地方，还有他思想的贫瘠，最后落实到今宝身上，远远超过了同情。

她将如何取舍?

活着变得无足轻重,好像身体被抽空,价值被磨蚀,存在感被消解,她的处境是我和我的许多乡邻、友人的写照。她无措地盯着镜子的时候,那种艰难、困惑和无奈深深打动着我。

她无力,却并非无能。一种力量生发出来,要带她走。

这时,在桃出现了。

在桃——这个从七岁开始就到世间寻找火柴的小女孩,出生即被母亲遗弃,血液里藏着一团燃烧的火焰,世界于她,是一团灰色的云团。捕捉云团、捅破它,仿佛是她的天职——她嘲弄一切,农场、学校、街道,她用在桃式的咒语诅咒幸福的父亲、年轻的老师、河边钓鱼的老人,她以古怪的姿态横行于世。谁也读不懂,这是她索取爱的信号。

十一岁,在桃便接受男孩子的搭讪,坐在挎斗摩托车上,轰隆隆地穿街过巷,所到之处,恨不得锣鼓喧天。她粗鄙而胆大妄为,浪迹于农场和周边小镇,没有受过任何歌唱训练却屡屡登台演出,跟着草台班子在乡野混饭吃。她想搞清这个世界的真相:关于母亲,关于爱,关于歌声,关于活在世上的意义。她被欺骗了一次又一次。

出走的今宝遇见了疲倦至极意欲回归的在桃。在桃展现她所经历的波澜壮阔的生活,今宝却从中看到了苍凉,她最终放弃了出走;而意欲回归的在桃无法理解今宝的沉静:苍白寂寞,生有何益?她掉头继续踏上陌生的旅程。

人世间的爱欲盼望,如日月星辰,千百遍地循环上演。很难说谁对谁的影响更大,今宝一生几乎没离开过这个县城,仅去过一次上海。站上东方明珠塔顶,除了看见更仓皇的伴侣,什么收获也没有。彼时,正值中国经济大发展的激情年代,没有人能对飞速变化的生存环境视而不见,人们追逐财富,到处弥漫着物质的香甜。今宝成了底层的精神探索者,她逆潮流,与世无争,用心体察生活,在细微和静默处寻找依存。

在桃呢,继续莽撞探寻,所到之处,一片狼藉。她想成为舞台上的主角,她要把自己唱出来,她想要有温度的亲吻,她还想要谜底和公道。父亲搬离了家,骑挎斗摩托的男人消失了,她过度崇拜的南之翔离开了她,钟爱她的公务员放弃了她。所有幻想都因为对"爱"扭曲的、不妥协不将就的、缺少节奏的索取而破灭。伤口上挂着长矛,她依然一路狂奔,简直停不下来。她像一个战士,她就是一个战士。她张牙舞爪。搏斗,搏斗,搏斗。看样子,她要死在路上。

许多年过去。

今宝越来越没有英雄的样子,心里装着整个世界地理,却只身在瓦砾间。瞧瞧她的现实处境:到处是垃圾场,没有子女,家庭冷漠,婚姻寡淡,与娘家兄弟决裂,朋友们早就各奔东西,美妙幸福的生活与她无缘。以至于到后来,她发现自己没有什么好失去,因而变得更柔软更沉静。表面上,她漠然而自闭,没有态度也没有抵抗,她放弃了一个又一个完成"自我"和走向茫茫世界的机会,没有人捆绑,也没有真正意义上的挽留,一切都是她自己的选择,就像绳套悬在头顶,她想了一想,把头伸了进去。就像在荒漠深处开放的小花，因为看不见，以为它没有开放，以为它从来没有香过。

她没有变得无耻，她不虚荣，也不索取，明知命运不公，却是满腹悲悯，心系神秘世界，却又审慎克制，既不是无望，也不是充满渴望。她厚德载物，心如明镜。她以沉默保住自己的体面，保住对生活的敬意。她这样的人，似乎是独一无二的，似乎又是复制出来、无处不在的，她明确知道自己要什么不要什么：不要什么高潮和意外，只要生活本身，并且捍卫"成为自己"的权利。静默的生命获得了强度，她终究脱离了我，成为她自己。

此时的在桃呢？

这个决意跟世界死磕到底的姑娘，她快活成传说中的无脚鸟了，没有办法停下来。她不原谅抛弃她的母亲，她不接受谎言，也不接受虚假的爱情。为了不重蹈母亲的覆辙，她打掉了自己的孩子，并且宣判这个世界人人有罪。在桃绕着地球飞翔，用她的"翅膀"，丈量着人与人之间的距离。一个人在与这个世界搏斗的过程中，并不能创造出更多的东西，但是，爱可以。得知那个被自己恨了一辈子的女人并不欠她的时候，在桃百感交集。她的心结，在千百次疾呼之后有了回响——那个"发育迟缓"的弟弟在静静地等着她归来。凶猛退后，诗意涌现，她的奔跑戛然而止。里里外外都是黑暗，爱过的刹那，光照进来，一个时代的画卷铺开，她得以看清人世间的苦痛煎熬：卖花的妇女，在车间里不见天日的女工，拖着残腿写字的乞丐……从愤怒起身，到执念放下，到达慈悲处——也是起身处。

人间的悲喜剧，静静地上演，轻轻地摇摆，默默地反转。

今宝和在桃，或停留在原地，或奔跑在迷途，她们都是赫尔曼·黑塞的"朝圣者"——

我常颠扑于途，
寻庙烧香，
我一无所获，
苦乐皆同过场。
我曾懵然于流浪的意义和归宿，
千百次，
我跌倒，
又把余勇鼓起
我寻找的，
正是爱之星，
…………
如今我认得了我的星，
却为时已晚，
他已背我驰去，
遗我晨雨弥漫。
繁华世界就此别过，
我曾爱之弥深，
即使我无所获，
我仍感不虚此行。

每一个狂放不羁的在桃的心里都有一个今宝,每一个今宝的心里依偎着一个在桃。像一对立在镜子正反两面的姊妹花,相互映照,相互取暖,却永不重合。

现在,我问自己:我是否挽留住了记忆深处那些与我一同长大的少女们?

我不知道。

她们有没有达到真正的自由?

我不知道。

我是否拉扯着她们一起走得更加光明?

我不知道。

创造者从不比其人物高明。最后时刻,我顺从了在桃的意愿,开始与随波逐流的生活和解,和平庸的自己和解,和接踵而至的失望和解,有所屈服,有所承担。

告别锣鼓喧天,方能生出真心欢喜。

附录二

成长的路径
——评李凤群《大野》

戴瑶琴

李凤群的小说不是以故事性见长,她的叙事节奏很慢,不制造大起大落与大悲大喜,作品的感伤质素会伴随读者思考的深入程度,显现弥漫。与《大风》(北京十月文艺出版社,2016 年 7 月第 1 版)大跨度的家族叙事相比,新作《大野》更加聚焦,作家调动人物心理的不断取舍以追随社会的各种浮动,而并非强化或者营造种种人物命运与历史事件的汇合,从这一点看,它跳脱开了"中国故事"常见的叙事套路。需要重视的是,70 后女性的成长是《大野》所关注的核心论题,在桃出生于 1978 年,作品一方面表达着写作主体与写作对象的相似情感体验,另一方面呈现 70 后身份共同体在改革开放四十年过程中的共同经历,而解开小说的密钥是"比较"与"依存"。

《大风》和《大野》都以人物心理建构,李凤群运用了绵密的叙述针脚,因此它们不适合跳跃式快读的方式,往往会因错过细节而混乱了故事的发展节奏，只有诚恳地从头至尾静心阅读才能厘清头绪。我一度以为《大野》会是一部《桑青与桃红》式的作品，实际根本不存在两个人，而只是同一女孩的两重性格。谜底直到小说最后一章《相遇》才完全解开，确实存在一个共同时空，今宝和在桃得以相识相知。她们处于两种生长世界，野蛮恣意与按部就班，但动、静行动的边界模糊。小说里引用《无地自容》的歌词："人潮人海中，有你有我"，《大野》定位于关怀普通家庭的农村少女，跟踪她们屡次"从一种生活走向另一种生活"，就在不断地追索与压抑里踩踏出不同的发展路径，夯实了自我肯定与自我否定的互相迁就、互相撕扯、互相压制。大众化的故事和人物构思，先期排除了极端情境和特殊人群，以纯粹素朴牵引读者的情绪呼应。

今宝和在桃互为镜像，男女两性互为他者，所有细节互相作用，如同中国建筑的卯榫结构，没有施加戏剧性描写的外力或重力，却将故事与人物严丝合缝地聚合在一起。在桃选择的路向是出走，我大胆地猜测这个名字是与"在逃"谐音，李凤群有意识地赋予她特殊使命，一切离经叛道的行为都被用以肯定自己认可的选择。"我就确定了什么叫不爱，可是我还是一直在找爱，就像一堵墙，你站在墙的反面，你更想看到它的正面。"那么，在桃如何找到爱？她发现的有效途径是通过痛，"痛苦！不管这个痛苦大不大，这终究是痛苦。这痛苦就是黏合剂，贴紧了我和他。"在桃和南之翔的情感际遇，诠释了爱与痛的互相转化。因为痛（温饱）渴望爱（尊重），因为痛（尊重）追求爱（爱情），因为爱（爱情）再次产生痛（尊严）。今宝选择的路向是留下,为了照顾每位家人的感受,必须收藏并压抑自我,混沌度日。"她自己就始终处于无法分清的状态:什么时候做什么,应该爱还是恨,什么时候是哭的最佳时机。""最糟糕的生活就是这样缓慢的无声的耗损。她想象过不幸,像疾病、火灾、山洪暴发,或像鬼子进城那样不可控的极端事件,但是眼皮底下,生活中最大的磨难却是如此缓慢无声的磨损。这种磨损酝酿出眼下这种模糊的,不可比拟、不可言说的,甚至说不上是痛苦的东西,带着温柔的暗黑的嘲弄意味,让人想哭。"这种"磨损的磨难",与70后作家张惠雯界定的"现代病"是同质的,它是"无法治愈的、现代的烦闷,那种挥之不去也无所寄托的欠缺与失落"。今宝渴望被尊重(家庭与社会)、被爱(丈夫),但父亲临终的叮嘱"替我照顾好弟弟们"时时刻刻警示她将一切个人规划偃旗息鼓。"她突然对着镜子发出一连串的诘问:你是谁,这是哪里,这是在干什么? 一惊之下,她猛地咳了一声。声音消失了。因为,她凭着自己的声音,感到自己心如死灰般的绝望。"由此可推断,在对比的视阈下,细化温饱、安全、爱、尊重的马斯洛需求层次理论其实是小说人物设计的一个重要基点。

小说耐心地刻画具有共性的成长诉求:在桃和今宝各自需求对方的生活。两人之间的通信,搭建起一条密道,构成了生命意义的互动。"在桃那大大咧咧的坐姿,随随便便的腔调,甚至天马行空、不拘一格的谈话内容,让今宝看到了一种生活的轻盈,在桃身上有一种显而易见的自由气息。这种自由她似乎从来没有体会过,在父亲死之前,她隐隐约约有过、品味过,但现在,似乎已经消散,辨认不出它的模样了。现在，她认出了它，在一个陌生的姑娘的脸庞上。"在桃和今宝展示着闯荡社会与相夫教子两种相反的生活模式，而其中却交织着激进与保守两股相同力道的成长冲动，互为"他者"的多义性被阐发。互相检视、体认与思考后，她们发现最通达的方案是回归，化繁为简，先前由个体构筑的理想自我的幻境被完全戳破。

《大野》呈现的是生于"70年代"的农村女孩的自我"成长"，其动因是"你更向往自由，你渴望经历一些故事，遇到爱你的人，看重你的人，看看外面的世界，也看看别人怎么活"。李凤群对它的价值既进行了分析，又给出了结论：人都会在心理向度内自我否定和自我肯定的反复过程中，理解自己、宽宥他人。在桃最终甘于平凡，享受安定，她不断"逃"的动因是"爱"，为了年少的那场"青春梦"，但重遇南之翔后的生活，是她主动推翻了以前一切的"自我肯定"，而选择无尊严地画地为牢。她对"家"的回归，实际又否定了她卑微的爱。今宝在循规蹈矩中抵抗顺从，从起先对婆婆权威的挑战，到一次任性出走，最为极端的是以跑步的方法与孕期较量，我们从中可以梳理出今宝在被规范化中不断制造出"否定"的拐点。当遭遇丈夫破产、弟弟背叛，今宝对杏红说："我很享受现在的生活，早上起来就知道一天要做些什么，要发生的事全在脑子里，一桩桩，心里有底。我以前总是在等着什么，一直认为等下去有些人有些事就能变，现在呢，我不是在等什么，就是在过生活。想到这一天全都是为自己过，我的心里就特别踏实。我是真的觉得忍耐比自由更重要，因为忍耐向内，要是自己不折磨自己，旁人也折磨不了。"成长中否定和肯定的攻守，制造着成长的过程与代价。

《大野》与《大风》分别围绕着"成长"与"寻找"不同母题，但它们却殊途同归到一个点：爱。无论闯荡还是固守，归宿为家，"我能记住的却是我的亲人，我爱过的、恨过的人，以及迷过路的地方，摔倒过的地方"。埋设在两个女孩之间的感情伏线并非欲望、梦想、自由等宏大主题，而是相遇的那刻，在桃令今宝"闻到了一种特别的味道，这种味道不让人疼痛，却让人产生幻想，这个味道让人想起了远方，想起了爱，想起了忧伤，同时又想起了——家，我的眼泪快要掉下来了"。"爱是个好东西，爱也是个坏东西。爱产生一种力量"。《大风》和《大野》，都昭示着释放、追寻和坚强。大风，倏忽间起，导致张家四代飘忽不定的人生，爱却是《大风》里无形的风，在《大野》里依然指引着成长的方向。

沈从文在《三个男人和一个女人》里说，"我老不安定，因为我常常要记起那些过去事情……有些过去的事情永远咬着我的心，我说出来时，你们却以为是个故事，没有人能够了解一个人生活里被这种上百个故事压住时，他用的是一种如何心情过日子"。李凤群在创作谈中写道："我总会看见形象和性格都迥异的姑娘并肩走在街上，如此不同，又如此合拍。……时间流逝，我的青春随之消逝了，这些姑娘们也消失了。她们散落在人间的各个地方。我常常想起她们的面容,常常追问：经过这么纷繁的时代，她们的人生，有怎样的经过，后来又达到了哪里？"台港暨海外70后华文作家，无论是写"中国故事"还是"他国故事"，他们会主动思索70后一代人的独特体验。

周洁茹剖析70后第一代独生子女的孤独，张惠雯揭示美国70后华人新移民的烦闷，李凤群反思改革开放时态域中70后的成长路径。"我是否挽留住了记忆深处那些与我一同长大的少女们？她们有没有达到真正的自由？我是否拉扯着她们一起走得更加光明？"李凤群在《暗自欢喜胜过锣鼓喧天》里提出了三个问题，答案都是"我不知道"。我认为《大野》是她用文学在挽留与她一同长大的那些少女，但她们以后会怎么样？用句通俗的话说：走一步看一步。这其实也正是写现时态生活的魅力。

戴瑶琴，文学博士，大连理工大学副教授

附录三

人民文学·长篇小说奖获奖感言

李凤群

说一说我自己吧。我生在一个鸭蛋大的小岛上,这个岛独立存在于长江主干道和支流之间,俗称江心洲,到世界上的任何地方去,我们都得先坐船。岛的四周是堤坝,内围种庄稼。夏天发大水的时候,我真的可以坐在门槛上洗衣服。天地白茫茫连成一片,但是,就是生在江边的这个家族——我的爷爷不会游泳,我的父亲不会游泳,我的兄弟姐妹、表兄弟姐妹全都不会游泳。成年以后,人家听说我来自小岛,第一句话就是,那你游泳一定很厉害吧!事实上,我们不允许游泳。我们家族成员都有这个禁忌,就是不准把脚伸进江水里。兄妹之间若想坑害对方,只要向父母告状说他今天把脚伸进水里,那肯定要挨揍,没有例外。有一次,我实在忍受不了禁忌的诱惑,在父母的注视下,跑到江边。我爸爸就那么看着我,看着我把脚举在江面上,他说,你试一试,你试呀!他的表情凝重,声音低沉,好像那只脚一放下来,天地会为之色变。我退回来了。

为什么？后来我知道，我的二伯父溺水身亡，我的大表兄溺水身亡，每年，我们村上都有大人或孩子掉进长江里。有的会游泳，有的不会，有的被捞起，有的从此不见。我的家族对抗意外的方式就是——躲避它，远离它。

有一次，我终究那样干了，我也真的溺水了，我被拖上来的时候尚有意识。我的父亲奔跑过来。他看到我转动的眼珠子之后，站起身来开始在河岸上奔跑，不是呼救，他知道我没有死。他在喊，快来看哪，快看哪。他让我待在侥幸生还的现场，让邻居小孩子来参观，杀鸡儆猴一样。我难堪极了。但是，语言和真相之间隔着另一条江，需要许多年，我才听懂他声音里隐含的劫后余生的狂喜，他的叫喊——像放了一根双响炮——他想轰走所有的后怕和余忧。

我十三岁初中毕业，到十八岁，一直在做农民。一切农民做过的活我都做过。种玉米，割麦子，施肥，杀虫，我都会。到我十五六岁的时候，在一个阳光灿烂的日子，人人都在锄草施肥，我也在锄草，天近正午，酷热难耐，突然，我扔下锄头就向江边走，我翻过堤坝，到达江滩，我的鞋子已经沾上了水，一位邻居从身后扑倒了我。直到那时，我才意识到我要去自杀了。

当天晚上我父母、姑姑、婶婶，轮番过来开导我。他们的意思是，不止你一个人干活，你的小学同学，你的邻居，你的表姐表妹，每个人都要干活呀。意思是我们没亏待你，大家都是公平的，也有人从更高的境界做工作。他们说：劳动光荣，懒惰可耻。

怎么跟他们说呢，我不是怕劳动，我也不是死于不公正，我是死于厌倦。水隔开了外部世界，没有路，没有电，没有书，什么都没有，我的少年时光就这么没完没了、翻来覆去地整理几亩地，草锄干净了，一场雨，草又长出来了。永远没有止境。我死于对这种没有止境的生活的厌倦。可是，他们破译不了我的肢体语言，我们的世界没有通向他人心灵的路，他人即天书。

二十八岁到三十七岁，这个九年，我是在病床上度过的，有一种病让人浑身疼痛，不能站不能坐，只能躺着。以前，我也很喜欢讲这一段故事来励志，我的第一本小说是用铅笔写出来的。有人问呀，为什么是铅笔呢。"因为圆珠笔躺着用不出油啊。"我会急急忙忙地补充。但这九年，我真正的癖好，就是买被子。最多的时候，我有四十床被子，各种漂亮的花色，只要天气变坏，要刮风下雨的时候，疼痛会加剧，为了转移自己的注意力，我就会换洗被子。我母亲总是会纠正我。

你应该天晴时换洗被子。

可是天晴时我不疼啊！

你这是不讲道理。换了被子就不疼了？

可是对于我，新被子就是新的世界。新鲜的花色就是病榻上的空气。

这几件事真是很普通，这样的事我还可以说上三件、三十件，也正因为如此，我也常常想，那些从来平凡的、未曾被听见的、永远不会被注视的生命从开始到结束就真的没有意义，不值得挽留了吗?

契诃夫曾经说过,真正好的作家应该是生活在黑暗中的。我想我就是生活在黑暗里的人,并且我认识许多在黑暗里的人,然而就算是黑暗里长出来的生命,他也是生命,而不是黑暗。我觉得文学,可以把黑暗带到光里来,让亮带到黑暗里去。

事实上,无论是对水的恐惧,无论对做一个农民的厌恶,无论是九年卧床的痛苦,其实都给过我报偿。我父亲在河岸上大声疾呼的时候,已经把大江大河置于我脑海,注定我要完成《大江边》。因为疾病和疼痛,我完成了《良霞》和《颤抖》,两个主人公一个身体不好一个精神有恙。病好后我去了美国,离乡背井之下,我完成了《大风》,波士顿是个极寒的地方,每年有六个月的冬天,我见识了世界上最多的雪,人在自然面前渺小如尘埃。又因为对平庸生活的无力反抗,我完成了《大野》。

这些经历和体验,既是惩罚,也是恩赐,就像今日此刻,既是对写作时光的鼓励纵容,也可能是庄严的误读和误导。

光荣或者挫败,欢迎继续光临!

谢谢大家!

图书在版编目（CIP）数据

大野 / 李凤群著. -- 北京：北京十月文艺出版社，
2019.3
ISBN 978-7-5302-1905-8

Ⅰ. ①大… Ⅱ. ①李… Ⅲ. ①长篇小说－中国－当代
Ⅳ. ①I247.5

中国版本图书馆CIP数据核字（2018）第294924号

大野
DAYE
李凤群 著

出　　版	北京出版集团公司	
	北京十月文艺出版社	
地　　址	北京北三环中路6号	
邮　　编	100120	
网　　址	www.bph.com.cn	
发　　行	新经典发行有限公司	
	电话 (010)68423599	
经　　销	新华书店	
印　　刷	北京盛通印刷股份有限公司	
版　　次	2019年3月第1版	
	2019年3月第1次印刷	
开　　本	880毫米×1230毫米　1/32	
印　　张	13.25	
字　　数	280千字	
书　　号	ISBN 978-7-5302-1905-8	
定　　价	46.00元	

质量监督电话　010-58572393
如有印装质量问题，由本社负责调换。

版权所有，未经书面许可，不得转载、复制、翻印、违者必究。

两人都愣了一下，彼此对视一眼之后，同时哈哈大笑。笑声如此突兀，坐在她们旁边的中年人已经准备放弃偷听，现在又不由频频侧目，以为自己错过了什么好戏。

见证这个场景的中年人也在十分钟后排队进站。这一趟列车开往南京南站。

个儿高的叫在桃，她"刚刚和对象分手，连带着对世界都失望了"，她语焉不详，并没有拿准对面的今宝是个可以倾诉的对象，她避开了真正的问题——她身无分文。谈起自己的辉煌经历，她变得健谈：她喜欢唱歌，甚至还靠唱歌赚过钱，还学了几个月的小提琴，"不是很有天赋"，她向往的生活是"嫁一个能过日子的老实人，不会花言巧语，不一定很帅，这个男人还要有一个妈，一个大房子，对了，我老公还要有一个兄弟，有兄弟相互帮嘛。我自己呢，最好生两个，一男一女，罚款什么的不要紧，生下来就赚到了"。

有一阵子，候车室的人突然多起来，嘈杂的声音一浪又一浪，一个嬉戏的孩子跌倒在腿边，追过来的奶奶大声地责备。大人和小孩的声音在今宝耳边燃烧，加上火车进站发出巨大的轰鸣声和刺耳的刹车声，这是前所未见的境地。可能头天晚上没有睡好，今宝头脑昏沉，有几次都没在听在桃说了什么。意识到有必要附和几句或是表达相反的观点，她开口了：

你不会喜欢一个老实巴交的人，你也不会喜欢大房子，比起这些，你更向往自由，你渴望经历一些故事，遇到爱你的人，看重你临近中午的时候,她已经坐在省城的火车站。在这里,每天有通向全国的火车停下来,开出去。几乎所有人,站着的坐着的,只要在这候车室里,都把车票捏在手心。好像必须如此或只能如此。今宝先是抬头对着墙上的列车时刻表细细浏览,每一个地名都那么庄重,也那么陌生。在决定去什么地方之前,她先在时刻表边上的小卖部买了一只塑料杯,去开水炉灌了一壶开水,她的手上不至于那么空了。而现在,这只塑料杯帮她俩打开了话匣子。

在桃那大大咧咧的坐姿,随随便便的腔调,甚至天马行空、不拘一格的谈话内容,让今宝看到了一种生活的轻盈,在桃身上有一种显而易见的自由气息。这种自由她似乎从来没有体会过,在父亲死之前,她隐隐约约有过、品味过,但现在,似乎已经消散,辨认不出它的模样了。现在,她认出了它,在一个陌生的姑娘的脸庞上。

今宝情不自禁地点点头,算是承认了。

你都结过婚了?你是第一次一个人坐火车?验证了自己的判断,高个姑娘侧起身,做出恍然大悟的表情,眼睛盯着今宝:可是开到上海和北京方向的车已经开走了。

我没买到票。

黄牛在售票处门外站着呢。

今宝垂下头,是一种被看穿的心虚,她开始反击:

你不是说要回农场吗,怎么也没买票?

我跟你不同,我不需要坐火车,中巴车半小时一趟开到农场。

那你到火车站来做什么?走错地方啦?